U0037476

笛藤出版

五十音図表（ご じゅう おん ず ひょう）

平仮名と片仮名（ひら が な　かた か な）

- 日文字母順序照あいうえお排列。
- 日文字母分平假名與片假名，( ) 部份為片假名。
- 片假名常用於外來語。

(一) 清音	あ(ア)段		い(イ)段		う(ウ)段		え(エ)段		お(オ)段	
あ(ア)行	あ(ア)	a	い(イ)	i	う(ウ)	u	え(エ)	e	お(オ)	o
か(カ)行	か(カ)	ka	き(キ)	ki	く(ク)	ku	け(ケ)	ke	こ(コ)	ko
さ(サ)行	さ(サ)	sa	し(シ)	shi	す(ス)	su	せ(セ)	se	そ(ソ)	so
た(タ)行	た(タ)	ta	ち(チ)	chi	つ(ツ)	tsu	て(テ)	te	と(ト)	to
な(ナ)行	な(ナ)	na	に(ニ)	ni	ぬ(ヌ)	nu	ね(ネ)	ne	の(ノ)	no
は(ハ)行	は(ハ)	ha	ひ(ヒ)	hi	ふ(フ)	fu	へ(ヘ)	he	ほ(ホ)	ho
ま(マ)行	ま(マ)	ma	み(ミ)	mi	む(ム)	mu	め(メ)	me	も(モ)	mo
や(ヤ)行	や(ヤ)	ya			ゆ(ユ)	yu			よ(ヨ)	yo
ら(ラ)行	ら(ラ)	ra	り(リ)	ri	る(ル)	ru	れ(レ)	re	ろ(ロ)	ro
わ(ワ)行	わ(ワ)	wa							を(ヲ)	o
ん(ン)行	ん(ン)	n								
(二) 濁音										
が(ガ)行	が(ガ)	ga	ぎ(ギ)	gi	ぐ(グ)	gu	げ(ゲ)	ge	ご(ゴ)	go
ざ(ザ)行	ざ(ザ)	za	じ(ジ)	ji	ず(ズ)	zu	ぜ(ゼ)	ze	ぞ(ゾ)	zo
だ(ダ)行	だ(ダ)	da	ぢ(ヂ)	ji	づ(ヅ)	zu	で(デ)	de	ど(ド)	do
ば(バ)行	ば(バ)	ba	び(ビ)	bi	ぶ(ブ)	bu	べ(ベ)	be	ぼ(ボ)	bo
(三) 半濁音										
ぱ(パ)行	ぱ(パ)	pa	ぴ(ピ)	pi	ぷ(プ)	pu	ぺ(ペ)	pe	ぽ(ポ)	po

破解單字超 Easy ！

出発

「日本」就是間單字大教室

8 大篇主題，超過 5000 個單字量

豐富的全彩插畫，迅速記憶

旅遊・學習便利通，1 本 帶著走！

旅行

從飛機抵達機場開始，映入眼簾的各種日文標示，常見美食、商品及風景名勝…等。分成基本、交通、生活、文化、觀光、購物、美食、電車路線、地圖等 8 大主題，完整收錄藏身於日本街頭巷尾的關鍵單字！

不論是旅行，或是單純學習，一面聆聽 mp3 一面開口說。眼所見，耳所聞，心所感，把日本當成一間單字大教室，遊玩探索，破解單字密碼，日語能力自然 Up ！ Up ！

遊ぶ！

單字便利通．1本帶著走

日語單字小百科，遊．學日語一本通

註解說明、單字介紹、旅遊必知小專欄等，
如同一本單字小百科，
就是要讓您的日語實力更扎實、知道得比別人多！

5000字以上單字用語

彙集5000字以上在食衣住行娛樂上的
常見單字、會話短句，內容包羅萬象！

豐富的全彩圖解說明

占全書70%的全彩插圖，讓您彷彿置身其中。
提升記憶力，激發學習動力！

8大類別，迅速翻閱

淺顯易懂的排版印刷，從頁面側邊分類迅速搜出關鍵單字，
讓您在旅途中快速破解單字密碼不心慌。

搭配MP3，說出一口好日語

在旅遊中看過的單字，透過mp3再複習一遍！
開口說出來，溝通零障礙！

※本書所刊載之店家、價格、地址、時間、活動簡介等資訊，可能會隨時間經過而有所變動，敬請見諒。

笛藤編輯部

單字的構成

每一個單字都充滿了編輯部對讀者的用心。

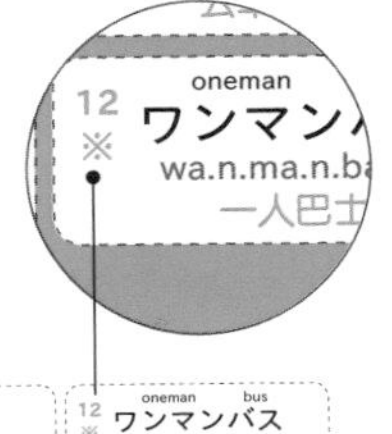

每當有外來語時，便會加註外來語字源以及國家，如義、法、墨、韓等。
若是英、美語則省略標示。

數字下方的 "※" 是為讀者補充說明單字的小註解。

提供日本人最常使用的單字用法，讓您出國在外怎麼聽怎麼通，看到什麼會什麼！

10 うんてんしゅ driver 運転手・ドライバー u.n.te.n.shu · do.ra.i.ba.a 司機	11 bus てい バス停 ba.su.te.i （上、下車）公車站	12 ※ oneman bus ワンマンバス wa.n.ma.n.ba.su 一人巴士

※ 01 連接機場和主要城市車站或飯店的客運。03 晚上發車，長距離。票價比新幹線、機票便宜。04 深夜發車，短距離的巴士。05 類似遊覽車，會停固定的景點。06 行駛路線固定。12 只有司機一個人，無車掌。

小專欄

補充相關的單字以及知識，搭配清晰易懂的插圖圖解。

補充各種必備常識，如車票購買、機器使用、神社祭拜等知識，並搭配中、日解說以及圖解。

透過這些專欄知識，帶讀者挖掘更多有趣的日本文化。

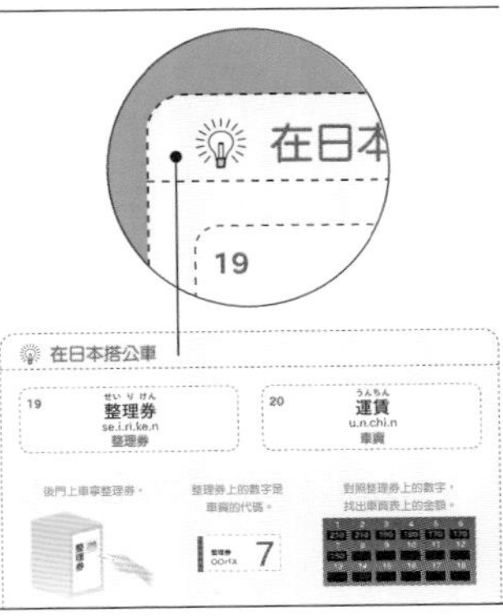

在日本
19
在日本搭公車
19
せい り けん
整理券
se.i.ri.ke.n
整理券
20
うんちん
運賃
u.n.chi.n
車資
後門上車拿整理券。
整理券上的數字是車資的代碼。
對照整理券上的數字，找出車資表上的金額。
7

實用會話

依照章節情境，提供許多旅行中常用的會話短句，讓您不管在日本何處都能暢所欲言。

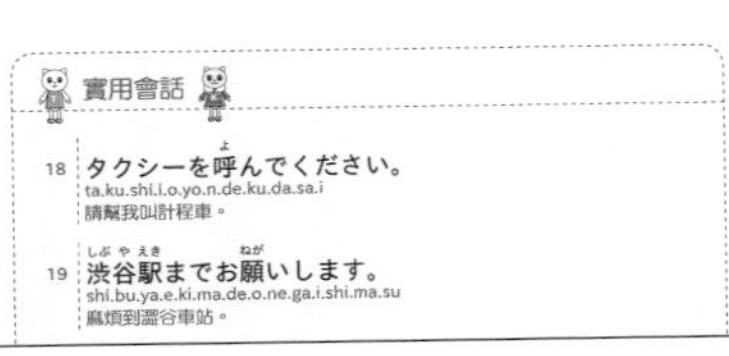

實用會話
18 タクシーを呼んでください。
ta.ku.shi.i.o.yo.n.de.ku.da.sa.i
請幫我叫計程車。
19 渋谷駅までお願いします。
shi.bu.ya.e.ki.ma.de.o.ne.ga.i.shi.ma.su
麻煩到澀谷車站。

目次

基本

交通

生活

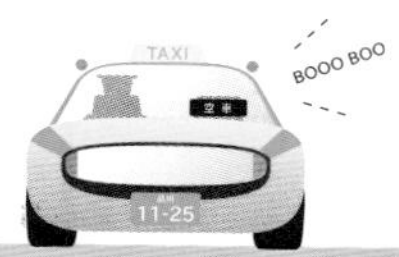

CONTENTS

文化

觀光

目次

購物

美食

CONTENTS

電車

「日本」就是間單字大教室！

不論是旅行，或是單純學習，把藏身在日本街頭巷尾的單字，通通學起來！把日本當成一間單字大教室，遊玩探索，破解單字密碼，日語能力自然 Up! Up!

出発！

生活必備短句

001

せいかつ　ひつよう　にちじょうかいわ
生活に必要な日常会話
se.i.ka.tsu.ni.hi.tsu.yo.o.na.ni.chi.jo.o.ka.i.wa

這些是生活中最常用的短句，如打招呼或道謝等。
其他如：購物、點餐等常用對話，請參考各單元內容。

問路

（）內的單字可以替換喔！

すみません～
su.mi.ma.se.n
不好意思（請問一下）～

01
とうきょうえき
（東京駅）はどこですか？
（to.o.kyo.o.e.ki）wa.do.ko.de.su.ka
請問（東京車站）在哪裡呢？

02
もより　ぎんこう
最寄の（銀行）はどこですか？
mo.yo.ri.no（gi.n.ko.o）wa.do.ko.de.su.ka
距離這裡最近的（銀行）在哪裡？

03
しんさいばし　い
（心斎橋）へはどうやって行けばいいですか？
（shi.n.sa.i.ba.shi）e.wa.do.o.ya.t.te.i.ke.ba.i.i.de.su.ka
該怎麼去（心齋橋）呢？

04
ちず　か
地図を描いてもらえませんか？
chi.zu.o.ka.i.te.mo.ra.e.ma.se.n.ka
可以畫地圖給我看嗎？

ひだり
左？
hi.da.ri
左邊?

みぎ
右?
mi.gi
右邊?

05
つ　い
そこまで連れて行ってくれませんか？
so.ko.ma.de.tsu.re.te.i.t.te.ku.re.ma.se.n.ka
可以帶我到那裡嗎？

06	07	08	09
みぎ 右 mi.gi 右邊	ひだり 左 hi.da.ri 左邊	まっすぐ ma.s.su.gu 直走	ま 曲がる ma.ga.ru 轉彎

10
みぎ ひだり　ま
右(左)に曲がります。
mi.gi(hi.da.ri)ni.ma.ga.ri.ma.su
右（左）轉。

11
い
まっすぐ行ってください。
ma.s.su.gu.i.t.te.ku.da.sa.i
請直走。

招呼

12 おはようございます。
o.ha.yo.o.go.za.i.ma.su
早安。

13 こんにちは。
ko.n.ni.chi.wa
午安、您好。

14 こんばんは。
ko.n.ba.n.wa
晚安。

15 おやすみなさい。
o.ya.su.mi.na.sa.i
晚安。（睡覺前）

16 お願(ねが)いします。
o.ne.ga.i.shi.ma.su
麻煩您。

17 ありがとうございます。
a.ri.ga.to.o.go.za.i.ma.su
謝謝。

18 すみません。
su.mi.ma.se.n
不好意思、對不起。

19 ゆっくり話(はな)してください。
yu.k.ku.ri.ha.na.shi.te.ku.da.sa.i
請慢慢說。

20 書(か)いてください。
ka.i.te.ku.da.sa.i
請寫下來。

21 速(はや)くしてください。
ha.ya.ku.shi.te.ku.da.sa.i
請快一點！

22 ちょっと待(ま)ってください。
cho.t.to.ma.t.te.ku.da.sa.i
請等一下。

23 これは何(なん)ですか？／あれは何(なん)ですか？
ko.re.wa.na.n.de.su.ka　a.re.wa.na.n.de.su.ka
這個是什麼？那個是什麼？

在飯店

（ ）內的單字可以替換喔！

24 予約(よやく)した（林(りん)）です。
yo.ya.ku.shi.ta（ri.n）de.su
我有預約，我姓(林)。

25 朝食(ちょうしょく)は何時(なんじ)ですか？
cho.o.sho.ku.wa.na.n.ji.de.su.ka
早餐是幾點呢？

26 チェックアウト(check out)は何時(なんじ)ですか？
che.k.ku.a.u.to.wa.na.n.ji.de.su.ka
幾點退房呢？

更多和飯店有關的會話
就在P51頁喔！

27 中国語(ちゅうごくご)を話(はな)せる人(ひと)はいませんか？
chu.u.go.ku.go.o.ha.na.se.ru.hi.to.wa.i.ma.se.n.ka
有會說中文的人嗎？

觀光

28 タクシー(taxi)を呼(よ)んでもらえますか？
ta.ku.shi.i.o.yo.n.de.mo.ra.e.ma.su.ka
可以幫我叫計程車嗎？

29 一緒(いっしょ)に写真(しゃしん)を撮(と)ってもらえますか。
i.s.sho.ni.sha.shi.n.o.to.t.te.mo.ra.e.ma.su.ka
可以一起拍照嗎？

30 写真(しゃしん)を撮(と)ってもらえますか？
sha.shi.n.o.to.t.te.mo.ra.e.ma.su.ka
可以幫我拍照嗎？

31 写真(しゃしん)を撮(と)ってもいいですか？
sha.shi.n.o.to.t.te.mo.i.i.de.su.ka
可以拍照嗎？

32 チケット(ticket)を買(か)いたいのですが、どこに並(なら)べばよいのですか？
chi.ke.t.to.o.ka.i.ta.i.no.de.su.ga、do.ko.ni.na.ra.be.ba.yo.i.no.de.su.ka
我想買票，請問該從哪裡排隊比較好？

33 どこでチケット(ticket)を買(か)えますか？
do.ko.de.chi.ke.t.to.o.ka.e.ma.su.ka
要到哪裡買票呢？

用餐

34 営業中(えいぎょうちゅう)ですか？
e.i.gyo.o.chu.u.de.su.ka
現在有營業嗎？

35 ここに座(すわ)っていいですか？
ko.ko.ni.su.wa.t.te.i.i.de.su.ka
這裡有人坐嗎？

36 メニュー(menu)を見(み)せてください。
me.nyu.u.o.mi.se.te.ku.da.sa.i
請給我看一下菜單。

37 これをください。
ko.re.o.ku.da.sa.i
請給我這道菜。

38 ここにはどんなおいしいものがありますか？
ko.ko.ni.wa.do.n.na.o.i.shi.i.mo.no.ga.a.ri.ma.su.ka
有比較推薦的料理嗎？

39 あれと同(おな)じ料理(りょうり)をください。
a.re.to.o.na.ji.ryo.o.ri.o.ku.da.sa.i
請給我和那個一樣的餐點！

40 まだ決(き)めていません。
ma.da.ki.me.te.i.ma.se.n
我還沒決定好。

41 酸(す)っぱい
su.p.pa.i
酸

42 甘(あま)い
a.ma.i
甜

43 辛(から)い
ka.ra.i.
辣

44 塩辛(しおから)い
shi.o.ka.ra.i
鹹

45 辛(から)くしないでください！
ka.ra.ku.shi.na.i.de.ku.da.sa.i
我要不辣的！

46 乾杯(かんぱい)！
ka.n.pa.i
乾杯！

47 いただきます。
i.ta.da.ki.ma.su
我開動了。

48 ごちそうさまでした。
go.chi.so.o.sa.ma.de.shi.ta
我吃飽了（謝謝您的招待）。

49 料理(りょうり)がまだ来(き)ません。
ryo.o.ri.ga.ma.da.ki.ma.se.n
餐點還沒送來。

50 お勘定(かんじょう)してください。
o.ka.n.jo.o.shi.te.ku.da.sa.i
請結帳。

購物

( ) 內的單字可以替換喔！

51 もっと安(やす)くしてもらえませんか？
mo.t.to.ya.su.ku.shi.te.mo.ra.e.ma.se.n.ka
可以算便宜點嗎？

52 もっと（大(おお)きい／小(ちい)さい）のはありませんか？
mo.t.to(o.o.ki.i／chi.i.sa.i)no.wa.a.ri.ma.se.n.ka
有沒有(大／小)一點的呢？

大きい　小さい

53 ほかの色(いろ)のはありませんか？
ho.ka.no.i.ro.no.wa.a.ri.ma.se.n.ka
有沒有其他顏色呢？

54 これはいくらですか？
ko.re.wa.i.ku.ra.de.su.ka
這個多少錢？

55 プレゼント(present)用(よう)です。
pu.re.ze.n.to.yo.o.de.su
這是要送人的。

56 カード(card)は使(つか)えますか？
ka.a.do.wa.tsu.ka.e.ma.su.ka
可以用信用卡嗎？

card
カードですか？
ka.a.do.de.su.ka?
刷卡嗎？

現金(げんきん)ですか？
ge.n.ki.n.de.su.ka?
付現嗎？

事故・疾病

事故・病気（じこ・びょうき） ji.ko・byo.o.ki

旅行中身體不適或發生意外時，以下列出在緊急狀況下最常用的單字和短句。

緊急連絡處

01 １１９番（ひゃくじゅうきゅうばん）
hya.ku.ju.u.kyu.u.ba.n
119

02 消防署（しょうぼうしょ）
sho.o.bo.o.sho
消防署

03 消防車（しょうぼうしゃ）
sho.o.bo.o.sha
消防車

04 １１０番（ひゃくとおばん）
hya.ku.to.o.ba.n
110

05 警察署（けいさつしょ）
ke.i.sa.tsu.sho
警察局

06 パトカー
pa.to.ka.a
巡邏車

疾病事故

P155藥妝店－健康篇

07 救急病院（きゅうきゅうびょういん）
kyu.u.kyu.u.byo.o.i.n
急救醫院

08 病院（びょういん）へ連（つ）れて行（い）ってください。
byo.o.i.n.e.tsu.re.te.i.t.te.ku.da.sa.i
請帶我到醫院。

09 救急車（きゅうきゅうしゃ）
kyu.u.kyu.u.sha
救護車

10 入院（にゅういん）
nyu.u.i.n
住院

11 退院（たいいん）
ta.i.i.n
出院

12 血液型（けつえきがた）
ke.tsu.e.ki.ga.ta
血型

13 急病（きゅうびょう）
kyu.u.byo.o
急性病

14 下痢（げり）
ge.ri
拉肚子

15 頭痛（ずつう）
zu.tsu.u
頭痛

16 （胃（い））が痛（いた）いです。
(i) ga.i.ta.i.de.su
(胃)很痛。

気分（きぶん）が悪（わる）いです。
ki.bu.n.ga.wa.ru.i.de.su
我覺得不舒服。

突發狀況

（ ）內的單字可以自由替換喔！

17 消火器（しょうかき） sho.o.ka.ki 滅火器

18 交通事故（こうつうじこ） ko.o.tsu.u.ji.ko 交通事故

19 非常口（ひじょうぐち） hi.jo.o.gu.chi 緊急逃生口

20 火事（かじ） ka.ji 火災

21 泥棒（どろぼう） do.ro.bo.o 小偷

22 スリ su.ri 扒手

23 痴漢（ちかん） chi.ka.n 變態

24 助（たす）けて！ ta.su.ke.te 救命！

25 誰（だれ）か来（き）て！ da.re.ka.ki.te 來人哪！

26 子供（こども）がはぐれたのです。 ko.do.mo.ga.ha.gu.re.ta.no.de.su 我的小孩走失了。

27 道（みち）に迷（まよ）いました。 mi.chi.ni.ma.yo.i.ma.shi.ta 我迷路了。

28 遺失物取扱所（いしつぶつとりあつかいしょ） i.shi.tsu.bu.tsu.to.ri.a.tsu.ka.i.sho 失物招領處

29 （財布（さいふ））を盗（ぬす）まれた。 （sa.i.fu） o.nu.su.ma.re.ta （錢包）被搶了。

30 （電車（でんしゃ））に（荷物（にもつ））を忘（わす）れてしまいました。 （de.n.sha） ni （ni.mo.tsu） o.wa.su.re.te.shi.ma.i.ma.shi.ta 我把（行李）遺忘在（電車）裡了。

31 （かばん）を盗（ぬす）まれた。 （ka.ba.n） o.nu.su.ma.re.ta （包包）被偷了。

32 （パスポート（passport））をなくしました。 （pa.su.po.o.to） o.na.ku.shi.ma.shi.ta （護照）遺失了。

護照遺失了！

在日本如果護照遺失的話可以到台北駐日経済文化代表処（たいぺいちゅうにちけいざいぶんかだいひょうしょ）（台北駐日經濟文化代表處）補辦喔！

聯絡方式 P356

天災地變

P65天氣預報

33 台風（たいふう） ta.i.fu.u 颱風

34 津波（つなみ） tsu.na.mi 海嘯

35 地震（じしん） ji.shi.n 地震

36 余震（よしん） yo.shi.n 餘震

37 しんど 震度 shi.n.do 震度	38 マグニチュード ma.gu.ni.chu.u.do 地震規模		39 しんげんち 震源地 shi.n.ge.n.chi 震源地
40 ひなんじょ 避難所 hi.na.n.jo 避難所	41 だんそう 断層 da.n.so.o 斷層	42 どしゃくず 土砂崩れ do.sha.ku.zu.re 土石流	43 ふしょうしゃ 負傷者 fu.sho.o.sha 傷者
44 ししゃ 死者 shi.sha 死者	45 ゆくえふめいしゃ 行方不明者 yu.ku.e.fu.me.i.sha 失蹤者		46 い う 生き埋め i.ki.u.me 活埋
47 ひなん 避難 hi.na.n 避難	48 ひがいち 被害地 hi.ga.i.chi 災區	49 ていでん 停電 te.i.de.n 停電	50 だんすい 断水 da.n.su.i 停水
51 うんきゅう 運休 u.n.kyu.u 停駛	52 とうかい 倒壊 to.o.ka.i 倒塌		

急救物品

53 ミネラルウォーター mi.ne.ra.ru.wo.o.ta.a 礦泉水		54 しょくりょう 食糧 sho.ku.ryo.o 糧食	55 もうふ 毛布 mo.o.fu 毛毯
56 やくひん 薬品 ya.ku.hi.n 藥品	57 めんてぶくろ 綿手袋 me.n.te.bu.ku.ro 棉手套	58 かいちゅうでんとう 懐中電灯 ka.i.chu.u.de.n.to.o 手電筒	
59 よ こ 呼び子 yo.bi.ko 哨子	60 きゅうきゅうばこ 救急箱 kyu.u.kyu.u.ba.ko 急救箱	61 ヨードチンキ yo.o.do.chi.n.ki 優碘	
62 オキシフル o.ki.shi.fu.ru 雙氧水	63 ぬ ぐすり 塗り薬 nu.ri.gu.su.ri 藥膏	64 ほうたい 包帯 ho.o.ta.i 繃帶	65 ばんそうこう 絆創膏 ba.n.so.o.ko.o OK繃

66 鋏（はさみ） ha.sa.mi 剪刀	67 ガーゼ ga.a.ze 紗布	68 綿棒（めんぼう） me.n.bo.o 棉花棒	69 ピンセット pi.n.se.t.to 鑷子
70 体温計（たいおんけい） ta.i.o.n.ke.i 體溫計	71 アスピリン a.su.pi.ri.n 阿斯匹靈	72 湿布（しっぷ） shi.p.pu 貼布	73 点滴（てんてき） te.n.te.ki 點滴
74 注射器（ちゅうしゃき） chu.u.sha.ki 注射器	75 鎮痛剤（ちんつうざい） chi.n.tsu.u.za.i 止痛劑		

高台に避難してください

日本主要機場

003

日本の主な空港 ni.ho.n.no.o.mo.na.ku.u.ko.o

你知道嗎？日本國內大大小小的機場全加起來，居然有 90 幾個呢！這裡列舉規模較大的機場，一起來學學這些機場的唸法吧！

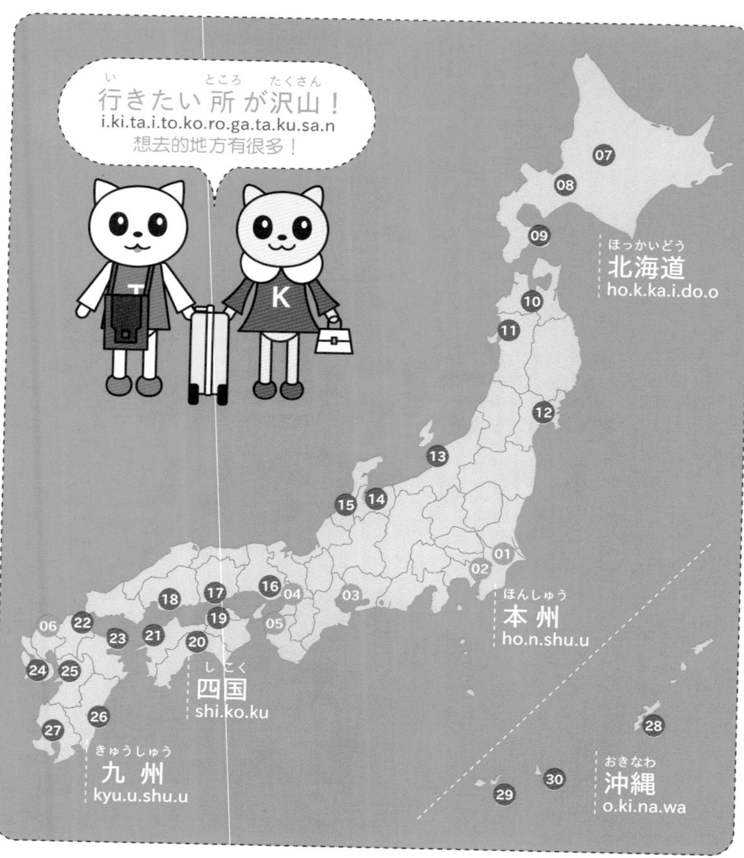

國際線機場

01 なりたこくさいくうこう
成田国際空港
na.ri.ta.ko.ku.sa.i.ku.u.ko.o
千葉縣

02 とうきょうこくさいくうこう（はねだくうこう）
東京国際空港（羽田空港）
to.o.kyo.o.ko.ku.sa.i.ku.u.ko.o (ha.ne.da.ku.u.ko.o)
東京都

03 ちゅうぶこくさいくうこう（Centrair）
中部国際空港（セントレア）
chu.u.bu.ko.ku.sa.i.ku.u.ko.o (se.n.to.re.a)
愛知縣

04 おおさかこくさいくうこう（いたみくうこう）
大阪国際空港（伊丹空港）
o.o.sa.ka.ko.ku.sa.i.ku.u.ko.o (i.ta.mi.ku.u.ko.o)
大阪府

05 かんさいこくさいくうこう
関西国際空港
ka.n.sa.i.ko.ku.sa.i.ku.u.ko.o
大阪府

06 ふくおかくうこう
福岡空港
fu.ku.o.ka.ku.u.ko.o
福岡縣

國內線機場

07 あさひかわくうこう
旭川空港
a.sa.hi.ka.wa.ku.u.ko.o
北海道

08 しんちとせくうこう
新千歳空港
shi.n.chi.to.se.ku.u.ko.o
北海道

09 はこだてくうこう
函館空港
ha.ko.da.te.ku.u.ko.o
北海道

10 あおもりくうこう
青森空港
a.o.mo.ri.ku.u.ko.o
青森縣

11 あきたくうこう
秋田空港
a.ki.ta.ku.u.ko.o
秋田縣

12 せんだいくうこう
仙台空港
se.n.da.i.ku.u.ko.o
宮城縣

13 にいがたくうこう
新潟空港
ni.i.ga.ta.ku.u.ko.o
新潟縣

14 とやまくうこう
富山空港
to.ya.ma.ku.u.ko.o
富山縣

15 こまつくうこう
小松空港
ko.ma.tsu.ku.u.ko.o
石川縣

16 こうべくうこう
神戸空港
ko.o.be.ku.u.ko.o
兵庫縣

17 おかやまくうこう
岡山空港
o.ka.ya.ma.ku.u.ko.o
岡山縣

18 ひろしまくうこう
広島空港
hi.ro.shi.ma.ku.u.ko.o
廣島縣

19 たかまつくうこう
高松空港
ta.ka.ma.tsu.ku.u.ko.o
香川縣

20 こうちくうこう
高知空港
ko.o.chi.ku.u.ko.o
高知縣

21 まつやまくうこう
松山空港
ma.tsu.ya.ma.ku.u.ko.o
愛媛縣

22 きたきゅうしゅうくうこう
北九州空港
ki.ta.kyu.u.shu.u.ku.u.ko.o
福岡縣

23 おおいたくうこう
大分空港
o.o.i.ta.ku.u.ko.o
大分縣

24 ながさきくうこう
長崎空港
na.ga.sa.ki.ku.u.ko.o
長崎縣

25 くまもとくうこう
熊本空港
ku.ma.mo.to.ku.u.ko.o
熊本縣

26 みやざきくうこう
宮崎空港
mi.ya.za.ki.ku.u.ko.o
宮崎縣

27 かごしまくうこう
鹿児島空港
ka.go.shi.ma.ku.u.ko.o
鹿兒島縣

28 なはくうこう
那覇空港
na.ha.ku.u.ko.o
沖繩縣

29 いしがきくうこう
石垣空港
i.shi.ga.ki.ku.u.ko.o
沖繩縣

30 みやこくうこう
宮古空港
mi.ya.ko.ku.u.ko.o
沖繩縣

機場內的標示牌

くうこうこうない　sign
空港構内のサイン ku.u.ko.o.ko.o.na.i.no.sa.i.n

004

抵達日本囉！但寫著日文的標示牌是不是已經讓你感到頭暈目眩了呢？別擔心，現在就一起來認識這些單字吧！

01 こくさいせん 国際線 ko.ku.sa.i.se.n 國際線

02 こくないせん 国内線 ko.ku.na.i.se.n 國內線

03 こうくうがいしゃ 航空会社 ko.o.ku.u.ga.i.sha 航空公司

04 しゅっぱつ lobby 出発ロビー shu.p.pa.tsu.ro.bi.i 出境大廳

05 satellite サテライト sa.te.ra.i.to 衛星航廈：大型機場的附屬航廈

06 terminal ターミナル ta.a.mi.na.ru 航廈

07 きた wing 北ウイング ki.ta.u.i.n.gu 北側

08 みなみ wing 南ウイング mi.na.mi.u.i.n.gu 南側

09 passport パスポート pa.su.po.o.to 護照

10 こうくうけん 航空券 ko.o.ku.u.ke.n 機票

11 がいかりょうがえ 外貨両替 ga.i.ka.ryo.o.ga.e 外幣兌換

12 りょこうほけん 旅行保険 ryo.ko.o.ho.ke.n 旅行保險

13 あんないじょ 案内所 a.n.na.i.jo 詢問處、服務台

14 counter カウンター ka.u.n.ta.a 櫃台

15 とうじょうてつづ 搭乗手続き to.o.jo.o.te.tsu.zu.ki 登機手續

16 じどう き 自動チェックイン機 ji.do.o.che.k.ku.i.n.ki 自動劃位機

17 とうじょうぐち 搭乗口 to.o.jo.o.gu.chi 登機門

18 しゅっぱつぐち 出発口 shu.p.pa.tsu.gu.chi 出境口

19 てにもつけんさ 手荷物検査 te.ni.mo.tsu.ke.n.sa 手提行李檢查

20 も こ せいげん 持ち込み制限 mo.chi.ko.mi.se.i.ge.n 攜帶入境物品管制

21 しゅっこくしんさ 出国審査 shu.k.ko.ku.shi.n.sa 出境審查

22 れんらく shuttle 連絡シャトル re.n.ra.ku.sha.to.ru 機場接駁車

23 れんらく bus 連絡バス re.n.ra.ku.ba.su 機場巴士

24 めんぜいてん 免税店 me.n.ze.i.te.n 免稅店

りりく
いよいよ離陸～！
i.yo.i.yo.ri.ri.ku
準備起飛囉～！
T
K

25 まちあいしつ
待合室
ma.chi.a.i.shi.tsu
等候室

26 lounge
ラウンジ
ra.u.n.ji
休息室、等候室

27 きつえんじょ
喫煙所
ki.tsu.e.n.jo
吸煙室

28 coin locker
コインロッカー
ko.i.n.ro.k.ka.a
投幣式置物櫃

29 て あら
お手洗い
o.te.a.ra.i
洗手間

30 じゅにゅうしつ
授乳室
ju.nyu.u.shi.tsu
哺乳室

31 とうじょうぐち
搭乗口
to.o.jo.o.gu.chi
登機門

32 ゆうせんとうじょう
優先搭乗
yu.u.se.n.to.o.jo.o
優先登機

33 drink service
ドリンクサービス
do.ri.n.ku.sa.a.bi.su
飲料服務

34 き ないしょく
機内食
ki.na.i.sho.ku
飛機餐

35 の つ
乗り継ぎ
no.ri.tsu.gi
轉機

36 けんえき
検疫
ke.n.e.ki
檢疫

37 けんこうそうだん
健康相談
ke.n.ko.o.so.o.da.n
健康諮詢

38 にゅうこくしんさ
入国審査
nyu.u.ko.ku.shi.n.sa
入境審查

39 て に もつうけとり ば
手荷物受取場
te.ni.mo.tsu.u.ke.to.ri.ba
行李領取處

40 ぜいかん かんぜい
税関・関税
ze.i.ka.n・ka.n.ze.i
海關、關稅

41 とうちゃく lobby
到着ロビー
to.o.cha.ku.ro.bi.i
入境大廳

42 cash corner
キャッシュコーナー
kya.s.shu.ko.o.na.a
提款機／ATM

43 けいたいでんわ rental
携帯電話レンタル
ke.i.ta.i.de.n.wa.re.n.ta.ru
租賃手機

44 rent-a-car
レンタカー
re.n.ta.ka.a
租車服務

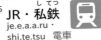

45 し てつ
JR・私鉄
je.e.a.a.ru・shi.te.tsu
電車

46 bus
バス
ba.su
巴士

47 taxi
タクシー
ta.ku.shi.i
計程車

48 ちゅうしゃじょう
駐車場
chu.u.sha.jo.o
停車場

日本行政區劃 — 都道府縣

005

都道府県（とどうふけん） to.do.o.fu.ke.n

日本的行政區共分為「一都一道二府四十三縣」。「都」：東京都、「道」：北海道、「府」：大阪府和京都府。日本各地的文物及特產，等著你去發掘哦！

北海道・東北地方（ほっかいどう・とうほくちほう）
ho.k.ka.i.do.o・to.o.ho.ku.chi.ho.o

01	北海道（ほっかいどう） ho.k.ka.i.do.o	總面積約佔日本國土的 22.1%。每年 2 月於札幌市內舉辦「雪祭（ゆきまつり）」及玻璃工藝之城小樽、以紫色薰衣草聞名的富良野等都是相當著名的觀光景點。
02	青森県（あおもりけん） a.o.mo.ri.ke.n	說到青森，許多人立刻就會聯想到蘋果。青森的蘋果產量可是占了全日本的 50%哦！橫跨了青森縣和秋田縣的世界遺產之一「白神山地（しらかみさんち）」，其美景更不容錯過。
03	秋田県（あきたけん） a.ki.ta.ke.n	日本名牌米「あきたこまち【秋田小町米】」正是出自於此。另外，秋田縣也是全日本日照最少的地區，因為紫外線少，秋田縣女生肌膚特別白皙細緻，因此有「秋田美人（あきたびじん）」的稱號。
04	岩手県（いわてけん） i.wa.te.ke.n	是孕育日本童話大師「宮澤賢治（みやざわけんじ）」，及 1984 到 2004 年間被印製在五千圓紙鈔上作為紀念的教育家「新渡戸稲造（にとべいなぞう）」的故鄉。
05	山形県（やまがたけん） ya.ma.ga.ta.ke.n	擁有多處天然溫泉。盛產水蜜桃、蘋果、柿子、葡萄等各種水果，其中以櫻桃及西洋梨的產量為全日本之冠。也是拍攝日劇【阿信】及電影【送行者】的地方。
06	宮城県（みやぎけん） mi.ya.gi.ke.n	擁有松島、藏王山等自然美景，及秋保、鳴子等溫泉地。縣內的仙台市為東北最繁榮的都市，名產有「ずんだもち【毛豆餡麻糬】」、「萩月（はぎつき）、「牛タン【烤牛舌】」等。
07	福島県（ふくしまけん） fu.ku.shi.ma.ke.n	千圓紙鈔上的醫學家「野口英世（のぐちひでよ）」的故鄉。湖面積居全日本第 4 名的「猪苗代湖（いなわしろこ）」也位於此。

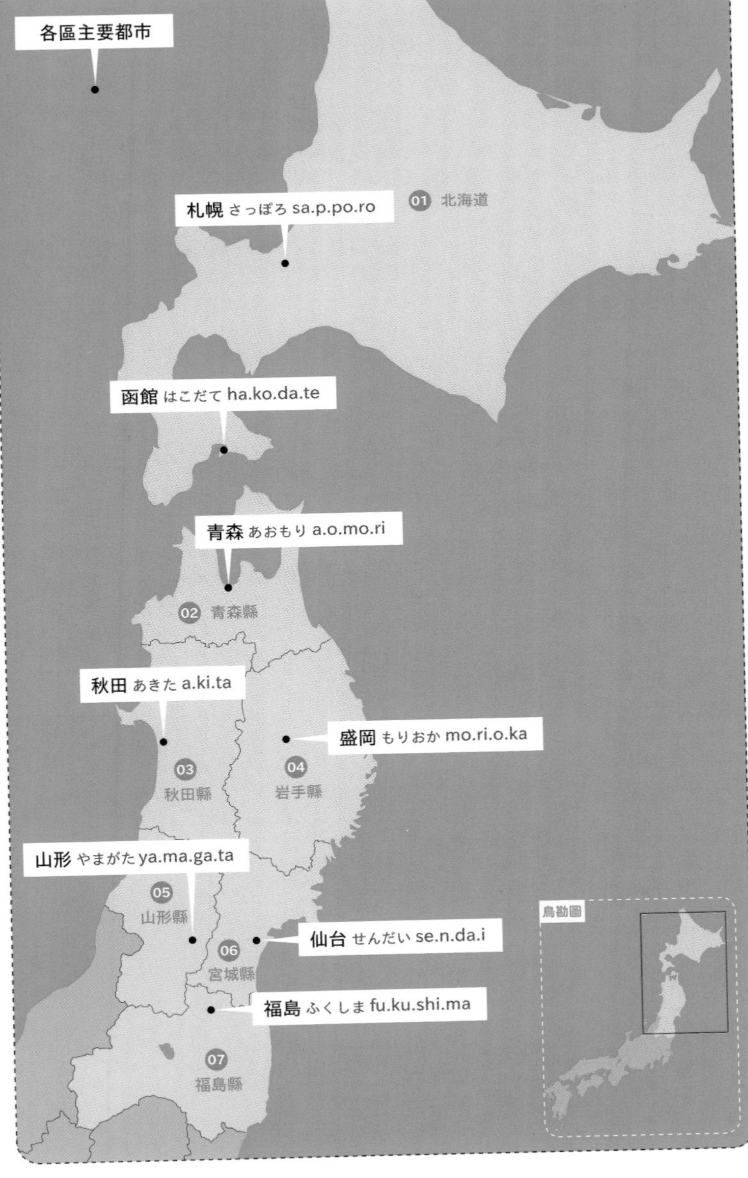
各區主要都市
札幌 さっぽろ sa.p.po.ro
01 北海道
函館 はこだて ha.ko.da.te
青森 あおもり a.o.mo.ri
02 青森縣
秋田 あきた a.ki.ta
盛岡 もりおか mo.ri.o.ka
03 秋田縣
04 岩手縣
山形 やまがた ya.ma.ga.ta
05 山形縣
仙台 せんだい se.n.da.i
06 宮城縣
福島 ふくしま fu.ku.shi.ma
07 福島縣
鳥瞰圖

関東地方（かんとうちほう）
ka.n.to.o.chi.ho.o

08 群馬県（ぐんまけん）gu.n.ma.ke.n	被譽為溫泉天國的群馬縣，有草津，伊香保，水上，四万等四大溫泉區。自古盛行養蠶，其紡織品被稱為「伊勢崎織物（いせさきおりもの）」，是群馬縣最具代表性的傳統工藝品。
09 栃木県（とちぎけん）to.chi.gi.ke.n	縣內擁有知名觀光勝地─日光，以及許多具歷史意義的世界遺產建築，如東照宮、輪王寺、二荒山神社等。位於東南部的益子町以陶瓷「益子燒（ましこやき）」聞名。此外這裡所產的草莓，產量居全國之冠。
10 茨城県（いばらきけん）i.ba.ra.ki.ke.n	日本人的長壽秘訣─「納豆（なっとう）」的盛產地。日本第二大淡水湖「霞ヶ浦（かすみがうら）」以及日本三大名園之一的「偕楽園（かいらくえん）」皆位於此地。
11 埼玉県（さいたまけん）sa.i.ta.ma.ke.n	3月3日女兒節所用的人偶「雛人形（ひなにんぎょう）」和5月5日兒童節的「こいのぼり【鯉魚旗】」的產量占日本全國第一。
12 東京都（とうきょうと）to.o.kyo.o.to	日本的首都，人口密度日本第一，是日本經濟核心。有象徵日本的「東京（とうきょう）タワー【東京鐵塔】」及2012年完工的「東京（とうきょう）スカイツリー【東京晴空塔】」。是外國遊客到日本的第一選擇，也是日本時下年輕人的流行朝拜聖地。
13 千葉県（ちばけん）chi.ba.ke.n	被稱為日本的玄關，「成田国際空港（なりたこくさいくうこう）」及「東京（とうきょう）ディズニーランド【東京迪士尼樂園】」都位於此地哦！
14 神奈川県（かながわけん）ka.na.ga.wa.ke.n	知名的港未來和中華街、鎌倉大佛以及箱根皆位於此處。而有著溫泉鄉之美名的箱根，以「箱根七湯」強羅、塔乃澤等7大溫泉負有盛名。

MEMO

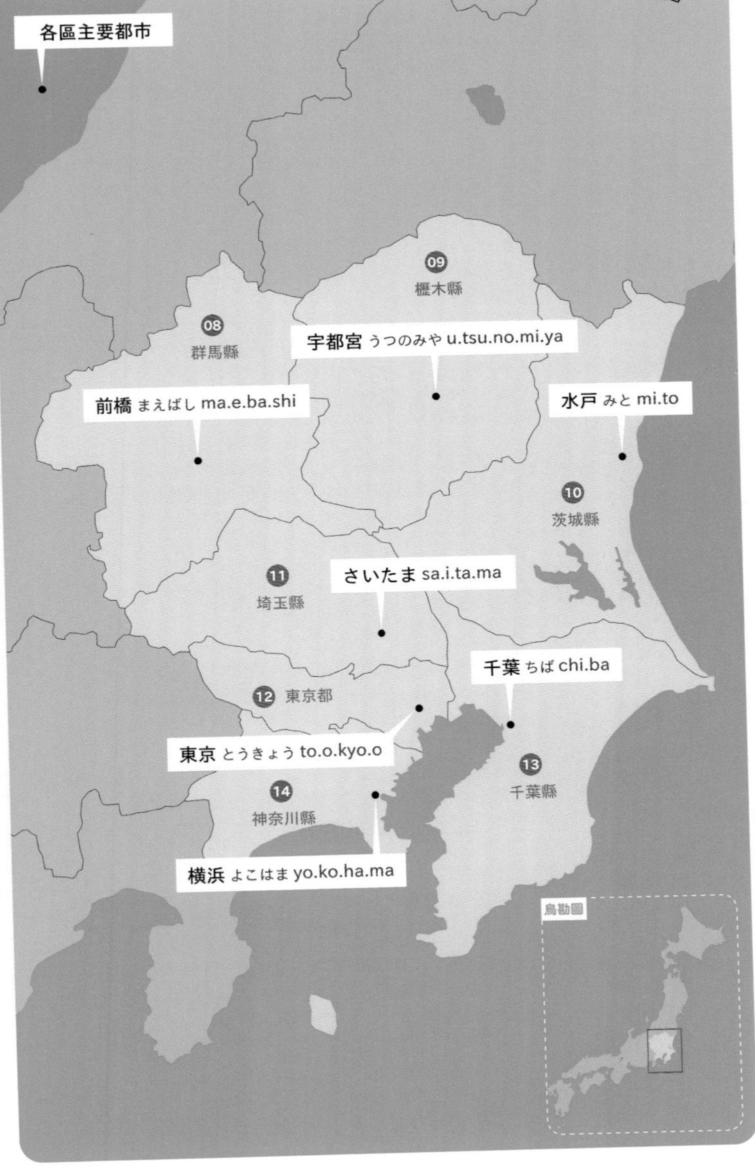
各區主要都市
09
櫪木縣
08
群馬縣
宇都宮 うつのみや u.tsu.no.mi.ya
前橋 まえばし ma.e.ba.shi
水戸 みと mi.to
10
茨城縣
11
埼玉縣
さいたま sa.i.ta.ma
千葉 ちば chi.ba
12 東京都
東京 とうきょう to.o.kyo.o
13
千葉縣
14
神奈川縣
橫浜 よこはま yo.ko.ha.ma
鳥勘圖

中部地方（ちゅうぶちほう）

chu.u.bu.chi.ho.o

15	新潟県（にいがたけん） ni.i.ga.ta.ke.n	知名的「コシヒカリ【越光米】」就是產於此地。米菓、煎餅等的產量是日本第一。自古也是原油及黃金的產地之一。
16	長野県（ながのけん） na.ga.no.ke.n	全日本標高 3000 公尺以上的高山總共有 21 座，光是在長野縣內就有 14 座，因此有「日本（にほん）のやね【日本的屋脊】」之稱。
17	山梨県（やまなしけん） ya.ma.na.shi.ke.n	縣內有日本最著名的山「富士山（ふじさん）」，還能欣賞富士五湖的美景。日照充足，盛產水果，其中葡萄產量居全國第一，故所產的葡萄酒也相當有名。
18	静岡県（しずおかけん） shi.zu.o.ka.ke.n	這裡有日本最高峰富士山、老字號溫泉街熱海等，鋼琴、摩托車產量居全國第一。静岡縣所產的静岡茶也非常有名。
19	富山県（とやまけん） to.ya.ma.ke.n	建造於此的「黒部（くろべ）ダム」是日本第一大水庫。醫藥產業歷史悠久，也是化學工業聚集的工業縣。其中位於縣內的魚津市又以海市蜃樓奇觀聞名。
20	石川県（いしかわけん） i.shi.ka.wa.ke.n	棒球選手「松井秀喜（まついひでき）」的故鄉。位於金澤市的「兼六園（けんろくえん）」是日本三大名園之一。
21	福井県（ふくいけん） fu.ku.i.ke.n	以傳統工藝聞名，其中有日本六大古窯之一的「越前焼（えちぜんやき）」，及擁有 1500 年歷史的越前和紙等。
22	岐阜県（ぎふけん） gi.fu.ke.n	世界遺產之一的「合掌（がっしょう）づくり【合掌村】」位於此地。傳統工藝品「美濃焼（みのやき）」也相當聞名。
23	愛知県（あいちけん） a.i.chi.ke.n	以工業為經濟主體的縣。其中又以豐田汽車為首的汽車產業為主。2005 年舉辦的日本國際博覽會（EXPO 2005），也選於愛知縣的瀨戶市和長久手町內舉行。

MEMO

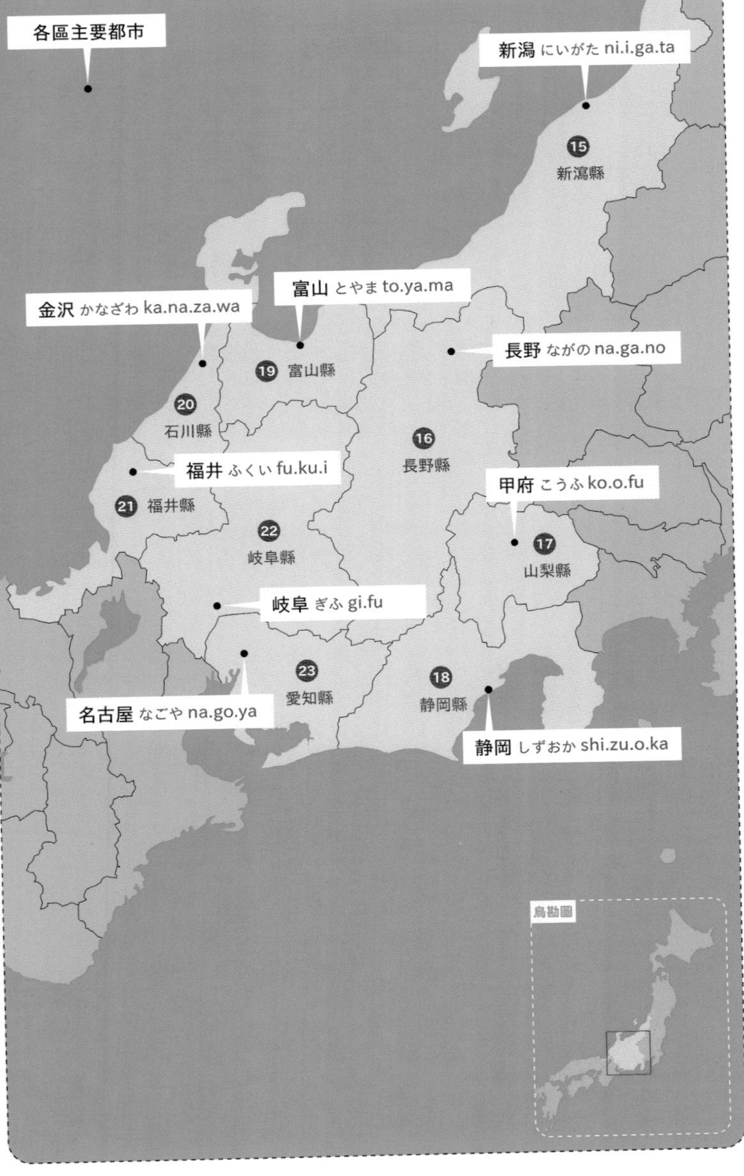
各區主要都市
新潟 にいがた ni.i.ga.ta
15 新瀉縣
富山 とやま to.ya.ma
金沢 かなざわ ka.na.za.wa
長野 ながの na.ga.no
19 富山縣
20 石川縣
16 長野縣
福井 ふくい fu.ku.i
21 福井縣
甲府 こうふ ko.o.fu
22 岐阜縣
17 山梨縣
岐阜 ぎふ gi.fu
23 愛知縣
18 静岡縣
名古屋 なごや na.go.ya
静岡 しずおか shi.zu.o.ka
鳥勘圖

近畿地方（きんきちほう）
ki.n.ki.chi.ho.o

24	滋賀県（しがけん） shi.ga.ke.n	縣內有日本最古老，同時也是面積最大的湖「琵琶湖（びわこ）」，以及日本六大古窯之一信楽焼（しがらきやき）」也位於此處。
25	三重県（みえけん） mi.e.ke.n	俳句詩人「松尾芭蕉（まつおばしょう）」的故鄉。著名的「伊勢神宮（いせじんぐう）」也位於此地。高級牛肉「松阪牛（まつさかぎゅう）」就是產自三重縣的松阪市。
26	京都府（きょうとふ） kyo.o.to.fu	為日本平安時代、室町時代的首都。因此，京都擁有許多歷史遺跡，如「清水寺（きよみずでら）」、「二条城（にじょうじょう）」、「平等院（びょうどういん）」、「金閣寺（きんかくじ）」、「銀閣寺（ぎんかくじ）」等，吸引了許多來自國內外的遊客。
27	奈良県（ならけん） na.ra.ke.n	日本古都，在日本歷史上占有極重要的地位。現存有被列為世界遺產的世界第一大木造建築物「東大寺（とうだいじ）」、擁有上千年歷史的「法隆寺（ほうりゅうじ）」，以及佛教建築、雕刻等許多歷史文化遺跡。
28	大阪府（おおさかふ） o.o.sa.ka.fu	這裡樹立著象徵大阪的「通天閣（つうてんかく）」。還有「たこ焼（や）き【章魚燒】」、「お好（この）み焼（や）き【大阪燒】」、「うどん【烏龍麵】」等，這些好吃又便宜的美食也都源自於大阪。
29	和歌山県（わかやまけん） wa.ka.ya.ma.ke.n	梅子的產量居全國之冠， 此地所生產製造的酸梅， 就是大家耳熟能詳的「紀州梅（きしゅううめ）」哦！日本聞名遐邇的三大古溫泉之一的「南紀白濱」也位於此！
30	兵庫県（ひょうごけん） hyo.o.go.ke.n	連結神戸市及淡路島的「明石海峡大橋（あかしかいきょうおおはし）」，總長 3911 公尺，是世界上最高、最長的懸索吊橋。建築、飲食都十分西洋化的神戶，港邊的浪漫氣氛，無論是白天或夜晚都各具特色，也是當地人的約會聖地。

MEMO

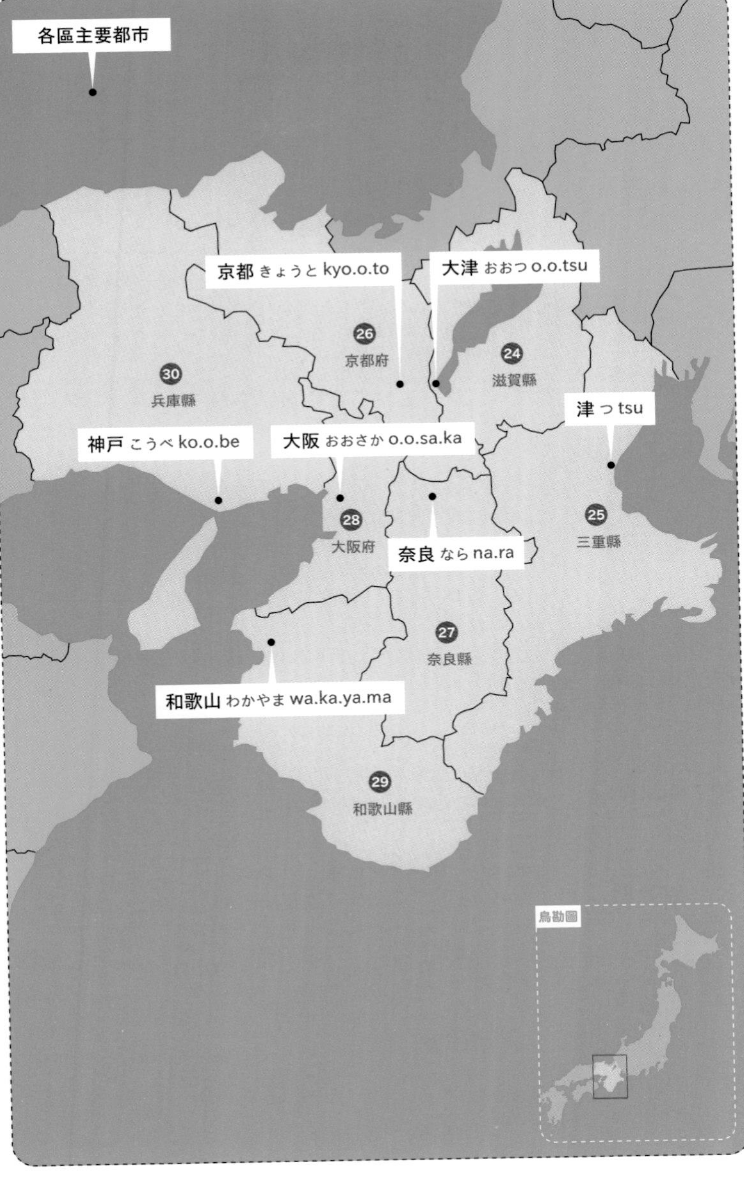
各區主要都市
京都 きょうと kyo.o.to
大津 おおつ o.o.tsu
26
京都府
24
滋賀縣
30
兵庫縣
津 っ tsu
神戸 こうべ ko.o.be
大阪 おおさか o.o.sa.ka
28
大阪府
25
三重縣
奈良 なら na.ra
27
奈良縣
和歌山 わかやま wa.ka.ya.ma
29
和歌山縣
鳥瞰圖

中国・四国地方（ちゅうごく・しこくちほう）
chu.u.go.ku・shi.ko.ku.chi.ho.o

31	鳥取県（とっとりけん） to.t.to.ri.ke.n	在這裡有日本最大的砂丘－「鳥取砂丘（とっとりさきゅう）」，砂的表面呈現出波狀的風紋，其自然景觀十分珍貴。這裡所產的梨子－「二十世紀梨（にじゅっせいきなし）」也相當有名。
32	岡山県（おかやまけん） o.ka.ya.ma.ke.n	以劍術聞名，也是日本「劍聖」之稱的「宮本武蔵（みやもとむさし）」的故鄉。其劍法「二刀流（にとうりゅう）」及著作「五輪書（ごりんのしょ）」廣為人知，因此也成為許多小說的題材。
33	島根県（しまねけん） shi.ma.ne.ke.n	有日本最靈驗的求姻緣神社之稱的「出雲大社（いずもたいしゃ）」就位於此處！
34	広島県（ひろしまけん） hi.ro.shi.ma.ke.n	在第二次世界大戰中，遭到原子彈轟炸，建築物及人都瞬間消失的就是廣島市。戰後為了讓全世界記取及了解戰爭所帶來的災難，重建為和平紀念城市。在廣島市內的和平紀念公園，每年的 8 月 6 日都會舉行祈求和平的儀式。
35	山口県（やまぐちけん） ya.ma.gu.chi.ke.n	日本第一大鍾乳石洞 －「秋芳洞（あきよしどう）」就位於山口縣。山口縣的「下関市（しものせきし）」更是全日本最好吃的河豚「虎河豚（トラフグ）」的產地。
36	香川県（かがわけん） ka.ga.wa.ke.n	知名的「讃岐（さぬき）うどん【讃岐烏龍麵】」的產地就在這裡。烏龍麵產量為全國第一！
37	徳島県（とくしまけん） to.ku.shi.ma.ke.n	「スダチ【酢橘】」，是德島縣代表性水果，占日本全國總產量的 98%！除了常用於淋在秋刀魚等烤魚料理上，在當地也做成醋、果汁、酒等販售，對抑制血糖很有幫助。
38	高知県（こうちけん） ko.o.chi.ke.n	日本明治維新中的革命性重要人物「坂本龍馬（さかもとりょうま）」的故鄉。有日本最後一條清流之稱的「四万十川（しまんとがわ）」流經該縣。
39	愛媛県（えひめけん） e.hi.me.ke.n	盛產「みかん【蜜柑】」，四處都能看得到面海、日照佳的橘子園。

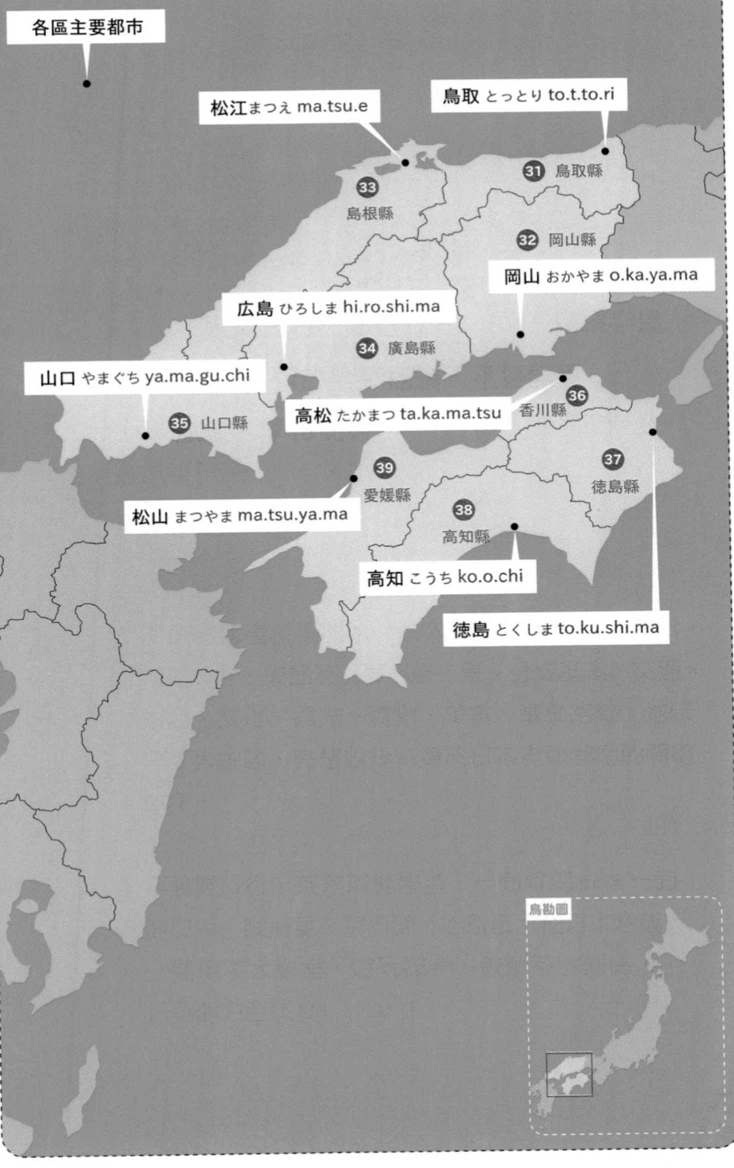
各區主要都市
松江 まつえ ma.tsu.e
鳥取 とっとり to.t.to.ri
31 鳥取縣
33 島根縣
32 岡山縣
岡山 おかやま o.ka.ya.ma
広島 ひろしま hi.ro.shi.ma
34 廣島縣
山口 やまぐち ya.ma.gu.chi
36 香川縣
高松 たかまつ ta.ka.ma.tsu
35 山口縣
37 徳島縣
39 愛媛縣
松山 まつやま ma.tsu.ya.ma
38 高知縣
高知 こうち ko.o.chi
徳島 とくしま to.ku.shi.ma
鳥勘圖

九州・沖繩地方（きゅうしゅう・おきなわちほう）

kyu.u.shu.u・o.ki.na.wa.chi.ho.o

40 福岡県（ふくおかけん）fu.ku.o.ka.ke.n	因地理位置特殊，自古就是日本與中國往來主要的港口，有「アジアの玄関口（げんかんぐち）【亞細亞的玄關】」之稱。
41 佐賀県（さがけん）sa.ga.ke.n	自古盛行陶器，日本最負盛名的手工瓷器「有田焼（ありたやき）」就是產於此地。
42 長崎県（ながさきけん）na.ga.sa.ki.ke.n	長崎縣是日本鎖國時代唯一對外開放的港口所在地，因此當地的飲食及糕點也深受西洋文明影響。而著名的「カステラ【蜂蜜蛋糕】」就是距今約 400 年前由葡萄牙人傳入。另外，重現中古世紀歐洲街景的「ハウステンボス【豪斯登堡】」也是許多遊客必造訪的景點之一。
43 大分県（おおいたけん）o.o.i.ta.ke.n	1 萬圓紙鈔上的教育家，也是慶應大學的創辦人「福沢諭吉（ふくざわゆきち）」的故鄉。以「別府（べっぷ）」、「湯布院（ゆふいん）」溫泉聞名。
44 熊本県（くまもとけん）ku.ma.mo.to.ke.n	著名的「阿蘇火山」就位於熊本縣。縣內擁有豐富的地下水資源，水質優良。日本全國「名水百選」中就有 4 處位於此地。縣內的黑川溫泉是日本九州票選人氣第一的溫泉勝地。
45 宮崎県（みやざきけん）mi.ya.za.ki.ke.n	此地氣候溫和，晴朗天數、日照時間、及降雨量，在日本都是數一數二的。青椒和豌豆的產量都是日本第一。
46 鹿児島県（かごしまけん）ka.go.shi.ma.ke.n	位於九州的最南端，氣候溫暖。鹿兒島灣上的活火山「桜島（さくらじま）」及位於南邊海面上分佈著被列爲世界自然遺產的「屋久島（やくしま）」，都相當有名。
47 沖縄県（おきなわけん）o.ki.na.wa.ke.n	歷史上是「琉球王国（りゅうきゅうおうこく）」的所在地。自古與中國、日本等亞洲各國都有貿易關係，自明治時代才變成日本的沖繩縣。特產的苦瓜、金楚糕（ちんすこう）和黑糖等，都是人氣商品。

MEMO

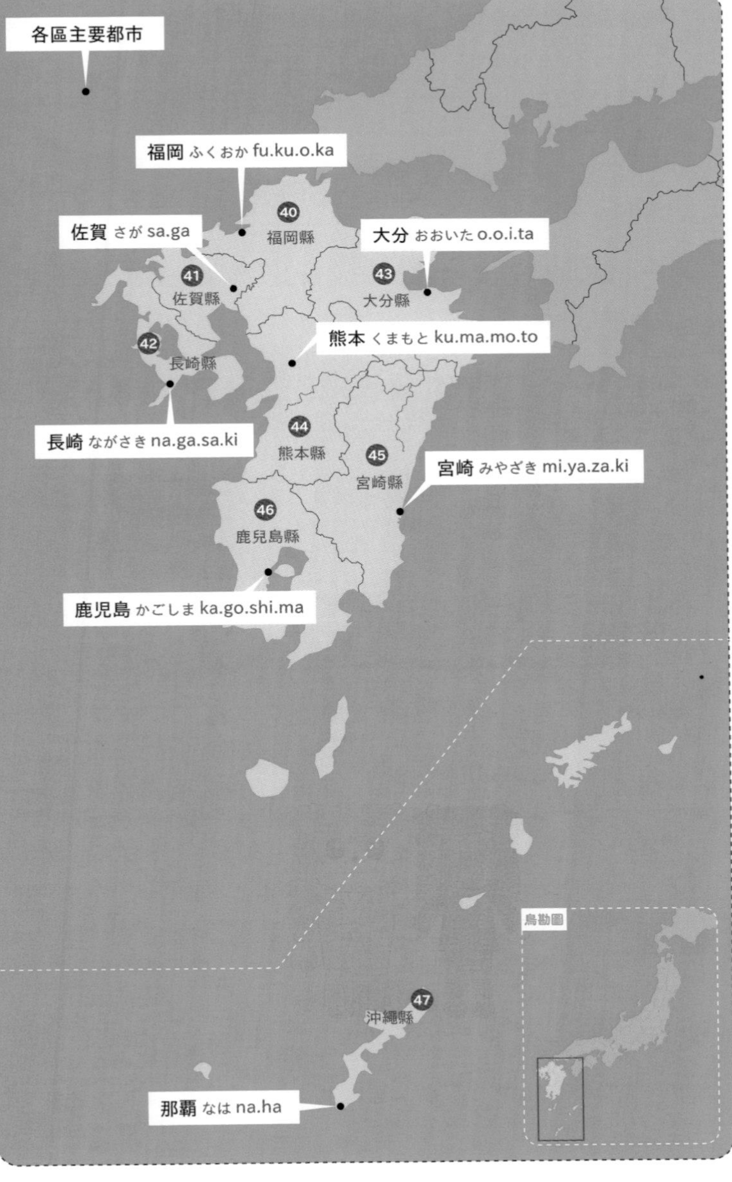
各區主要都市
福岡 ふくおか fu.ku.o.ka
40
福岡縣
佐賀 さが sa.ga
41
佐賀縣
大分 おおいた o.o.i.ta
43
大分縣
42
長崎縣
熊本 くまもと ku.ma.mo.to
長崎 ながさき na.ga.sa.ki
44
熊本縣
45
宮崎縣
宮崎 みやざき mi.ya.za.ki
46
鹿兒島縣
鹿兒島 かごしま ka.go.shi.ma
鳥瞰圖
47
沖繩縣
那覇 なは na.ha

客運・公車

006

bus
バス ba.su

到日本自助旅行，有時也需要搭客運或公車，上車前最好跟服務人員或司機確認是否有到自己要去的地方，大部份的巴士都會廣播或在螢幕顯示下一站的站名。

客運・巴士種類

No.	日文（標音）	羅馬拼音	中文
01 ※	リムジンバス（Limousine bus）	ri.mu.ji.n.ba.su	利木津巴士
02	高速バス（こうそく bus）	ko.o.so.ku.ba.su	類似國道客運
03 ※	夜行バス（やこう bus）	ya.ko.o.ba.su	夜間巴士
04 ※	深夜バス（しんや bus）	shi.n.ya.ba.su	深夜巴士
05 ※	観光バス（かんこう bus）	ka.n.ko.o.ba.su	觀光巴士
06 ※	路線バス（ろせん bus）	ro.se.n.ba.su	公車
07	バスターミナル（bus terminal）	ba.su.ta.a.mi.na.ru	公車總站
08	乗車券売場（じょうしゃけんうりば）	jo.o.sha.ke.n.u.ri.ba	售票處
09	バスレーン（bus lane）	ba.su.re.e.n	公車專用道
10	運転手・ドライバー（うんてんしゅ・driver）	u.n.te.n.shu · do.ra.i.ba.a	司機
11	バス停（bus てい）	ba.su.te.i	（上、下車）公車站
12 ※	ワンマンバス（oneman bus）	wa.n.ma.n.ba.su	一人巴士

※ 01 連接機場和主要城市車站或飯店的客運。03 晚上發車，長距離。票價比新幹線、機票便宜。04 深夜發車，短距離的巴士。05 類似遊覽車，會停固定的景點。06 行駛路線固定。12 只有司機一個人，無車掌。

車內設備

No.	日文（標音）	羅馬拼音	中文
13	路線図（ろせんず）	ro.se.n.zu	行駛路線圖
14	優先席（ゆうせんせき）	yu.u.se.n.se.ki	博愛座
15	座席指定（ざせきしてい）	za.se.ki.shi.te.i	指定座位
16	両替（りょうがえ）	ryo.o.ga.e	換零錢
17	シートベルト（seat belt）	shi.i.to.be.ru.to	安全帶
18	フットレスト（foot rest）	fu.t.to.re.su.to	腳踏板

在日本搭公車

19 整理券（せいりけん）
se.i.ri.ke.n
整理券

20 運賃（うんちん）
u.n.chi.n
車資

後門上車拿整理券。

整理券上的數字是車資的代碼。

整理券
○○バス
7

對照整理券上的數字，找出車資表上的金額。

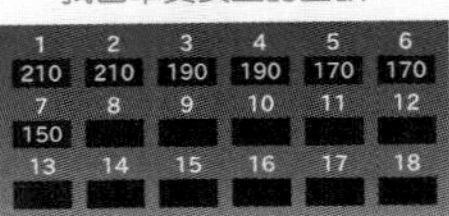

1 210
2 210
3 190
4 190
5 170
6 170
7 150
8
9
10
11
12
13
14
15
16
17
18

21 とまります
to.ma.ri.ma.su
停車（下車鈴）

22 運賃箱（うんちんばこ）
u.n.chi.n.ba.ko
投幣箱

下車前，請按下車鈴。

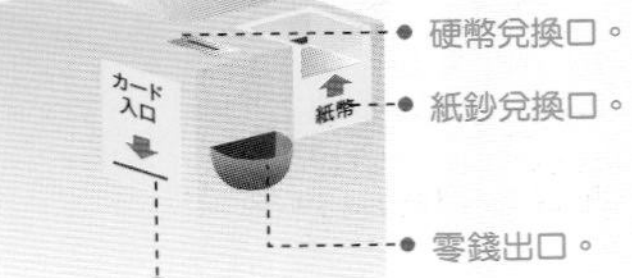

實用會話

23 すみません、大阪駅（おおさかえき）行（ゆ）きはどのバス（bus）ですか？
su.mi.ma.se.n、o.o.sa.ka.e.ki.yu.ki.wa.do.no.ba.su.de.su.ka
不好意思，往大阪車站的公車是哪一台呢？

24 このバスは大阪駅（おおさかえき）へ行（い）きますか？
ko.no.ba.su.wa.o.o.sa.ka.e.ki.e.i.ki.ma.su.ka
這台公車是往大阪車站的嗎？

25 すみません、大阪駅（おおさかえき）に着（つ）いたら教（おし）えてください。
su.mi.ma.se.n、o.o.sa.ka.e.ki.ni.tsu.i.ta.ra.o.shi.e.te.ku.da.sa.i
不好意思，大阪車站到了的話請告訴我。

計程車

007

taxi
タクシー ta.ku.shi.i

日本計程車的起跳車資，依各家公司規定，約 500 ～ 700 日圓不等。把相關單字和會話學起來，下次到日本有機會搭計程車時，就不用害怕無法溝通了！

01 タクシー乗り場（taxi／の／ば）
ta.ku.shi.i.no.ri.ba
計程車搭乘處

02 料金・運賃（りょうきん・うんちん）
ryo.o.ki.n・u.n.chi.n
車資

03 初乗運賃（はつのりうんちん）
ha.tsu.no.ri.u.n.chi.n
起跳車資

04 料金メーター（りょうきん／meter）
ryo.o.ki.n.me.e.ta.a
計費里程表

05 深夜料金・深夜割増（しんやりょうきん・しんやわりまし）
shi.n.ya.ryo.o.ki.n・shi.n.ya.wa.ri.ma.shi
夜間加成收費

06 自動ドア（じどう／door）
ji.do.o.do.a
自動門

07 カーナビ（car navigation）
ka.a.na.bi
衛星定位導航系統

08 貸切タクシー（かしきり／taxi）
ka.shi.ki.ri.ta.ku.shi.i
包車

09 ※ 観光タクシー（かんこう／taxi）
ka.n.ko.o.ta.ku.shi.i
觀光計程車

10 ワゴンタクシー（wagon／taxi）
wa.go.n.ta.ku.shi.i
六～九人座計程車

11 ※ 運転代行（うんてんだいこう）
u.n.te.n.da.i.ko.o
代理司機

12 ※ 個人タクシー（こじん／taxi）
ko.ji.n.ta.ku.shi.i
個人計程車

13 ※ 白タク（しろ／taxi）
shi.ro.ta.ku
私人計程車（無執照）

66-66
※違法

14 空車（くうしゃ）
ku.u.sha
空車
空 車

15 ※ 回送（かいそう）
ka.i.so.o
空車但不載客
回 送

16 ※ 迎車（げいしゃ）
ge.i.sha
迎車
迎 車

17 賃走（ちんそう）
chi.n.so.o
車上有乘客
賃 走

※ **09** 由熟悉周邊景點的司機，載客人到各個景點觀光。**11** 喝酒後無法開車回家時，請代理司機將車開回家。**12** 需具備 10 年的駕駛經驗，並且 5 年沒有違反交通規則、3 年無發生交通事故的記錄等嚴格的規定及審查。**13** 日本計程車的車牌是綠色的，私人汽車則是白色車牌。**15** 返回休息站，不提供載客服務。**16** 已有乘客電話叫車，正前往載客途中時會顯示「迎車」。

實用會話

18 タクシーを呼(よ)んでください。
ta.ku.shi.i.o.yo.n.de.ku.da.sa.i
請幫我叫計程車。

19 渋谷駅(しぶやえき)までお願(ねが)いします。
shi.bu.ya.e.ki.ma.de.o.ne.ga.i.shi.ma.su
麻煩到澀谷車站。

20 渋谷駅(しぶやえき)まで（時間(じかん)／料金(りょうきん)）はどのくらいかかりますか？
shi.bu.ya.e.ki.ma.de (ji.ka.n／ryo.o.ki.n) wa.do.no.ku.ra.i.ka.ka.ri.ma.su.ka
到澀谷車站大概要（多久／多少錢）？

21 トランク(trunk)を開(あ)けてもらえますか？
to.ra.n.ku.o.a.ke.te.mo.ra.e.ma.su.ka
可以幫我打開後車廂嗎？

22 急(いそ)いでもらえますか？
i.so.i.de.mo.ra.e.ma.su.ka
可以麻煩開快一點嗎？

23 窓(まど)を開(あ)けてもいいですか？
ma.do.o.a.ke.te.mo.i.i.de.su.ka
我可以打開窗戶嗎？

今行(いまい)きまぁーす！
i.ma.i.ki.ma.a.su
現在要過去囉！

24 次(つぎ)の（角(かど)／交差点(こうさてん)）を（右(みぎ)／左(ひだり)）に曲(ま)がってください。
tsu.gi.no (ka.do／ko.o.sa.te.n) o (mi.gi／hi.da.ri) ni.ma.ga.t.te.ku.da.sa.i
下一個（轉角／十字路）請往（右轉／左轉）。

25 まっすぐ行(い)ってください。
ma.s.su.gu.i.t.te.ku.da.sa.i
請直走。

hi taxi
ハーイ！タクシー！
ha.a.i ! ta.ku.shi.i
嘿！計程車！

26 ここでいいです。
ko.ko.de.i.i.de.su
到這裡就可以了。

27 領収書(りょうしゅうしょ)をください。
ryo.o.shu.u.sho.o.ku.da.sa.i
請給我收據。

電車・列車

でんしゃ れっしゃ
電車・列車 de.n.sha・re.s.sha

日本交通十分發達，即使是外國觀光客也可以輕鬆搭乘大眾交通工具暢遊日本！

車站內

01	駅（えき）	e.ki	車站
02	コンコース（concourse）	ko.n.ko.o.su	車站大廳
03 ※	駅ビル（えき building）	e.ki.bi.ru	車站大樓
04	のりば	no.ri.ba	乘車處
05	ホーム（(plat) form）	ho.o.mu	月台
06	路線図（ろせんず）	ro.se.n.zu	路線圖
07	コインロッカー（coin locker）	ko.i.n.ro.k.ka.a	投幣式置物櫃
08	時刻表（じこくひょう）	ji.ko.ku.hyo.o	時刻表
09	ラッシュアワー（rush hour）	ra.s.shu.a.wa.a	尖峰時段
10	駅員（えきいん）	e.ki.i.n	站務員
11	乗り換え（のりかえ）	no.ri.ka.e	轉乘
12	接続（せつぞく）	se.tsu.zo.ku	連接其它路線
13	東口（ひがしぐち）	hi.ga.shi.gu.chi	東側出口
14	西口（にしぐち）	ni.shi.gu.chi	西側出口
15	南口（みなみぐち）	mi.na.mi.gu.chi	南側出口
16	北口（きたぐち）	ki.ta.gu.chi	北側出口

※ 03 含車站及商店街。

列車內

17	車掌（しゃしょう）	sha.sho.o	列車長
18	運転士（うんてんし）	u.n.te.n.shi	列車駕駛
19	中吊り広告（なかづりこうこく）	na.ka.zu.ri.ko.o.ko.ku	車廂內廣告

20	21	22
じゃくれいぼうしゃ 弱冷房車 ja.ku.re.i.bo.o.sha 冷氣溫度較高的車廂	じょせいせんようしゃりょう 女性専用車両 jo.se.i.se.n.yo.o.sha.ryo.o 女性專用車廂	ゆうせんせき 優先席 yu.u.se.n.se.ki 博愛座

車種

23 ※	24	25
JR je.i.a.a.ru Japan Railways的縮寫	ちかてつ 地下鉄 chi.ka.te.tsu 地下鐵	してつ 私鉄 shi.te.tsu 私鐵（非國營）

26	27	28 ※
mono rail モノレール mo.no.re.e.ru 單軌列車	ろめんでんしゃ 路面電車 ro.me.n.de.n.sha 路面電車	かくえきていしゃ 各駅停車 ka.ku.e.ki.te.i.sha 各站停車

29 ※	30 ※	31 ※
かいそく 快速 ka.i.so.ku 快車	きゅうこう 急行 kyu.u.ko.o 快車	とっきゅう 特急 to.k.kyu.u 特快車

※ **23** 原為日本國營鐵道。1987 年分割為七間公司，並將原本國有的經營權移轉為民營（JR 北海道、JR 東日本、JR 東海、JR 西日本、JR 四國、JR 九州、JR 貨物），其分離出的各公司即合稱為「JR」。
28 ～ 31 停靠站數由多至少。28 各駅停車＞ 29 快速＞ 30 急行＞ 31 特急。

座位種類

32	33	34
green しゃ グリーン車 gu.ri.i.n.sha 頭等車廂	していせき 指定席 shi.te.i.se.ki 對號座	じゆうせき 自由席 ji.yu.u.se.ki 自由座

購票・補票

35	36	37
きっぷう ば 切符売り場 ki.p.pu.u.ri.ba 售票處	うんちんひょう 運賃表 u.n.chi.n.hyo.o 票價表	せいさんき のりこし精算機 no.ri.ko.shi.se.i.sa.n.ki 自動補票機

38	39	40
せいさん せいさんじょ 精算／精算所 se.i.sa.n／se.i.sa.n.jo 補票／補票處	おうふく かたみち 往復／片道 o.o.fu.ku／ka.ta.mi.chi 來回／單程	げしゃぜんと むこう 下車前途無効 ge.sha.ze.n.to.mu.ko.o 中途下車，該票失效

41 ※	42 ※	43
よびだし yo.bi.da.shi 呼出	まどぐち みどりの窓口 mi.do.ri.no.ma.do.gu.chi 綠色窗口	かいさつぐち 改札口 ka.i.sa.tsu.gu.chi 剪票口

※ **41** 按此按鈕會有站務人員幫忙協助。**42** 設置於 JR 車站內，主要發售各級列車的對號座車票。

自動售票機

基本 交通 生活 文化 觀光 購物 美食 電車路線 電車地圖

票種

44 じょうしゃけん
乗車券
jo.o.sha.ke.n
車票

45 いちにちじょうしゃけん
一日乗車券
i.chi.ni.chi.jo.o.sha.ke.n
1日票

46 ていきけん
定期券
te.i.ki.ke.n
月票

47 れんらくじょうしゃけん
連絡乗車券
re.n.ra.ku.jo.o.sha.ke.n
轉乘車票

48 card
カード
ka.a.do
車票儲值卡

49 かいすうけん
回数券
ka.i.su.u.ke.n
回數票

50 ふつうかいすうけん
普通回数券
fu.tsu.u.ka.i.su.u.ke.n
一般回數票
無使用時間的限制

51 どきゅうじつかいすうけん
土休日回数券
do.kyu.u.ji.tsu.ka.i.su.u.ke.n
週末回數票
限週末假日使用

52 じさかいすうけん
時差回数券
ji.sa.ka.i.su.u.ke.n
時差回數票
限平日離峰時段10～16時和週末假日使用。

車票儲值卡

53 Suica
su.i.ka

54 PASMO
pa.su.mo

自動售票機

55 じどうけんばいき
自動券売機
ji.do.o.ke.n.ba.i.ki
自動售票機

56 とうにゅうきんがく
投入金額
to.o.nyu.u.ki.n.ga.ku
投入金額

57 charge
チャージ
cha.a.ji
加值

58 えんぶそく
あと〇〇円不足です
a.to.〇〇.e.n.bu.so.ku.de.su
不足〇〇日圓

すみません。券売機の使い方を教えてください。
su.mi.ma.se.n。ke.n.ba.i.ki.no.tsu.ka.i.ka.ta.o.o.shi.e.te.ku.da.sa.i
不好意思，請告訴我售票機的使用方法！

自動售票機使用介面

59 ひょうじ touch panel
表示タッチパネル
hyo.o.ji.ta.c.chi.pa.ne.ru
觸控螢幕操作界面

60 にんずう
人数
ni.n.zu.u
人數

61
とりけし
to.ri.ke.shi
取消

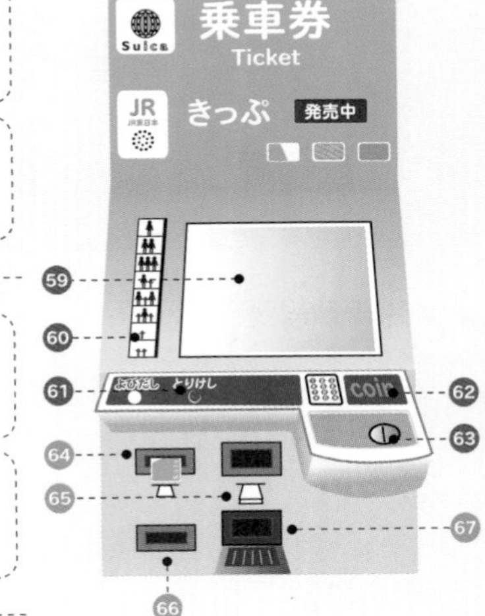

62 とうにゅうひょうじ ざんがくひょうじ
投入表示／残額表示
to.o.nyu.hyo.o.ji／za.n.ga.ku.hyo.o.ji
顯示投入金額／顯示餘額

63 こうか とうにゅうぐち
硬貨投入口
ko.o.ka.to.o.nyu.u.gu.chi
硬幣投入口

64 card とうにゅうぐち card へんきゃくぐち
カード投入口／カード返却口
ka.a.do.to.o.nyu.u.gu.chi／ka.a.do.he.n.kya.ku.gu.chi
儲值卡插入口／儲值卡退還口

65 しへいとうにゅうぐち
紙幣投入口
shi.he.i.to.o.nyu.u.gu.chi
紙鈔插入口

66 じょうしゃけんとりだしぐち
乗車券取出口
jo.o.sha.ke.n.to.ri.da.shi.gu.chi
車票取出口

67 しへい こうか へんきゃくぐち
紙幣／硬貨返却口
shi.he.i／ko.o.ka.he.n.kya.ku.gu.chi
紙幣／硬幣退還口

實用會話

68 すみません、（乗車券／おつり）が出てきません。
（じょうしゃけん、で）
su.mi.ma.se.n、(jo.o.sha.ke.n／o.tsu.ri) ga.de.te.ki.ma.se.n
不好意思，（車票／零錢）沒有出來。

69 すみません、精算をお願いします。
（せいさん、ねが）
su.mi.ma.se.n、se.i.sa.n.o.o.ne.ga.i.shi.ma.su
不好意思，我要補票。

新幹線

009

しんかんせん
新幹線 shi.n.ka.n.se.n

新幹線（又稱子彈列車），不僅時速可達 270 ～ 300 公里，且非常安全。為了方便區分，像是台鐵也分為「自強號」、「莒光號」、「太魯閣號」，日本新幹線也擁有各自的名稱，十分有趣！

東北新幹線

01 とうほくしんかんせん
東北新幹線
to.o.ho.ku.shi.n.ka.n.se.n
東京 ⇆ 新青森

02 はやて 往：新青森（しんあおもり）
ha.ya.te—shi.n.a.o.mo.ri
疾風號

03 やまびこ 往：仙台（せんだい）・盛岡（もりおか）
ya.ma.bi.ko—se.n.da.i · mo.ri.o.ka
山神號（山彥號）

04 なすの 往：那須塩原（なすしおばら）・郡山（こうりやま）
na.su.no—na.su.shi.o.ba.ra · ko.o.ri.ya.ma
那須野號

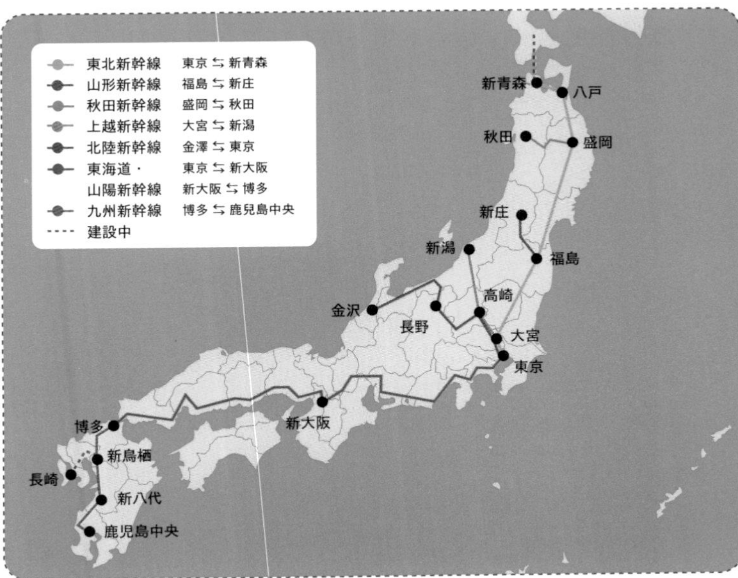

山形新幹線

05
やまがたしんかんせん
山形新幹線
ya.ma.ga.ta.shi.n.ka.n.se.n
福島 ⇆ 新庄

06
つばさ　往：新庄（しんじょう）
tsu.ba.sa—shi.n.jo.o
翼號

秋田新幹線

07
あきたしんかんせん
秋田新幹線
a.ki.ta.shi.n.ka.n.se.n
盛岡 ⇆ 秋田

08
こまち　往：秋田（あきた）
ko.ma.chi—a.ki.ta
小町號

上越新幹線

09
じょうえつしんかんせん
上越新幹線
jo.o.e.tsu.shi.n.ka.n.se.n
大宮 ⇆ 新潟

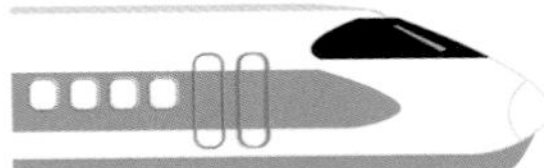

10
とき　往：新潟（にいがた）
to.ki—ni.i.ga.ta
朱鷺號

11
たにがわ　往：越後湯沢（えちごゆざわ）
ta.ni.ga.wa—e.chi.go.yu.za.wa
谷川號

北陸新幹線

12
ほくりくしんかんせん
北陸新幹線
ho.ku.ri.ku.shi.n.ka.n.se.n
金澤 ⇆ 東京

13
かがやき　往：東京（とうきょう）
ka.ga.ya.ki—to.o.kyo.o
光輝號

14
はくたか　往：長野、東京（ながの、とうきょう）
ha.ku.ta.ka—na.ga.no、to.o.kyo.o
白鷹號

15
つるぎ　往：富山（とやま）
tsu.ru.gi—to.ya.ma
劍號

16
あさま　往：東京（とうきょう）
a.sa.ma—to.o.kyo.o
淺間號

東海道・山陽新幹線

17 東海道新幹線（とうかいどうしんかんせん） 往：新大阪（しんおおさか）
to.o.ka.i.do.o.shi.n.ka.n.se.n—shi.n.o.o.sa.ka
東京 ⇆ 新大阪

18 山陽新幹線（さんようしんかんせん） 往：博多（はかた）
sa.n.yo.o.shi.n.ka.n.se.n—ha.ka.ta
新大阪 ⇆ 博多

19 のぞみ 往：博多（はかた）
no.zo.mi—ha.ka.ta
希望號（最快）

20 ひかり 往：博多（はかた）
hi.ka.ri—ha.ka.ta
光號（第二快）

21 こだま 往：博多（はかた）
ko.da.ma—ha.ka.ta
木靈號（各站停車）

九州新幹線

22 九州新幹線（きゅうしゅうしんかんせん）
kyu.u.shu.u.shi.n.ka.n.se.n
博多 ⇆ 鹿兒島中央

23 つばめ 往：鹿児島中央（かごしまちゅうおう）
tsu.ba.me —ka.go.shi.ma.chu.u.o.o
燕子號

實用會話

24 何時（なんじ）の（の）に乗りますか。
na.n.ji.no.ni.no.ri.ma.su.ka
要搭幾點的車？

25 「光（ひかり）」号（ごう）をお願（なが）いします。二枚（にまい）です。
hi.ka.ri.go.o.wo.o.ne.ga.i.shi.ma.su。ni.ma.i.de.su
買「光號」車的車票，兩張。

26 自由席（じゆうせき）ですか、指定席（していせき）ですか。
ji.yu.u.se.ki.de.su.ka、shi.te.i.se.ki.de.su.ka
不對號還是對號？

27 精算所（せいさんじょ）で運賃（うんちん）の精算（せいさん）をしてください。
se.i.sa.n.jo.de.u.n.chi.n.no.se.i.sa.n.wo.shi.te.ku.da.sa.i
請在補票處補票。

28 切符（きっぷ）を見（み）せてください。
ki.p.pu.wo.mi.se.te.ku.da.sa.i
請出示一下車票。

29 線（せん）まで下（さ）がってください。
se.n.ma.de.sa.ga.t.te.ku.da.sa.i
請退到線內。

飯店

hotel
ホテル ho.te.ru

010

完成入房手續以後，在開始一天的行程前，除了先了解飯店內的設施及服務，房間內如有物品缺少或故障，也別忘了先告知服務人員哦！

抵達飯店囉

01 front
フロント
fu.ro.n.to
櫃台

02 clerk
クラーク
ku.ra.a.ku
服務台人員

03 法concierge
コンシェルジュ
ko.n.she.ru.ju
飯店服務員

04 porter
ポーター
po.o.ta.a
行李服務員

05 door man
ドアマン
do.a.ma.n
門僮

06 bell boy
ベルボーイ
be.ru.bo.o.i
行李員

07 check in
チェックイン
che.k.ku.i.n
登記

08 check out
チェックアウト
che.k.ku.a.u.to
退房

09 hotel voucher
ホテルバウチャー
ho.te.ru.ba.u.cha.a
旅館住宿憑證

10 late check in
レイトチェックイン
re.i.to.che.k.ku.i.n
延遲登記

11 late check out
レイトチェックアウト
re.i.to.che.k.ku.a.u.to
延長退房

12 cancellation
キャンセル
kya.n.se.ru
取消訂房

13 deposit
デポジット
de.po.ji.t.to
訂金

14 credit card
クレジットカード
ku.re.ji.t.to.ka.a.do
信用卡

15 safety box
セーフティーボックス
se.e.fu.ti.i.bo.k.ku.su
保險箱

16 room key
ルームキー・鍵（かぎ）
ru.u.mu.ki.i・ka.gi
房間鑰匙

17 朝食券（ちょうしょくけん）
cho.o.sho.ku.ke.n
早餐券

18 buffet
ビュッフェ
byu.f.fe
自助餐

19 両替（りょうがえ）
ryo.o.ga.e
兌換

20 morning call
モーニングコール
mo.o.ni.n.gu.ko.o.ru
早晨喚醒服務

21 casheir
キャッシャー
kya.s.sha.a
會計處

※使用需付費客房服務的結帳處

房型・飯店設施

22 きゃくしつ 客室 kya.ku.shi.tsu 房間

23 single シングル shi.n.gu.ru 單人房

24 twin ツイン tsu.i.n 雙人房（兩張單人床）

25 double ダブル da.bu.ru 雙人房（雙人床）

26 わしつ 和室 wa.shi.tsu 日式房間

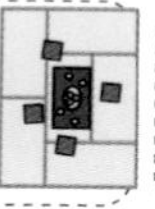

27 ようしつ 洋室 yo.o.shi.tsu 西式房間

28 suite スイート su.i.i.to 總統套房或蜜月套房

29 きんえん floor 禁煙フロアー ki.n.e.n.fu.ro.a.a 禁煙樓層

30 きつえん floor 喫煙フロアー ki.tsu.e.n.fu.ro.a.a 吸煙樓層

31 lobby ロビー ro.bi.i 大廳

32 elevator エレベーター e.re.be.e.ta.a 電梯

33 かいだん 階段 ka.i.da.n 樓梯

34 restaurant レストラン re.su.to.ra.n 餐廳

35 えんかいじょう 宴会場 e.n.ka.i.jo.o 宴會廳

36 lounge ラウンジ ra.u.n.ji 交誼廳、休息室

37 gym ジム ji.mu 健身房

38 spa スパ su.pa 多功能三溫暖

39 じどうはんばいき 自動販売機 ji.do.o.ha.n.ba.i.ki 自動販賣機

40 city hotel シティーホテル shi.ti.i.ho.te.ru 西式飯店、城市飯店

41 bussines hotel ビジネスホテル bi.ji.ne.su.ho.te.ru 商務用小型飯店

42 resort hotel リゾートホテル ri.zo.o.to.ho.te.ru 休閒飯店

客房服務

￥ 需付費客房服務，使用前請注意附近有無價目表！

43 room service ルームサービス ru.u.mu.sa.a.bi.su 客房服務

44 house keeper ハウスキーパー ha.u.su.ki.i.pa.a 客房清掃服務員

45 laundry service ランドリーサービス ra.n.do.ri.i.sa.a.bi.su ￥ 洗衣服務

46 mini bar ミニバー mi.ni.ba.a ￥ 迷你小酒吧

47 room theater ルームシアター ru.u.mu.shi.a.ta.a ￥ 客房劇場

48 message service メッセージサービス me.s.se.e.ji.sa.a.bi.su 留言服務

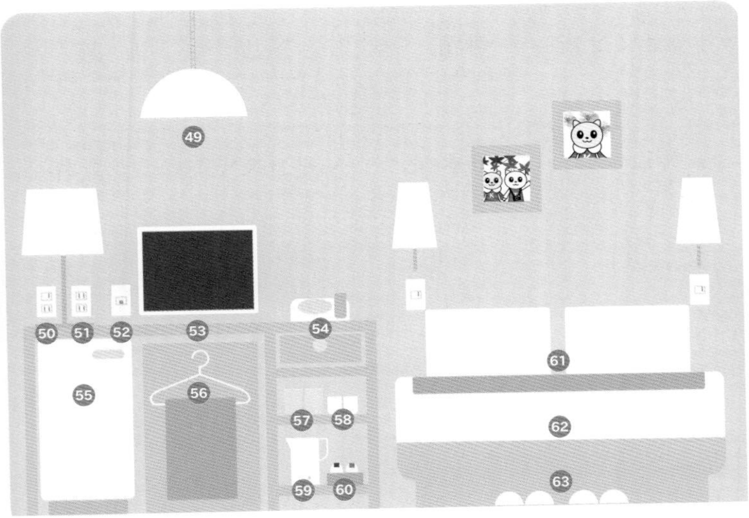

房間內設施

49 しょうめい light
照明・ライト
sho.o.me.i・ra.i.to
燈光

50 switch でんげん
スイッチ・電源
su.i.c.chi・de.n.ge.n
電源

51 concentric plug
コンセント
ko.n.se.n.to
插座

52 internet かいせん
インターネット回線
i.n.ta.a.ne.t.to.ka.i.se.n
網路線

53 television
テレビ
te.re.bi
電視

54 でんわ
電話
de.n.wa
電話

55 れいぞうこ
冷蔵庫
re.i.zo.o.ko
冰箱

56 hanger
ハンガー
ha.n.ga.a
衣架

57 cup
コップ
ko.p.pu
玻璃杯

58 ゆの
湯呑み
yu.no.mi
熱水杯

59 ゆわか pot
湯沸しポット
yu.wa.ka.shi.po.t.to
電熱水瓶

60 tea bag
ティーバッグ
ti.i.ba.g.gu
茶包

61
まくら
ma.ku.ra
枕頭

62 bed
ベッド
be.d.do
床

63 slippers
スリッパ
su.ri.p.pa
拖鞋

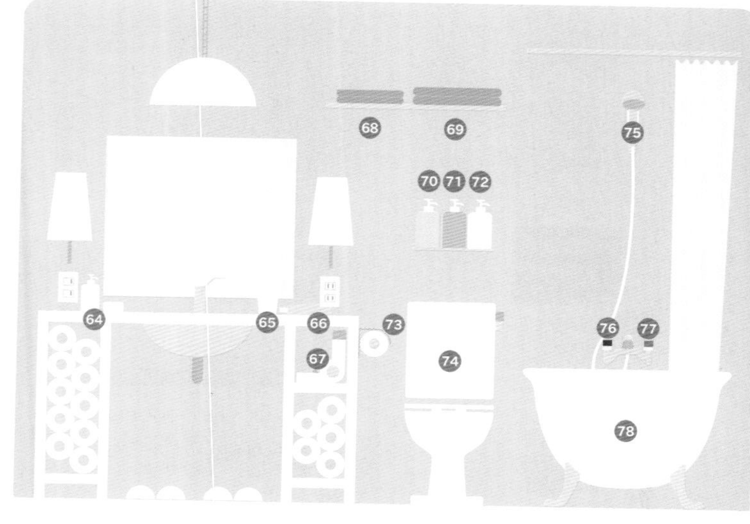

浴室內設備

64 せっけん **石鹸** se.k.ke.n 肥皂	65 は brush **歯ブラシ** ha.bu.ra.shi 牙刷	66 は みが こ **歯磨き粉** ha.mi.ga.ki.ko 牙膏
67 dryer **ドライヤー** do.ra.i.ya.a 吹風機	68 face towel **フェイスタオル** fe.i.su.ta.o.ru 擦臉用小方巾	69 bath towel **バスタオル** ba.su.ta.o.ru 浴巾
70 shampoo **シャンプー** sha.n.pu.u 洗髮精	71 rinse **リンス** ri.n.su 潤絲精	72 body shampoo **ボディーシャンプー** bo.di.i.sha.n.pu.u 沐浴乳
73 toilet paper **トイレットペーパー** to.i.re.t.to.pe.e.pa.a 衛生紙	74 toilet **トイレ** to.i.re 馬桶	75 shower **シャワー** sha.wa.a 淋浴設備
76 ゆ **お湯** o.yu 熱水	77 みず **水** mi.zu 水	78 bathtub **バスタブ** ba.su.ta.bu 浴缸

實用會話

きんえん floor ねが
禁煙フロアーをお願いします。
ki.n.e.n.fu.ro.a.a.o.o.ne.ga.i.shi.ma.su
我們要預約禁煙樓層。

よ やく
79 予約している○○です。
yo.ya.ku.shi.te.i.ru.○○de.su
我是○○，我有預約。

Internet でん わ よ やく
80 (インターネット／電話) で予約しました。
(i.n.ta.a.ne.t.to／de.n.wa) de.yo.ya.ku.shi.ma.shi.ta
是用（網路／電話）預約的。

credit card げんきん し はら
81 (クレジットカード／現金) で支払います。
(ku.re.ji.t.to.ka.a.do／ge.n.ki.n) de.shi.ha.ra.i.ma.su
用（信用卡／現金）付款。

いっぱく に はく さんぱく よんぱく
82 (一泊／二泊／三泊／四泊) します。
(i.p.pa.ku／ni.ha.ku／sa.n.pa.ku／yo.n.pa.ku) shi.ma.su
我要住（一個／二個／三個／四個）晚上。

check in に もつ あず
83 チェックインまで荷物を預かってもらえますか？
che.k.ku.i.n.ma.de.ni.mo.tsu.o.a.zu.ka.t.te.mo.ra.e.ma.su.ka
在登記入房之前，我可以將行李先寄放在這裡嗎？

ち ず
84 このあたりの地図はありますか？
ko.no.a.ta.ri.no.chi.zu.wa.a.ri.ma.su.ka
有這附近的地圖嗎？

こくさいでん わ
国際電話をかけたいのですが。
ko.ku.sa.i.de.n.wa.o.ka.ke.ta.i.no.de.su.ga
我想打國際電話。

ちょうしょく なん じ
85 朝食は何時からですか？
cho.o.sho.ku.wa.na.n.ji.ka.ra.de.su.ka
早餐幾點開始呢？

ちょうしょく ば しょ
86 朝食の場所はどこですか？
cho.o.sho.ku.no.ba.sho.wa.do.ko.de.su.ka
早上在哪裡用餐呢？

ちゅうごく ご えい ご ひと
87 (中国語／英語) ができる人はいますか？
(chu.u.go.ku.go／e.i.go) ga.de.ki.ru.hi.to.wa.i.ma.su.ka
有會說（中文／英文）的人嗎？

き ちょうひん あず
88 貴重品を預かってもらえますか。
ki.cho.o.hi.n.o.a.zu.ka.t.te.mo.ra.e.ma.su.ka
可以幫我保管貴重物品嗎？

實用會話

89 毛布（もうふ）が足（た）りないので、持（も）ってきてください。
mo.o.fu.ga.ta.ri.na.i.no.de、mo.t.te.ki.te.ku.da.sa.i
毛毯不夠，請再幫我拿毛毯過來。

90 鍵（かぎ）が開（あ）きません。
ka.gi.ga.a.ki.ma.se.n
鎖打不開。

91 鍵（かぎ）を失（な）くしてしまいました。
ka.gi.o.na.ku.shi.te.shi.ma.i.ma.shi.ta
鑰匙弄丟了。

92 電気（でんき）がつきません。
de.n.ki.ga.tsu.ki.ma.se.n
燈不會亮。

93 ハンガー（hanger）が足（た）りません。
ha.n.ga.a.ga.ta.ri.ma.se.n
衣架不夠。

94 テレビ（television）が壊（こわ）れています。
te.re.bi.ga.ko.wa.re.te.i.ma.su
電視故障了。

95 明日（あす）（6／7／8／9）時（じ）にモーニングコール（morning call）をお願（ねが）いします。
a.su (ro.ku/ shi.chi/ ha.chi/ ku) ji.ni.mo.o.ni.n.gu.ko.o.ru.o.o.ne.ga.i.shi.ma.su
麻煩明天早上（6/7/8/9）點 morning call。

96 荷物（にもつ）を送（おく）りたいのですが。
ni.mo.tsu.o.o.ku.ri.ta.i.no.de.su.ga
我想要寄送行李。

この荷物（にもつ）入（はい）りますか？
ko.no.ni.mo.tsu.ha.i.ri.ma.su.ka
可以放行李嗎？

97 チェックアウト（check out）は何時（なんじ）ですか？
che.k.ku.a.u.to.wa.na.n.ji.de.su.ka
退房時間是幾點呢？

98 チェックアウト（check out）をお願（ねが）いします。
che.k.ku.a.u.to.o.o.ne.ga.i.shi.ma.su
我要退房。

宅急便（たっきゅうびん）の方（ほう）がいいかも～
ta.k.kyu.u.bi.n.no.ho.o.ga.i.i.ka.mo
叫宅急便比較好喔～

99 タクシー（taxi）を呼（よ）んでください。
ta.ku.shi.i.o.yo.n.de.ku.da.sa.i
請幫我叫計程車。

100 （駅（えき）／空港（くうこう））までどのくらいかかりますか？
(e.ki／ku.u.ko.o) ma.de.do.no.ku.ra.i.ka.ka.ri.ma.su.ka
請問到（車站／機場）要多久的時間呢？

免治馬桶

011

おんすいせんじょうべんざ shower toilet
温水洗浄便座／シャワートイレ
o.n.su.i.se.n.jo.o.be.n.za ／ sha.wa.a.to.i.re

不太習慣使用免治馬桶座的您，到日本旅行上洗手間時，是不是經常會因為不知道該如何操作而感到困惑呢？在這裡為您簡單介紹一般免治馬桶座的使用方法，同時也把這些單字學起來吧！

01
べんざ
便座
be.n.za
馬桶座

調節馬桶座的溫度。

02
おんすい
温水
o.n.su.i
溫水

調節水溫。

03
おんどちょうせつ てい こう
温度調節（低／高）
o.n.do.cho.o.se.tsu（te.i／ko.o）
溫度調節（低／高）

溫度設定
低 ○●○ 高

視個人需求調節溫度。

04
かんそう
乾燥
ka.n.so.o
烘乾

05
なが だい しょう
流す(大／小)
na.ga.su(da.i／sho.o)
沖水（大／小）

06
power だっしゅう にゅう きり
パワー脱臭(入／切)
pa.wa.a.da.s.shu.u（nyu.u／ki.ri）
強力除臭（開／關）

パワー脱臭
入/切

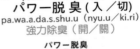

07
bidet
ビデ
bi.de
女性清洗
為女性設計的洗淨模式。

08
おしり
o.shi.ri
臀部洗淨

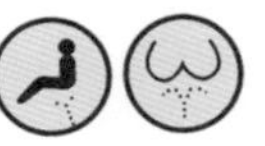

09
wide すいりゅう
ワイド水流／やわらか
wa.i.do.su.i.ryu.u／ya.wa.ra.ka
柔和洗淨

10
すいせいちょうせつ きょう じゃく
水勢調節（強／弱）
su.i.se.i.cho.o.se.tsu（kyo.o／ja.ku）
水勢調節（強／弱）

水勢
弱 ○●○○○ 強

可視個人需求調節洗淨水勢。

11
move せんじょう にゅう きり
ムーブ洗浄（入／切）
mu.u.bu.se.n.jo.o（nyu.u／ki.ri）
洗淨位置調節（開／關）

ムーブ

按壓此按鈕，噴嘴會自動前後移動。

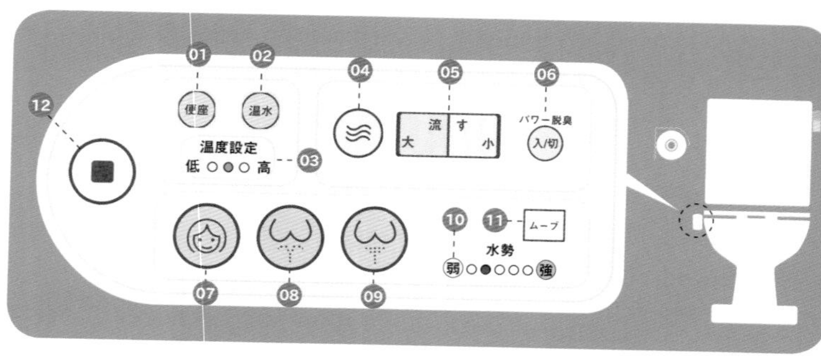

12

てい し
停止
te.i.shi
停止

停止洗淨、乾燥模式。

免治馬桶使用方法

※使用方式及功能依各家廠牌規格而不同，此說明僅供學習參考用。

於馬桶座上坐定

免治馬桶座會自動開始除臭。

※必須坐滿整個馬桶座，避免水流四濺。

清洗・停止

可用「・・」三種模式清洗。按「洗淨位置調節 ムーブ」可調節清洗位置。用畢按壓「停止 ■」鈕。

乾燥

按下「烘乾」鈕。用畢按壓「停止 ■」鈕。

起身後

按下「パワー脱臭 入/切」鈕，強力除臭機能啟動。

※有的免治馬桶會自動啟動除臭機能。

沖水

按下「大 流 す 小」鈕。選擇水量大或小清洗便器。

※有些免治馬桶會自動啟動沖水模式。

免 " 痔 " 馬桶的由來？

由於當初的發明動機是為了能讓患有痔瘡的人在便後能用溫水沖洗肛門，減輕痔瘡症狀，並增加排便順暢。因此才取其諧音，翻作免治馬桶。

報紙

新聞（しんぶん） shi.n.bu.n

012

日本報紙種類繁多，除了大家常見的全國性報紙還有「經濟報」、「體育報」、「地方報」…等。

報紙種類

01 朝刊（ちょうかん） cho.o.ka.n 早報

02 夕刊（ゆうかん） yu.u.ka.n 晚報

03 一般紙（いっぱんし） i.p.pa.n.shi 一般報紙

04 ※ 全国紙（ぜんこくし） ze.n.ko.ku.shi 全國性報紙

05 ※ 地方紙（ちほうし） chi.ho.o.shi 地方性報紙

06 業界紙（ぎょうかいし） gyo.o.ka.i.shi 業界報

07 ※ スポーツ紙（sports し） su.po.o.tsu.shi 體育報

※ 04 規模較大，報導日本各地及國際間的新聞。
05 以特定地區為販售對象的報紙。
07 專門報導體育新聞，娛樂內容也很豐富。

各家報紙

08 読売新聞（よみうりしんぶん） yo.mi.u.ri.shi.n.bu.n 讀賣報

09 朝日新聞（あさひしんぶん） a.sa.hi.shi.n.bu.n 朝日報

10 毎日新聞（まいにちしんぶん） ma.i.ni.chi.shi.n.bu.n 每日報

11 夕刊フジ（ゆうかん） yu.u.ka.n.fu.ji 富士晚報

12 ※ 日本経済新聞（にほんけいざいしんぶん） ni.ho.n.ke.i.za.i.shi.n.bu.n 日本經濟報

13 産経新聞（さんけいしんぶん） sa.n.ke.i.shi.n.bu.n 產經報

14 デイリースポーツ（daily sports） de.i.ri.i.su.po.o.tsu 體育日報

15 日刊スポーツ（にっかん sports） ni.k.ka.n.su.po.o.tsu 體育日報

16 スポーツ報知（sports ほうち） su.po.o.tsu.ho.o.chi 體育特報

17 ※ 東京スポーツ（とうきょう sports） to.o.kyo.o.su.po.o.tsu 東京體育報

18 ※ スポーツニッポン（sports 日本） su.po.o.tsu.ni.p.po.n 體育日本報

19 ※ サンケイスポーツ（産経 sports） sa.n.ke.i.su.po.o.tsu 產業體育報

※ 12 簡稱：日経（にっけい）。17 簡稱：東（とう）スポ。18 簡稱：スポニチ。 19 簡稱：サンスポ。

版面分類

20 いちめん top きじ
一面・トップ記事
i.chi.me.n・to.p.pu.ki.ji
頭版

21 ※ そうごうめん
総合面
so.o.go.o.me.n
綜合版

22 せいじめん
政治面
se.i.ji.me.n
政治版

23 こくさいめん
国際面
ko.ku.sa.i.me.n
國際版

24 けいざいめん
経済面
ke.i.za.i.me.n
財經版

25 ※ かいせつめん
解説面
ka.i.se.tsu.me.n
解說版

26 sports めん
スポーツ面
su.po.o.tsu.me.n
運動版

27 せいかつめん
生活面
se.i.ka.tsu.me.n
生活版

28 かがくめん
科学面
ka.ga.ku.me.n
科學版

29 ※ とくしゅうめん
特集面
to.ku.shu.u.me.n
特集版

30 ※ ちいきめん
地域面
chi.i.ki.me.n
地方新聞

31 しゃかいめん
社会面
sha.ka.i.me.n
社會版

32 こうこくめん
広告面
ko.o.ko.ku.me.n
廣告版

33 ぶんか げいのうらん
文化・芸能欄
bu.n.ka・ge.i.no.o.ra.n
文化・娛樂版

34 しゃせつ
社説
sha.se.tsu
社論

35 にちようばん
日曜版
ni.chi.yo.o.ba.n
週日版

※ 21 報導各類重要的內容及頭版解說。
25 針對新聞內容作更詳細的解說。
29 特定專題的版面。30 日本各地新聞。

しんぶん よ
新聞を読んでいます。
shi.n.bu.n.o.yo.n.de.i.ma.su
看報紙中。

相關單字

36 よん
四コママンガ
yo.n.ko.ma.ma.n.ga
四格漫畫

37 ※ きゅうかんび
休刊日
kyu.u.ka.n.bi
休刊日

38 ごうがい
号外
go.o.ga.i
號外

39 しんぶんはいたつ
新聞配達
shi.n.bu.n.ha.i.ta.tsu
派報工作、送報員

40 しんぶんしゃ
新聞社
shi.n.bu.n.sha
報社

41 えきう
駅売り
e.ki.u.ri
車站內小店賣的報紙

42 television らん
テレビ欄
te.re.bi.ra.n
電視節目表

43 おりこみ
折込チラシ
o.ri.ko.mi.chi.ra.shi
夾報廣告單

※ 37 為了慰勞日本報紙協會、報販，特別訂定的休假。休假當日新聞會改用網路或號外的方式呈現。

雜誌

013

ざっし
雜誌 za.s.shi

日本雜誌內容包羅萬象。除了有我們最常看的時尚雜誌、漫畫雜誌，還有提供就業打工或娛樂資訊的情報誌，或是針對嗜好的汽車、相機雜誌等。這些琳瑯滿目的雜誌名稱，日文究竟該怎麼唸呢？

女性雜誌

01 キャンキャン **CanCam** kya.n.kya.n

02 ノンノ **non-no** no.n.no

03 ジェイジェイ **JJ** je.i.je.i

04 Orange page **オレンジページ** o.re.n.ji.pe.e.ji

05 セブンティーン **SEVENTEEN** se.bu.n.ti.i.n

06 明星 **Myojo** myo.o.jo.o

07 ウィズ **with** wi.zu

08 モア **MORE** mo.a

09 姉キャン **AneCan** a.ne.kya.n

10 アンアン **anan** a.n.a.n

11 フィガロ **FIGARO** fi.ga.ro

12 リー **LEE** ri.i

13 ビビ **ViVi** bi.bi

14 デュエット **duet** du.e.t.to

15 ジッパー **Zipper** ji.p.pa.a

16 オッジ **Oggi** o.j.ji

17 ヴァンサンカン **25ans** ba.n.sa.n.ka.n

18 そうえん **装苑** so.o.e.n

19 クレア **CREA** ku.re.a

20 シュプール **SPUR** shu.pu.u.ru

21 ファイン **Fine** fa.i.n

22 法croissant **クロワッサン** ku.ro.wa.s.sa.n

23 ふじんこうろん **婦人公論** fu.ji.n.ko.o.ro.n

24 かていがほう **家庭画報** ka.te.i.ga.ho.o

25 しゅうかんじょせい **週刊女性** shu.u.ka.n.jo.se.i

26 じょせいじしん **女性自身** jo.se.i.ji.shi.n

27 じょせい seven **女性セブン** jo.se.i.se.bu.n

28 アンドプレミアム **& Premium** a.n.do.pu.re.mi.a.mu

男性雜誌

29 ファインボーイズ FINEBOYS fa.i.n.bo.o.i.zu	30 ブルータス BRUTUS bu.ru.u.ta.su	31 SERAI サライ sa.ra.i
32 メンズ ノンノ men's non-no me.n.zu.no.n.no	33 カーサ ブルータス CASA BRUTUS ka.a.sa.bu.ru.u.ta.su	34 ターザン Tarzan ta.a.za.n
35 ポパイ POPEYE po.pa.i	36 メンズ クラブ MEN'S CLUB me.n.zu.ku.ra.bu	37 いちこじん 一個人 i.chi.ko.ji.n

週刊總合雜誌

38 しゅうかんぶんしゅん 週刊文春 shu.u.ka.n.bu.n.shu.n	39 Sunday まいにち サンデー毎日 sa.n.de.e.ma.i.ni.chi	40 しゅうかん post 週刊ポスト shu.u.ka.n.po.su.to
41 しゅうかんしんちょう 週刊新潮 shu.u.ka.n.shi.n.cho.o	42 アエラ AERA a.e.ra	43 しゅうかん playboy 週刊プレイボーイ shu.u.ka.n.pu.re.i.bo.o.i

經濟雜誌

44 プレジデント PRESIDENT pu.re.ji.de.n.to	45 にっけい money 日系マネー ni.k.ke.i.ma.ne.e	46 しゅうかん diamond 週刊ダイヤモンド shu.u.ka.n.da.i.a.mo.n.do

漫畫雜誌

47 しょうねん jump 少年ジャンプ sho.o.ne.n.ja.n.pu	48 Morning モーニング mo.o.ni.n.gu	49 Young magazine ヤングマガジン ya.n.gu.ma.ga.ji.n

其他

50 とうきょう かんさい きゅうしゅう ちば とうかい よこはま ほっかいどう walker
東京／関西／九州／千葉／東海／横浜／北海道ウォーカー
to.o.kyo.o／ka.n.sa.i／kyu.u.shu.u／chi.ba／to.o.ka.i／yo.ko.ha.ma／ho.k.ka.i.do.o.wo.o.ka.a
區域綜合雜誌（像台灣就有台北walker、高雄walker等喔！）

51 ナンバー Number na.n.ba.a 體育綜合雜誌	52 pia ぴあ pi.a 節目綜合雜誌	53 The television ザ・テレビジョン za・te.re.bi.jo.n 電視節目綜合雜誌

手機

014

けいたいでんわ
携帯電話 ke.i.ta.i.de.n.wa

日本手機功能多樣，除了照相、上網、看電視等功能，利用手機付款也很普遍。圏外、絵文字等，從手機發展出來的手機文化也相當有趣。就讓我們來認識日本手機的各種相關單字吧！

製造廠商

01 シャープ
sha.a.pu
SHARP（夏普）

02 パナソニック
pa.na.so.ni.k.ku
Panasonic（松下）

03 ソニー・エリクソン
so.ni.i・e.ri.ku.so.n
Sony Ericsson

04 サンヨー
sa.n.yo.o
SANYO（三洋）

05 とうしば 東芝
to.o.shi.ba
TOSHIBA

06 ふじつう 富士通
fu.ji.tsu.u
FUJITSU

07 みつびしでんき 三菱電機
mi.tsu.bi.shi.de.n.ki
MITSUBISHI

08 エヌイーシー NEC
e.nu.i.i.shi.i
NEC

09 ひたち 日立
hi.ta.chi
HITACHI

10 Apple アップル
a.p.pu.ru
Apple

11 きょう 京セラ
kyo.o.se.ra
Kyocera

もしもし KUMIKO ～
mo.shi.mo.shi.ku.mi.ko
喂喂，久美子～

系統・電信業者

12 エヌティーティー NTTドコモ
e.nu.ti.i.ti.i.do.ko.mo
NTT DoCoMo

13 イー・モバイル EMOBILE
i.i.mo.ba.i.ru
EMOBILE

14 エーユー au
e.e.yu.u
au

15 ソフトバンク
so.fu.to.ba.n.ku
Softbank

16 ウィルコム
wi.ru.ko.mu
Willcom(PHS)

功能・按鍵

17 発信（はっしん）
ha.s.shi.n
撥打電話

18 着信（ちゃくしん）
cha.ku.shi.n
接聽電話

19 電話帳（でんわちょう）
de.n.wa.cho.o
通訊錄

20 履歴（りれき）
ri.re.ki
通話記錄

21 不在着信（ふざいちゃくしん）
fu.za.i.cha.ku.shi.n
未接來電

22 留守録（るすろく）
ru.su.ro.ku
語音信箱

23 カメラ（camera）
ka.me.ra
照相機

24 写メール（しゃ mail）
sha.me.e.ru
照片簡訊

25 ショートメール（short mail）
sho.o.to.me.e.ru
簡訊

26 ブルートゥース（blue tooth）
bu.ru.u.tu.u.su
藍芽

27 アラーム（alarm）
a.ra.a.mu
鬧鐘

28 マナーモード（manners mode）
ma.na.a.mo.o.do
靜音模式

29 機内モード（きない）
ki.na.i.mo.o.do
飛行模式

30 ホーム画面（がめん）
ho.o.mu.ga.me.n
主畫面

31 アプリ
a.pu.ri
應用程式

32 アップデート（update）
a.p.pu.de.e.to
更新

33 アンインストール（uninstall）
a.n.i.n.su.to.o.ru
卸載、移除

34 インストール（install）
i.n.su.to.o.ru
下載、安裝

35 スクリーンショット（screenshot）
su.ku.ri.i.n.sho.t.to
螢幕截圖

用語

36 圏外（けんがい）
ke.n.ga.i
收訊不良

37 3G（スリージー）
su.ri.i.ji.i
3G手機

38 プリペイド携帯（prepaid けいたい）
pu.ri.pe.i.do.ke.i.ta.i
預付卡手機

39 ※ デコメール（deco mail）
de.ko.me.e.ru
裝飾簡訊

40 ※ 絵文字（えもじ）
e.mo.ji
表情符號 (。・∀・)ノ゛

41 着メロ（ちゃく melo）
cha.ku.me.ro
來電鈴聲

42 ※ らくらくホン ra.ku.ra.ku.ho.n 樂樂手機	43 ※ キッズケータイ (kids) ki.z.zu.ke.e.ta.i 寶貝機	44 ※ おサイフケータイ o.sa.i.fu.ke.e.ta.i 手機電子錢包
45 ※ ワンセグ (one seg) wa.n.se.gu 數位電視手機	46 スマートフォン (smart phone) su.ma.a.to.fo.n 智慧型手機	47 料金プラン (りょうきん plan) ryo.o.ki.n.pu.ra.n 月租費
48 帯域制限 (たいいきせいげん) ta.i.i.ki.se.i.ge.n 網速限制	49 SDカード (card) SD ka.a.do SD卡	50 アカウント (account) a.ka.u.n.to 帳號

※ 39 以簡訊傳送各種圖案或動畫。40 用文字詮釋各種表情（≧∀≦）。42 由日本 NTT DoCoMo 所推出的一款系列手機名。採用符合人體工學的設計，螢幕、按鍵、文字都比一般手機大，除了基本的通話功能外，還有計步器及聲音朗讀文章或簡訊的功能，因此受到銀髮族及視障人士的喜愛。43 專為孩童設計的手機。44 代替錢包的功能，直接用手機帳戶支付。45 可收看電視節目。

實用APP

51 Yahoo!乗換案内（のりかえあんない）
Yahoo!no.ri.ka.e.a.n.na.i
Yahoo!轉乘指南
（可供查詢地鐵路線和公共運輸交通狀況的手機APP。）

52 ナビタイム（NAVITIME）
na.bi.ta.i.mu
NAVITIME提供地圖、轉乘資訊、景點資訊等等，也有專門為觀光客提供了多語言版本的：Japan Travel。

53 ホットペッパー グルメ
ho.t.to.pe.p.pa.a.gu.ru.me
擁有累計超過一億次下載的高人氣美食應用程式。

54 食べログ（た）
ta.be.ro.gu
有84萬件以上的餐飲店，和超過1600萬件的美食評價。

個人電腦

personal computer
パソコン pa.so.ko.n

015

隨著電腦普及化，現在幾乎每戶人家裡都至少會有一台電腦。就讓我們來認識一下基本的電腦相關用語吧！

製造廠商

01 とうしば 東芝 to.o.shi.ba TOSHIBA

02 エヌイーシー NEC e.nu.i.i.shi.i 日本電氣

03 ソニー so.ni.i SONY（新力）

04 ふじつう 富士通 fu.ji.tsu.u FUJITSU

05 シャープ sha.a.pu SHARP（夏普）

06 パナソニック pa.na.so.ni.k.ku Panasonic（國際牌）

07 VAIO バイオ ba.i.o VAIO

08 ASUS エイスース e.i.su.u.su 華碩

09 DELL デル de.ru 戴爾

10 Hewlett-Packard ヒューレットパッカード hyu.u.re.t.to.pa.k.ka.a.do 惠普

11 Lenovo レノボ re.no.bo 聯想集團

12 Microsoft マイクロソフト ma.i.ku.ro.so.fu.to 微軟

13 Acer エイサー e.i.sa.a 宏碁

硬體設備

14 desk top デスクトップ de.su.ku.to.p.pu 桌上型電腦

15 note book ノートブック no.o.to.bu.k.ku 筆記型電腦

16 tablet タブレットPC ta.bu.re.t.to.pi.i.shi.i 平板電腦

17 monitor
モニター
mo.ni.ta.a
螢幕

18 mouse
マウス
ma.u.su
滑鼠

19 key board
キーボード
ki.i.bo.o.do
鍵盤

20 printer
プリンター
pu.ri.n.ta.a
印表機

21 scanner
スキャナー
su.kya.na.a
掃描機

22 hard disk
ハードディスク
ha.a.do.di.su.ku
硬碟

23
フラッシュメモリー
fu.ra.s.shu.me.mo.ri.i
隨身碟

24 そと づ
外付け
so.to.zu.ke
外接式

25 でんげん adapter
電源アダプター
de.n.ge.n.a.da.pu.ta.a
電源變壓器

其他用語

26 き どう
起動
ki.do.o
開機

27 shutdown
シャットダウン
sha.t.to.da.u.n
關機

28 software
ソフトウェア
so.fu.to.we.a
軟體

29 icon
アイコン
a.i.ko.n
小圖示

30 click
クリック
ku.ri.k.ku
點擊

31 にゅうりょく
入力
nyu.u.ryo.ku
輸入（文字）

32 も じ ば
文字化け
mo.ji.ba.ke
亂碼

33 folder
フォルダ
fo.ru.da
資料夾

34 backup
バックアップ
ba.k.ku.a.p.pu
備份（資料）

網路用語

35 internet
インターネット
i.n.ta.a.ne.t.to
網路

36 e-mail
Eメール
i.i.me.e.ru
電子郵件

37 address
アドレス
a.do.re.su
電子郵件地址

38 net surfing
ネットサーフィン
ne.t.to.sa.a.fi.n
上網

39 (web)site
（ウェブ）サイト
(we.bu) sa.i.to
網站

40 homepage
ホームページ
ho.o.mu.pe.e.ji
首頁

41 domain ドメイン do.me.i.n 網域	42 provider プロバイダー pu.ro.ba.i.da.a 網路業者	43 browser ブラウザ bu.ra.u.za 瀏覽器
44 けんさく engine 検索エンジン ke.n.sa.ku.e.n.ji.n 搜尋引擎	45 broad band ブロードバンド bu.ro.o.do.ba.n.do ADSL（寬頻網路）	46 property プロパティ pu.ro.pa.ti.i 設定
47 き に お気に入り o.ki.ni.i.ri 我的最愛	48 cable ケーブル ke.e.bu.ru 網路線	49 link リンク ri.n.ku 連結
50 download ダウンロード da.u.n.ro.o.do 下載	51 あっしゅく 圧縮 a.s.shu.ku 壓縮	52 かいとう 解凍 ka.i.to.o 解壓縮

天氣預報

016

てんきよほう
天気予報 te.n.ki.yo.ho.o

明天會不會下雨啊？要不要帶傘呢？
讓我們邊看天氣預報邊將這些單字學起來吧！

01 かいせい
快晴
ka.i.se.i
天氣十分晴朗

02 は
晴れ
ha.re
晴

03 くも
曇り
ku.mo.ri
陰天

04 あめ
雨
a.me
雨

05 あめ
にわか雨
ni.wa.ka.a.me
驟雨

06 きりさめ
霧雨
ki.ri.sa.me
毛毛雨

07 らいう
雷雨
ra.i.u
雷雨

08 らくらい
落雷
ra.ku.ra.i
雷擊

09 ゆうだち
夕立
yu.u.da.chi
午後雷陣雨

10 きり
霧
ki.ri
霧

11 かぜ
風
ka.ze
風

12 ぼうふう
暴風
bo.o.fu.u
暴風

13 ゆき
雪
yu.ki
雪

14 みぞれ
霙
mi.zo.re
夾雜著雪的雨

15 ひょう
雹
hyo.o
冰雹

16 くも　は
曇りのち晴れ
ku.mo.ri.no.chi.ha.re
陰轉晴

17 ときどき
時々
to.ki.do.ki
有時候

18 つゆ
梅雨
tsu.yu
梅雨季節

19 こうすいかくりつ
降水確率
ko.o.su.i.ka.ku.ri.tsu
降雨機率

20 たいふう
台風
ta.i.fu.u
颱風

21 ぜんせん
前線
ze.n.se.n
鋒面

22 ふかいしすう
不快指数
fu.ka.i.shi.su.u
不舒適指數

23 か ふんじょうほう
花粉 情 報
ka.fu.n.jo.o.ho.o
花粉情報

24 しがいせん
紫外線
shi.ga.i.se.n
紫外線

あめ
雨もたまにはイイナ～
a.me.mo.ta.ma.ni.wa.i.i.na.a
偶爾下雨天也不錯～
あめはや　や
雨早く止まないかなナ～
a.me.ha.ya.ku.ya.ma.na.i.ka.na.a
希望雨快點停～

T
K

25 はるいちばん 春一番 ha.ru.i.chi.ba.n 立春到春分吹來的第一道南風

26 れいか 冷夏 re.i.ka 氣溫較涼爽的夏天（跟往年比起來）

27 さつきば 五月晴れ sa.tsu.ki.ba.re 晴朗天氣（梅雨季期間的晴天）

28 まなつび 真夏日 ma.na.tsu.bi 盛夏

29 ざんしょ 残暑 za.n.sho 殘暑（立秋過後）

30 まふゆび 真冬日 ma.fu.yu.bi 嚴冬

氣象特報・警報

※ 特報：可能發生災害的時候　※ 警報：可能發生重大災害的時候

31 おおあめちゅういほう 大雨注意報 o.o.a.me.chu.u.i.ho.o 大雨特報

32 のうむちゅういほう 濃霧注意報 no.o.mu.chu.u.i.ho.o 濃霧特報

33 ていおんちゅういほう 低温注意報 te.i.o.n.chu.u.i.ho.o 低溫特報

34 おおゆきちゅういほう 大雪注意報 o.o.yu.ki.chu.u.i.ho.o 大雪特報

35 きょうふうちゅういほう 強風注意報 kyo.o.fu.u.chu.u.i.ho.o 強風特報

36 かんそうちゅういほう 乾燥注意報 ka.n.so.o.chu.u.i.ho.o 乾燥特報

37 ぼうふうけいほう 暴風警報 bo.o.fu.u.ke.i.ho.o 暴風警報

38 おおあめけいほう 大雨警報 o.o.a.me.ke.i.ho.o 大雨警報

39 はろうけいほう 波浪警報 ha.ro.o.ke.i.ho.o 海浪警報

40 ぼうふうせつけいほう 暴風雪警報 bo.o.fu.u.se.tsu.ke.i.ho.o 暴風雪警報

41 こうずいけいほう 洪水警報 ko.o.zu.i.ke.i.ho.o 洪水警報

42 たかしおけいほう 高潮警報 ta.ka.shi.o.ke.i.ho.o 漲潮警報

43 きんきゅうじしんそくほう 緊急地震速報 ki.n.kyu.u.ji.shi.n.so.ku.ho.o 緊急地震快報

44 つなみけいほう 津波警報 tsu.na.mi.ke.i.ho.o 海嘯警報

貨幣・金融

017

きんせん　きんゆう
金銭・金融 ki.n.se.n・ki.n.yu.u

到日本旅遊，經常會使用到日幣，但你知道一千圓紙鈔上是哪位偉人的肖像畫嗎？現在就讓我們來好好認識一下日本的貨幣吧！

貨幣

01 こうか coin
硬貨・コイン
ko.o.ka・ko.i.n
硬幣

02 ごひゃくえん
五百円
go.hya.ku.e.n
五百圓

03 ひゃくえん
百円
hya.ku.e.n
一百圓

04 ごじゅうえん
五十円
go.ju.u.e.n
五十圓

05 じゅうえん
十円
ju.u.e.n
十圓

06 ごえん
五円
go.e.n
五圓

07 いちえん
一円
i.chi.e.n
一圓

08 さつ　しへい
お札・紙幣
o.sa.tsu・shi.he.i
紙鈔

09 いちまんえん
一万円
i.chi.ma.n.e.n
一萬圓

教育家：
福沢諭吉（ふくざわゆきち）

10 ごせんえん
五千円
go.se.n.e.n
五千圓

小說家：
樋口一葉（ひぐちいちよう）

11 せんえん
千円
se.n.e.n
一千圓

醫學博士：
野口英世（のぐちひでよ）

金融相關詞彙

12 こうざ 口座 ko.o.za 戶頭	13 つうちょう 通帳 tsu.u.cho.o 存摺	14 cash card キャッシュカード kya.s.shu.ka.a.do 金融卡
15 あんしょうばんごう 暗証番号 a.n.sho.o.ba.n.go.o 密碼	16 いんかん はんこ・印鑑 ha.n.ko・i.n.ka.n 印章	17 しゅにく 朱肉 shu.ni.ku 印泥
18 ざんだか 残高 za.n.da.ka 餘額	19 ひ だ 引き出し hi.ki.da.shi 提款	20 ふつうよきん 普通預金 fu.tsu.u.yo.ki.n 一般存款
21 ふりこみ 振込 fu.ri.ko.mi 轉帳（將帳戶的錢轉到他人戶頭）	22 ふりかえ 振替 fu.ri.ka.e 轉帳（將帳戶裡的錢轉到自己名下或家人的其他戶頭。）	23 りょうがえ 両替 ryo.o.ga.e 兌換
24 こぜに 小銭 ko.ze.ni 零錢	25 がいこくかわせ 外国為替 ga.i.ko.ku.ka.wa.se 外匯	26 かわせ rate 為替レート ka.wa.se.re.e.to 外匯匯率
27 でんし money 電子マネー de.n.shi.ma.ne.e 電子錢包	28 cashing キャッシング kya.s.shi.n.gu 預借現金	29 credit card クレジットカード ku.re.ji.t.to.ka.a.do 信用卡
30 いっかつばら 一括払い i.k.ka.tsu.ba.ra.i 一次付清	31 ぶんかつばら 分割払い bu.n.ka.tsu.ba.ra.i 分期付款	32 きんり 金利 ki.n.ri 利息

在日本使用信用卡

在日本使用信用卡消費已經很普遍，無論是住宿、購物、用餐或買票，只要在店外或收銀，凡有信用卡公司的標誌，就可刷卡消費。在日本可使用的信用卡種類有：VISA、MASTER、AMEX（美國運通卡）、JCB、DINERS（大來卡）等，基本上所有信用卡在日本均可使用。

禁止標示・警語

018

きんし　ちゅうい　sign
禁止・注意のサイン　ki.n.shi・chu.u.i.no.sa.i.n

走在日本街頭或商店內，常會看到搭配圖示的警語或禁止標示。現在就讓我們來學習這些警語的日文怎麼說吧！

01
たちいりきんし
立入禁止
ta.chi.i.ri.ki.n.shi
禁止進入

02
す　きんし
ポイ捨て禁止
po.i.su.te.ki.n.shi
禁止亂丟垃圾
（特別指煙蒂、飲料空罐等）

03
ちゅうりんきんし
駐輪禁止
chu.u.ri.n.ki.n.shi
禁止停放腳踏車

04
strobe　きんし
ストロボ禁止
su.to.ro.bo.ki.n.shi
禁止使用閃光燈

05
さつえいきんし
撮影禁止
sa.tsu.e.i.ki.n.shi
禁止攝影

06
きんえん
禁煙
ki.n.e.n
禁止吸煙

07
けいたいでんわしようきんし
携帯電話使用禁止
ke.i.ta.i.de.n.wa.shi.yo.o.ki.n.shi
禁止使用手機

08
しんにゅうきんし
進入禁止
shi.n.nyu.u.ki.n.shi
禁止進入（除指定車輛外）

09
ちゅうしゃきんし
駐車禁止
chu.u.sha.ki.n.shi
禁止停車

10
だんさ　ちゅうい
段差に注意
da.n.sa.ni.chu.u.i
注意階梯

11
とお　ぬ　きんし
通り抜け禁止
to.o.ri.nu.ke.ki.n.shi
禁止通行

12
ろめんちゅうい
路面注意
ro.me.n.chu.u.i
注意路面

13
どそくきんし
土足禁止
do.so.ku.ki.n.shi
禁止穿鞋

14
あしもと ちゅうい
足元に注意
a.shi.mo.to.ni.chu.u.i
注意腳邊

15
いんしょくきんし
飲食禁止
i.n.sho.ku.ki.n.shi
禁止飲食

16
もうけんちゅうい
猛犬注意
mo.o.ke.n.chu.u.i
注意惡犬

17
ひじょうぐち
非常口
hi.jo.o.gu.chi
安全門

18
おうだんきんし
横断禁止
o.o.da.n.ki.n.shi
禁止穿越、横切馬路

19
お
押す
o.su
推/按壓

20
ひ
引く
hi.ku
拉

21
と だ ちゅうい
飛び出し注意
to.bi.da.shi.chu.u.i
注意（兒童、動物等等）衝出來

22
じゅんろ
順路
ju.n.ro
路線

23
きけん
危険
ki.ke.n
危險

24
かきげんきん
火気厳禁
ka.ki.ge.n.ki.n
嚴禁煙火

25
たもくてき たきのう
多目的トイレ/多機能トイレ
ta.mo.ku.te.ki.to.i.re/ta.ki.no.o.to.i.re
多功能廁所

26
こうじちゅう
工事 中
ko.o.ji.chu.u
施工中

27
しんごうちゅうい
信号 注意
shi.n.go.o.chu.u.i
注意交通號誌

28
さき い ど
この先、行き止まり
ko.no.sa.ki、i.ki.do.ma.ri
前方無路可通行

29
せいそうちゅう
清掃 中
se.i.so.o.chu.u
清掃中

30
てんけんちゅう
点検 中
te.n.ke.n.chu.u
檢查中

31
お び ちゅうい
スリ・置き引き 注意
su.ri・o.ki.bi.ki.chu.u.i
小心扒手

32
かんし camera さどうちゅう
監視カメラ作動 中
ka.n.shi.ka.me.ra.sa.do.o.chu.u
錄影監視中

33
じゆう と
自由にお取りください
ji.yu.u.ni.o.to.ri.ku.da.sa.i
請自由取閱

34
かいけい かくかい ねが
お会計は各階でお願いいたします
o.ka.i.ke.i.wa.ka.ku.ka.i.de.o.ne.ga.i.i.ta.shi.ma.su
請至各樓層櫃台結帳

工事中

ご迷惑おかけしております
ご協力をお願い致します

清掃中

ご迷惑おかけしております
ご協力をお願い致します

日本NO.1的自然景觀

019

日本一の自然 ni.ho.n.i.chi.no.shi.ze.n

大家都知道日本最高的山是富士山，但你知道最低的山是哪一座山嗎？
日本NO.1的自然景觀，你知道多少呢？

01 択捉島（えとろふとう）
e.to.ro.fu.to.o
日本最北端的島

02 与那国島（よなぐにじま）
yo.na.gu.ni.ji.ma
日本最西端的島

03 沖ノ鳥島（おきのとりしま）
o.ki.no.to.ri.shi.ma
日本最南端的島

04 南鳥島（みなみとりしま）
mi.na.mi.to.ri.shi.ma
日本最東端的島

05 摩周湖（ましゅうこ） 北海道
ma.shu.u.ko
日本透明度最高的湖泊

06 龍泉洞（りゅうせんどう） 岩手縣
ryu.u.se.n.do.o
日本最深的地底湖

07 安家洞（あっかどう） 岩手縣
a.k.ka.do.o
日本最深的洞穴

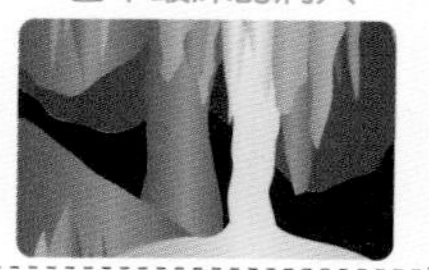

08 田沢湖（たざわこ） 秋田縣
ta.za.wa.ko
日本最深的湖泊

09 信濃川（しなのがわ） 群馬縣▼新潟縣
shi.na.no.ga.wa
日本第一長的河川

10 利根川（とねがわ） 群馬縣▼千葉縣
to.ne.ga.wa
日本面積最廣的河川

11 神代桜（じんだいざくら） 山梨縣
ji.n.da.i.za.ku.ra
日本樹齡最長的櫻花樹

12 富士山（ふじさん） 静岡縣 山梨縣
fu.ji.sa.n
日本第一高的山

13 称名滝（しょうみょうだき） 富山縣
sho.o.myo.o.da.ki
日本落差度最高的瀑布

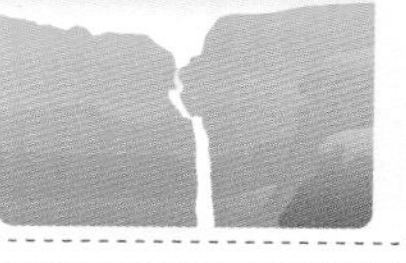

14 白馬大雪渓（はくばだいせっけい） 長野縣
ha.ku.ba.da.i.se.k.ke.i
日本最大的雪溪

15 御岳山二ノ池（おんたけさんにのいけ） 長野縣
o.n.ta.ke.sa.n.ni.no.i.ke
日本海拔最高的湖

16 遠州灘海岸（えんしゅうなだかいがん） 静岡縣 愛知縣
e.n.shu.u.na.da.ka.i.ga.n
日本最長的海岸線

17 するがわん
駿河湾 静岡縣
su.ru.ga.wa.n
日本最深的海灣

18 びわこ
琵琶湖 滋賀縣
bi.wa.ko
日本最大的湖

19 てんぽうざん
天保山 大阪市
te.n.po.o.za.n
日本最低的山

20 なちのたき
那智の滝 和歌山縣
na.chi.no.ta.ki
日本第一大瀑布

21 とっとりさきゅう
鳥取砂丘 鳥取縣
to.t.to.ri.sa.kyu.u
日本第一大的砂丘

22 こざんいけ
湖山池 鳥取縣
ko.za.n.i.ke
日本最大的潟湖

23 かさやま
笠山 山口縣
ka.sa.ya.ma
全球最低的火山

24 ながさきけん
長崎県
na.ga.sa.ki.ke.n
日本海岸線最長的縣

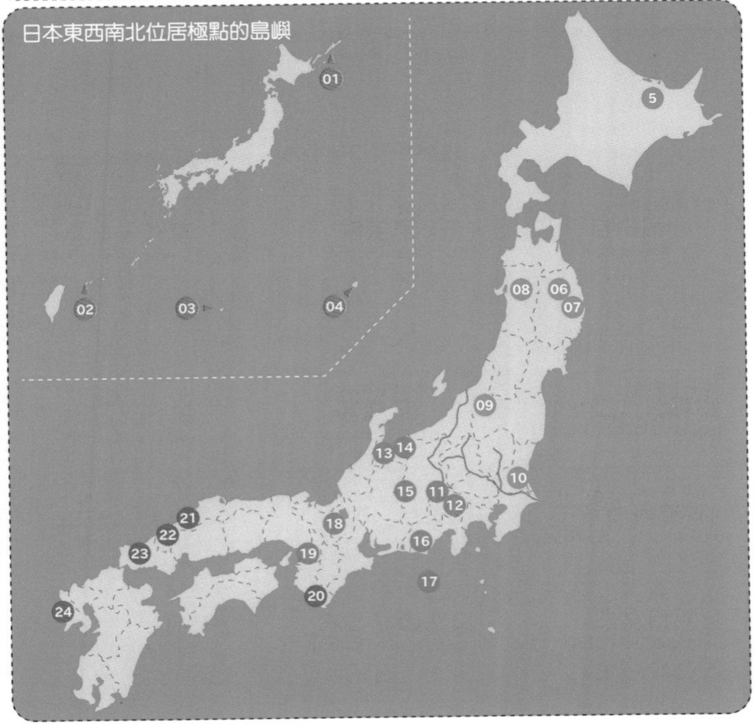

日本東西南北位居極點的島嶼

日本名山・名川

020

にほんめいさん　めいすい
日本名山・名水 ni.ho.n.me.i.sa.n・me.i.su.i

象徵日本的「富士山」，還有貫穿關東四縣、流域最廣的「利根川」等，在這裡為您介紹日本十二大高峰排行以及三大河川。

名山

高度第1・日本名山

01 ※ ふじさん **富士山** fu.ji.sa.n 3776m 山梨・靜岡縣

高度第2

02 きただけ **北岳** ki.ta.da.ke 3192m 山梨縣

高度第3

03 ほだかだけ **穂高岳** ho.da.ka.da.ke 3190m 長野・岐阜縣

04 あいのだけ **間ノ岳** a.i.no.da.ke 3189m 山梨・靜岡縣

05 やりがたけ **槍ヶ岳** ya.ri.ga.ta.ke 3180m 長野・岐阜縣

06 わるさわだけ **悪沢岳** wa.ru.sa.wa.da.ke 3141m 靜岡縣

07 あかいしだけ **赤石岳** a.ka.i.shi.da.ke 3120m 長野・靜岡縣

08 おんたけさん **御岳山** o.n.ta.ke.sa.n 3067m 長野・岐阜縣

09 しおみだけ **塩見岳** shi.o.mi.da.ke 3047m 長野・靜岡縣

10 せんじょうがたけ **仙丈ヶ岳** se.n.jo.o.ga.ta.ke 3033m 長野・山梨縣

11 ※ たてやま **立山** ta.te.ya.ma 3015m 富山縣

12 ※ はくさん **白山** ha.ku.sa.n 2702m 石川・岐阜縣

※01、11、12三大名山：富士山、立山、白山。也被稱為三大靈山。

名川

13 とねがわ **利根川** to.ne.ga.wa
河長：322km（No.2）
流域面積：16,840km²（No.1）

14 いしかりがわ **石狩川** i.shi.ka.ri.ga.wa
河長：268km（No.3）
流域面積：14,330km²（No.2）

15 しなのがわ **信濃川** shi.na.no.ga.wa
河長：367km（No.1）
流域面積：11,900km²（No.3）

十大高山

No.2 北岳｜3192m

No.3 穂高岳｜3190m

No.7 赤石岳｜3120m

No.8 御岳山｜3067m

日本第一長的河川「信濃川（367km）」，相當於日本新幹線東京～名古屋的距離。而面積第一大的河川利根川，流域橫跨群馬縣、栃木縣、長野縣、埼玉縣、東京都、茨城縣和千葉縣，幾乎占了關東平原一半面積。

日本的世界遺產

021

日本の世界遺産（にほんのせかいいさん） ni.ho.n.no.se.ka.i.i.sa.n

日本目前有 14 項世界遺產，其中包括 3 項自然遺產及 11 項文化遺產。

自然遺產

01 知床半島（しれとこはんとう）
shi.re.to.ko.ha.n.to.o
知床半島・北海道

02 白神山地（しらかみさんち）
shi.ra.ka.mi.sa.n.chi
白神山地・青森縣秋田県

03 屋久島（やくしま）
ya.ku.shi.ma
屋久島・鹿兒島縣

文化遺產

04 日光の社寺（にっこうのしゃじ）
ni.k.ko.o.no.sha.ji
日光的神社與寺廟・栃木縣

05 白川郷・五箇山の合掌造り集落（しらかわごう・ごかやまのがっしょうづくりしゅうらく）
shi.ra.ka.wa.go.o・go.ka.ya.ma.no.ga.s.sho.o.zu.ku.ri.shu.u.ra.ku
白川鄉與五箇山的合掌造村落・岐阜縣

06 古都京都の文化財（ことキょうとのぶんかざい）
ko.to.kyo.o.to.no.bu.n.ka.za.i
古都京都的歷史遺跡・京都府

07 法隆寺地域の仏教建造物（ほうりゅうじちいきのぶっきょうけんぞうぶつ）
ho.o.ryu.u.ji.chi.i.ki.no.bu.k.kyo.o.ke.n.zo.o.bu.tsu
法隆寺地區的佛教建築・奈良縣

08 古都奈良の文化財（ことならのぶんかざい）
ko.to.na.ra.no.bu.n.ka.za.i
古都奈良的歷史遺跡・奈良縣

09 紀伊山地の霊場と参詣道（きいさんちのれいじょうとさんけいどう）
ki.i.sa.n.chi.no.re.i.jo.o.to.sa.n.ke.i.do.o
紀伊山地的聖地與參拜道・和歌山奈良縣三重縣

10 姫路城（ひめじじょう）
hi.me.ji.jo.o
姬路城・兵庫縣

11 原爆ドーム（げんばく dome）
ge.n.ba.ku.do.o.mu
原子彈爆炸圓頂屋・廣島縣

12 厳島神社（いつくしまじんじゃ）
i.tsu.ku.shi.ma.ji.n.ja
嚴島神社・廣島縣

13 石見銀山遺跡とその文化的景観（いわみぎんざんいせきとそのぶんかてきけいかん）
i.wa.mi.gi.n.za.n.i.se.ki.to
so.no.bu.n.ka.te.ki.ke.i.ka.n 島根縣
石見銀山遺蹟及其文化景觀

14 琉球王国のグスクおよび関連遺産群（りゅうきゅうおうこくのグスクおよびかんれんいさんぐん）
ryu.u.kyu.u.o.o.ko.ku.no.gu.su.ku
o.yo.bi.ka.n.re.n.i.sa.n.gu.n 沖繩縣
琉球王國的古城遺址及相關遺跡

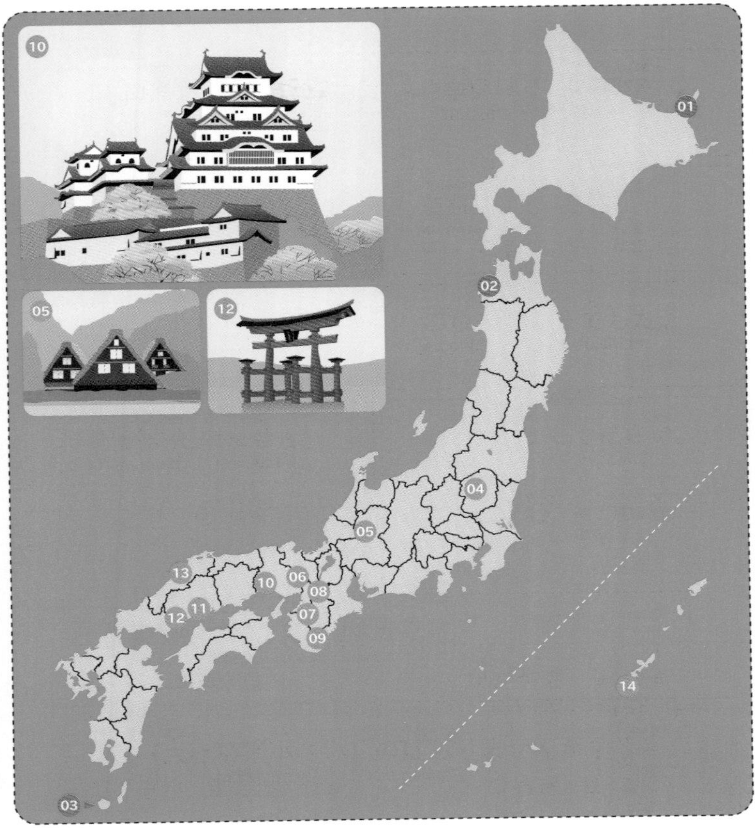

戰爭遺產－原子彈爆炸圓頂屋

1945 年 8 月 6 日，早上 8 點 15 分，美軍在廣島市上方投下了一顆「原子爆弾（げんしばくだん【原子彈】）」，以爆炸中點為圓心的半徑 2 公里內建築物幾乎全毀。「広島県産業奨励館（ひろしまけんさんぎょうしょうれいかん）也就是現在的「原爆ドーム」，是爆炸中心附近少數沒有倒下的建築。而後於 1996 年被列為世界遺產之一，以讓世人永遠記得戰爭的可怕及所帶來的浩劫。

11 原子彈爆炸圓頂屋

日本國寶木造建築

022

こくほうけんちく
国宝建築 ko.ku.ho.o.ke.n.chi.ku

具有歷史意義及人文價值的木造建築，大多是神社及寺廟，總數超過200座。以下為您列出最具代表性的28處。有機會到京都、奈良二大古都走訪時，別忘了來趟古蹟巡禮哦！

京都府

01 きたのてんまんぐう
北野天満宮
ki.ta.no.te.n.ma.n.gu.u
京都市

02 かみがもじんじゃ しもがもじんじゃ
上賀茂神社・下鴨神社
ka.mi.ga.mo.ji.n.ja・shi.mo.ga.mo.ji.n.ja
京都市

03 にんなじ
仁和寺
ni.n.na.ji
京都市

04 きょうおうごこくじ とうじ
教王護国寺・東寺
kyo.o.o.o.go.ko.ku.ji・to.o.ji
京都市

05 だいごじ
醍醐寺
da.i.go.ji
京都市

06 れんげおういんほんどう さんじゅうさんげんどう
蓮華王院本堂・三十三間堂
re.n.ge.o.o.i.n.ho.n.do.o・sa.n.ju.u.sa.n.ge.n.do.o
京都市

07 ちおんいんほんどう
知恩院本堂
chi.o.n.i.n.ho.n.do.o
京都市

08 きよみずでら
清水寺
ki.yo.mi.zu.de.ra
京都市

09 びょうどういんほうおうどう
平等院鳳凰堂
byo.o.do.o.i.n.ho.o.o.o.do.o
宇治市

08 清水寺

奈良縣

10 ほうりゅうじ
法隆寺
ho.o.ryu.u.ji
奈良市

11 とうだいじ
東大寺
to.o.da.i.ji
奈良市

12 しょうそういん
正倉院
sho.o.so.o.i.n
奈良市

13 かすがたいしゃ
春日大社
ka.su.ga.ta.i.sha
奈良市

14 こうふくじ
興福寺
ko.o.fu.ku.ji
奈良市

15 とうしょうだいじ
唐招提寺
to.o.sho.o.da.i.ji
奈良市

16 やくしじ
薬師寺
ya.ku.shi.ji
奈良市

17 むろうじ
室生寺
mu.ro.o.ji
奈良市

18 たいまでら
當麻寺 ta.i.ma.de.ra 奈良市

其他地區

19 ちゅうそんじこんじきどう
中尊寺金色堂
chu.u.so.n.ji.ko.n.ji.ki.do.o
岩手縣

20 にっこうとうしょうぐう
日光東照宮
ni.k.ko.o.to.o.sho.o.gu.u
栃木縣

21 はせでら
長谷寺
ha.se.de.ra
神奈川縣

22 えんがくじしゃりでん
円覚寺舎利殿
e.n.ga.ku.ji.sha.ri.de.n
神奈川縣

23 ぜんこうじ
善光寺
ze.n.ko.o.ji
長野縣

24 ひよしたいしゃ
日吉大社
hi.yo.shi.ta.i.sha
滋賀縣

25 えんりゃくじこんぽんちゅうどう
延暦寺根本中堂
e.n.rya.ku.ji.ko.n.po.n.chu.u.do.o
滋賀縣

26 すみよしじんじゃ
住吉神社
su.mi.yo.shi.ji.n.ja
大阪府

27 いずもたいしゃほんでん
出雲大社本殿
i.zu.mo.ta.i.sha.ho.n.de.n
島根縣

28 いつくしまじんじゃ
厳島神社 i.tsu.ku.shi.ma.ji.n.ja 廣島縣

世界之最－法隆寺

位於日本奈良的法隆寺，是世界上最古老的木造建築，也是日本第一個被列入世界文化遺產的地方。距今已有上千年歷史的法隆寺價值非凡，讓我們不禁佩服古代日本建築技術與先人的智慧。

日本名城

023

めいじょう
名城 me.i.jo.o

城堡除了防禦外敵，也是象徵權力的建築物。有些城堡經過多次砲火攻擊及戰爭摧毀幾乎毀於一旦，藉由後人重建才恢復昔日面貌。

01 ※ 江戸城（えどじょう）e.do.jo.o 東京都

02 ※ 名古屋城（なごやじょう）na.go.ya.jo.o 愛知縣

03 ※ 大阪城（おおさかじょう）o.o.sa.ka.jo.o 大阪府

04 ※ 熊本城（くまもとじょう）ku.ma.mo.to.jo.o 熊本縣

05 姫路城（ひめじじょう）hi.me.ji.jo.o 兵庫縣

※ 01 江戸城是德川幕府所居住的城堡，從 1603 ～ 1867 年一直是日本政治中心。現在則成為天皇的皇居。02、03、04 指在日本江戸時代，由加藤清正（かとうきよまさ）及藤堂高虎（とうどうたかとら）所興建的城堡中最出色的３座城。

06 五稜郭（ごりょうかく）go.ryo.o.ka.ku 北海道

07 弘前城（ひろさきじょう）hi.ro.sa.ki.jo.o 青森縣

08 盛岡城（もりおかじょう）mo.ri.o.ka.jo.o 岩手縣

日本三大名城

05 熊本城

02 名古屋城

03 大阪城

日本三大名城「名古屋城、大阪城、熊本城」。有說法認為被列為世界遺產的「姫路城」應該名列其中，但基於與原本三大名城的歷史背景、意義不同，故無法被納入三大名城中。

09 あいづわかまつじょう 会津若松 城 a.i.zu.wa.ka.ma.tsu.jo.o 福島縣	10 みとじょう 水戸 城 mi.to.jo.o 茨城縣	11 おだわらじょう 小田原 城 o.da.wa.ra.jo.o 神奈川

12 こうふじょう 甲府 城 ko.o.fu.jo.o 山梨縣	13 まつもとじょう 松本 城 ma.tsu.mo.to.jo.o 長野縣	14 かなざわじょう 金沢 城 ka.na.za.wa.jo.o 石川縣	15 まるおかじょう 丸岡 城 ma.ru.o.ka.jo.o 福井縣
16 ぎふじょう 岐阜 城 gi.fu.jo.o 岐阜縣	17 ひこねじょう 彦根 城 hi.ko.ne.jo.o 滋賀縣	18 いぬやまじょう 犬山 城 i.nu.ya.ma.jo.o 愛知縣	19 にじょうじょう 二条 城 ni.jo.o.jo.o 京都府

20 わかやまじょう 和歌山 城 wa.ka.ya.ma.jo.o 和歌山縣	21 まつえじょう 松江 城 ma.tsu.e.jo.o 島根縣	22 びっちゅうまつやまじょう 備中松山 城 bi.c.chu.u.ma.tsu.ya.ma.jo.o 岡山縣

23 ひろしまじょう 広島 城 hi.ro.shi.ma.jo.o 廣島縣	24 いわくにじょう 岩国 城 i.wa.ku.ni.jo.o 山口縣	25 まるがめじょう 丸亀 城 ma.ru.ga.me.jo.o 香川縣	26 こうちじょう 高知 城 ko.o.chi.jo.o 高知縣
27 まつやまじょう 松山 城 ma.tsu.ya.ma.jo.o 愛媛縣	28 うわじまじょう 宇和島 城 u.wa.ji.ma.jo.o 愛媛縣	29 かごしまじょう 鹿児島 城 ka.go.shi.ma.jo.o 鹿兒島縣	30 しゅりじょう 首里 城 shu.ri.jo.o 沖繩縣

神社・寺院

024

じんじゃ　じいん
神社・寺院 ji.n.ja・ji.i.n

到日本旅遊，除了逛街、去遊樂園玩之外，到神社及寺院參拜並藉此體驗日本文化，也是您不可錯過的哦！

神社・神宮

01 ほっかいどうじんぐう
北海道神宮
ho.k.ka.i.do.ji.n.gu.u
北海道

02 しおがまじんじゃ
鹽竈神社
shi.o.ga.ma.ji.n.ja
宮城縣

03 かしまじんぐう
鹿島神宮
ka.shi.ma.ji.n.gu.u
茨城縣

04 すわたいしゃ
諏訪大社
su.wa.ta.i.sha
長野縣

05 あつたじんぐう
熱田神宮
a.tsu.ta.ji.n.gu.u
愛知縣

06 いせじんぐう
伊勢神宮
i.se.ji.n.gu.u
三重縣

07 いずもたいしゃ
出雲大社
i.zu.mo.ta.i.sha
島根縣

08 いつくしまじんしゃ
厳島神社
i.tsu.ku.shi.ma.ji.n.ja
廣島縣

09 だざいふてんまんぐう
太宰府天満宮
da.za.i.fu.te.n.ma.n.gu.u
福岡縣

關東

10 ゆしまてんじん・ゆしまてんまんぐう
湯島天神・湯島天満宮
yu.shi.ma.te.n.ji.n・yu.shi.ma.te.n.ma.n.gu.u
東京都

11 やすくにじんじゃ
靖国神社
ya.su.ku.ni.ji.n.ja
東京都

12 めいじじんぐう
明治神宮
me.i.ji.ji.n.gu.u
東京都

13 ひかわじんじゃ
氷川神社
hi.ka.wa.ji.n.ja
埼玉縣

14 さむかわじんじゃ
寒川神社
sa.mu.ka.wa.ji.n.ja
神奈川縣

15 つるがおかはちまんぐう
鶴岡八幡宮
tsu.ru.ga.o.ka.ha.chi.ma.n.gu.u
神奈川縣

關西

16 やさかじんじゃ
八坂神社
ya.sa.ka.ji.n.ja
京都府

17 かみがもじんじゃ
上賀茂神社
ka.mi.ga.mo.ji.n.ja
京都府

18 しもがもじんじゃ
下鴨神社
shi.mo.ga.mo.ji.n.ja
京都府

19 へいあんじんぐう
平安神宮
he.i.a.n.ji.n.gu.u
京都府

20 きたのてんまんぐう
北野天満宮
ki.ta.no.te.n.ma.n.gu.u
京都府

21 ふしみいなりたいしゃ
伏見稲荷大社
fu.shi.mi.i.na.ri.ta.i.sha
京都府

22 かすがたいしゃ
春日大社
ka.su.ga.ta.i.sha
奈良縣

23 ※ いまみやえびすじんじゃ **今宮戎神社** i.ma.mi.ya.e.bi.su.ji.n.ja 大阪府

24 すみよしたいしゃ **住吉大社** su.mi.yo.shi.ta.i.sha 大阪府

25 いくたじんじゃ **生田神社** i.ku.ta.ji.n.ja 兵庫縣

※ 23 紫式部『源氏物語』的舞台，日本三大住吉神社之一。

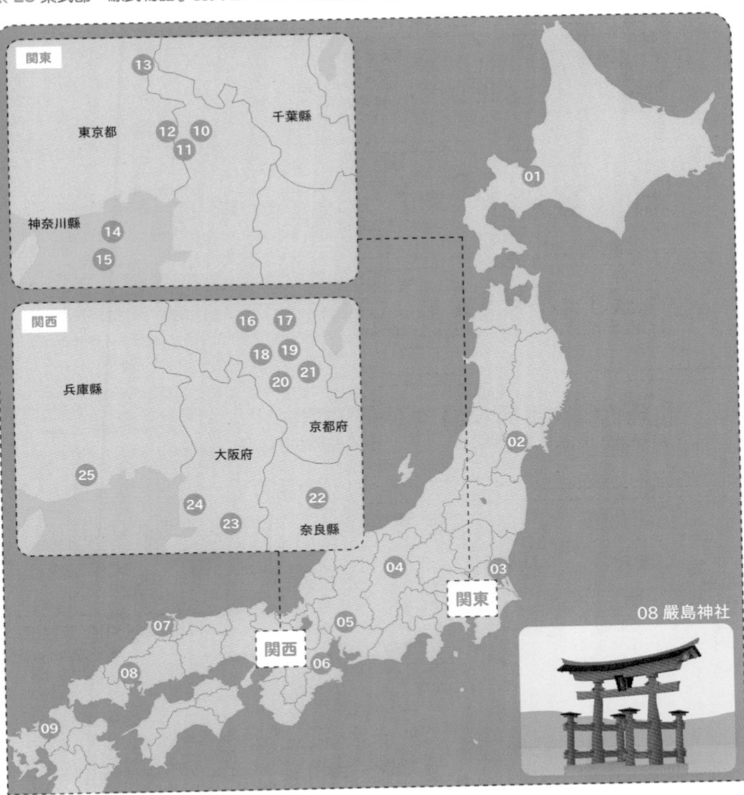

主祭神：01 北海道開拓三神及明治天皇（めいじてんのう）。02 航海、交通及生產順利的神。03 武神：武甕槌大神（たけみかづちお）。04 農耕與狩獵之神。05 天照大神（あまてらすおおみかみ）及日本武尊（やまとたけるのみこと）。06 天照大神。07 大国主大神（おおくにぬしのおおかみ）。08 宗像三女神（むなかたさんじょじん）。09、10、20 學問之神—菅原道真（すがわらのみちざね）。11 為國捐軀的日本軍人。12 明治天皇。13 祈求安產和姻緣之神。14 八方除邪之神。15 武家源氏，鎌倉武士的守護神。16 供奉消災驅邪、買賣興隆之神。17 賀茂別雷大神（かもわけいかづちのおおかみ）。18 祭拜賀茂別雷大神的母親與祖父。主要祈求姻緣、豐收、去除疾病等。19 第 50 代桓武天皇。21 御稻荷樣（おいなりさま）。22 藤原氏的守護神。23 祭祀商賣繁昌的恵比寿神（えびすじん）。24 航海守護神、生意興隆之神。25 祈求結良緣和身體健康的稚日女尊（わかひるめのみこと）。

寺院

23 ちゅうそんじ 中尊寺 chu.u.so.n.ji 岩手縣

24 ちゅうぜんじ 中禅寺 chu.u.ze.n.ji 栃木縣

25 ぜんこうじ 善光寺 ze.n.ko.o.ji 長野縣

26 えいへいじ 永平寺 e.i.he.i.ji 福井縣

27 とよかわいなり 豊川稲荷 to.yo.ka.wa.i.na.ri 愛知縣

関東

28 なりたさんしんしょうじ 成田山新勝寺 na.ri.ta.sa.n.shi.n.sho.o.ji 千葉縣

29 しばまたたいしゃくてん・だいきょうじ 柴又帝釈天・題経寺 shi.ba.ma.ta.ta.i.sha.ku.te.n・da.i.kyo.o.ji 東京都

30 せんそうじ 浅草寺 se.n.so.o.ji 東京都

31 ごこくじ 護国寺 go.ko.ku.ji 東京都

32 ぞうじょうじ 増上寺 zo.o.jo.o.ji 東京都

33 いけがみほんもんじ 池上本門寺 i.ke.ga.mi.ho.n.mo.n.ji 東京都

34 かわさきだいし・へいけんじ 川崎大師・平間寺 ka.wa.sa.ki.da.i.shi・he.i.ke.n.ji 神奈川縣

35 えんがくじ 円覚寺 e.n.ga.ku.ji 神奈川縣

36 めいげついん 明月院 me.i.ge.tsu.i.n 神奈川縣

37 はせでら 長谷寺 ha.se.de.ra 神奈川縣

30 浅草寺

関西

38 えんりゃくじ 延暦寺 e.n.rya.ku.ji 滋賀縣

39 ぎんかくじ・じしょうじ 銀閣寺・慈照寺 gi.n.ka.ku.ji・ji.sho.o.ji 京都府

40 きんかくじ・ろくおんじ 金閣寺・鹿苑寺 ki.n.ka.ku.ji・ro.ku.o.n.ji 京都府

41 りょうあんじ 竜安寺 ryo.o.a.n.ji 京都府

42 さんぜんいん 三千院 sa.n.ze.n.i.n 京都府

43 だいごじ 醍醐寺 da.i.go.ji 京都府

44 こうだいじ 高台寺 ko.o.da.i.ji 京都府

45 びょうどういん 平等院 byo.o.do.o.i.n 京都府

46 きよみずでら 清水寺 ki.yo.mi.zu.de.ra 京都府

47 とうだいじ 東大寺 to.o.da.i.ji 奈良縣

48 ほうりゅうじ 法隆寺 ho.o.ryu.u.ji 奈良縣

49 あすかでら 飛鳥寺 a.su.ka.de.ra 奈良縣

40 金閣寺

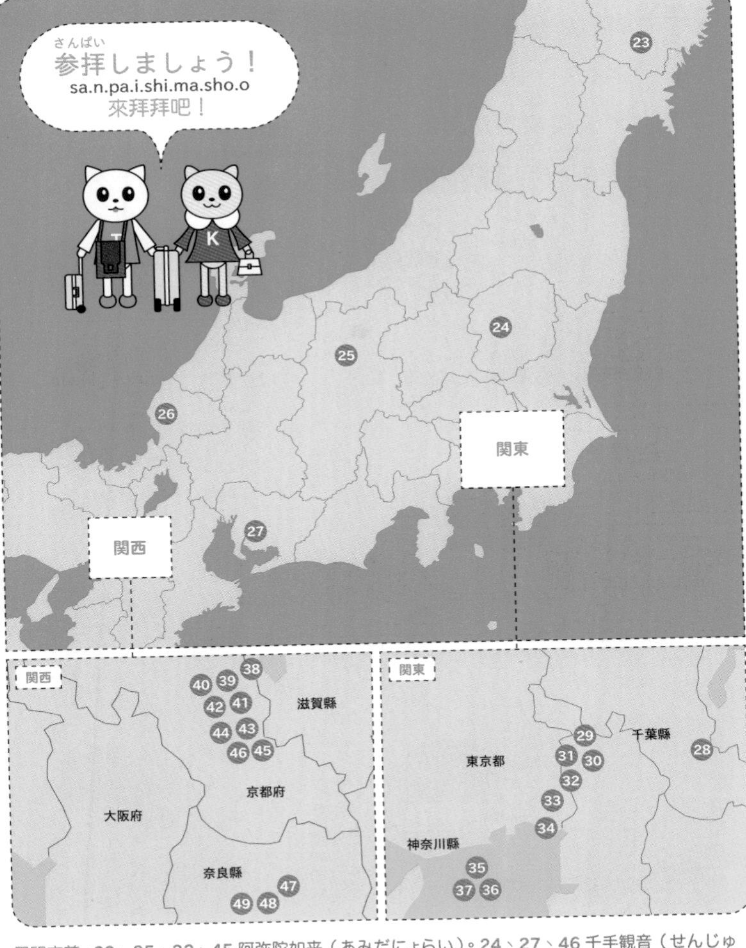

祭祀本尊：23、25、32、45 阿弥陀如来（あみだにょらい）。24、27、46 千手観音（せんじゅかんのん）。26 釈迦如来、弥勒仏（みろくぼさつ）、阿弥陀如来（あみだにょらい）。28 不動明王（ふどうみょうおう）。29 帝釈天（たいしゃくてん）。30、40 観音菩薩（かんのんぼさつ）。31 如意輪観音（にょいりんかんのん）。33 三宝尊（さんぼうそん）。34 弘法大師（こうぼうだいし）、空海（くうかい）。35、39、41、44、48、49 釈迦如来（しゃかにょらい）。36 聖観音（しょうかんのん）。37 十一面観音（じゅういちめんかんのん）。38、42、43 薬師如来（やくしにょらい）。47 毘盧舎那仏（びるしゃなぶつ）。

46 清水寺

到神社參拜去！

1 手水（ちょうず）で身（み）を清（きよ）める
cho.o.zu.de.mi.o.ki.yo.me.ru
先洗手、漱口

2 鈴（すず）を鳴（な）らす
su.zu.o.na.ra.su
拉繩子使鈴鐺發出聲響

3 賽銭箱（さいせんばこ）にお賽銭（さいせん）を入（い）れる
sa.i.se.n.ba.ko.ni.o.sa.i.se.n.o.i.re.ru
將香油錢投入香油錢箱

4 二拝（にはい）する
ni.ha.i.su.ru
鞠躬兩次

2次

5 二拍手（にはくしゅ）する
ni.ha.ku.shu.su.ru
拍兩下手

6 一拝（いちはい）する
i.chi.ha.i.su.ru
鞠躬一次

1次

神社裡有什麼呢？

1 鳥居（とりい）
to.ri.i
鳥居

2 参道（さんどう）
sa.n.do.o
路口往神社的道路

3 お賽銭（さいせん）
o.sa.i.se.n
香油錢

4 賽銭箱（さいせんばこ）
sa.i.se.n.ba.ko
香油錢箱

5 願（ねが）いごと
ne.ga.i.go.to
許願

6 参拝（さんぱい）
sa.n.pa.i
參拜

7 鈴（すず）
su.zu
鈴鐺

8 おみくじ
o.mi.ku.ji
抽籤

到寺院参拜去！

※ 依宗派之分，到寺院參拜的方法也有所不同。在此僅列出一般最常見的參拜方法。

1 門の前で一礼する（もん まえ いちれい）
mo.n.no.ma.e.de.i.chi.re.i.su.ru
在門口鞠躬

2 手水で身を清める（ちょうず み きよ）
cho.o.zu.de.mi.o.ki.yo.me.ru
先洗手、漱口

3 お線香をあげる（せんこう）
o.se.n.ko.o.o.a.ge.ru
插上線香

4 一礼する（いちれい）
i.chi.re.i.su.ru
鞠躬一次

5 お賽銭を入れる（さいせん い）
o.sa.i.se.n.o.i.re.ru
投入香油錢

6 最後に合掌する（さいご がっしょう）
sa.i.go.ni.ga.s.sho.o.su.ru
最後再合掌

※ 到寺院參拜不能拍手喔！

9 お守り（まも） o.ma.mo.ri 護身符	10 巫女（みこ） mi.ko 女巫	11 神主（かんぬし） ka.n.nu.shi 神社祭司	12 絵馬（えま） e.ma 繪馬
13 合格祈願（ごうかくきがん） go.o.ka.ku.ki.ga.n 金榜題名	14 交通安全（こうつうあんぜん） ko.o.tsu.u.a.n.ze.n 交通安全	15 健康祈願（けんこうきがん） ke.n.ko.o.ki.ga.n 身體健康	16 恋愛成就（れんあいじょうじゅ） re.n.a.i.jo.o.ju 愛情順利

日本傳統文化、工藝

傳統文化（でんとうぶんか）、工芸（こうげい） de.n.to.o.bu.n.ka・ko.o.ge.i

「歌舞伎」、「能」、「浄瑠璃」可說是日本最古老的三大國寶級藝術。下次有機會，不妨去欣賞一下日本的傳統文化吧！

茶道

No.	單字	假名	羅馬拼音
01	茶道	さどう	sa.do.o
02 ※	三千家	さんせんけ	sa.n.se.n.ke
03 ※	裏千家	うらせんけ	u.ra.se.n.ke
04 ※	表千家	おもてせんけ	o.mo.te.se.n.ke
05	千利休	せんのりきゅう	se.n.no.ri.kyu.u

※ 02 三大茶道流派的總稱。03 茶道最大流派。04 茶道本家。05 江戶時代天下第一茶師。

華道

No.	單字	假名	羅馬拼音
06	華道	かどう	ka.do.o
07	代表流派	だいひょうりゅうは	da.i.hyo.o.ryu.u.ha
08 ※	池坊	いけのぼう	i.ke.no.bo.o
09 ※	草月流	そうげつりゅう	so.o.ge.tsu.ryu.u
10 ※	小原流	おはらりゅう	o.ha.ra.ryu.u

※ 08 花道最古最大流派。09 嶄新獨創的流派。10 用色彩跟寫景來表現的插花流派。

香道

No.	單字	假名	羅馬拼音
11 ※	香道	こうどう	ko.o.do.o
12 ※	御家流	おいえりゅう	o.i.e.ryu.u
13 ※	志野流	しのりゅう	shi.no.ryu.u

※ 11 香道，依一定的禮法焚香木，鑑賞香氣。也稱作香遊。12、13 日本的香道主要分為御家流和志野家這兩大流派。

歌舞伎

No.	單字	假名	羅馬拼音
14	歌舞伎	かぶき	ka.bu.ki
15 ※	隈取	くまどり	ku.ma.do.ri
16 ※	黒子	くろこ	ku.ro.ko
17 ※	歌舞伎座	かぶきざ	ka.bu.ki.za

18 じゅうはちばん ※ 十八番 ju.u.ha.chi.ba.n	19 おんながた ※ 女形 o.n.na.ga.ta	20 はなみち ※ 花道 ha.na.mi.chi
21 みえ ※ 見得 mi.e	22 いちかわえびぞう ※ 市川海老蔵 i.chi.ka.wa.e.bi.zo.o	23 いちかわだんじゅうろう ※ 市川団十郎 i.chi.ka.wa.da.n.ju.u.ro.o

※ 15 歌舞伎的化妝方法。16 穿黑衣服的工作員。17 歌舞伎劇場。18 擅長的技藝、技能。19 指反串女性角色的人。由於歌舞伎是禁止女性參加的一項傳統戲劇表演，所以演員清一色都是男性。20 由舞台延伸到觀眾席的伸展臺。21 歌舞伎演員在劇中高潮部份時，身體靜止不動且眼睛睜大地保持著同一姿勢的一種表演方式。22 第一代團十郎的乳名。23 歌舞伎演員中最有權威的名家。

能劇

24 のう ※ 能 no.o	25 たきぎのう ※ 薪能 ta.ki.gi.no.o	26 のうめん ※ 能面 no.o.me.n	27 きょうげん ※ 狂言 kyo.o.ge.n
28 はやし ※ 囃子 ha.ya.shi			

※ 24 能劇是將舞蹈、音樂和詩歌、戲劇等混合的一種舞台藝術。25 指在傍晚或夜晚時，在神社境內點燃火炬，在幻想的氛圍下所演出的能劇。26 能劇表演時演員所戴的面具。27 日本傳統戲劇之一，被稱為是最古老的喜劇 。28 古典舞樂等的舞台藝術附隨的音樂。

和服

29 きもの わふく ※ 着物・和服 ki.mo.no・wa.fu.ku	30 ふりそで ※ 振り袖 fu.ri.so.de	31 ゆかた ※ 浴衣 yu.ka.ta	32 もんつき ※ 紋付 mo.n.tsu.ki
33 おび ※ 帯 o.bi	34 はおり ※ 羽織 ha.o.ri	35 はかま ※ 袴 ha.ka.ma	
36 げた ※ 下駄 ge.ta	37 きんちゃく ※ 巾着 ki.n.cha.ku	38 ぞうり ※ 草履 zo.o.ri	

※ 29 日本傳統服飾。30 和服之一，指未婚女性所穿的禮服。31 夏天穿的和服，較不正式。材質多以棉、麻為主。32 染上家紋的和服。33 和服腰帶。34 穿在和服外的罩衫。35 和服褲裙。36 木屐。37 和服專用小包包。38 草鞋 。

其他傳統文化

39 ※ はいく 俳句 ha.i.ku	40 ※ わか 和歌 wa.ka	41 ※ たんか 短歌 ta.n.ka	42 ※ せんりゅう 川柳 se.n.ryu.u
43 にほんが 日本画 ni.ho.n.ga	44 ※ しぎん 詩吟 shi.gi.n	45 ※ しゃみせん 三味線 sha.mi.se.n	46 ※ じょうるり 浄瑠璃 jo.o.ru.ri
47 にほんぶよう 日本舞踊 ni.ho.n.bu.yo.o	48 ※ ひゃくにんいっしゅ 百人一首 hya.ku.ni.n.i.s.shu	49 おりがみ 折り紙 o.ri.ga.mi	50 ※ しょどう 書道 sho.do.o
51 ※ まんざい 漫才 ma.n.za.i	52 じゅうどう 柔道 ju.u.do.o	53 けんどう 剣道 ke.n.do.o	54 からて 空手 ka.ra.te
55 ※ きゅうどう 弓道 kyu.u.do.o	56 ※ わだいこ 和太鼓 wa.da.i.ko	57 ※ しゃくはち 尺八 sha.ku.ha.chi	58 ※ らくご 落語 ra.ku.go
59 ※ こうだん 講談 ko.o.da.n	60 ※ ぼんさい 盆栽 bo.n.sa.i	61 ※ にしきごい 錦鯉 ni.shi.ki.go.i	62 ※ ぶぎ 舞妓 bu.gi
63 ※ げいぎ 芸妓 ge.i.gi			

※ 39 由五、七、八3句共17音節組成。40 日本固有形式的詩歌。41 和歌的形式之一，以五、七、五、七、七共5句31個假名組成。42 由17假名所組成的詼諧、諷刺短詩。44 吟詩畫。45 弦樂器。46 使用三味線伴奏的一種說唱曲藝，通常搭配人偶劇演出。48 一百首和歌，由百名詩人作品中各選出一首。50 書法。51 相聲。55 由傳統弓術演變而成的競技活動。56 日本傳統打擊樂器，太鼓的總稱。57 日本傳統木管樂器，以管長一尺八寸（約55公分）而得名。58 類似單口相聲，主要以搞笑取悅大眾為主。59 有點類似說書，主要講述內容以史實為基礎。60 盆栽。61 錦鯉。62 在關東地區又稱「半玉」，是成為藝妓前的見習生。63 藝妓是京都使用的稱呼，在京都以外的地方又稱為「藝者」，以歌藝、舞藝、茶道、花道等傳統技藝接待客人。

看到藝妓與舞妓的小提醒

禁止觸碰藝妓或舞妓！
不得干擾藝妓或舞妓工作，例如：要求對方停下來拍照或合照！

傳統工藝

64 ※ そめもの 染物 so.me.mo.no	65 ※ とうげい 陶芸 to.o.ge.i	66 ※ きんこう 金工 ki.n.ko.o	67 ※ にほんとう 日本刀 ni.ho.n.to.o
68 ※ しっき 漆器 shi.k.ki	69 ※ わし 和紙 wa.shi	70 ※ わがさ 和傘 wa.ga.sa	

※ 64 染物、染布。65 陶藝。66 金屬工藝。67 日本刀。68 以生漆反覆塗抹在器物表面所製成的工藝品或生活用品。69 日本傳統製紙。70 日本傳統製傘。

日本年號

げんごう
元号 ge.n.go.o

日本從大化革新時開始學習中國使用年號至今，為一項歷史悠久的制度。讓我們來認識一下日本近代的年號吧！

	年號	起迄時間	在位年
明治天皇	めいじ 明治 me.i.ji	1868年09月—1912年07月	45年
大正天皇	たいしょう 大正 ta.i.shi.o	1912年07月—1926年12月	15年
昭和天皇	しょうわ 昭和 sho.o.wa	1926年12月—1989年01月	64年
明仁	へいせい 平成 he.i.se.i	1989年01月—2019年04月	31年(生前退位)
德仁	れいわ 令和 re.i.wa	2019年05月—	

淺草

あさくさ
浅草 a.sa.ku.sa

說到淺草，最令人印象深刻的就是寫著雷門兩字的大紅燈籠吧！而充滿江戶時代風情的街町與熱鬧懷舊的商店街，讓人不禁流連忘返！

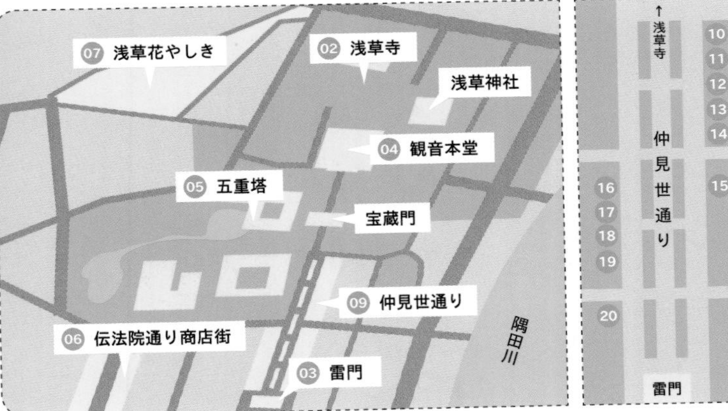

01 あさくさ
浅草
a.sa.ku.sa
淺草
滿溢江戶風情的觀光勝地。

02 せんそうじ
浅草寺
se.n.so.o.ji
淺草寺
日本最古老＆香火鼎盛的寺廟！

03 かみなりもん
雷門
ka.mi.na.ri.mo.n
全名風雷神門
雷門右邊是風神
左邊是雷神～

04 かんのんほんどう
観音本堂
ka.n.no.n.ho.n.do.o
觀音堂
淺草寺正殿

05 ごじゅうのとう
五重塔
go.ju.u.no.to.o
淺草寺五重塔
僅次於京都東寺的
第二高五重塔！

06 でんぽういんどお
伝法院通り
de.n.po.o.i.n.do.o.ri
傳法院通商店街
漫遊江戶下町商家氛圍。

07 あさくさはな
浅草花やしき
a.sa.ku.sa.ha.na.ya.shi.ki
淺草花屋樂園
歷史最悠久的遊樂園！

08 こうだんじんりきしゃ おかざきやそうじろう
講談人力車の岡崎屋惣次郎
ko.o.da.n.ji.n.ri.ki.sha.no.o.ka.za.ki.ya.so.o.ji.ro.o
淺草人力車
淺草最有名的人力車店家

仲見世商店街的知名店家和商品！

🏠 店家名稱

09 仲見世通り（なかみせどおり） na.ka.mi.se.do.o.ri 最懷舊熱鬧的伴手禮商店街

10 人形焼（にんぎょうやき）
ni.n.gyo.o.ya.ki
人形燒（類似雞蛋糕有包餡）
🏠 木村家本店（きむらやほんてん）
老字號人形燒專賣店

11 縁起物・伝統玩具（えんぎもの・でんとうがんぐ）
e.n.gi.mo.no・de.n.to.o.ga.n.gu
招運小物、傳統玩具
🏠 江戸趣味小玩具 助六（えどしゅみこがんぐ すけろく）
江戶傳統玩具店

12 あげまんじゅう
a.ge.ma.n.ju.u
炸饅頭
🏠 浅草九重（あさくさここのえ）
炸饅頭名店

13 提灯（ちょうちん）
cho.o.chi.n
提燈、燈籠
🏠 ヒラノヤ
燈籠等紀念品專賣店

14 ちょうちんもなか
cho.o.chi.n.mo.na.ka
提燈造型的最中冰淇淋
🏠 浅草（あさくさ）ちょうちんもなか
東京唯一最中冰淇淋專賣店

15 手焼（てや）きせんべい
te.ya.ki.se.n.be.i
手燒仙貝
🏠 手焼（てや）きせんべい壱番屋（いちばんや）
手工仙貝專賣店

16 あわぜんざい
a.wa.ze.n.za.i
麻薯紅豆泥
🏠 梅園（うめぞの）
150年老鋪冰果店

17 箸（はし）
ha.shi
筷子
🏠 浅草（あさくさ）たけや
純手工筷子專賣店

18 舞扇（まいおうぎ）
ma.i.o.o.gi
舞扇
🏠 荒井文扇堂（あらいぶんせんどう）
扇子專賣店

19 揚（あ）げおかき
a.ge.o.ka.ki
炸年糕片
🏠 仲見世杵屋（なかみせきねや）
仙貝、米菓專賣店

20 きびだんご
ki.bi.da.n.go
黍糰子
🏠 浅草（あさくさ）きびだんごあづま
糰子專賣店

六本木

028

ろっぽんぎ
六本木 ro.p.po.n.gi

六本木，一個集結生活機能、現代建築藝術的重要商務區。區域內有森美術館、國立新美術館、東京中城的三得利美術館所組成的「藝術三角」和隨處可見的公共藝術，此外還能在此眺望全東京的城市景觀。造訪此處時，不妨把相關單字記起來，讓旅遊變得更充實！

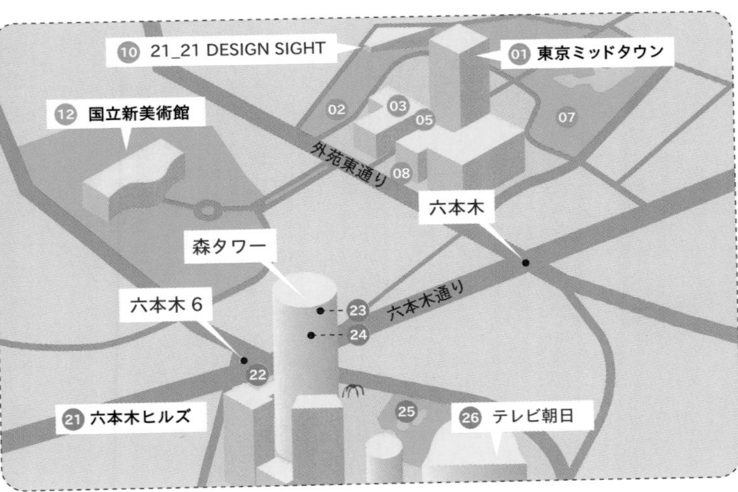

東京中城

01 とうきょう Midtown 東京ミッドタウン to.o.kyo.o.mi.d.do.ta.u.n 東京中城	02 Midtown Garden ミッドタウン・ガーデン mi.d.do.ta.u.n・ga.a.de.n 中城庭園	
03 Suntory びじゅつかん サントリー美術館 sa.n.to.ri.i.bi.ju.tsu.ka.n 三得利美術館	04 くまけんご 隈研吾 ku.ma.ke.n.go 三得利美術館設計者	
05 Galleria ガレリア ga.re.ri.a 拱廊街	06 Plaza プラザ pu.ra.za 廣場	07 ひのきちょうこうえん 檜町公園 hi.no.ki.cho.o.ko.o.e.n 檜町公園

08 Midtown Tower
ミッドタウン・タワー
mi.d.do.ta.u.n・ta.wa.a
中城大廈

09 Fujifilm Square
フジフイルム・スクエア
fu.ji.fu.i.ru.mu・su.ku.e.a
富士底片廣場

10
21_21 DESIGN SIGHT
tu.u.wa.n.tu.u.wa.n.de.za.i.n.sa.i.to
21_21設計館

11 あんどうただお
安藤忠雄
a.n.do.o.ta.da.o
21_21設計館的設計者

國立新美術館

輕食　餐點　咖啡＆飲料

12 こくりつしんびじゅつかん
国立新美術館
ko.ku.ri.tsu.shi.n.bi.ju.tsu.ka.n
國立新美術館

除了美術館展示廳，還有許多特色咖啡廳、餐廳＆商店。

13 くろかわきしょう
黒川紀章
ku.ro.ka.wa.ki.sho.o
國立新美術館建築設計者

14 さとうかしわ
佐藤可士和
sa.to.o.ka.shi.wa
國立新美術館視覺設計者

15 Museum Shop Souvenir from Tokyo　B1
ミュージアムショップ「スーベニア・フロム・トーキョー」
myu.u.ji.a.mu.sho.p.pu「su.u.be.ni.a・fu.ro.mu・to.o.kyo.o」
博物館商店「東京紀念品」

16 Cafeteria Carré　B1
カフェテリア・カレ
ka.fe.te.ri.a・ka.re
輕食＆原創料理咖啡廳

17 Café Coquille　1F
カフェ・コキーユ
ka.fe・ko.ki.i.yu
輕食咖啡廳

18 Salon de Thé Rond　2F
サロン・ド・テ・ロンド
sa.ro.n・do・te・ro.n.do
景觀咖啡廳

19 Art Library　3F
アートライブラリー
a.a.to.ra.i.bu.ra.ri.i
藝術圖書館

20 Brasserie Paul Bocuse Le Musée
ブラッスリー ポール・ボキューズ ミュゼ
bu.ra.s.su.ri.i. po.o.ru・bo.kyu.u.zu. myu.ze
米其林三星級廚師進駐，位於大圓錐體上的法國餐廳

六本木之丘

21 ろっぽんぎ Hills
六本木ヒルズ
ro.p.po.n.gi.hi.ru.zu
六本木之丘

22 ろくろく Plaza
６６プラザ
ro.ku.ro.ku.pu.ra.za
66廣場

23 とうきょう Clity View
東京シティービュー
to.o.kyo.o.shi.ti.i.byu.u
東京城市觀景

24 もりびじゅつかん
森美術館
mo.ri.bi.ju.tsu.ka.n
森美術館

25 もうりていえん
毛利庭園
mo.o.ri.te.i.e.n
毛利庭園

26 あさひ
テレビ朝日
te.re.bi.a.sa.hi
朝日電視台

日本各地知名景點

029

日本各地人気スポット ni.ho.n.ka.ku.chi.ni.n.ki.su.po.t.to

到日本玩，究竟還有哪些必去景點呢？東京的東京天空樹、大阪的道頓堀、北海道的小樽運河…等，收錄滿滿背包客、旅行團行程中必去人氣景點的日文單字，讓你一面學，一面開心遊日本！

北海道

01 釧路湿原（くしろしつげん）
ku.shi.ro.shi.tsu.ge.n
釧路濕原
日本最大的濕原。**北海道釧路市**

02 藻岩山（もいわやま）
mo.i.wa.ya.ma
藻岩山
在這可一覽札幌市整個街景。**北海道札幌市**

03 小樽運河（おたるうんが）
o.ta.ru.u.n.ga
小樽運河
充滿歷史的美麗運河及紅磚倉庫。**北海道小樽市**

本州

04 白神山地（しらかみさんち）
shi.ra.ka.mi.sa.n.chi
白神山地
保有世界上最完整的山毛櫸森林。**青森・秋田縣**

05 ※ 松島（まつしま）
ma.tsu.shi.ma
松島
日本三景之一。**宮城縣**

06 鉄道博物館（てつどうはくぶつかん）
te.tsu.do.o.ha.ku.bu.tsu.ka.n
鐵道博物館
埼玉縣埼玉市

07 アメ横（よこ）
a.me.yo.ko
阿美橫町
感受日式傳統市場的魅力。**東京都台東區**

08 秋葉原電気街（あきばらでんきがい）
a.ki.ha.ba.ra.de.n.ki.ga.i
秋葉原電器街
東京都千代田區

09 竹下通り
ta.ke.shi.ta.do.o.ri
竹下通
日本時下年輕人的集散地之一。**東京都澀谷區**

10 東京タワー（とうきょう tower）
to.o.kyo.o.ta.wa.a
東京鐵塔
象徵日本的鐵塔。**東京都港區**

11 東京スカイツリー（とうきょう sky tree）
to.o.kyo.o.su.ka.i.tsu.ri.i
東京晴空塔
世界最高鐵塔。**東京都墨田區**

634m
330m
TOKYO TOWER 1958年
TOKYO SKYTREE 2012年

12 お台場海浜公園（だいばかいひんこうえん）
o.da.i.ba.ka.i.hi.n.ko.o.e.n
台場海濱公園
東京都港區

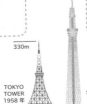

13 横浜中華街（よこはまちゅうかがい）
yo.ko.ha.ma.chu.u.ka.ga.i
橫濱中華街
亞洲最大唐人街。**神奈川縣橫濱市**

14 よこはま
横浜みなと
みらい21
yo.ko.ha.ma.mi.na.to.
mi.ra.i.ni.ju.u.i.chi
橫濱未來港21 神奈川縣橫濱市

15 かまくらだいぶつ
鎌倉大仏
ka.ma.ku.ra.da.i.bu.tsu
鎌倉大佛
神奈川縣鎌倉市

16 あし こ
芦ノ湖
a.shi.no.ko
蘆之湖
箱根山的火山湖。可乘遊覽船遠眺富士山。神奈川縣足柄下郡

17 かる い ざわ
軽井沢
ka.ru.i.za.wa
輕井澤
日本最具代表的避暑勝地。
長野縣東南部

18 じ ごくだに や えんこうえん
地獄谷野猿公苑
ji.go.ku.da.ni.ya.e.n.ko.o.e.n
地獄谷野猿公苑
可觀賞到猴子泡湯的有趣光景。
長野縣下高井郡

19 まつもとじょう
松本 城
ma.tsu.mo.to.jo.o
松本城
日本國寶古蹟。
長野縣松本市

20 ※ けんろくえん
兼六園
ke.n.ro.ku.e.n
兼六園
日本三大名園之一。
石川縣金澤市

地獄谷野猿公苑

21 はな み こう じ どおり
花見小路 通
ha.na.mi.ko.o.ji.do.o.ri
花見小路通
保有京都歷史古老風貌的著名街道。京都府京都市

22 しんさいばし
心斎橋
shi.n.sa.i.ba.shi
心齋橋
大阪最具代表性的購物區。
大阪府大阪市

23 どうとんぼり
道頓堀
do.o.to.n.bo.ri
道頓堀
大阪最繁榮商店街。
大阪府大阪市

24 つうてんかく
通天閣
tsu.u.te.n.ka.ku
通天閣
大阪最著名的地標。
大阪府大阪市

25 こう べ こう
神戸港
ko.o.be.ko.o
神戶港
日本主要國際貿易港之一。
兵庫縣神戶市

26 おおなる と きょう
大鳴門 橋
o.o.na.ru.to.kyo.o
大鳴門橋
橫跨本州・四國的吊橋。
兵庫縣南淡路市

※05日本三景：松島、天橋立(あまのはしだて)、嚴島(いつくしま)

※20日本三大名園：兼六園、後楽園(こうらくえん)、偕楽園(かいらくえん)

四國

27 なる と うずしお
鳴門の渦潮
na.ru.to.no.u.zu.shi.o
鳴門漩渦
日本鳴門海峽上的漩渦景觀。
德島縣鳴門市

28 どう ご おんせん
道後温泉
do.o.go.o.n.se.n
道後溫泉 愛媛縣松山市
動畫「神隱少女」中的溫泉旅館就是參考道後溫泉所繪製。

29 こう ち じょう
高知 城
ko.o.chi.jo.o
高知城
高知縣高知市

九州

30 ふくおか tower
福岡タワー
fu.ku.o.ka.ta.wa.a
福岡塔
日本最高的海濱塔。
福岡縣福岡市

31 おおうらてんしゅどう
大浦天主堂
o.o.u.ra.te.n.shu.do.o
大浦天主堂
日本國寶中唯一的西洋建築。
長崎縣長崎市

32 うんぜん じ ごく
雲仙地獄
u.n.ze.n.ji.go.ku
雲仙地獄
溫泉區因景色宛如地獄般煙霧瀰漫而得名。長崎縣雲仙市

33 べっぷ じごく
別府地獄めぐり
be.p.pu.ji.go.ku.me.gu.ri
別府地獄溫泉
別府著名的九大溫泉景觀。
大分縣別府市

34 ※ ゆ ふ いん
湯布院
yu.fu.i.n
湯布院
溫泉湧出量為全日本第三。
大分縣大分郡

35 ※ あ そ さん
阿蘇山
a.so.sa.n
阿蘇火山
世界最大的破火山口。
熊本縣阿蘇市

36 さくらじま
桜島
sa.ku.ra.ji.ma
櫻島
鹿兒島的象徵。
鹿兒島縣鹿兒島市

※ 34 全日本溫泉湧出量第一名：草津溫泉、第二名：由布院。
35 阿蘇山指的是阿蘇地區的火山群，主要有高岳（1592m）、中嶽（1506m）、根子岳（1408m）、烏帽子岳（1337m）及杵島岳（1270m），其中的中嶽至今仍有頻繁火山活動。

沖繩

37 ※ こくさいどお
国際通り
ko.ku.sa.i.do.o.ri
國際大道
沖繩縣那霸市

38 ぎょくせんどう
玉泉洞
gyo.ku.se.n.do.o
玉泉洞
日本三大鐘乳洞之一。
沖繩縣南城市

※ 37 全長 1.6 英里，為那霸市主要街道，太平洋戰爭後從廢墟一瞬間成為最早完成復興的地點。因此有奇蹟式 1 英里的稱號。

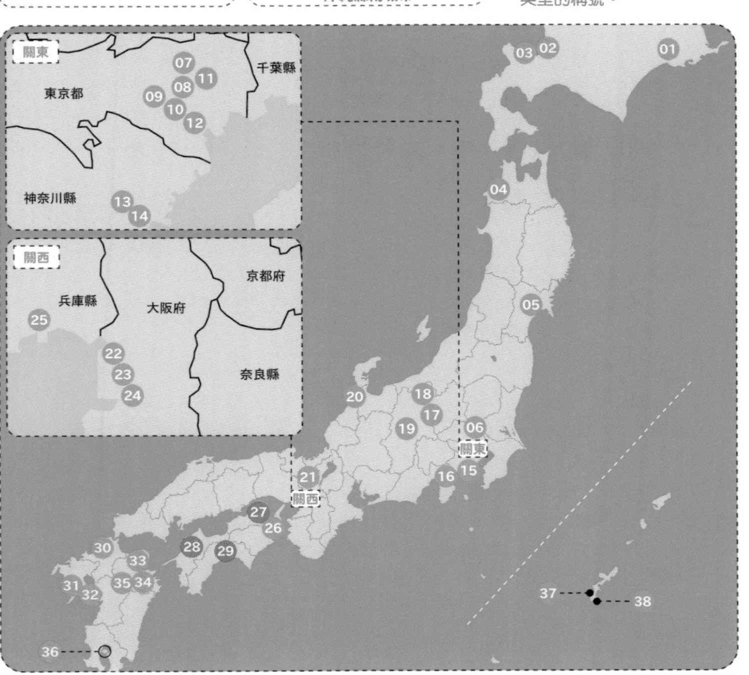

遊樂園・遊樂區

030

ゆうえんち　amusement　park
遊園地・アミューズメントパーク
yu.u.e.n.chi・a.myu.u.zu.me.n.to.pa.a.ku

日本各地有許多大大小小的遊樂園和動物園、海生館…等。這裡為您列出規模較大、較知名的遊樂區名稱。

01
とうきょう　Disney resort
東京ディズニーリゾート
to.o.kyo.o.di.zu.ni.i.ri.zo.o.to
東京迪士尼樂園

1983年，建立於千葉縣的世界性主題公園，是迪士尼歡樂王國第一個位於美國以外的據點。

・千葉縣浦安市

02
うえのどうぶつえん
上野動物園
u.e.no.do.o.bu.tsu.e.n
上野動物園

日本最具歷史、遊客數也是日本最多的動物園。園內分為東園和西園。除步行外還可搭乘來往兩園的單軌列車。

・東京都台東區

03
あさくさはな
浅草花やしき
a.sa.ku.sa.ha.na.ya.shi.ki
淺草花屋敷樂園

日本最古老的遊樂園。鄰近淺草寺，帶有懷舊氣氛。擁有在日本最具歷史的國產雲霄飛車。

・東京都台東區

04
Kidzania　とうきょう
キッザニア東京
ki.z.za.ni.a.to.o.kyo.o
兒童工作體驗城

類似台灣的Baby Boss職業體驗任意城，讓小朋友親自體驗各行各業，能夠邊玩邊學習的體驗型設施。體驗完還能獲得薪水喔！

・東京都江東區

05
とうきょう　Dome　city
東京ドームシティ
to.o.kyo.o.do.o.mu.shi.ti
東京圓頂城

由東京巨蛋、後樂園遊樂園、兒童樂園、健身俱樂部LaQua、東京巨蛋旅館等設施構成的綜合娛樂區。

・東京都文京區

06
とうきょう　Joypolis
東京ジョイポリス
to.o.kyo.o.jo.i.po.ri.su
東京JOYPOLIS樂園

在台場海濱DECKS Tokyo Beach百貨公司3～5樓，由SEGA經營的人氣室內遊樂場。超過20種以上最先進的電動遊樂設施，即使雨天也能盡興。

・東京都港區

07 Epson しながわ Aqua Stadium
エプソン品川アクアスタジアム
e.pu.so.n.shi.na.ga.wa.a.ku.a.su.ta.ji.a.mu
愛普生品川水族館

於東京都港區品川王子飯店內。有海豚秀、海驢和工作人員舉辦的演唱會、還能在餐廳一面觀賞熱帶魚一面品嚐咖啡。

・東京都港區

08
としまえん
to.shi.ma.e.n
豐島園

充滿自然氣息的遊樂園。擁有世界第一大的滑水道，及世界最具歷史的迴轉木馬、昆蟲館和溫泉等。

・東京都練馬區

09 Sanrio Puroland
サンリオピューロランド
sa.n.ri.o.pyu.u.ro.ra.n.do
三麗鷗彩虹樂園

室內主題遊樂園。園內主角有凱蒂貓、酷企鵝、美樂蒂、大眼蛙等，可以和卡通明星們合照，還能觀賞卡通人物演出的歌舞劇及三百六十度旋轉劇場等。

・東京都多摩市

10 Land
よみうりランド
yo.mi.u.ri.ra.n.do
讀賣樂園

水上、陸上遊樂設施都相當完善的郊外型遊樂園。擁有國內規模最大的 5 大游泳池與 3 種滑水道。

・東京都稲城市

11 とうきょう Summer Land
東 京 サマーランド
to.o.kyo.o.sa.ma.a.ra.n.do
東京夏季樂園

有全年都可玩的室內玩水區「冒險巨蛋」、室內遊樂園「驚險山」，及「高爾夫練習場、網球庭園、保齡球館」等。

・東京都あきる野市

12 ふ じ きゅう High Land
富士 急 ハイランド
fu.ji.kyu.u.ha.i.ra.n.do
富士急遊樂園

位於日本富士山腳下，擁有世界上落差度最大的雲霄飛車及「透明纜車」、「海盜船」等遊樂項目。冬季還有溜冰場喔！

・山梨縣南都留郡

13 よこはまはっけいじま Sea Paradise
横浜八景島シーパラダイス
yo.ko.ha.ma.ha.k.ke.i.ji.ma.shi.i.pa.ra.da.i.su
橫濱八景島海島樂園

位於橫濱灣末端的綜合性遊樂園，有日本首座波浪雲霄飛車、高度與降落速度日本第一的垂直降落器材「Blue Fall」。

・神奈川縣橫濱市

14 かもがわ Sea World
鴨川シーワールド
ka.mo.ga.wa.shi.i.wa.a.ru.do
鴨川海洋世界

綜合性海洋公園。可以欣賞鯨魚、海豚表演，以及體驗和海豚的親密接觸。另外還可觀賞美麗的熱帶珊瑚礁。

・千葉縣鴨川市

15
あさひやまどうぶつえん
旭山動物園
a.sa.hi.ya.ma.do.o.bu.tsu.e.n
旭山動物園

首創「行動展示設施」，讓遊客能以特殊的視角觀察動物，另外還會拿掉鐵籠讓遊客能更貼近動物。

・北海道旭川市

16
Spa Resort Hawaiians
スパリゾートハワイアンズ
su.pa.ri.zo.o.to.ha.wa.i.a.n.zu
夏威夷SPA渡假村

有 6 個東京巨蛋大的渡假勝地，是能享受多種溫泉的溫泉主題樂園。並以世界最大露天溫泉設施，登金氏世界紀錄。全年皆可感受到宛如置身夏威夷的氛圍。

・福島縣盤城市

17
にっこうえどむら
日光江戸村
ni.k.ko.o.e.do.mu.ra
日光江戶村

充滿濃濃江戶風情的主題樂園。仿造江戶時期的街景，讓人漫步其中宛如身歷其境。此外，忍者戲劇、花魁道中等表演也相當有看頭。

・櫪木縣塩谷郡

18
いず Bio Park
伊豆バイオパーク
i.zu.ba.i.o.pa.a.ku
伊豆動物公園

位於伊豆稻取高原的自然動物公園。和可愛動物近距離接觸的「動物區」、讓人玩得不亦樂乎的「遊樂區」、適合闔家活動的「休閒運動區」。設備充實，一次滿足您所有需求！

・静岡縣賀茂郡東伊豆町

19
Spa Land
ナガシマスパーランド
na.ga.shi.ma.su.pa.a.ra.n.do
長島溫泉樂園

佔地面積僅次於東京迪士尼樂園的遊樂園。擁有各種驚險刺激的遊樂設備，在這裡還能挑戰全世界最長的雲霄飛車。此外，夏日消暑必玩的室外游泳戲水區也非常吸引人！

・三重縣桑名市

20
しま Spain むら
志摩スペイン村
shi.ma.su.pe.i.n.mu.ra
西 Parque Espana
パルケエスパーニャ
pa.ru.ke.e.su.pa.a.nya
志摩西班牙村

以西班牙為主題的樂園。園內四處可見西班牙風格建築。玩遍刺激好玩的遊樂設施後，還能在園內的溫泉一解疲勞！

・三重縣志摩市

21
すずか Circuit
鈴鹿サーキット
su.zu.ka.sa.a.ki.t.to
鈴鹿賽道

以賽車場為中心的遊樂設施。在此可一睹著名的 F1 競賽及 8 小時耐久越野賽等精彩賽事。設有飯店及遊樂設施，是個機能相當完善的休閒區。

・三重縣鈴鹿市

22
とうえいうずまさえいがむら
東映太秦映画村
to.o.e.i.u.zu.ma.sa.e.i.ga.mu.ra
東映太秦映畫村

電影主題樂園。擁有仿造江戶及明治時代街道的開放式攝影區，可近距離觀摩拍攝過程。此外還能試穿戲服及觀賞忍者表演喔！

・京都府京都市

23
Universal studios Japan
ユニバーサルスタジオジャパン
yu.ni.ba.a.sa.ru.su.ta.ji.o.ja.pa.n
大阪環球影城

來自好萊塢電影世界打造的主題樂園。有各種重現經典電影的設施「大白鯊」、「侏儸紀公園」等。還能和可愛的卡通人物互動，欣賞精彩絕倫的表演節目喔！

・大阪府大阪市

24
Adventure world
アドベンチャーワールド
a.do.be.n.cha.a.wa.a.ru.do
冒險世界

以動物園、水族館、遊樂園為主體的遊樂園。園區有「動物世界」、「熊貓區」、「海洋世界」、「企鵝王國」、「海獸區」、「遊樂區」等主題，以最自然的方式觀察動物概念，讓觀眾能近距離觀查動物們的生活。

・和歌山縣西牟婁郡

25
Space world
スペースワールド
su.pe.e.su.wa.a.ru.do
太空世界

以宇宙為主題的遊樂園。園內 37 種遊樂設施，以展示體驗館、娛樂設施及劇場方式呈現。擁有與美國同一規格的「太空營」，讓遊客體驗 2 天 1 夜最正統的飛行員訓練。

・福岡縣北九州市

26
荷 Huis ten bosch
ハウステンボス
ha.u.su.te.n.bo.su
豪斯登堡

取自荷蘭語「森林之家」，仿造中世紀歐洲街景。在美麗運河與樹木圍繞下，讓遊客彷彿置身中世紀歐洲街道上。園內還有美術館及博物館，玩累了還能直接下榻園區飯店喔！

・長崎縣佐世保市

27
おきなわちゅ　うみすいぞくかん
沖縄美ら海水族館
o.ki.na.wa.chu.ra.u.mi.su.i.zo.ku.ka.n
沖繩美麗海水水族館

擁有世界級巨大水槽「黑潮的海」。總展示槽有 77 個，展示各種來自珊瑚礁、黑潮、深海海洋生物。另外還可以免費觀賞到海豚精彩表演秀喔！

・沖繩縣國頭郡

其他單字

28
あんないじょ
案内所
a.n.na.i.jo
服務台

29
locker
コインロッカー
ko.i.n.ro.k.ka.a
投幣式置物櫃

30
わす　ものとりあつかいじょ
忘れ物取扱所
wa.su.re.mo.no.to.ri.a.tsu.ka.i.jo
失物招領處

31
まいご
迷子
ma.i.go
走失兒童

32
おとな
大人
o.to.na
成人票

33
がくせいわりびき
学生割引
ga.ku.se.i.wa.ri.bi.ki
學生優待票

34
こども
子供
ko.do.mo
兒童票

35
viking
バイキング
ba.i.ki.n.gu
海盜船

36
jet coaster
ジェットコースター
je.t.to.ko.o.su.ta.a
雲霄飛車

37 roller coaster
ローラーコースター
ro.o.ra.a.ko.o.su.ta.a
雲霄飛車

38 free fall
フリーフォール
fu.ri.i.fo.o.ru
自由落體

39 sky cycle
スカイサイクル
su.ka.i.sa.i.ku.ru
太空世界

40 かいてん
回転ブランコ
ka.i.te.n.bu.ra.n.ko
狂飆飛碟

41 water ride
ウォーターライド
wo.o.ta.a.ra.i.do
滑水道

42 ば やしき
お化け屋敷
o.ba.ke.ya.shi.ki
鬼屋

43 かんらんしゃ
観覧車
ka.n.ra.n.sha
摩天輪

44 truck
トロッコ
to.ro.k.ko
小火車

45 merry-go-round
メリーゴーランド
me.ri.i.go.o.ra.n.do
旋轉木馬

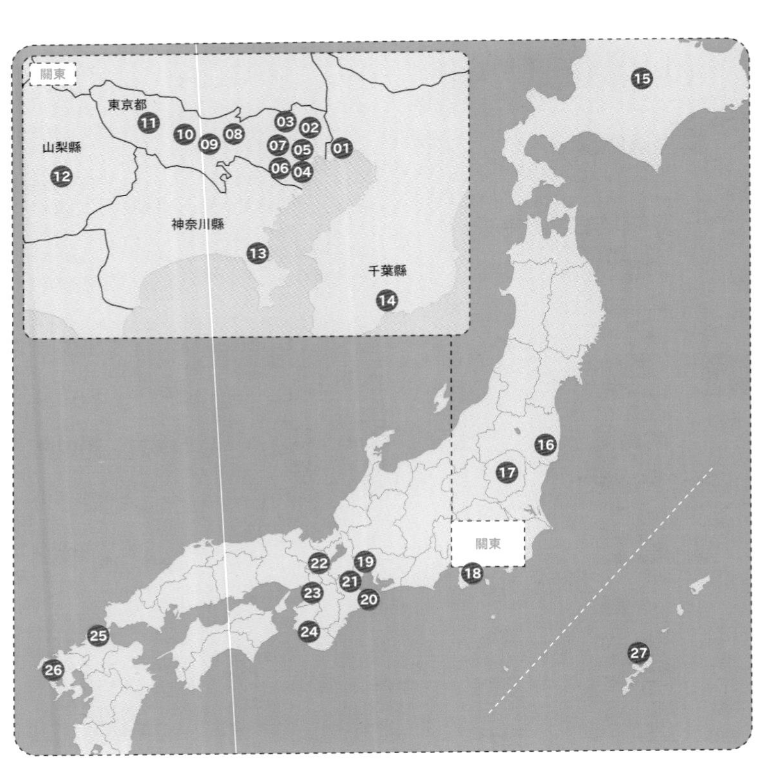

美術館・博物館

031

びじゅつかん・はくぶつかん
美術館・博物館 bi.ju.tsu.ka.n・ha.ku.bu.tsu.ka.n

到日本各大美術、博物館，不僅可欣賞館內豐富的藝術作品、文物，展館本身更是藝術品，從細節就可看出其兼具實用度的巧思及美學。

01

こくりつせいようびじゅつかん
国立西洋美術館
ko.ku.ri.tsu.se.i.yo.o.bi.ju.tsu.ka.n

東京都台東區上野公園7番7號
http://www.nmwa.go.jp/index.html
主要展示西方藝術作品。館中展示著羅丹的「沉思者」等53件雕塑，此外還有庫爾貝、莫內、高更的作品。

02

こくりつこくさいびじゅつかん
国立国際美術館
ko.ku.ri.tsu.ko.ku.sa.i.bi.ju.tsu.ka.n

大阪府大阪市北區中之島四丁目2番55號
http://www.nmao.go.jp/
1977年開館於萬博紀念公園。2004年，以地下型美術館的形式移建於大阪中之島，主要展覽第二次世界大戰後的國內外現代美術作品。

03

とうきょうこくりつきんだいびじゅつかん
東京国立近代美術館
to.o.kyo.o.ko.ku.ri.tsu.ki.n.da.i bi.ju.tsu.ka.n

東京都千代田區北之丸公園3番1號
http://www.momat.go.jp/
收藏有明治時代末期至現代的雕刻、水彩畫、素描、版畫和攝影等近代藝術作品，多達9000件。

04

とうきょうこくりつはくぶつかん
東京国立博物館
to.o.kyo.o.ko.ku.ri.tsu.ha.ku bu.tsu.ka.n

東京都台東區上野公園13番9號
http://www.tnm.jp/
館內收藏品多達89000件，其中有近100件國寶，500多件國家指定的重要文物。另外，法隆寺寶物館中收藏約300件奈良法隆寺中的寶物。

05

きゅうしゅうこくりつはくぶつかん
九州国立博物館
kyu.u.shu.u.ko.ku.ri.tsu.ha.ku bu.tsu.ka.n

福岡縣太宰府市石坂四丁目7番2號
http://www.kyuhaku.com/pr/
主要陳列日本自古以來與亞洲各國交流時所遺留下的歷史文物。另外，館內還設有體驗區，可實際體驗亞洲各國的民族服飾和傳統樂器、童玩等。

06

きょう と こくりつはくぶつかん
京都国立博物館
kyo.o.to.ko.ku.ri.tsu.ha.ku.bu.tsu.ka.n

京都市東山區茶屋町527
http://www.kyohaku.go.jp/
於日本明治時期建造的京都國立博物館，建築物本身就相當具有歷史價值。館內所藏約 1 萬多件貴重文物。

07

Suntory びじゅつかん
サントリー美術館
sa.n.to.ri.i.bi.ju.tsu.ka.n

東京都港區赤坂九丁目7番4號
http://www.suntory.co.jp/sma/
收藏有繪畫、陶瓷器、漆工藝、染織品等，還有日本重要文化財 12 件，充份展現日本傳統生活之美。

08

とうきょう と げんだい びじゅつかん
東京都現代美術館
to.o.kyo.o.to.ge.n.da.i.bi.ju.tsu.ka.n

東京都江東區三好四丁目1番1號
http://www.mot-art-museum.jp/
1995 年開幕的現代美術館，原位於上野公園，收藏日本現代藝術展覽為主。轉型成國際性的現代美術館後展覽空間不敷使用，才開始籌建新館。新館的總面積高達 33000 平方公尺，占地十分廣大。

09

みたか もり びじゅつかん
三鷹の森ジブリ美術館
mi.ta.ka.no.mo.ri.ji.bu.ri.bi.ju.tsu.ka.n

東京都三鷹市下連雀一丁目1番83號
http://www.ghibli-museum.jp/
館主是身兼作家、漫畫家、動畫導演的宮崎駿。館內充滿著歷年來動畫的角色及場景，讓人彷彿進入了動畫的世界。宮崎駿動畫迷，絕對不可錯過的一大景點。

10

びじゅつかん
MOA美術館
e.mu.o.o.e.e.bi.ju.tsu.ka.n

靜岡縣熱海市桃山町26番2號
http://www.moaart.or.jp/
於 1983 年盛大開館。收藏品以東洋藝術為主，繪畫、雕塑、瓷器、書法作品、漆品等共計 3000 多件。

11

もり びじゅつかん
森美術館
mo.ri.bi.ju.tsu.ka.n

東京都港區六本木六丁目10番1號
http://www.mori.art.museum/
總展覽場面積約 2000 平方公尺，不僅可在大樓內欣賞藝術品也可俯瞰東京全景。

12

こくりつしん びじゅつかん
国立新美術館
ko.ku.ri.tsu.shi.n.bi.ju.tsu.ka.n

東京都港區六本木七丁目22番2號
http://www.nact.jp/
2006 年完工，擁有日本最大展示面積，以定期展覽為主。與鄰近的三得利美術館、森美術館形成東京六本木藝術金三角。為日本當代藝術的資訊重鎮。

相關單字

13 ちゅうしょうが 抽象画 chu.u.sho.o.ga 抽象畫	14 ぐしょうが 具象画 gu.sho.o.ga 具象畫	15 せいぶつが 静物画 se.i.bu.tsu.ga 靜物畫
16 ふうけいが 風景画 fu.u.ke.i.ga 風景畫	17 ふうぞくが 風俗画 fu.u.zo.ku.ga 風俗畫	18 しゅうきょうが 宗教画 shu.u.kyo.o.ga 宗教畫
19 いんしょうは 印象派 i.n.sho.o.ha 印象派	20 Cubism りったいは キュービズム/立体派 kyu.u.bi.zu.mu/ri.t.ta.i.ha 立體派	
21 げんだいびじゅつ 現代美術 ge.n.da.i.bi.ju.tsu 現代美術	22 ちょうこく 彫刻 cho.o.ko.ku 雕刻	23 ※ うきよえ 浮世絵 u.ki.yo.e 浮世繪

※23源於17世紀，主要描繪人們的日常生活、風景和戲劇。菱川師宣(ひしかわむろのぶ)被稱為浮世繪之祖，繪有《見返り美人図》。葛飾北斎(かつしかほくさい)則繪有著名的《富嶽三十六景》，包含《神奈川沖浪裏》、《凱風快晴》等作品。

實用會話

24 にゅうかんりょう
入館料はいくらですか？
nyu.u.ka.n.ryo.o.wa.i.ku.ra.de.su.ka
請問入館費是多少呢？

25 ちゅうごくご か
中国語のオーディオガイドを貸してもらえますか？
chu.u.go.ku.go.no.o.o.di.o.ga.i.do.wo.ka.shi.te.mo.ra.e.ma.su.ka
請問可以借中文的語音導覽嗎？

26 かんない しゃしんさつえい
館内で写真撮影ができますか？
ka.n.na.i.de.sha.shi.n.sa.tsu.e.i.ga.de.ki.ma.su.ka
請問館內可以拍照嗎？

公園・庭園

032

こうえん
公園 ko.o.e.n

下面列出日本各地較知名的公園，有些同時也是賞櫻、賞楓的勝地。下次逛街逛累了，不仿到附近的公園散散步或是坐在樹陰下，悠閒地放鬆一下吧！

01 なかじまこうえん 中島公園 na.ka.ji.ma.ko.o.e.n 北海道札幌市	02 おおどおりこうえん 大通公園 o.o.do.o.ri.ko.o.e.n 北海道札幌市	03 ひろさきこうえん 弘前公園 hi.ro.sa.ki.ko.o.e.n 青森縣弘前市
04 いわてこうえん 岩手公園 i.wa.te.ko.o.e.n 岩手縣盛岡市	05 つつじがおかこうえん 榴岡公園 tsu.tsu.ji.ga.o.ka.ko.o.e.n 宮城縣仙台市	06 ※ かいらくえん 偕楽園 ka.i.ra.ku.e.n 茨城縣水戶市
07 けぞうじこうえん 華蔵寺公園 ke.zo.o.ji.ko.o.e.n 群馬縣伊勢崎市	08 おおみやこうえん 大宮公園 o.o.mi.ya.ko.o.e.n 埼玉縣埼玉市	09 うえのおんしこうえん 上野恩賜公園 u.e.no.o.n.shi.ko.o.e.n 東京都台東區
10 よよぎこうえん 代々木公園 yo.yo.gi.ko.o.e.n 東京都澀谷區	11 ひびやこうえん 日比谷公園 hi.bi.ya.ko.o.e.n 東京都千代田區	12 やましたこうえん 山下公園 ya.ma.shi.ta.ko.o.e.n 神奈川縣橫濱市
13 みなと み おかこうえん 港の見える丘公園 mi.na.to.no.mi.e.ru.o.ka.ko.o.e.n 神奈川縣橫濱市	14 はくさんこうえん 白山公園 ha.ku.sa.n.ko.o.e.n 新潟縣新潟市	15 たかおかこじょうこうえん 高岡古城公園 ta.ka.o.ka.ko.jo.o.ko.o.e.n 富山縣高岡市
16 ※ けんろくえん 兼六園 ke.n.ro.ku.e.n 石川縣金澤市	17 めいじょうこうえん 名城公園 me.i.jo.o.ko.o.e.n 愛知縣名古屋市	18 こくえいきそさんせんこうえん 国営木曽三川公園 ko.ku.e.i.ki.so.sa.n.se.n.ko.o.e.n 岐阜縣海津市
19 たから いけこうえん 宝ヶ池公園 ta.ka.ra.ga.i.ke.ko.o.e.n 京都府京都市	20 まるやまこうえん 円山公園 ma.ru.ya.ma.ko.o.e.n 京都府京都市	21 ならこうえん 奈良公園 na.ra.ko.o.e.n 奈良縣奈良市
22 おおさかじょうこうえん 大阪城公園 o.o.sa.ka.jo.o.ko.o.e.n 大阪府大阪市	23 なかのしまこうえん 中之島公園 na.ka.no.shi.ma.ko.o.e.n 大阪府大阪市	24 ※ こうらくえん 後楽園 ko.o.ra.ku.e.n 岡山縣岡山市

※ 06、16、24 日本三大名園。

25 へいわきねんこうえん
平和記念公園
he.i.wa.ki.ne.n.ko.o.e.n
廣島縣廣島市

26 とくしまちゅうおうこうえん
徳島中央公園
to.ku.shi.ma.chu.u.o.o.ko.o.e.n
徳島縣徳島市

27 りつりんこうえん
栗林公園
ri.tsu.ri.n.ko.o.e.n
香川縣高松市

28 まつやましろやまこうえん
松山城山公園
ma.tsu.ya.ma.shi.ro.ya.ma.ko.o.e.n
愛媛縣松山市

29 うみのなかみちかいひんこうえん
海の中道海浜公園
u.mi.no.na.ka.mi.chi.ka.i.hi.n.ko.o.e.n
福岡縣福岡市

30 こくえいおきなわきねんこうえん
国営沖縄記念公園
ko.ku.e.i.o.ki.na.wa.ki.ne.n.ko.o.e.n
沖繩縣

日本的跳蚤市場（フリーマーケット，簡稱：フリマ）

到日本絕對要逛的跳蚤市場，大部分為每週舉辦一次，地點較不固定，有時會選在車站及公園空地。時間通常是從早上9點至下午3點。各區域販售商品內容都不太相同。在跳蚤市場除了可以開心挖寶，還可以看到許多穿著時髦的年輕人，有時還能欣賞到樂團表演呢！詳細時間可查詢相關網站，確認時間後只要好天氣就可以去逛逛喔！

日本跳蚤市場協會:http://www.freemarket-go.com/

去跳蚤市場走走吧！http://www2j.biglobe.ne.jp/~tatuta/

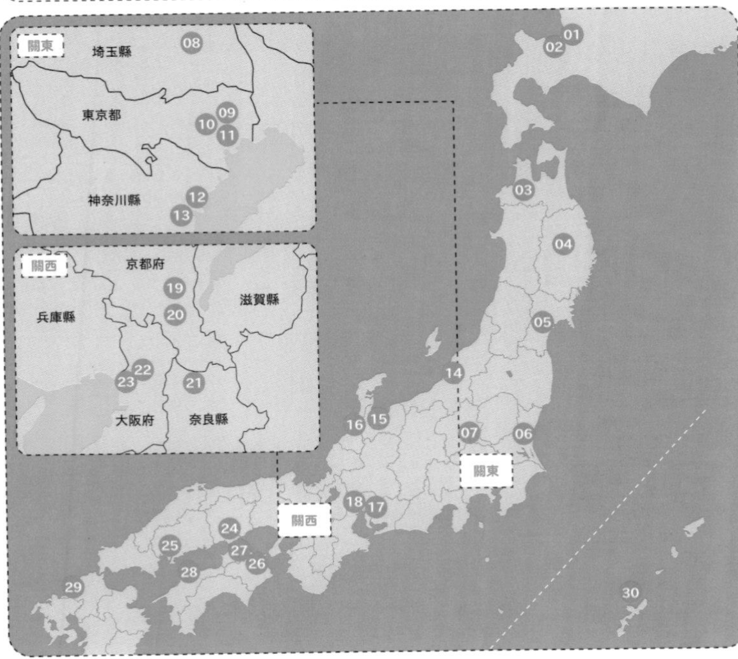

基本
交通
生活
文化
觀光
購物
美食
電車路線
電車地圖
公園・庭園

賞櫻名勝

はなみめいしょ
花見名所 ha.na.mi.me.i.sho

033

因為櫻花樹種不同，各地的開花期都不一樣。建議安排賞櫻之旅前，先了解各地每年的開花時間及情況，再做安排比較保險喔！

01 しずないにじゅっけんどうろさくらなみき
静内二十間道路桜並木
shi.zu.na.i.ni.ju.k.ke.n.do.o.ro.sa.ku.ra.na.mi.ki
北海道

02 まつまえこうえん
松前公園
ma.tsu.ma.e.ko.o.e.n
北海道

03 ひろさきこうえん
弘前公園
hi.ro.sa.ki.ko.o.e.n
青森縣

04 かくのだて
角館
ka.ku.no.da.te
秋田縣

05 もりおかいしわりざくら
盛岡石割桜
mo.ri.o.ka.i.shi.wa.ri.za.ku.ra
岩手縣

06 えぼしやまこうえん
烏帽子山公園
e.bo.shi.ya.ma.ko.o.e.n
山形縣

07 つるじょうこうえん
鶴ヶ城公園
tsu.ru.ga.jo.o.ko.o.e.n
福島縣

08 みはるたきざくら
三春滝桜
mi.ha.ru.ta.ki.za.ku.ra
福島縣

09 にっこうかいどうさくらなみき
日光街道桜並木
ni.k.ko.o.ka.i.do.o.sa.ku.ra.na.mi.ki
櫪木縣

10 りくぎえん
六義園
ri.ku.gi.e.n
東京都

11 ちどりふち
千鳥ヶ淵
chi.do.ri.ga.fu.chi
東京都

12 こいしかわこうらくえん
小石川後楽園
ko.i.shi.ka.wa.ko.o.ra.ku.e.n
東京都

13 うえのおんしこうえん
上野恩賜公園
u.e.no.o.n.shi.ko.o.e.n
東京都

14 いかしらおんしこうえん
井の頭恩賜公園
i.no.ka.shi.ra.o.n.shi.ko.o.e.n
東京都

15 やまたかじんだいざくら
山高神代桜
ya.ma.ta.ka.ji.n.da.i.za.ku.ra
山梨縣

16 たかとおじょうしこうえん
高遠城址公園
ta.ka.to.o.jo.o.shi.ko.o.e.n
長野縣

17 けんろくえん
兼六園
ke.n.ro.ku.e.n
石川縣

18 ねおだにうすずみざくら
根尾谷淡墨桜
ne.o.da.ni.u.su.zu.mi.za.ku.ra
岐阜縣

19 あらしやま さがの
嵐山・嵯峨野
a.ra.shi.ya.ma・sa.ga.no
京都府

20 てつがくみち
哲学の道
te.tsu.ga.ku.no.mi.chi
京都府

21 へいあんじんぐう
平安神宮
he.i.a.n.ji.n.gu.u
京都府

22 こうだいじ
高台寺
ko.o.da.i.ji
京都府

23 きよみずでら
清水寺
ki.yo.mi.zu.de.ra
京都府

24 きょうとぎょえん
京都御苑
kyo.o.to.gyo.e.n
京都府

25 にじょうじょう
二条城
ni.jo.o.jo.o
京都府

26 にんなじ
仁和寺
ni.n.na.ji
京都府

27 だいごじ
醍醐寺
da.i.go.ji
京都府

28 よしのやま
吉野山
yo.shi.no.ya.ma
奈良縣

29 おおさかぞうへいきょく
大阪造幣局
o.o.sa.ka.zo.o.he.i.kyo.ku
大阪府

30 ひめじじょう
姫路城
hi.me.ji.jo.o
兵庫縣

31 わかやまじょう
和歌山城
wa.ka.ya.ma.jo.o
和歌山縣

32 まつやまじょう
松山城
ma.tsu.ya.ma.jo.o
愛媛縣

33 まつやましろやまこうえん
松山城山公園
ma.tsu.ya.ma.shi.ro.ya.ma.ko.o.e.n
愛媛縣

34 おおむらこうえん
大村公園
o.o.mu.ra.ko.o.e.n
長崎縣

35 くまもとじょう
熊本城
ku.ma.mo.to.jo.o
熊本縣

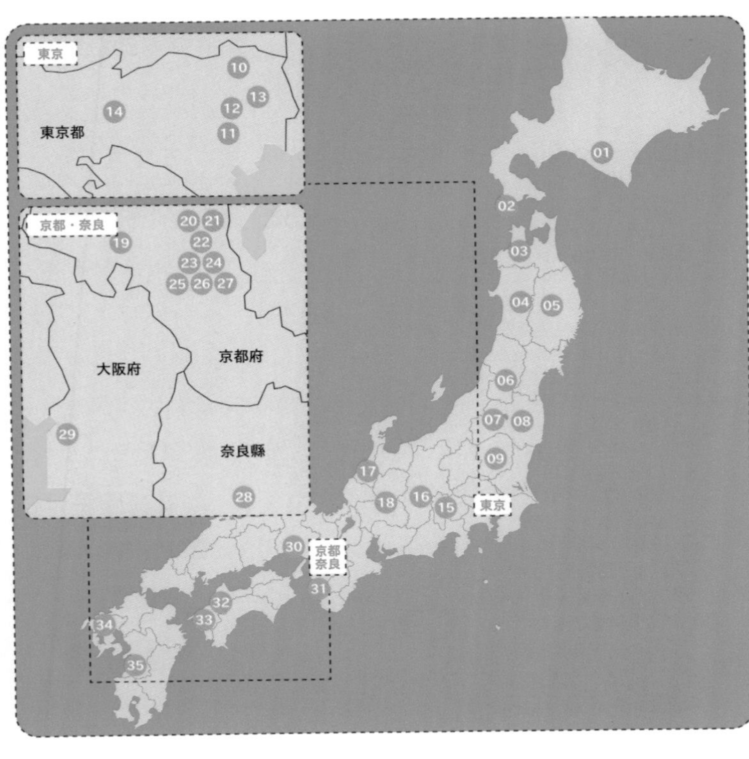

賞櫻用語

はなみようご
花見用語 ha.na.mi.yo.o.go

034

每年一到賞櫻季節，這些用語就會經常出現於新聞或報紙上哦！

01
はなみ
花見
ha.na.mi
賞花（指賞櫻花）

02
はな
花びら
ha.na.bi.ra
花瓣

03
みごろ
見頃
mi.go.ro
賞花的最佳時機

04
まんかい
満開
ma.n.ka.i
盛開

05
はざくら
葉桜
ha.za.ku.ra
櫻花凋謝後長出嫩芽的櫻花樹。

06
かいかせんげん
開花宣言
ka.i.ka.se.n.ge.n
日本氣象台對櫻花（染井吉野）開花的時間點所做的預測。

07
さくらぜんせん
桜前線
sa.ku.ra.ze.n.se.n
將日本各地預測「染井吉野」的開花日，連結起來的一條線。

櫻前線每年由3月下旬從九州南部、四國南部開始，然後北上九州北部、四國北部、瀨戶內海沿岸、關東地方、北陸地方、東北地方，5月上旬至北海道。

08
さんぶ　ごぶ　しちぶ　ざ
(三分／五分／七分) 咲き
(sa.n.bu／go.bu／shi.chi.bu) za.ki
（三分／五分／七分）花開的狀態

09
さくらふぶき
桜吹雪
sa.ku.ra.fu.bu.ki
形容櫻花的花瓣像雪花飛舞般地飄散在空中。

10
よざくら
夜桜
yo.za.ku.ra
櫻花在夜晚的燈光投射下呈現出神秘的色彩，和白天的櫻花有著截然不同的風情。

11
はなみざけ
花見酒
ha.na.mi.za.ke
邊賞花邊品嚐的酒

12
はなみだんご
花見団子
ha.na.mi.da.n.go
賞櫻時吃的日式點心

櫻花的種類

さくら　しゅるい
桜 の種類 sa.ku.ra.no.shu.ru.i

035

日本的櫻花種類繁多，花形及顏色也有些許差異，而櫻花的花期大多在每年的 3 ～ 4 月。

✿ **櫻花花期**

01 かわづざくら
河津 桜
ka.wa.zu.za.ku.ra

✿ **2 月上旬**

花瓣呈圓形平開狀。花苞時期較紅、盛開時則為淡粉紅色。1月下旬花苞初露至2月上旬盛開，花期長達1個月。

02 そめいよしの
染井吉野
so.me.i.yo.shi.no

✿ **3 ～ 4 月**

染井吉野櫻，俗稱吉野櫻。花色淡雅有白、淡粉紅或白中略帶粉紅。

03 じざくら
丁字 桜
cho.o.ji.za.ku.ra

✿ **3 ～ 4 月**

花色為淡紅色，花瓣極小，並呈下垂的方式開花，由於形狀看起來像「丁」字，故以此為名。

04 かんひざくら
寒緋 桜
ka.n.hi.za.ku.ra

✿ **3 月**

又名薩摩緋櫻，花為深紅色，花形為吊鐘狀。主要分佈於沖縄，屬溫暖地區生長的櫻花。

05 まめざくら
豆 桜
ma.me.za.ku.ra

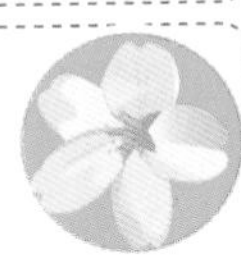

✿ **3 月中旬**

花色為白色、淡紅白色。花如其名袖珍小朵，帶有樸素雅緻的野生美。

06 えどひがん
江戸彼岸
e.do.hi.ga.n

✿ **3 月下旬**

本州、四國、九州常見的野生櫻花。這種櫻花壽命可長達數百年以上！

07 おおしまざくら
大島 桜
o.o.shi.ma.za.ku.ra

✿ **3 月下旬～ 4 月上旬**

花朵為白色，花形較大。花及葉會散發出淡淡香氣，且葉子和果實均可食用。「櫻餅」便是由大島櫻的葉子製成。

08 やまざくら
山 桜
ya.ma.za.ku.ra

✿ **4 月上旬**

花色為白色、淡紅白色。分佈於本州南半部的山區和平地。奈良吉野山上的櫻花幾乎都是山櫻。

09 おおやまざくら
大山桜
o.o.ya.ma.za.ku.ra
✲4月上旬～中旬

別名蝦夷山櫻、紅山櫻。顏色粉中帶白，葉子與花都比山櫻大。主要生長在日本以北的野生櫻花。

10 しだれざくら
枝垂桜
shi.da.re.za.ku.ra
✲4月上旬～中旬

「江戶彼岸」櫻花的變種。花色呈淡粉紅色。

11 いちよう
一葉
i.chi.yo.o
✲4月上旬～中旬

花色為淡紅白色。因只有一根雌蕊由花朵中突出而得此名。自江戶時代，以關東為中心被廣泛栽種，因此在關西看不到此種櫻花。

12 しょうげつ
松月
sho.o.ge.tsu
✲4月中旬

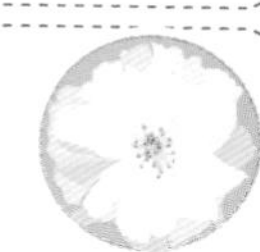

花色為淡紅色（外花瓣為淡紅色，內花瓣為白色），盛開後為白色。樹狀成傘形，樹枝朝橫向生長，較適合栽種於公園、大庭院中。

13 ふげんぞう
普賢象
fu.ge.n.zo.o
✲4月中旬

淡紅色的花朵高貴又文雅。雌蕊看起來像象牙，就好像普賢菩薩坐在象牙上一樣而得其名。

14 ようきひ
楊貴妃
yo.o.ki.hi
✲4月中旬

花色為淡紅色。花瓣前端細小的缺口為其特徵。

15 じょうにおい
上匂
jo.o.ni.o.i
✲4月中旬

花色為白色。花帶有濃郁的芳香味。

16 しろたえ
白妙
shi.ro.ta.e
✲4月中旬

花色為白色。開花初期花瓣呈粉紅色，之後就會盛開成白色的大花朵。

17 いつかやま
早晚山
i.tsu.ka.ya.ma
✲4月中旬

花為白色。花瓣前端尖尖的是它的特徵之一。當花的盛開期結束時，從花的中央至外側會出現一條紅色的線。

18 あまのがわ
天の川
a.ma.no.ga.wa
✲4月中旬～下旬

花色為淡紅色。其特徵為樹枝是往上生長，花也是朝上面開。

19 おおでまり
大手鞠
o.o.de.ma.ri

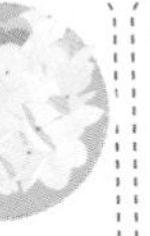

✲4月中旬～下旬

花色為淡紅色。特色為花朵會在樹枝的前端開成球狀。

20 きくしだれ
菊枝垂
ki.ku.shi.da.re

✲4月中旬～下旬

從很早之前就在東北地方等地開始栽種的品種。花色為淡紅色，形狀與菊花開時樹枝下垂相似。

21 たいざんふくん
泰山府君
ta.i.za.n.fu.ku.n

✲4月中旬～下旬

花色為淡紅白色。樹形像倒立的掃把。

22 かんざん
関山
ka.n.za.n

✲4月中旬～下旬

花為深紅紫色。對於病蟲害的抵抗及都市環境適應力強，生長的速度也很快，所以常被栽培於公園、街道上。

23 とらのお
虎の尾
to.ra.no.o

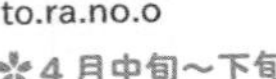

✲4月中旬～下旬

據說因為花密集的開在樹枝周圍，看起來像是老虎的尾巴而得其名。從前在京都栽培的品種，花為淡紅色。

24 ふくろくじゅ
福禄寿
fu.ku.ro.ku.ju

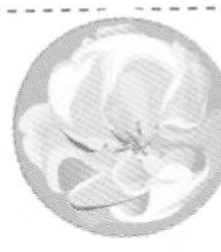

✲4月中旬～下旬

花色為淡紅色，花瓣呈不規則狀，也因此學名被稱為「Contor ta(扭曲)」。

25 みくるまがえし
御車返
mi.ku.ru.ma.ga.e.shi

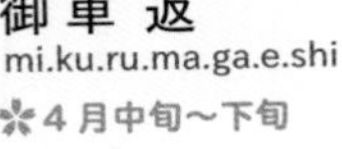

✲4月中旬～下旬

花色為微淡紅色，其特徵為外側的花瓣顏色較深。

26 うこん
鬱金
u.ko.n

✲4月下旬

花色為微淡黃綠色。與使用鬱金香的地下莖染成的顏色相近而得其名，此花也是深受歐美喜愛的品種。

27 みやまざくら
深山 桜
mi.ya.ma.za.ku.ra

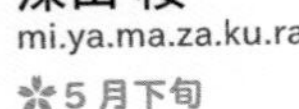

✲5月下旬

花期較晚，在春天即將結束時才開花。花瓣與花形較小，生長在海拔度較高的山地，或是氣溫較低的地方。

賞楓勝地

036

もみじ めいしょ
紅葉名所 mo.mi.ji.me.i.sho

每年約 9 月下旬～11 月中旬，入秋後隨著氣候轉涼，日本各地的楓葉開始慢慢變紅，利用假日到山裡呼吸新鮮空氣，看著滿山滿谷的楓葉，可說是秋季一大樂事。

北海道

01 しれとことうげ 知床峠 斜里郡 shi.re.to.ko.to.o.ge

02 あかんこ 阿寒湖 釧路市 a.ka.n.ko

03 そううんきょう 層雲峡 上川町 so.o.u.n.kyo.o

04 だいせつざん 大雪山 上川郡 da.i.se.tsu.za.n

05 じょうざんけい 定山渓 札幌市 jo.o.za.n.ke.i

06 しこつこ 支笏湖 千歳市 shi.ko.tsu.ko

07 ニセコアンヌプリ・イワオヌプリ 虻田郡 ni.se.ko.a.n.nu.pu.ri i.wa.o.nu.pu.ri

08 おおぬまこうえん 大沼公園 亀田郡 o.o.nu.ma.ko.o.e.n

東北地區

09 はっこうださん
八甲田山 青森縣
ha.k.ko.o.da.sa.n

10 とわだこ
十和田湖 青森縣
to.wa.da.ko

11 おいらせ けいりゅう
奥入瀬渓流 青森縣
o.i.ra.se.ke.i.ryu.u

12 はちまんだいら
八幡平 岩手縣
ha.chi.ma.n.da.i.ra

13 たざわこ
田沢湖 秋田縣
ta.za.wa.ko

14 だきがえ けいこく
抱返り渓谷 秋田縣
da.ki.ga.e.ri.ke.i.ko.ku

15 ちゅうそんじ
中尊寺 岩手縣
chu.u.so.n.ji

16 なるこきょう
鳴子峡 宮城縣
na.ru.ko.kyo.o

17 みやぎきょう
宮城峡 宮城縣
mi.ya.gi.kyo.o

18 あぶくま
阿武隈ライン 宮城縣
a.bu.ku.ma.ra.i.n

19 りっしゃくじ やまでら
立石寺（山寺） 山形縣
ri.s.sha.ku.ji (ya.ma.de.ra)

20 ばんだいあずま skyline
磐梯吾妻スカイライン 福島縣
ba.n.da.i.a.zu.ma.su.ka.i.ra.i.n

21 たごくらこ
田子倉湖 福島縣
ta.go.ku.ra.ko

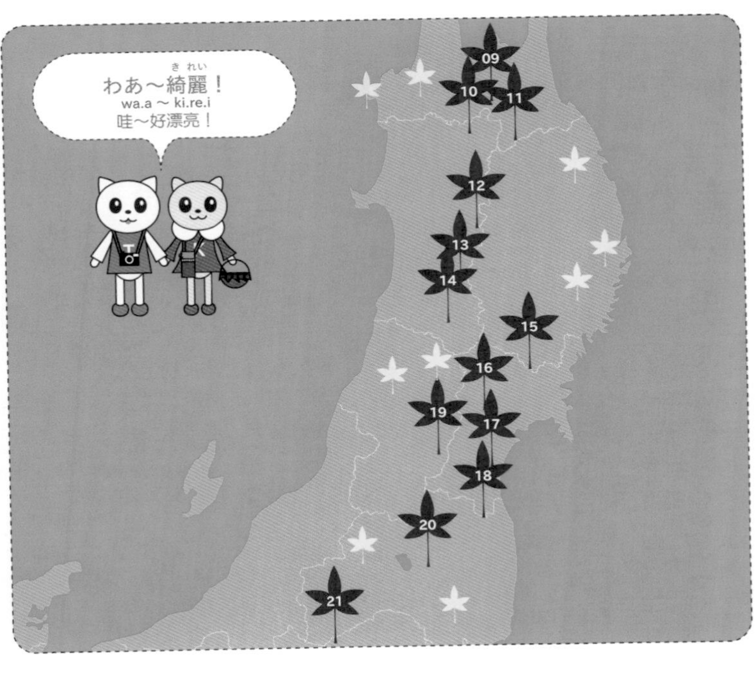

中部・關東地區

No.	假名	名稱	地點	羅馬拼音
22	けんろくえん	兼六園	石川縣	ke.n.ro.ku.e.n
23	えいへいじ	永平寺	福井縣	e.i.he.i.ji
24	ようろうこうえん	養老公園	岐阜縣	yo.o.ro.o.ko.o.e.n
25	こうらんけい	香嵐渓	愛知縣	ko.o.ra.n.ke.i
26	くろべきょうこく	黒部峡谷	富山縣	ku.ro.be.kyo.o.ko.ku
27	かみこうち	上高地	長野縣	ka.mi.ko.o.chi
28	おくひだおんせんきょう	奥飛騨温泉郷	岐阜縣	o.ku.hi.da.o.n.se.n.kyo.o
29	しがこうげん	志賀高原	長野縣	shi.ga.ko.o.ge.n
30	たにがわだけ	谷川岳	群馬縣	ta.ni.ga.wa.da.ke
31	おくただみこ	奥只見湖	新潟縣	o.ku.ta.da.mi.ko
32	りゅうおうきょう	龍王峡	櫪木縣	ryu.u.o.o.kyo.o
33	にっこう	日光	櫪木縣	ni.k.ko.o
34	つくばさん	筑波山	茨城縣	tsu.ku.ba.sa.n
35	ようろうけいこく	養老渓谷	千葉縣	yo.o.ro.o.ke.i.ko.ku
36	じんぐうがいえんいちょうなみき	神宮外苑銀杏並木	東京都	ji.n.gu.u.ga.i.e.n.i.cho.o.na.mi.ki
37	ながとろ	長瀞	埼玉縣	na.ga.to.ro
38	しょうせんきょう	昇仙峡	山梨縣	sho.o.se.n.kyo.o
39	はこね	箱根	神奈川縣	ha.ko.ne

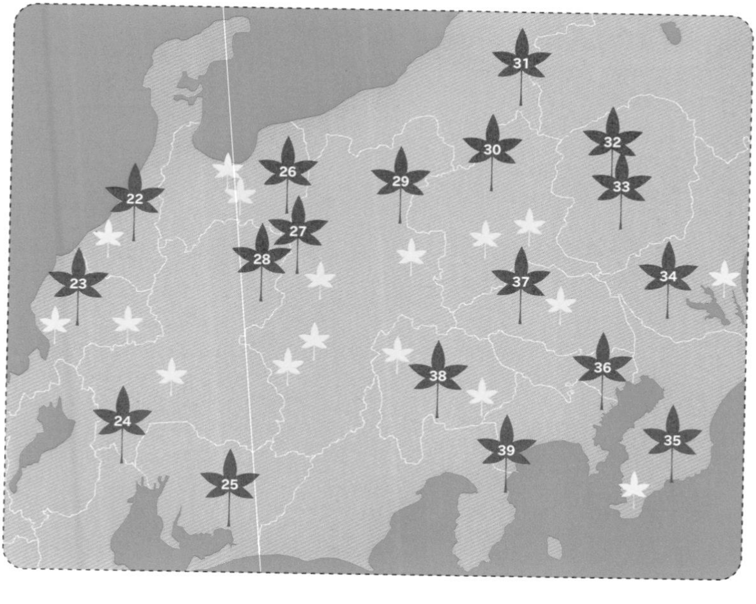

九州・中國・四國・近畿地區

40 雲仙（うんぜん） 長崎縣
u.n.ze.n

41 秋月城跡（あきつきじょうあと） 福岡縣
a.ki.tsu.ki.jo.o.a.to

42 霧島市（きりしまし） 鹿兒島縣
ki.ri.shi.ma.shi

43 高千穂町（たかちほちょう） 宮崎縣
ta.ka.chi.ho.cho.o

44 功山寺（こうざんじ） 山口縣
ko.o.za.n.ji

45 紅葉谷公園（もみじだにこうえん） 山口縣
mo.mi.ji.da.ni.ko.o.e.n

46 宮島・紅葉谷公園（みやじま もみじだにこうえん） 廣島縣
mi.ya.ji.ma mo.mi.ji.da.ni.ko.o.e.n

47 鰐淵寺（がくえんじ） 島根縣
ga.ku.e.n.ji

48 奥津渓（おくつけい） 岡山縣
o.ku.tsu.ke.i

49 閑谷学校（しずたにがっこう） 岡山縣
shi.zu.ta.ni.ga.k.ko.o

50 姫路城西御屋敷跡庭園 好古園（ひめじじょうにしおやしきあとていえん こうこえん） 兵庫縣
hi.me.ji.jo.o.ni.shi.o.ya.shi.ki.a.to.te.i.e.n ko.o.ko.e.n

51 嵐山（あらしやま） 京都府
a.ra.shi.ya.ma

52 奈良公園（ならこうえん） 奈良縣
na.ra.ko.o.e.n

53 紅葉渓庭園（もみじだにていえん） 和歌山縣
mo.mi.ji.da.ni.te.i.e.n

54 大窪寺（おおくぼじ） 香川縣
o.o.ku.bo.ji

55 祖谷渓（いやだに） 徳島縣
i.ya.da.ni

56 面河渓（おもごけい） 愛媛縣
o.mo.go.ke.i

溫泉

037

おんせん
温泉 o.n.se.n

日本溫泉泉質種類多，無論是顏色或味道、療效都不同。到日本旅行，不妨安排幾天到溫泉旅館，消除一下平日累積的疲勞吧！

溫泉相關用語

01 おんせんりょかん 温泉旅館 o.n.se.n.ryo.ka.n 溫泉旅館	02 おとこ ゆ 男湯 o.to.ko.yu 男浴池	03 おんな ゆ 女湯 o.n.na.yu 女浴池
04 ふ ろ おけ 風呂桶 fu.ro.o.ke 浴桶	05 だいよくじょう 大浴場 da.i.yo.ku.jo.o 大浴池	06 はだか にゅうよく 裸で入浴 ha.da.ka.de.nyu.u.yo.ku 全裸入浴
07 bathrobe バスローブ ba.su.ro.o.bu 浴袍（西式）	08 ゆ かた 浴衣 yu.ka.ta 浴衣（日式）	

各式溫泉

09 ※ う ゆ 打たせ湯 u.ta.se.yu	10 ※ ね ゆ 寝湯 ne.yu	11 ※ ろてんぶろ 露天風呂 ro.te.n.bu.ro
12 ※ む ぶ ろ 蒸し風呂 mu.shi.bu.ro	13 すな ぶ ろ 砂風呂 su.na.bu.ro	14 ※ がんばんよく 岩盤浴 ga.n.ba.n.yo.ku

15 ※ どろ ゆ 泥湯 do.ro.yu	16 ※ いんせん 飲泉 i.n.se.n	17 あし ゆ 足湯 a.shi.yu	18 ※ れいせん 冷泉 re.i.se.n

※ 09 像瀑布般從高處落下的熱水，打在肩膀、脖子、背部等部位的一種入浴方式。10 像睡覺一樣將身體橫躺的一種入浴方式。11 露天溫泉。12 三溫暖蒸氣烤箱。14 躺在加溫過的岩石床讓汗流出來，是三溫暖形式的一種入浴法 。15 利用礦泥塗在患部或全身，或是泡在混有礦泥的溫泉中可抑制血糖值，有治療糖尿病、神經痛、皮膚病的效果。16 飲用溫泉水之意，可達到治療或改善疾病的功效。18 指一般在攝氏 25℃以下的礦泉（含有大量礦物質和二氧化碳）。

溫泉種類

19	たんじゅんおんせん 単純温泉 ta.n.ju.n.o.n.se.n		弱鹼性溫泉，較無刺激性，適合中風及神經痛患者。 [療效] 消除疲勞、減緩神經、肌肉、關節酸痛。
20	いおうせん 硫黄泉 i.o.o.se.n		水溫較高。建議生病、皮膚乾燥或氣喘的人不要泡此種溫泉。硫磺水會腐蝕金屬，因此黃金和白金以外的金屬飾品，請不要帶進硫磺泉裡。 [療效] 改善青春痘、慢性皮膚病、痛風、婦女病等。
21	えんかぶつせん 塩化物泉 e.n.ka.bu.tsu.se.n		[療效] 改善外傷、關節扭傷、挫傷、不孕症、痛風、血管硬化、慢性皮膚病等。
22	がんてつせん 含鉄泉 ga.n.te.tsu.se.n		泉水呈現茶褐色。 [療效] 可消毒殺菌、改善貧血。
23	がんどう　てつせん 含銅・鉄泉 ga.n.do.o・te.tsu.se.n		含銅、鐵礦的溫泉。泉水呈黃色。 [療效]：改善高血壓。
24	がん　aluminium　せん 含アルミニウム泉 ga.n.a.ru.mi.ni.u.mu.se.n		以鋁礦為主要成分的溫泉。 [療效] 消毒殺菌、恢復肌膚彈性、改善香港腳等慢性皮膚病。
25	さんせいせん 酸性泉 sa.n.se.i.se.n	酸性泉	刺激性強，殺菌效果佳。但因為刺激性強，膚質敏感者要注意，以免產生負作用。 [療效] 改善香港腳、濕疹等慢性皮膚病。
26	たんさんすいそえんせん 炭酸水素塩泉 ta.n.sa.n.su.i.so.e.n.se.n		鹹性溫泉，對皮膚有滋潤功能故有「美人湯」之稱。建議敏感膚質的人泡完後用清水再沖洗一次。 [療效] 消除疲勞、增強體力、改善外傷、皮膚病。
27	にさんかたんそせん 二酸化炭素泉 ni.sa.n.ka.ta.n.so.se.n		循環器官及呼吸器官疾病的患者，可能會導致病情惡化，建議不要長時間浸泡。 [療效] 改善心臟病、高血壓。
28	ほうしゃのうせん 放射能泉 ho.o.sha.no.o.se.n		含有放射性元素氡氣和鐳的溫泉。 [療效] 改善糖尿病、神經痛、風濕病、痛風患、婦女病及活化免疫細胞等。
29	りゅうさんえんせん 硫酸塩泉 ryu.u.sa.n.e.n.se.n	硫酸鹽泉	含有硫酸離子的溫泉。 [療效] 改善高血壓、動脈硬化、風濕病、割傷、燒傷、皮膚病。

各式溫泉

30 十勝岳温泉（とかちだけおんせん）
to.ka.chi.da.ke.o.n.se.n
硫酸
北海道

31 洞爺湖温泉（とうやこおんせん）
to.o.ya.ko.o.n.se.n
鹽化
北海道

32 登別温泉（のぼりべつおんせん）
no.bo.ri.be.tsu.o.n.se.n
硫磺
北海道

33 酸ヶ湯温泉（すゆおんせん）
su.ka.yu.o.n.se.n
酸性 硫磺
青森縣

34 十和田湖温泉（とわだこおんせん）
to.wa.da.ko.o.n.se.n

硫酸 單純
青森縣

35 花巻温泉（はなまきおんせん）
ha.na.ma.ki.o.n.se.n
單純
岩手縣

36 玉川温泉（たまがわおんせん）
ta.ma.ga.wa.o.n.se.n

鹽化
秋田縣

37 乳頭温泉（にゅうとうおんせん）
nyu.u.to.o.o.n.se.n
單純

秋田縣

38 蔵王温泉（ざおうおんせん）
za.o.o.o.n.se.n
硫磺
山形縣

39 塩原温泉（しおばらおんせん）
shi.o.ba.ra.o.n.se.n
單純 鹽化
櫪木縣

40 那須温泉郷（なすおんせんきょう）
na.su.o.n.se.n.kyo.o
單純
櫪木縣

41 越後湯沢温泉（えちごゆざわおんせん）
e.chi.go.yu.za.wa.o.n.se.n
鹽化
新潟縣

42 草津温泉（くさつおんせん）
ku.sa.tsu.o.n.se.n

酸性 含鋁 硫磺
群馬縣

43 うなづきおんせん
宇奈月温泉
u.na.zu.ki.o.n.se.n

富山縣

44 しらほねおんせん
白骨温泉
shi.ra.ho.ne.o.n.se.n

長野縣

45 ごうらおんせん
強羅温泉
go.o.ra.o.n.se.n
單純 鹽化
神奈川縣

46 はこねゆもとおんせん
箱根湯本温泉
ha.ko.ne.yu.mo.to.o.n.se.n
單純
神奈川縣

47 ゆがわらおんせん
湯河原温泉
yu.ga.wa.ra.o.n.se.n
單純 鹽化
神奈川縣

48 しゅぜんじおんせん
修善寺温泉
shu.ze.n.ji.o.n.se.n

静岡縣

49 いづあまぎおんせんきょう
伊豆天城温泉 郷
i.zu.a.ma.gi.o.n.se.n.kyo.o

静岡縣

50 げろおんせん
下呂温泉
ge.ro.o.n.se.n

岐阜縣

51 きのさきおんせん
城崎温泉
ki.no.sa.ki.o.n.se.n

兵庫縣

52 ゆむらおんせん
湯村温泉
yu.mu.ra.o.n.se.n

兵庫縣

53 ありまおんせん
有馬温泉
a.ri.ma.o.n.se.n

兵庫縣

54 しらはまおんせん
白浜温泉
shi.ra.ha.ma.o.n.se.n

和歌山縣

55 どうごおんせん
道後温泉
do.o.go.o.n.se.n

愛媛縣

56 かんなわおんせん
鉄輪温泉
ka.n.na.wa.o.n.se.n

硫酸鹽
大分縣

57 別府温泉（べっぷおんせん）
be.p.pu.o.n.se.n
大分縣

58 由布院温泉（ゆふいんおんせん）
yu.fu.i.n.o.n.se.n
大分縣

59 黒川温泉（くろかわおんせん）
ku.ro.ka.wa.o.n.se.n
熊本縣

60 指宿温泉（いぶすきおんせん）
i.bu.su.ki.o.n.se.n
鹿兒島縣

什麼時候不能泡溫泉？

運動後

激烈運動後，建議至少 30 分鐘後再泡溫泉。

喝酒過後

因為酒精和泡溫泉都會使心跳加快，容易造成心臟病發作。所以嚴禁喝酒後立即浸泡溫泉。

發燒的時候

發燒的時候請避免泡溫泉。但初期感冒症狀，全身發冷時可浸泡溫泉。

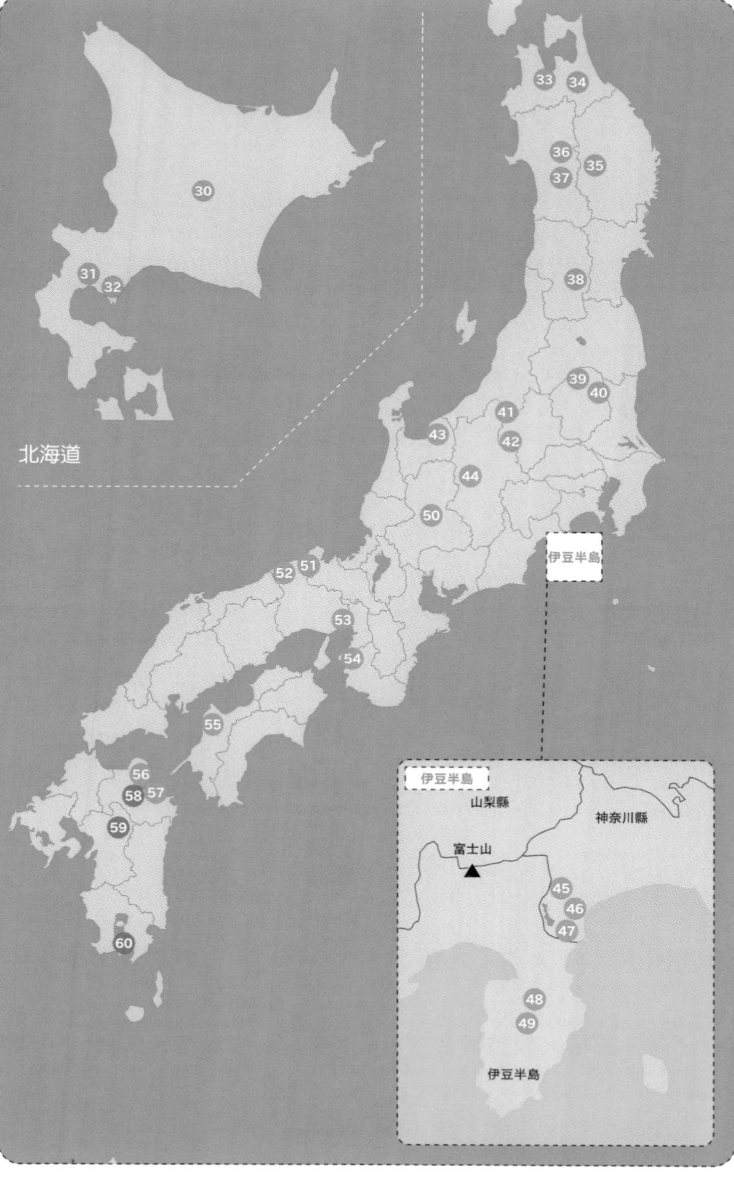
北海道
30
31
32
33
34
35
36
37
38
39
40
41
42
43
44
50
51
52
53
54
55
56
57
58
59
60
伊豆半島
伊豆半島
山梨縣
神奈川縣
富士山
45
46
47
48
49
伊豆半島

煙火大會

038

はなびたいかい
花火大会 ha.na.bi.ta.i.ka.i

一到夏季，日本各地都會舉行大大小小的煙火大會。無論男女老幼，人人穿著浴衣手拿小扇，看著夜空炫麗的煙火，是日本夏季一大盛事。

01 かちまいはなびたいかい
勝毎花火大会 8/13・北海道
ka.chi.ma.i.ha.na.bi.ta.i.ka.i

02 のしろみなと まつり はなびたいかい
能代港まつり花火大会 7月下旬 秋田縣
no.shi.ro.mi.na.to.ma.tsu.ri.ha.na.bi.ta.i.ka.

03 ぜんこくはなびきょうぎたいかい おおまがり はなび
全国花火競技大会「大曲の花火」 8月第四個星期六・秋田縣
ze.n.ko.ku.ha.na.bi.kyo.o.gi.ta.i.ka.i 「o.o.ma.ga.ri.no.ha.na.bi」

04 さかたはなびたいかい
酒田花火大会 8月第一個星期六 山形縣
sa.ka.ta.ha.na.bi.ta.i.ka.i

05 あかがわはなびたいかい
赤川花火大会 8月中旬・山形縣
a.ka.ga.wa.ha.na.bi.ta.i.ka.i

06 やまがただいはなびたいかい
山形大花火大会 8月中旬・山形縣
ya.ma.ga.ta.da.i.ha.na.bi.ta.i.ka.i

07 せんだいたなばたはなびまつり
仙台七夕花火祭 8/5・宮城縣
se.n.da.i.ta.na.ba.ta.ha.na.bi.ma.tsu.ri

08 いしのまきかわびら まつ はなびたいかい
石巻川開き祭り花火大会 8/1、8/2・宮城縣
i.shi.no.ma.ki.ka.wa.bi.ra.ki.ma.tsu.ri.ha.na.bi.ta.i.ka.i

09 かしわざき うみ だいはなびたいかい
ぎおん柏崎まつり海の大花火大会 7/26・新潟縣
gi.o.n.ka.shi.wa.za.ki.ma.tsu.ri.u.mi.no.da.i.ha.na.bi.ta.i.ka.i

10 Twin ring motegi はなび さいてん
ツインリンクもてぎ"花火の祭典" 11月下旬、12/31 8月中旬・櫪木縣
tsu.i.n.ri.n.ku.mo.te.gi."ha.na.bi.no.sa.i.te.n"

11 まおかしなつまつりだいはなびたいかい
真岡市夏祭大花火大会 7月下旬・櫪木縣
ma.o.ka.shi.na.tsu.ma.tsu.ri.da.i.ha.na.bi.ta.i.ka.i

12 おやま はなび
小山の花火 7月下旬・櫪木縣
o.ya.ma.no.ha.na.bi

13 つちうらぜんこくはなびきょうぎたいかい
土浦全国花火競技大会 10月初・茨城縣
tsu.chi.u.ra.ze.n.ko.ku.ha.na.bi.kyo.o.gi.ta.i.ka.i

14 まえばしはなびたいかい
前橋花火大会 8月初・群馬縣
ma.e.ba.shi.ha.na.bi.ta.i.ka.i

15 たかさき だいはなびたいかい
高崎まつり大花火大会 8月第一個星期六、日・群馬縣
ta.ka.sa.ki.ma.tsu.ri.da.i.ha.na.bi.ta.i.ka.i

北海道・東北地區
12000 發以上的
煙火大會
3000 發以上的
煙火大會
01
02
03
04
05
06
07
08
09
10
11
12
13
14
15
はなび　み　い
花火を見に行きましょう。
ha.na.bi.o.mi.ni.i.ki.ma.sho.o
去欣賞煙火吧！

基本
交通
生活
文化
觀光
購物
美食
電車路線
電車地圖

16 北国花火金沢大会（ほっこくはなびかなざわたいかい）
ho.k.ko.ku.ha.na.bi.ka.na.za.wa.ta.i.ka.i
7月下旬・石川縣

17 川北まつり北國大花火川北大会（かわきたまつりほっこくだいはなびかわきたたいかい）
ka.wa.ki.ta.ma.tsu.ri.ho.k.ko.ku
da.i.ha.na.bi.ka.wa.ki.ta.ta.i.ka.i
8月第一個星期六・石川縣

18 とうろう流しと大花火大会（ながし／だいはなびたいかい） 8/16・福井縣
to.o.ro.o.na.ga.shi.to.da.i.ha.na.bi.ta.i.ka.i

19 長良川全國花火大会（ながらがわぜんこくはなびたいかい） 8月第一個星期六 岐阜縣
na.ga.ra.ga.wa.ze.n.ko.ku.ha.na.bi.ta.i.ka.i

20 下呂温泉花火ミュージカル夏公演（げろおんせんはなび Musical なつこうえん）
ge.ro.o.n.se.n.ha.na.bi
myu.u.ji.ka.ru.na.tsu.ko.o.e.n
8/3・岐阜縣

21 豊橋祇園祭花火大会（とよはしぎおんまつりはなびたいかい）
to.yo.ha.shi.gi.o.n.ma.tsu.ri.ha.na.bi.ta.i.ka.i
7月中旬・愛知縣

22 諏訪湖祭湖上花火大会（すわこまつりこじょうはなびたいかい）
su.wa.ko.ma.tsu.ri.ko.jo.o.ha.na.bi.ta.i.ka.i
8/15・長野縣

23 神明の花火大会（しんめいのはなびたいかい）
shi.n.me.i.no.ha.na.bi.ta.i.ka.i
8/7 山梨縣

24 安倍川花火大会（あべがわはなびたいかい）
a.be.ga.wa.ha.na.bi.ta.i.ka.i
7月下旬・静岡縣

25 按針祭海の花火大会（あんじんさいうみのはなびたいかい）
a.n.ji.n.sa.i.u.mi.no.ha.na.bi.ta.i.ka.i
8/8～8/10・静岡縣

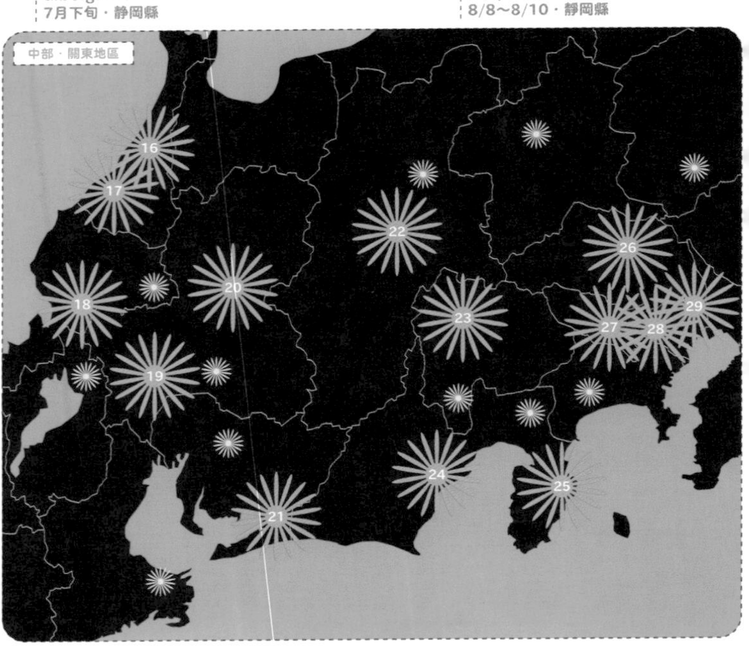

26 あげお花火大会(はなびたいかい) 7月下旬～8月上旬
a.ge.o.ha.na.bi.ta.i.ka.i 埼玉縣

27 調布市花火大会(ちょうふしはなびたいかい) 7月下旬・東京都
cho.o.fu.shi.ha.na.bi.ta.i.ka.i

28 神宮外苑花火大会(じんぐうがいえんはなびたいかい)
ji.n.gu.u.ga.i.e.n.ha.na.bi.ta.i.ka.i
8月・東京都

29 隅田川花火大会(すみだがわはなびたいかい)
su.mi.da.ga.wa.ha.na.bi.ta.i.ka.i
7月最後一個星期六・東京都

30 みよし市民納涼花火大会(しみんのうりょうはなびたいかい)
mi.yo.shi.shi.mi.n.no.o.ryo.o.ha.na.bi.ta.i.ka.i
7月下旬・廣島縣

31 おのみち住吉花火まつり(すみよしはなび)
o.no.mi.chi.su.mi.yo.shi.ha.na.bi.ma.tsu.ri
7月底～8月上旬的星期六・廣島縣

32 宇部市花火大会(うべしはなびたいかい) 7月第4個星期六
u.be.shi.ha.na.bi.ta.i.ka.i 山口縣

33 関門海峡花火大会(かんもんかいきょうはなびたいかい) 8/13
山口縣・福岡縣
ka.n.mo.n.ka.i.kyo.o.ha.na.bi.ta.i.ka.i

34 筑後川花火大会(ちくごがわはなびたいかい)
chi.ku.go.ga.wa.ha.na.bi.ta.i.ka.i
8/5～8/7・福岡縣

35 やつしろ全国花火競技大会(ぜんこくはなびきょうぎたいかい)
ya.tsu.shi.ro.ze.n.ko.ku.ha.na.bi.kyo.o.gi.ta.i.ka.i
10月第三個星期六・熊本縣

36 かごしま錦江湾サマーナイト大花火大会(きんこうわん Summer night だいはなびたいかい)
ka.go.shi.ma.ki.n.ko.o.wa.n.sa.ma.a.na.i.to.da.i.ha.na.bi.ta.i.ka.i
8月下旬星期六・鹿兒島縣

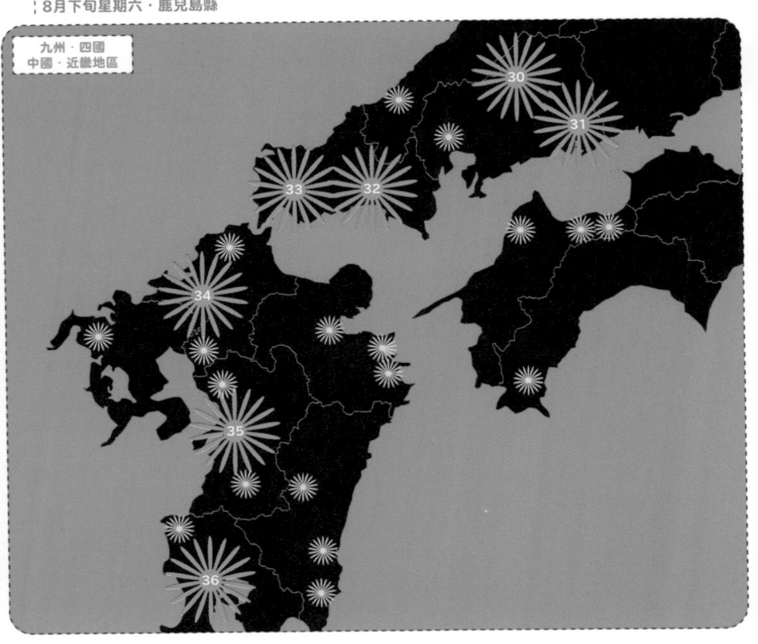

祭典

039

まつ
祭り ma.tsu.ri

日本各地每年都有大大小小的祭典活動，透過祭典活動，不僅可感受到當地人的熱情也可了解當地的歷史及傳統文化。以下介紹日本全國較知名的祭典。

※ 日本的農曆年與台灣相同

春季祭典

01
しゅにえ
修二会
shu.ni.e
・3/1～3/14
・奈良縣奈良市

已有約 1250 年的歷史，每年在東大寺的二月堂正尊十一面觀音寶前進行的法會，又稱「御松明」或「御水取」。每晚進行的「松明」，由僧侶們手拿巨大火把，為信眾引路。12 日深夜進行「取水」儀式，從井中汲取「香水」供奉神佛。

02
ひよしたいしゃさんのうまつり
日吉大社山王 祭
hi.yo.shi.ta.i.sha.sa.n.no.o.ma.tsu.ri
・3 月第一個星期日～4/15　・滋賀縣大津市

已有約 1300 年的歷史，整個祭典持續約一個月的時間。4/12 ～ 4/15 是整個祭典的重頭戲。轎夫們從山上抬著大神轎，奔向山下遶境。

03
いち　みや　　　まつ
一の宮けんか祭り
i.chi.no.mi.ya.ke.n.ka.ma.tsu.ri
・4/10～4/11　・新潟縣糸魚川市

由糸魚川市內的押上區和寺町區的青年，抬著 2 座神轎，在天津神社內遶行。祈求漁獲、農業豐收。

04
はる　あき　たかやままつり
春と秋の高山 祭
ha.ru.to.a.ki.no.ta.ka.ya.ma.ma.tsu.ri
・4/14～4/15、10/9～10/10
・岐阜縣高山市

是由日枝神社的「春季高山祭（山王祭）」和櫻山八幡宮的「秋季高山祭（八幡祭）」所組成。其最大的特色則是富麗堂皇的花車，其華麗的裝飾被認可為國家重要的文化遺產。

05
おんばしらさい　しきねんぞうえいみはしらたいさい
御 柱 祭(式 年 造 営御 柱 大 祭)
o.n.ba.shi.ra.sa.i (shi.ki.ne.n.zo.o.e.i.mi.ha.shi.ra.ta.i.sa.i)
・寅、申年的 4 月、5 月上旬（隔 7 年一次）
・長野縣諏訪市・茅野市

諏訪大社是由上社正宮、前宮、下社春宮、秋宮等 4 個社殿所組成的神社。從山上砍下 16 株重達 10 幾噸重的巨木，以人力拖曳至山下後，豎立在神社的四個角落，是一項極為盛大的祭典活動。

06
はかた　　　　　みなとまつ
博多どんたく 港 祭り
ha.ka.ta.do.n.ta.ku.mi.na.to.ma.tsu.ri
・5/3～5/4　・福岡縣福岡市

每年參加人數超過 200 萬人，可以說是日本國內動員人數最多的祭典。盛大的遊行隊伍，讓人充份感受祭典的氣氛。

07 あおいまつり **葵祭** a.o.i.ma.tsu.ri • 5/15 • 京都府京都市	是京都市的下鴨神社和上賀茂神社每年例行的祭典。已有 1500 年以上的歷史。人員當天會穿著平安時代後期的服裝遊行是一大特色。
08 さんじゃまつり **三社祭** sa.n.ja.ma.tsu.ri • 5 月的第 3 個禮拜的星期五～星期日 • 東京都台東區	「三社祭」，也就是「淺草神社例大祭」，為江戶三大祭典之一。每年吸引超過數十萬名遊客前來觀賞。連續三天的活動中，「神轎祭」最為精彩。還有身穿華麗衣裝，手持「編木」（用竹片連綴起來的樂器）在街道上舞蹈，以祈求豐收，後代繁榮。
09 かんだまつり **神田祭** ka.n.da.ma.tsu.ri • 5 月中旬的週末 • 東京都千代田區	日本三大祭典的其中之一。約 300 人的遊行隊伍，通過神田、日本橋、大手町、丸之內等東京都中心。大大小小近 100 座神轎及各式各樣花車，場面相當盛大熱鬧。
10 ひゃくものぞろえせんにんむしゃぎょうれつ **百物揃千人武者行列** にっこうとうしょうぐうしゅんきれいたいさい **（日光東照宮春季例大祭）** hya.ku.mo.no.zo.ro.e.se.n.ni.n.mu.sha.gyo.o.re.tsu (ni.k.ko.o.to.o.sho.o.gu.u.shu.n.ki.re.i.ta.i.sa.i) • 5/17～18、10/16～17 • 櫪木縣日光市	日光東照宮規模最大的祭禮，日光市男女老少約要動員 1200 人，穿著古代武士服裝的千人隊伍，重現 300 多年前德川家康遷葬到日光東照宮時的送葬行列。隊伍前方是象徵載著德川家康、豐臣秀吉、源賴朝 3 位將軍靈魂的 3 座神轎。

夏日祭典

11 いとまん **糸満ハーレー** i.to.ma.n.ha.a.re.e • 5 月下旬～6 月 • 沖繩縣糸滿市	約 600 年前從中國傳入的划龍舟活動。以祈求航海安全及漁獲豐收。
12 うま **チャグチャグ馬コ** cha.gu.cha.gu.u.ma.ko • 6 月的第二個星期六 • 岩手縣盛岡市	約 100 匹配戴鮮艷馬具、繫著許多鈴鐺的馬，一路從祭奉馬神的瀧澤村蒼前神社出發，行至盛岡市內的盛岡八幡宮，路程約 15 公里。祭典名稱的就是取自馬行走時，鈴鐺發出チャグチャグ的清脆聲響。
13 はかたぎおんやまがさ **博多祇園山笠** ha.ka.ta.gi.o.n.ya.ma.ga.sa • 7/1～7/15 • 福岡縣福岡市	是日本重要無形文化資產之一。祭典中男士們肩托重達 1 噸的祭禮用大花車，快速跑過博多市內的情景，每年都吸引不少遊客前來參觀。
14 ぎおんまつり **祇園祭** gi.o.n.ma.tsu.ri • 7/1～7/31 • 京都府京都市	八坂神社的祇園祭，是日本三大祭典之一。從 7/1 開始，為期一個月。其中「山鉾巡行（やまほこじゅんこう）」及「宵山（よいやま）」最值得一看。每年都會聚集 40 萬人以上。

15

てんじんまつり
天神祭
te.n.ji.n.ma.tsu.ri
• 7 月 24、25 日 • 大阪府大阪市

祭奉菅原道真（學問藝術之神）的大阪天滿宮的祭典，是日本三大祭典其中之一。有 1000 多年歷史。由 3000 名身穿奈良平安時代服裝的人員和神轎一起遶行及搭乘約 100 艘船逆流而上的儀式是一大特色。

16

あおもり　まつり
青森ねぶた祭
a.o.mo.ri.ne.bu.ta.ma.tsu.ri
• 8/2 ～ 8/7 • 青森縣青森市

日本東北地區三大節慶活動之一。1980 年被列為日本重要無形文化資產。用竹子或木頭做成大型武士、歷史人物、鳥獸等，點上燈後在花車上沿街遊行，每年都吸引許多遊客前來觀看。

17

あきた かんとう
秋田竿灯まつり
a.ki.ta.ka.n.to.o.ma.tsu.ri
• 8/3 ～ 8/6 • 秋田縣秋田市

日本東北地區三大節慶活動之一，是祈求五穀豐收的節慶活動。「竿燈（在竹竿上，掛上用米袋製成的燈籠）」，人員隨著笛聲和鼓點，用額頭、肩膀、腰等撐起竿燈，一邊沿街遊行。

18

やまがたはながさ
山形花笠まつり
ya.ma.ga.ta.ha.na.ga.sa.ma.tsu.ri
• 8/5 ～ 8/7
• 山形縣山形市

色彩鮮豔的服裝，手拿著花笠（用人造花等裝飾的斗笠），在市中心街道上舞蹈遊行。現在已經成為日本東北地區具有代表性的節慶活動之一。

19

せんだいたなばた
仙台七夕まつり
se.n.da.i.ta.na.ba.ta.ma.tsu.ri
• 農曆 8/6 ～ 8/8
• 宮城縣仙台市

日本七夕是在新曆的 7/7 慶祝，但仙台是農曆 8 月份舉行。而在全國的七夕節活動中，屬仙台的七夕節最為有名，每年可吸引 200 多萬名遊客。色彩絢麗的大大小小笹竹，在仙台市內四處可見，此外還有煙火、遊行等熱鬧活動。

20

まつ
よさこい祭り
yo.sa.ko.i.ma.tsu.ri
• 8/9 ～ 8/12 • 高知縣高知市

每年約聚集 150 個以上的隊伍參加，約 15000 人手持著「鳴子（なるこ，防止鳥獸破壞農作物的一種工具，由數片的竹片製成）」，隨著鳴子所發出的聲響邊跳舞遊行。

21

あ わ おど
阿波踊り
a.wa.o.do.ri
• 8/12 ～ 8/15 • 德島縣德島市

約有 400 年歷史。在德島縣內各地舉行的盂蘭盆舞（為了迎接祖先的靈魂所跳的舞），其中以德島市內的「阿波踊り（あわおどり）」規模最大最有名，節奏輕快，歡樂的氣氛是特色之一。

22

おきなわぜんとう
沖縄全島エイサーまつり
o.ki.na.wa.ze.n.to.o.e.i.sa.a.ma.tsu.ri
• 8/19 ～ 8/21 • 沖縄縣沖縄市

沖繩最大的祭典活動。人們手拿著小太鼓邊走邊跳舞遊行。

秋季祭典

23 おわら風の盆（かぜ・ぼん） o.wa.ra.ka.ze.no.bo.n • 9/1 ～ 9/3 • 富山縣富山市	女性穿著浴衣、男性穿著「法被（慶典時所穿短下擺上衣）」，頭戴斗笠，跳舞遊行。其悲傷的獨特音樂和舞姿是一大特色。
24 長崎くんち（ながさき） na.ga.sa.ki.ku.n.chi • 10/7 ～ 10/9 • 長崎縣長崎市	是諏訪神社的秋季活動，已有 370 年的歷史。最大的特色是「奉納踊（奉納舞）」和裝飾華麗的花車。
25 鞍馬の火祭（くらま・ひまつり） ku.ra.ma.no.hi.ma.tsu.ri • 10/22 • 京都府京都市	由岐神社的秋季祭典，已經有 1000 年的歷史。小孩手拿小火把，大人則抱著重達 80 多公斤的火炬，由年輕人肩扛神轎沿街遊行，沿道燈火通明一直持續至深夜。

冬季祭典

26 唐津くんち（からつ） ka.ra.tsu.ku.n.chi • 11/2 ～ 11/4 • 佐賀縣唐津市	唐津神社的秋季節慶活動。1980 年被認可為國家重要無形文化資產。大型花車表面用傳統的漆器工藝，製成獅子、虎鯨、頭盔、鯛魚、飛龍等形狀，令人大開眼界。
27 なまはげ na.ma.ha.ge • 12/31 • 秋田縣男鹿市	日本秋田縣男鹿地方的傳統祭典。在除夕（12 月 31 日）的夜晚，青年們會穿上簑衣、戴上面具，手持著木刀及木桶，扮成鬼的模樣挨家拜訪，懲罰懶惰的人，享用家家戶戶準備的酒菜，並給予祝福。被指定為國家重要無形民俗文化資產。
28 札幌雪祭（さっぽろゆきまつり） sa.p.po.ro.yu.ki.ma.tsu.ri • 2 月上旬為期一週 • 北海道札幌市	全日本規模最大，最具代表性的雪祭。每年會依照各種不同的主題，在札幌市的大通公園、真駒內公園、薄野三處會場展示來自各國冰雕藝術家充滿創意的大型冰雕作品。鬼斧神工的冰雕作品，無論是白天或是夜晚都別有一番風情。
29 えんぶり e.n.bu.ri • 2/17 ～ 2/20 • 青森市八戶市	為青森縣冬季三大祭典之一。在八戶地方已流傳 800 年以上，是祈求五穀豐收的節慶活動。名稱源自古時農民們使用的一種農具「えぶり」，由於農民會一面拿著「えぶり」手舞足蹈，故以此得名。由 3 ～ 5 位稱為太夫（たゆう）的舞者，以及帶著笛子、太鼓、手平鉦（てびらがね）的樂手、歌者等共 15 ～ 20 人組成的遊行隊伍沿街舞蹈著。1979 年被指定為國家重要無形民俗文化資產。

百貨公司

040

おおて　Depart
大手デパート o.o.te.de.pa.a.to

日本許多大型百貨公司，對台灣人來說幾乎耳熟能詳！當然還有其它在台灣沒有的百貨公司。在日本除了逛逛小店，也可選擇到百貨公司血拼一下！

全國・關東地區

01 いせたん 伊勢丹 i.se.ta.n
www.isetan.co.jp

02 おだきゅうひゃっかてん 小田急 百貨店 o.da.kyu.u.hya.k.ka.te.n
www.odakyu-dept.co.jp

03 けいおうひゃっかてん 京王 百 貨店 ke.i.o.o.hya.k.ka.te.n
info.keionet.com

04 SOGO そごう so.go.o
www2.sogto-gogo.com

05 せいぶひゃっかてん 西武 百 貨店 se.i.bu.hya.k.ka.te.n
www2.seibu.co.jp

06 はんきゅうひゃっかてん 阪 急 百 貨店 ha.n.kyu.u.hya.k.ka.te.n
www.hankyu-dept.co.jp

07 とうきゅうひゃっかてん 東 急 百 貨店 to.o.kyu.u.hya.k.ka.te.n
www.daimaru.co.jp

08 たかしまや 高島屋 ta.ka.shi.ma.ya
www.takashimaya.co.jp

09 だいまる 大丸 da.i.ma.ru
www.tokyu-dept.co.jp

10 まつざかや 松坂屋 ma.tsu.za.ka.ya
www.matsuzakaya.co.jp

11 まつや 松屋 ma.tsu.ya
www.matsuya.com

12 みつこし 三越 mi.tsu.ko.shi
www.mitsukoshi.co.jp

13 とうぶひゃっかてん 東武 百 貨店 to.o.bu.hya.k.ka.te.n
www.tobu-dept.jp

14 けいきゅうひゃっかてん 京 急 百 貨店 ke.i.kyu.u.hya.k.ka.te.n
www.keikyu-depart.com

近畿・大阪地區

※15、16、17 發音和全國・關東地方一樣。

15 ※
はんきゅうひゃっかてん
阪急 百貨店
ha.n.kyu.u.hya.k.ka.te.n
www.hankyu-dept.co.jp

16 ※
だいまる
大丸
da.i.ma.ru
www.daimaru.co.jp

17 ※
たかしまや
高島屋
ta.ka.shi.ma.ya
www.takashimaya.co.jp

18
けいはんひゃっかてん
京阪 百貨店
ke.i.ha.n.hya.k.ka.te.n
www.keihan-dept.co.jp

19
はんしんひゃっかてん
阪神 百貨店
ha.n.shi.n.hya.k.ka.te.n
www.hanshin-dept.jp

20
きんてつひゃっかてん
近鉄 百貨店
ki.n.te.tsu.hya.k.ka.te.n
www.d-kintetsu.co.jp

21
さんようひゃっかてん
山陽 百貨店
sa.n.yo.o.hya.k.ka.te.n
www.sanyo-dp.co.jp

22
ヤマトヤシキ
ya.ma.to.ya.shi.ki
www.yamatoyashiki.co.jp

快來搶便宜！

23
sale
セール
se.e.ru
拍賣

24
はつう
初売り
ha.tsu.u.ri
新春特賣

25
わりびき
割引
wa.ri.bi.ki
打折

26
かくやす げきやす
格安・激安
ka.ku.ya.su・ge.ki.ya.su
低價、超低價

27
bargain
バーゲン
ba.a.ge.n
下殺

28
さいしゅうねさ
最終 値下げ
sa.i.shu.u.ne.sa.ge
最後下殺

29
ふくぶくろ
福袋
fu.ku.bu.ku.ro
福袋

30
か どく
お買い得
o.ka.i.do.ku
划算

31
せんりひん
戦利品
se.n.ri.hi.n
戰利品

逛百貨公司真令人羨慕！

逛百貨公司對現在的我們而言，是件再平常不過的事情了，但在昭和時期，對一般家庭來說，「逛百貨公司」可說是一件令人興奮且高尚的活動呢！在這一天，無論大人、小孩們還會特別換上最時髦好看的服裝，彷彿即將出席一場隆重盛會。小孩們只要向班上同學們炫耀「昨天我們家有去百貨公司喔！」，同學們的反應一定都是「哇！真羨慕～」。當時的百貨公司就相當於現在迪士尼樂園的地位呢！可見在當時日本人心目中，百貨公司是個相當具有魅力的地方。

百貨公司樓層簡介

041

depart floor guide
デパートフロアガイド de.pa.a.to.fu.ro.a.ga.i.do

我想買化粧品！我想買包包！肚子餓了想到美食街吃飯！
趕緊來看看這些都位在哪一樓層吧！

B2	01 coin locker コインロッカー ko.i.n.ro.k.ka.a 置物櫃	02 ちゅうしゃじょう 駐車場 chu.u.sha.jo.o 停車場	
B1	03 supermarket スーパーマーケット su.u.pa.a.ma.a.ke.t.to 超市	04 しょくりょうひん 食料品 sho.ku.ryo.o.hi.n 食品專櫃	
1F	05 けしょうひん 化粧品 ke.sho.o.hi.n 化妝品	06 ふじん bag 婦人バッグ fu.ji.n.ba.g.gu 淑女包	07 ふじんぐつ 婦人靴 fu.ji.n.gu.tsu 女鞋
2F	08 jewelry salon ジュエリーサロン ju.e.ri.i.sa.ro.n 珠寶店	09 accessory アクセサリー a.ku.se.sa.ri.i 飾品	
3F	10 おお ちい size ふじんふく 大きい／小さいサイズの婦人服 o.o.ki.i／chi.i.sa.i.sa.i.zu.no.fu.ji.n.fu.ku 大尺／小尺碼淑女服飾	11 ふじんはだぎ 婦人肌着 fu.ji.n.ha.da.gi 淑女內衣	
4F	12 しんしふく 紳士服 shi.n.shi.fu.ku 紳士西服	13 しんしはだぎ 紳士肌着 shi.n.shi.ha.da.gi 紳士內衣	14 ようひん 洋品 yo.o.hi.n 進口服飾、配件
5F	15 international 法 boutique インターナショナルブティック i.n.ta.a.na.sho.na.ru.bu.ti.k.ku 國際精品店	16 とけい 時計 to.ke.i 時鐘	

	17 ぶんぐ 文具 bu.n.gu 文具	18 travel ようひん トラベル用品 to.ra.be.ru.yo.o.hi.n 旅行用品	19 メガネ me.ga.ne 眼鏡
6F	20 かでんせいひん 家電製品 ka.de.n.se.i.hi.n 家電製品	21 leisure ようひん レジャー用品 re.ja.a.yo.o.hi.n 休閒用品	22 かいごようひん 介護用品 ka.i.go.yo.o.hi.n 護理用品
6F	23 sports ようひん スポーツ用品 su.po.o.tsu.yo.o.hi.n 運動用品	24 やっきょく 薬局 ya.k.kyo.ku 藥局	25 ほちょうき 補聴器 ho.cho.o.ki 助聽器
7F	26 living ようひん リビング用品 ri.bi.n.gu.yo.o.hi.n 客廳用品	27 interior インテリア i.n.te.ri.a 傢飾	28 ゆいのうようひん 結納用品 yu.i.no.o.yo.o.hi.n 訂婚用品
7F	29 しょっき 食器 sho.k.ki 餐具	30 しゅげいようひん 手芸用品 shu.ge.i.yo.o.hi.n 手工藝用品	31 ふく こども服 ko.do.mo.fu.ku 童裝
7F	32 しんぐ 寝具 shi.n.gu 寢具	33 ざっか 雑貨 za.k.ka 生活雜貨	34 おもちゃ o.mo.cha 玩具
8F	35 restaurant がい レストラン街 re.su.to.ra.n.ga.i 美食街	36 しょうひんけん 商品券 sho.o.hi.n.ke.n 禮券（兌換）	37 ※ めんぜい 免税 me.n.ze.i 免稅
R	38 おくじょうゆうえんち 屋上遊園地 o.ku.jo.o.yu.u.e.n.chi 空中遊樂園	39 pet shop ペットショップ pe.t.to.sho.p.pu 寵物店	40 えんげい 園芸 e.n.ge.i 園藝

41 えいぎょうじかん あさじゅうじ よるはちじ 営業時間（朝10時から夜8時まで）
e.i.gyo.o.ji.ka.n (a.sa.ju.u.ji.ka.ra.yo.ru.ha.chi.ji.ma.de)
營業時間（早上10點到晚上8點）

※ **37** 外國人在百貨公司購物若購滿5,000日圓即可免稅。只要帶著收據到退稅服務台，就可以辦理退稅手續。辦理退稅時，要出示護照給服務人員看喔！但要特別注意，並不是所有的百貨公司都有提供退稅服務。事先調查清楚，才不會碰得一鼻子灰喔！

服飾・鞋子

洋服(ようふく)・靴(くつ) yo.o.fu.ku・ku.tsu

042

無論購買服飾或鞋子，洗滌標的標示及鞋子尺寸都非常重要。尤其是衣服的材質是需手洗？還是可用洗衣機水洗呢？鞋、靴的話，建議還是以試穿時的舒適度為主哦！

上衣

01 parka パーカー pa.a.ka.a 連帽外套

02 coat コート ko.o.to 外套

03 suits スーツ su.u.tsu 西裝

04 blouse ブラウス bu.ra.u.su 罩衫

05 T-shirt Tシャツ ti.i.sha.tsu T恤

06 shirt シャツ sha.tsu 襯衫

07 sweater セーター se.e.ta.a 毛衣

08 dress ドレス do.re.su 洋裝

09 one-piece ワンピース wa.n.pi.i.su 連身裙

10 skirt スカート su.ka.a.to 迷你裙

11 スパッツ su.pa.t.tsu 內搭褲

12 jeans ジーンズ ji.i.n.zu 牛仔褲

13 pants パンツ pa.n.tsu 長褲

14 short pants ショートパンツ sho.o.to.pa.n.tsu 短褲

飾品

15 underwear アンダーウェア a.n.da.a.we.a 內衣

16 belt ベルト be.ru.to 腰帶

17 ネックレス ne.k.ku.re.su 項鍊

18 neck tie ネクタイ ne.ku.ta.i 領帶

19 muffler マフラー ma.fu.ra.a 圍巾

20 hat ハット ha.t.to 帽子

21 swim suit スイムスーツ su.i.mu.su.u.tsu 泳裝

材質

22 cotton コットン／綿(めん) ko.t.to.n／me.n 棉

23 wool ウール u.u.ru 羊毛

24 silk シルク／絹(きぬ) shi.ru.ku／ki.nu 蠶絲

25 あさ
麻
a.sa
麻

26 cashmere
カシミア
ka.shi.mi.a
喀什米爾

27 nylon
ナイロン
na.i.ro.n
尼龍

28 rayon
レーヨン
re.e.yo.n
人造絲、嫘縈

29 acetate
アセテート
a.se.te.e.to
醋酸纖維

30 acryl
アクリル
a.ku.ri.ru
壓克力纖維

31 法suède
スエード
su.e.e.do
軟皮革

32 ほんがわ
本革
ho.n.ga.wa
真皮

33 ごうせいひかく／ごうひ
合成皮革／合皮
go.o.se.i.hi.ka.ku／go.o.hi
合成皮革

34 polyester
ポリエステル
po.ri.e.su.te.ru
聚酯纖維

35 polyurethane
ポリウレタン
po.ri.u.re.ta.n
氨基甲酸酯纖維

花色

36 こうしじま
格子縞／チェック
ko.o.shi.ji.ma／che.k.ku
格子花紋

37 むじ
無地
mu.ji
素色

38 しまがら
縞柄
shi.ma.ga.ra
條紋

39 ストライプ
su.to.ra.i.pu
直條紋

40 ボーダー
bo.o.da.a
橫條紋

41 みずたま
水玉
mi.zu.ta.ma
圓點圖案

42 はながら
花柄
ha.na.ga.ra
碎花紋

43 おおがら
大柄
o.o.ga.ra
大花圖案

44 がら
アニマル柄
a.ni.ma.ru.ga.ra
動物花紋

45 ひょうがら
豹柄
hyo.o.ga.ra
豹紋

46 わがら
和柄
wa.ga.ra
和風花紋

47 ちどりがら
千鳥柄
chi.do.ri.ga.ra
千鳥格

48 めいさい
迷彩
me.i.sa.i
迷彩

尺寸

49 ななごう／きゅうごう／じゅういちごう
7号／9号／11号
na.na.go.o／kyu.u.go.o／ju.u.i.chi.go.o
7號＝S／9號＝M／11號＝L

50 なお
お直し
o.na.o.shi
修改

51 bust
バスト
ba.su.to
胸圍

52 hip
ヒップ
hi.p.pu
臀圍

53 waist
ウエスト
u.e.su.to
腰圍

54 しんちょう
身長
shi.n.cho.o
身高

55 またした
股下
ma.ta.shi.ta
褲檔到褲腳的長度

56 せんたく label
洗濯ラベル
se.n.ta.ku.ra.be.ru
洗標

手洗。水溫需在 30℃以下。

手洗。水溫需在 30℃以下。請使用中性洗劑清洗。

不可用水洗。

可用洗衣機洗滌。水溫需在 30℃以下。

可用洗衣機洗滌。水溫需在 30℃以下。使用中性洗劑。

可用洗衣機洗滌，用弱速水流洗滌。水溫需在 30℃以下。

可用洗衣機洗滌，用弱速水流洗滌。水溫需在 30℃以下。請使用中性洗劑清洗。

可用洗衣機洗滌，需使用洗衣袋並用弱速水流洗滌。水溫需 30℃以下。使用中性洗劑。

可用洗衣機洗滌。水溫需在 40℃以下。

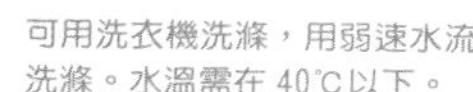

可用洗衣機洗滌，用弱速水流洗滌。水溫需在 40℃以下。

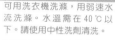

可用洗衣機洗滌。水溫需在 40℃以下。使用中性洗劑。

可用洗衣機洗滌並使用洗衣袋。水溫需在 40℃以下。

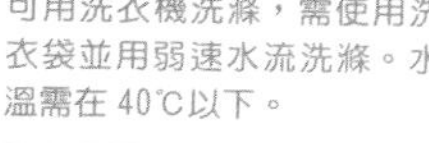

可用洗衣機洗滌，需使用洗衣袋並用弱速水流洗滌。水溫需在 40℃以下。

可用洗衣機洗滌，用弱速水流洗滌。水溫需在 40℃以下。請使用中性洗劑清洗。

可使用含氯的漂白劑。

不可使用含氯的漂白劑。

可乾洗。可使用石化洗劑洗滌。

可用乾洗。請使用四氯乙烯或是石化洗劑洗滌。

不可乾洗。

熨燙溫度不可超過 210℃。請用 180℃～210℃之間的溫度熨燙。

熨燙溫度不可超過 210℃。用 180℃～210℃間的溫度熨燙。熨燙時需於衣服上墊一層布。

熨燙溫度不可超過 160℃。請用 140℃～160℃之間的溫度熨燙。

熨燙溫度不可超過 160℃。用 140℃～160℃間的溫度熨燙。熨燙時需於衣服上墊一層布。

熨燙溫度不可超過 1200℃。請用 80℃～120℃之間的溫度熨燙。

熨燙溫度不可超過 120℃。請用 80℃～120℃熨燙。熨燙時需於衣服上墊一層布。

衣服會變形，不可用熨斗熨燙。

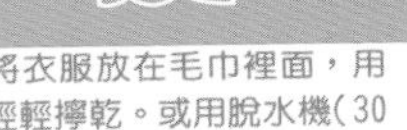

請將衣服放在毛巾裡面，用手輕輕擰乾。或用脫水機(30秒內)。

不可擰乾。

請將衣服吊掛著晾乾。

請將衣服掛在通風的陰涼處陰乾。

請將衣服平放著晾乾。

請將衣服平放在通風的陰涼處陰乾。

57 wedge sole ウェッジソール we.j.ji.so.o.ru 楔型鞋

58 high heels ハイヒール ha.i.hi.i.ru 高跟鞋

59 pumps パンプス pa.n.pu.su 跟鞋

60 loafers ローファー ro.o.fa.a 懶人鞋／樂福鞋

61 sandaals サンダル sa.n.da.ru 涼鞋

62 法 ballet shoes バレエシューズ ba.re.e.shu.u.zu 芭蕾娃娃鞋

63 sneakers スニーカー su.ni.i.ka.a 休閒運動鞋

64 running shoes ランニングシューズ ra.n.ni.n.gu.shu.u.zu 跑鞋

65 long boots ロングブーツ ro.n.gu.bu.u.tsu 長靴

66 たけ boots くるぶし丈ブーツ ku.ru.bu.shi.ta.ke.bu.u.tsu 短靴

67 かわ 革 ka.wa 皮革

68 法 gom ゴム go.mu 橡膠

69 ぬの 布 nu.no 布

70 vinyl ビニール bi.ni.i.ru 塑膠

71 くつした
靴下
ku.tsu.shi.ta
襪子

72 stocking
ストッキング
su.to.k.ki.n.gu
絲襪

73 くつ
靴ひも
ku.tsu.hi.mo
鞋帶

74 そくい
足囲
so.ku.i
腳圍

75 size
サイズ
sa.i.zu
尺寸

※62 在日本買鞋時，尺寸有時是用 SS（エスエス）、S（エス）、M（エム）、L（エル）、LL（エル・エル）、XL（エックス・エル）標示。例：M號相當於 23.5-24cm 左右。

女鞋尺碼				
台灣	日本	美國	歐洲	適合腳長
65	21.5	4.5	33	21-21.5cm
66	22	5	34	21.5-22cm
67	22.5	5.5	35	22-22.5cm
68	23	6	36	22.5-23cm
69	23.5	6.5	37	23-23.5cm
70	24	7	38	23.5-24cm
71	24.5	7.5	39	24-24.5cm
72	25	8	40	24.5-25cm
73	25.5	8.5	41	25-25.5cm

男鞋尺碼				
台灣	日本	美國	歐洲	適合腳長
74	25	5.5	39	24.5-25cm
75	25.5	6	39.5	25-25.5cm
76	26	6.5	40	25.5-26cm
77	26.5	7	40.5	26-26.5cm
78	27	7.5	41	26.5-27cm
79	27.5	8	41.5	27-27.5cm
80	28	8.5	42	27.5-28cm
81	28.5	9	42.5	28-28.5cm
82	29	9.5	43	28.5-29cm
83	29.5	10	43.5	29-29.5cm

今天要穿哪種 style?

1 もり girl けい
森ガール系
mo.ri.ga.a.ru.ke.i
森林女孩系

2 gal けい
ギャル系
gya.ru.ke.i
辣妹風

3 ふるぎ
古着MIX
fu.ru.gi.mi.k.ku.su
二手混搭風

4 American casual けい
アメカジ系
a.me.ka.ji.ke.i
美式休閒風

3C 產品

でんきせいひん
電気製品 de.n.ki.se.i.hi.n

幾乎每天接觸到的 3C 產品，你知道它們的日文怎麼說嗎？
到日本電器街逛街時順便將這些單字記起來吧！

消費電子

01 digital camera
デジタルカメラ
de.ji.ta.ru.ka.me.ra
數位相機
（略語）デジカメ

02 いちがんref (lex)
一眼レフ
i.chi.ga.n.re.fu
單眼相機

03 けいたいでんわ
携帯電話
ke.i.ta.i.de.n.wa
手機

04
インスタントカメラ
i.n.su.ta.n.to.ka.me.ra
立可拍

05 lens
レンズ
re.n.zu
鏡頭

06 でんしじしょ
電子辞書
de.n.shi.ji.sho
電子辭典

電腦產品

07 personal computer
パソコン
pa.so.ko.n
個人電腦

08 tablet がた computer
タブレット型コンピュータ
ta.bu.re.t.to.ga.ta.ko.n.pyu.u.ta
平板型電腦

09 printer
プリンター
pu.ri.n.ta.a
印表機

10 ink
インク
i.n.ku
墨水

家電類

11 player recorder
DVDプレーヤー・レコーダー
di.i.bu.i.di.i.pu.re.e.ya.a・re.ko.o.da.a
DVD放映機、錄影機

12 えきしょう televi (sion)
液晶テレビ
e.ki.sho.o.te.re.bi
液晶電視

13 plasma televi (sion)
プラズマテレビ
pu.ra.zu.ma.te.re.bi
電漿電視

14 えんちょう code
延長コード
e.n.cho.o.ko.o.do
延長線

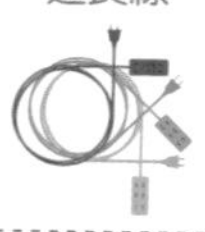

15 dryer
ドライヤー
do.ra.i.ya.a
吹風機

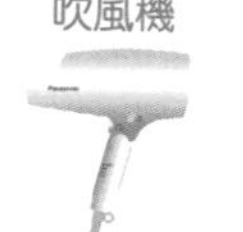

16 でんどう は brush
電動歯ブラシ
de.n.do.o.ha.bu.ra.shi
電動牙刷

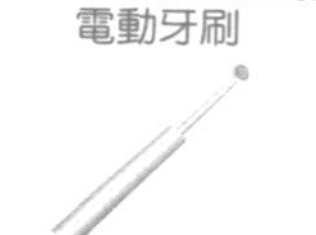

17 たいしぼうたいじゅうけい
体脂肪体重計
ta.i.shi.bo.o.ta.i.ju.u.ke.i
體脂肪體重計

18 けつあつけい
血圧計
ke.tsu.a.tsu.ke.i
血壓計

19 そうじき
掃除機
so.o.ji.ki
吸塵器

20 せんたくき
洗濯機
se.n.ta.ku.ki
洗衣機

21 juicer
ジューサー
ju.u.sa.a
果汁機

22 toaster
トースター
to.o.su.ta.a
烤麵包機

23 すいはんき
炊飯器
su.i.ha.n.ki
電子鍋

24 ちょうりき
IH 調理器
a.i.e.i.chi.cho.o.ri.ki
電磁爐

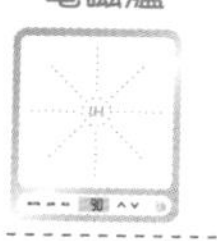

25 hot plate
ホットプレート
ho.t.to.pu.re.e.to
電烤爐

26 でんし range
電子レンジ
de.n.shi.re.n.ji
微波爐

27 れいぞうこ
冷蔵庫
re.i.zo.o.ko
冰箱

28 せんぷうき
扇風機
se.n.pu.u.ki
電風扇

29 くうきせいじょうき
空気清浄機
ku.u.ki.se.i.jo.o.ki
空氣清淨機

30 じょしつき
除湿機
jo.shi.tsu.ki
除濕機

31 でんき heater
電気ヒーター
de.n.ki.hi.i.ta.a
電暖爐

32 cooler
クーラー
ku.u.ra.a
冷氣

33 けいこうとう
蛍光灯
ke.i.ko.o.to.o
日光燈

商店街

しょうてんがい
商店街 sho.o.te.n.ga.i

044

日本商店街規劃相當整齊，位置通常鄰近車站的出入口且群聚各類型店家，大多都有設置雨棚，即使下雨也能舒服地享受逛街樂趣。
另外，在日文稱呼店家時會在後面加上「～さん」。

美食

01 にくや　せいにくてん 肉屋・精肉店 ni.ku.ya・se.i.ni.ku.te.n 肉店	02 さかなや　せんぎょてん 魚屋・鮮魚店 sa.ka.na.ya・se.n.gyo.te.n 魚店	03 そうざいや 惣菜屋 so.o.za.i.ya 熟食鋪
04 やおや　せいかてん 八百屋・青果店 ya.o.ya・se.i.ka.te.n 蔬果店	05 こめや　べいこくてん 米屋・米穀店 ko.me.ya・be.i.ko.ku.te.n 米店	06 や パン屋 pa.n.ya 麵包店
07 さかや 酒屋 sa.ka.ya 酒店	08 いざかや 居酒屋 i.za.ka.ya 居酒屋	09 べんとうや 弁当屋 be.n.to.o.ya 便當店
10 や そば屋 so.ba.ya 蕎麥麵店	11 や ラーメン屋 ra.a.me.n.ya 拉麵店	12 わがしや 和菓子屋 wa.ga.shi.ya 和菓子店
13 cake　や ケーキ屋 ke.e.ki.ya 蛋糕店	14 とうふや 豆腐屋 to.o.fu.ya 豆腐店	15 つけものや 漬物屋 tsu.ke.mo.no.ya 醃菜店

日本最長的商店街！

你知道全日本最長的商店街在哪裡嗎？答案就是大阪的「天神橋筋商店街（てんじんばししょうてんがい）」，總長2.6公里，商店街內共600間店鋪，吃喝玩樂應有盡有！下次有機會到大阪旅行，不妨到這裡體驗一下日本的商店街風情。

1丁目　← 全長2.6km →　7丁目

16 ちゃや お茶屋 o.cha.ya 茶葉店	17 café きっさてん カフェ・喫茶店 ka.fe・ki.s.sa.te.n 咖啡店	18 や せんべい屋 se.n.be.i.ya 煎餅店

生活娛樂

19 pet shop ペットショップ pe.t.to.sho.p.pu 寵物店	20 とけいや 時計屋 to.ke.i.ya 鐘錶店	21 でんきや 電気屋 de.n.ki.ya 電器用品店
22 はなや 花屋 ha.na.ya 花店	23 しゃしんや 写真屋 sha.shi.n.ya 照相館	24 めがねや 眼鏡屋 me.ga.ne.ya 眼鏡行
25 くつや 靴屋 ku.tsu.ya 鞋店	26 かなものや 金物屋 ka.na.mo.no.ya 五金行	27 ほうしょくてん 宝飾店 ho.o.sho.ku.te.n 銀樓
28 や おもちゃ屋 o.mo.cha.ya 玩具店	29 けいたいでんわや 携帯電話屋 ke.i.ta.i.de.n.wa.ya 手機店	30 じてんしゃや 自転車屋 ji.te.n.sha.ya 腳踏車店
31 や たばこ屋 ta.ba.ko.ya 香煙店	32 ひゃくえん shop 100円ショップ hya.ku.e.n.sho.p.pu 百圓商品店	33 interior shop インテリアショップ i.n.te.ri.a.sho.p.pu 家飾店
34 ようひんてん 洋品店 yo.o.hi.n.te.n 精品店	35 ぶんぼうぐてん 文房具屋 bu.n.bo.o.gu.te.n 文具店	36 がっきてん 楽器店 ga.k.ki.te.n 樂器行
37 drug store ドラッグストア do.ra.g.gu.su.to.a 藥妝店	38 やっきょく 薬局 ya.k.kyo.ku 藥局	39 ぎんこう 銀行 gi.n.ko.o 銀行
40 ゆうびんきょく 郵便局 yu.u.bi.n.kyo.ku 郵局	41 game center ゲームセンター ge.e.mu.se.n.ta.a 電子遊樂場	42 うらないや 占い屋 u.ra.na.i.ya 占卜屋
43 てん パチンコ店 pa.chi.n.ko.te.n 小鋼珠店	44 たからくじうりば 宝くじ売り場 ta.ka.ra.ku.ji.u.ri.ba 彩券行	

自動販賣機

045

じどうはんばいき
自動販売機 ji.do.o.ha.n.ba.i.ki

日本的自動販賣機，「什麼都賣，什麼都不奇怪！」，這裡列出幾樣代表性商品，有的地區甚至印章、汽車駕照筆試模擬試題都有賣。下次到日本，別忘了留意路旁的販賣機，也許會有意外的驚奇哦！

常見種類

01 いんりょう じどうはんばいき
飲料自動販売機
i.n.ryo.o.ji.do.o.ha.n.ba.i.ki
飲料自動販賣機

02 しょくひん じはんき
食品自販機
sho.ku.hi.n.ji.ha.n.ki
食品自動販賣機

03 さいがいたいさく じはんき
災害対策自販機
sa.i.ga.i.ta.i.sa.ku.ji.ha.n.ki
災害時就算停電也能供給產品的自動販賣機。

04 ぼうはんたいさく じはんき
防犯対策自販機
bo.o.ha.n.ta.i.sa.ku.ji.ha.n.ki
有設置監視攝影機及警報等功能的自動販賣機，具有預防犯罪的效果。

食物

05 cup めん
カップ麵
ka.p.pu.me.n
杯麵

06 おにぎり
o.ni.gi.ri
飯糰

07 おでん
o.de.n
關東煮

08 おつまみ
o.tsu.ma.mi
下酒菜

09 hamburger
ハンバーガー
ha.n.ba.a.ga.a
漢堡

10 しょっけん
食券
sho.k.ke.n
餐券

11 ice cream
アイスクリーム
a.i.su.ku.ri.i.mu
冰淇淋

12 かし
菓子
ka.shi
甜點

13 hot dog
ホットドッグ
ho.t.to.do.g.gu
熱狗

14 やきにく
焼肉タレ
ya.ki.ni.ku.ta.re
烤肉醬

15 けいしょく snack しょうひん
軽食・スナック商品
ke.i.sho.ku・su.na.k.ku.sho.o.hi.n
輕食、零食

飲料

16 みず 水 mi.zu 水

17 りょくちゃ 緑茶 ryo.ku.cha 綠茶

18 むぎちゃ 麦茶 mu.gi.cha 麥茶

19 こうちゃ 紅茶 ko.o.cha 紅茶

20 うーろんちゃ 烏龍茶/ウーロン茶 u.u.ro.n.cha 烏龍茶

21 juice ジュース ju.u.su 果汁

22 milk tea ミルクティー mi.ru.ku.ti.i 奶茶

23 たんさんいんりょう 炭酸飲料 ta.n.sa.n.i.n.ryo.o 碳酸飲料

24 とくほいんりょう 特保飲料 to.ku.ho.i.n.ryo.o 保健功能飲料

25 きのうせいいんりょう 機能性飲料 ki.no.o.se.i.i.n.ryo.o 機能性飲料，又稱功能飲料

26 けい エナジー系ドリンク e.na.ji.i.ke.i.do.ri.n.ku 提神飲料

27 かみ cup い coffee いんりょう 紙コップ入りコーヒーや飲料 ka.mi.ko.p.pu.i.ri.ko.o.hi.i.ya.i.n.ryo.o 用紙杯裝的咖啡或飲料

28 かん びん かみ pack ようきい いんりょう 缶・瓶・紙パック容器入り飲料 ka.n・bi.n・ka.mi.pa.k.ku.yo.o.ki.i.ri.i.n.ryo.o （罐裝、瓶裝、鋁箔包）飲料

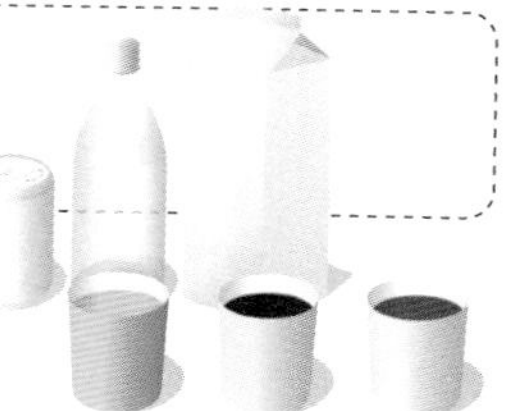

生活用品

29 けしょうひん 化粧品 ke.sho.o.hi.n 化妝品

30 towel タオル ta.o.ru 毛巾

31 かさ 傘 ka.sa 傘

32 condom コンドーム ko.n.do.o.mu 保險套

33 napkin ナプキン na.pu.ki.n 衛生棉

34 toilet paper トイレットペーパー to.i.re.t.to.pe.e.pa.a 衛生紙

35 tampon タンポン ta.n.po.n 衛生棉條

36 しんぶん 新聞 shi.n.bu.n 報紙

37 telephone card テレフォンカード te.re.fo.n.ka.a.do 電話卡

38 かんでんち 乾電池 ka.n.de.n.chi 電池

39 たばこ ta.ba.ko 菸

40 taspo タスポ ta.su.po Taspo

想在販賣機買菸，就必須申請「タスポ」。目的是為了防止日本未成年者，透過販賣機輕易的購買香菸。

41 りょこう ほ けん
旅行保険
ryo.ko.o.ho.ke.n
旅行保險

42 DVD・CD
di.i.bu.i.di.i・shi.i.di.i
DVD、CD

43 capsule toy
カプセルトイ・ガチャガチャ
ka.pu.se.ru.to.i・ga.cha.ga.cha
扭蛋

改良型的酒類販賣機

由於在日本爭議不斷，在2000年6月撤除室外的酒類販賣機(無論是誰都能購買的機種)，改設為未成年者無法購買的改良型販賣機。必須要有駕照，或是在酒專賣店申請附有密碼的ID卡，來辨明年齡才可購買。

※ 為預防未成年者吸菸、飲酒，日本的菸、酒販賣機在深夜(晚上11點～早上5點)停止販售。

taspo か
タスポがないと買えない！
ta.su.po.ga.na.i.to.ka.e.na.i
沒有 Taspo 就不能買喔哦～

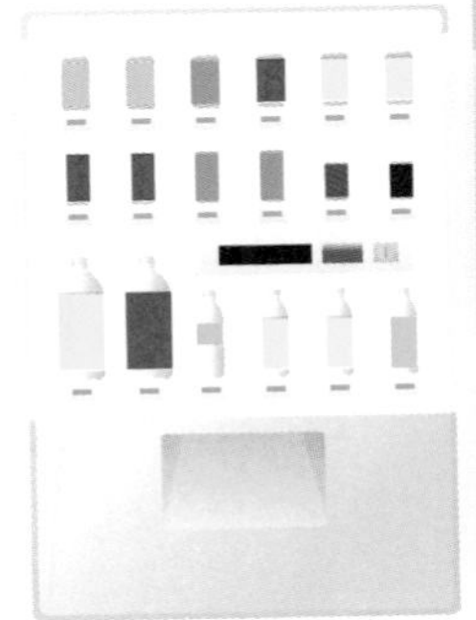

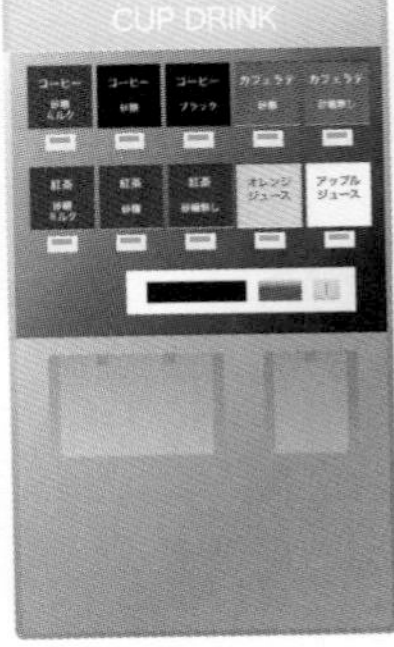

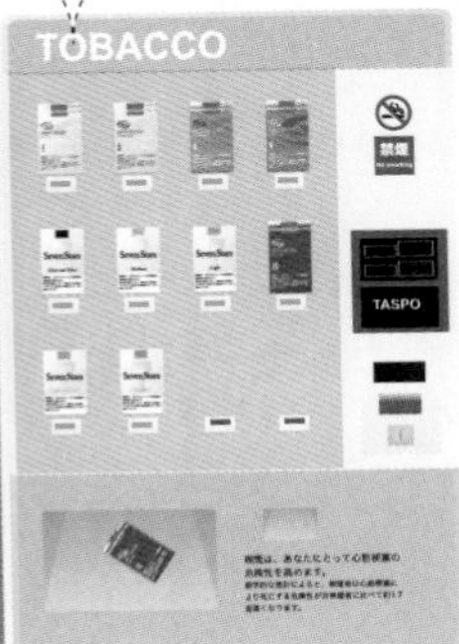

便利商店

convenience store
コンビニエンスストア ko.n.bi.ni.e.n.su.su.to.a

下面列出在日本較常見的連鎖便利商店，其中當然也包括在台灣最普遍的 7-11 和全家。日本便利商店的商品種類非常豐富，大多是 24 小時不打烊哦！

01
7-11
セブンイレブン
se.bu.n.i.re.bu.n
www.sej.co.jp

02
FamilyMart
ファミリーマート
fa.mi.ri.i.ma.a.to
www.family.co.jp

03
ローソン
ro.o.so.n
www.lawson.co.jp

04
Circle K sunkus
サークルKサンクス
sa.a.ku.ru.ke.e.sa.n.ku.su
www.circleksunkus.jp

05
Ministop
ミニストップ
mi.ni.su.to.p.pu
www.ministop.co.jp

06
Daily
デイリーヤマザキ
de.i.ri.i.ya.ma.za.ki
www.daily-yamazaki.co.jp

07
Am／pm
エーエムピーエム
e.e.e.mu.pi.i.e.mu
www.ampm.co.jp

08
mart
セイコーマート
se.i.ko.o.ma.a.to
www.seicomart.co.jp

09
ショップ99
sho.p.pu.kyu.u.kyu.u
www.99plus.co.jp

10
ポプラ
po.pu.ra
www.poplar-cvs.co.jp

11
Community store
コミュニティ・ストア
ko.myu.ni.ti.i.su.to.a
www.c-store.co.jp

12
スリーエフ
su.ri.i.e.fu
www.three-f.co.jp/

13
セーブオン
se.e.bu.o.n
www.saveon.co.jp/

14
エブリワン
e.bu.ri.wa.n
www.every-one.co.jp/

15
ココストア
ko.ko.su.to.a
www.cocostore.jp/

店員用語

16 お待(ま)たせ致(いた)しました。
o.ma.ta.se.i.ta.shi.ma.shi.ta
讓您久等了。

17 お会計致(かいけいいた)します。
o.ka.i.ke.i.i.ta.shi.ma.su
幫您結帳。

18 ○○円(えん)お預(あず)かり致(いた)します。
○○e.n.o.a.zu.ka.ri.i.ta.shi.ma.su
收您○○元。

19 ○○円(えん)のお返(かえ)しです。
○○e.n.no.o.ka.e.shi.de.su
找您○○元。

20 温(あたた)めますか？
a.ta.ta.me.ma.su.ka
請問要加熱嗎？

21 袋(ふくろ)はご一緒(いっしょ)でよろしいでしょうか?
fu.ku.ro.wa.go.i.s.sho.de.yo.ro.shi.i.de.sho.o.ka
請問（袋子）裝一起可以嗎？

22 お箸(はし)／フォークはよろしいでしょうか?
o.ha.shi／fo.o.ku.wa.yo.ro.shi.i.de.sho.o.ka
請問需要筷子／叉子嗎？

23 またご来店(らいてん)お待(ま)ちしております。
ma.ta.go.ra.i.te.n.o.ma.chi.shi.te.o.ri.ma.su
期待您的再次光臨。

超級市場・櫃位

スーパーマーケット・コーナー (supermarket・corner)

su.u.pa.a.ma.a.ke.t.to・ko.o.na.a

一進到超級市場，琳瑯滿目的商品是不是讓你不知從何找起？只要抬頭看看上方的標示牌，就可節省找尋商品的時間哦！

01 衣料品（いりょうひん）
i.ryo.o.hi.n
服飾

02 文房具（ぶんぼうぐ）
bu.n.bo.o.gu
文具

03 日用品（にちようひん）
ni.chi.yo.o.hi.n
日用品

04 電気屋（でんきや）
de.n.ki.ya
電器用品

05 家電（かでん）
ka.de.n
家電產品

06 レジ (register)
re.ji
收銀檯

07 青果（せいか）
se.i.ka
蔬菜水果

08 果物（くだもの）
ku.da.mo.no
水果

09 精肉（せいにく）
se.i.ni.ku
肉品

10 鮮魚（せんぎょ）
se.n.gyo
魚

11 惣菜（そうざい）
so.o.za.i
配菜

12 調味料（ちょうみりょう）
cho.o.mi.ryo.o
調味料

13 酒（さけ）
sa.ke
酒精飲料

14 乳製品（にゅうせいひん）
nyu.u.se.i.hi.n
乳製品

15 ドリンク (drink)
do.ri.n.ku
飲料

16 パン (pan)
pa.n
麵包

17 冷凍食品（れいとうしょくひん）
re.i.to.o.sho.ku.hi.n
冷凍食品

18 デイリー (daily)
de.i.ri.i
乳製品、麵包、豆腐、麵類

19 お菓子（かし）・スナック (snack)
o.ka.shi・su.na.k.ku
零食

20 アイスクリーム (ice cream)
a.i.su.ku.ri.i.mu
冰淇淋

21 サービスカウンター (service counter)
sa.a.bi.su.ka.u.n.ta.a
服務檯

食品標示

048

しょくひんひょうじ
食品表示 sho.ku.hi.n.hyo.o.ji

食品包裝上常見的日文，你知道怎麼唸嗎？
下次逛超市時，可以試著看看包裝上的食品標示是否完整哦！

01 めいしょう
名称
me.i.sho.o
品名

02 げんざいりょうめい
原材料名
ge.n.za.i.ryo.o.me.i
成份

03 ないようりょう
内容量
na.i.yo.o.ryo.o
內容量

04 ちょうりほうほう
調理方法
cho.o.ri.ho.o.ho.o
烹調方式

05 ほぞんほうほう
保存方法
ho.zo.n.ho.o.ho.o
保存方式

06 かいせんごようれいぞう
開栓後要冷蔵
ka.i.se.n.go.yo.o.re.i.zo.o
開封後需冷藏

07 せいぞうしゃ
製造者
se.i.zo.o.sha
製造商

08 ゆにゅうしゃ
輸入者
yu.nyu.u.sha
進口商

09 えいようせいぶんひょうじ
栄養成分表示
e.i.yo.o.se.i.bu.n.hyo.o.ji
營養成分標示

10 ないようそうりょう
内容総量
na.i.yo.o.so.o.ryo.o
內容總量

11 こけいりょう
固形量
ko.ke.i.ryo.o
固形量

去除包裝並扣除水分雜質後，所能食用的產品總量。

12 しょうみきげん
賞味期限
sho.o.mi.ki.ge.n
有效日期

標示於較不易產生腐敗的食品，例如：冷凍食品、泡麵、飲料等。

13 しょうひきげん
消費期限
sho.o.hi.ki.ge.n
有效日期

標示於較易腐敗的食品，例如：便當、三明治、肉類等。只要按照包裝上的保存方式即可保存至此期限。

14 こうおん ちょくしゃにっこう さ じょうおん ほぞん
高温・直射日光を避けて、常温で保存してください。
ko.o.o.n・cho.ku.sha.ni.k.ko.o.o.sa.ke.te、jo.o.o.n.de.ho.zo.n.shi.te.ku.da.sa.i。
請避免置於高溫、太陽直射處，請保存於常溫。

15 きゃくさまそうだん center
お客様相談センター
o.kya.ku.sa.ma.so.o.da.n.se.n.ta.a
消費者服務處

食品常見成份

16 しょうゆ
sho.o.yu
醬油

17 食塩（しょくえん）
sho.ku.e.n
鹽

18 砂糖（さとう）
sa.to.o
砂糖

19 香辛料（こうしんりょう）
ko.o.shi.n.ryo.o
辛香料

20 調味料（ちょうみりょう）
cho.o.mi.ryo.o
調味料

21 甘味料（かんみりょう）
ka.n.mi.ryo.o
甜味劑

22 アミノ酸（amino さん）
a.mi.no.sa.n
胺基酸

23 着色料（ちゃくしょくりょう）
cha.ku.sho.ku.ryo.o
色素

24 カラメル（法 caramel）
ka.ra.me.ru
焦糖

25 安定剤（あんていざい）
a.n.te.i.za.i
安定劑

26 酸化防止剤（さんかぼうしざい）
sa.n.ka.bo.o.shi.za.i
抗氧化劑

27 発色剤（はっしょくざい）
ha.s.sho.ku.za.i
顯色劑

28 漂白剤（ひょうはくざい）
hyo.o.ha.ku.za.i
漂白劑

29 乳化剤（にゅうかざい）
nyu.u.ka.za.i
乳化劑

30 防かび剤（ぼう ざい）
bo.o.ka.bi.za.i
防霉劑

31 原材料の一部に大豆、小麦を含む（げんざいりょう いちぶ だいず こむぎ ふく）
ge.n.za.i.ryo.o.no.i.chi.bu.ni.da.i.zu、ko.mu.gi.o.fu.ku.mu
原料內含大豆、小麥

常見標誌

32 JASマーク（ジャス mark）
ja.su.ma.a.ku
JAS 標誌

33 特定保健用商品マーク（とくていほけんようしょうひん mark）
to.ku.te.i.ho.ke.n.yo.o.sho.o.hi.n.ma.a.ku
特定保健用食品標誌

34 HACCPマーク（ハサップ mark）
ha.sa.p.pu.ma.a.ku
HACCP 食品安全衛生品質標誌

35 識別マーク（しきべつ mark）
shi.ki.be.tsu.ma.a.ku
回收標誌（紙類、塑膠類）

36 公正マーク（飲用乳）（こうせい mark いんようにゅう）
ko.o.se.i.ma.a.ku (i.n.yo.o.nyu.u)
公平認證標誌（飲用乳）

日本乳製業的「公正取引委員會（類似公平交易委員會）」，基於「公平競爭」之目的，組成「飲用牛乳公正交易協議會」。經該協議會認定的乳品包裝上方可標示「公正」之標記。

藥妝店・健康篇

049

drugstore ドラッグストア・health ヘルス
do.ra.g.gu.so.to.a・he.ru.su

許多人喜歡到日本藥妝店買一些藥品或營養補充品。將下列單字記起來，下次到藥妝店時，就不怕看不懂囉！

常見藥品

01 目薬（めぐすり） me.gu.su.ri 眼藥水

02 風邪薬（かぜぐすり） ka.ze.gu.su.ri 感冒藥

03 胃腸薬（いちょうやく） i.cho.o.ya.ku 胃腸藥

04 下痢止め（げりどめ） ge.ri.do.me 止瀉藥

05 便秘薬（べんぴやく） be.n.pi.ya.ku 便秘藥

06 整腸剤（せいちょうざい） se.i.cho.o.za.i 整腸劑

07 鼻炎薬（びえんやく） bi.e.n.ya.ku 鼻炎藥

08 点鼻薬（てんびやく） te.n.bi.ya.ku 滴（噴）鼻藥

09 乗り物酔いの薬（のりものよいのくすり） no.ri.mo.no.yo.i.no.ku.su.ri 暈車藥

10 痛み止め（いたみどめ） i.ta.mi.do.me 止痛藥

11 咳止め（せきどめ） se.ki.do.me 止咳藥

12 かゆみ止め（かゆみどめ） ka.yu.mi.do.me 止癢藥

13 解熱剤（げねつざい） ge.ne.tsu.za.i 退燒藥

14 うがい薬（うがいぐすり） u.ga.i.gu.su.ri 咳嗽藥水

藥劑種類

15 錠剤（じょうざい） jo.o.za.i 藥錠
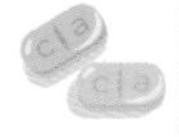

16 カプセル（capsule） ka.pu.se.ru 膠囊

17 トローチ（troche） to.ro.o.chi 口含錠（口腔消炎、止咳）

18 軟膏（なんこう） na.n.ko.o 軟膏

19 顆粒（かりゅう） ka.ryu.u 小顆粒狀的藥品

20 湿布（しっぷ） shi.p.pu 貼布（藥膏）

營養補給

21 徳 collagen コラーゲン ko.ra.a.ge.n 膠原蛋白	22 protein プロテイン pu.ro.te.i.n 蛋白質	23 Docosahexaenoic Acid DHA di.i.e.i.chi.e.e 不飽和脂肪酸
24 beer こうぼ ビール酵母 bi.i.ru.ko.o.bo 啤酒酵母	25 calcium カルシウム ka.ru.shi.u.mu 鈣	26 えいよう drink 栄養ドリンク e.i.yo.o.do.ri.n.ku 營養補充飲品
27 vitamin ビタミン bi.ta.mi.n 維他命	28 mineral ミネラル mi.ne.ra.ru 礦物質	29 しょくぶつせんい 食物繊維 sho.ku.bu.tsu.se.n.i 食物纖維

急救用品

30 めんぼう 綿棒 me.n.bo.o 棉花棒	31 pincet ピンセット pi.n.se.t.to 鑷子	32 たいおんけい 体温計 ta.i.o.n.ke.i 體溫計
33 ばんそうこう 絆創膏 ba.n.so.o.ko.o OK繃	34 だっしめん 脱脂綿 da.s.shi.me.n 脫脂綿	35 こおりまくら 氷枕 ko.o.ri.ma.ku.ra 冰枕
36 ほうたい 包帯 ho.o.ta.i 繃帶	37 しょうどくやく 消毒薬 sho.o.do.ku.ya.ku 消毒藥水	38 contact lens せんじょうえき コンタクトレンズ洗浄液 ko.n.ta.ku.to.re.n.zu.se.n.jo.o.e.ki 隱形眼鏡清潔藥水

其他

39 は brush 歯ブラシ ha.bu.ra.shi 牙刷	40 shampoo シャンプー sha.n.pu.u 洗髮精	41 rince リンス ri.n.su 潤絲精
42 にゅうよくざい 入浴剤 nyu.u.yo.ku.za.i 入浴劑	43 body soap ボディソープ bo.di.i.so.o.pu 洗澡用肥皂	44 hand soap ハンドソープ ha.n.do.so.o.pu 洗手皂
45 hand cream ハンドクリーム ha.n.do.ku.ri.i.mu 護手霜	46 つか す 使い捨てカイロ tsu.ka.i.su.te.ka.i.ro 暖暖包	

實用會話

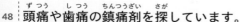

47 どういったご用件(ようけん)ですか？
do.o.i.t.ta.go.yo.o.ke.n.de.su.ka
請問需要什麼嗎？

48 頭痛(ずつう)や歯痛(しつう)の鎮痛剤(ちんつうざい)を探(さが)しています。
zu.tsu.u.ya.shi.tsu.u.no.chi.n.tsu.u.za.i.o.sa.ga.shi.te.i.ma.su
我正在找治療頭痛、牙痛的止痛藥。

49 すみません。この薬(くすり)は何(なに)に効(き)きますか？
su.mi.ma.se.n。ko.no.ku.su.ri.wa.na.ni.ni.ki.ki.ma.su.ka
不好意思。這個藥對什麼有效？

50 腹痛(はらいた)や下痢(げり)に効(き)きます。
ha.ra.i.ta.i.ya.ge.ri.ni.ki.ki.ma.su
對腹痛、腹瀉有效。

51 お風呂(ふろ)の掃除(そうじ)に使(つか)う洗剤(せんざい)はありますか？
o.fu.ro.no.so.o.ji.ni.tsu.ka.u.se.n.za.i.wa.a.ri.ma.su.ka
請問有清潔浴缸用的清潔劑嗎？

52 この洗剤(せんざい)の詰(つ)め替(か)え用(よう)は、どこの棚(たな)にありますか？
ko.no.se.n.za.i.no.tsu.me.ka.e.yo.o.wa、do.ko.no.ta.na.ni.a.ri.ma.su.ka
這個清潔劑的替換瓶放在哪個架上呢？

53 今(いま)、ちょうど品切(しなぎ)れです。すみません。
i.ma、cho.o.do.shi.na.gi.re.de.su。su.mi.ma.se.n
不好意思。目前正好缺貨。

日本藥妝店的經營理念

日本藥妝店最具代表的是，由松本清所創立的日本最大藥妝店“マツモトキヨシ”。讓消費者眼花撩亂的商品陳列，以物美價廉作為特色，琳瑯滿目的豐富商品，無論是健康產品或是美妝、生活用品...等樣樣俱全。再加上以客為尊的待客之道，和一絲不苟的精神，日本藥妝店的成功並非偶然。

藥妝店・美容篇

drugstore　beauty
ドラッグストア・ビューティー
do.ra.g.gu.so.to.a・byu.u.ti.i

許多女性朋友到日本旅遊，都會到藥妝店大肆採購一番。無論是日系專櫃或是開架式品牌在藥妝店都找得到哦！

專櫃品牌

01
しせいどう
資生堂
shi.se.i.do.o
資生堂
www.shiseido.co.jp/

02
Kanebo
カネボウ
ka.ne.bo.o
佳麗寶
www.kanebo-cosmetics.co.jp/

03
CLINIQUE
クリニーク
ku.ri.ni.i.ku
倩碧
www.clinique.co.jp/

04
KOSE
コーセー
ko.o.se.e
高絲
www.kose.co.jp/

05
SOFINA
ソフィーナ
so.fi.i.na
蘇菲娜
www.sofina.co.jp/

06
MAX FACTOR
マックスファクター
ma.k.ku.su.fa.ku.ta.a
蜜絲佛陀
www.maxfactor.jp/

07
アルビオン
a.ru.bi.o.n
澳碧虹ALBION
http://www.albion.co.jp/company/

08
ノエビア
no.e.bi.a
蘭碧兒Noevir
http://www.noevir.co.jp/

09
ポーラ
po.o.ra
Pola
https://www.pola.co.jp/

郵購品牌

10
DHC
di.i.e.i.chi.shi.i.i
e www.dhc.co.jp/

11
FANCL
ファンケル
fa.n.ke.ru
e www.fancl.co.jp/

12
ORBIS
オルビス
o.ru.bi.su
e www.orbis.co.jp/

13
YANAGIYA
ya.na.gi.ya
e www.yanagiya-cosme.co.jp/

皮膚狀況

14
しわ
shi.wa
皺紋

15
ニキビ
ni.ki.bi
青春痘

16
そばかす
雀斑
so.ba.ka.su
雀斑

17
くろ
黒ずみ
ku.ro.zu.mi
黑頭粉刺

18
め
目のクマ
me.no.ku.ma
黑眼圈

19
はだ
ハリのある肌
ha.ri.no.a.ru.ha.da
肌膚緊緻

20
はだ
肌のたるみ
ha.da.no.ta.ru.mi
肌膚鬆弛

21
はだ　ろうか
肌の老化
ha.da.no.ro.o.ka
肌膚老化

各種膚質

22
ふつうはだ
普通肌
fu.tsu.u.ha.da
中性膚質

23
oily　はだ
オイリー肌
o.i.ri.i.ha.da
油性膚質

24
かんそうはだ
乾燥肌
ka.n.so.o.ha.da
乾性膚質

25
こんごうはだ
混合肌
ko.n.go.o.ha.da
混和性膚質

26
びんかんはだ
敏感肌
bi.n.ka.n.ha.da
敏感性膚質

臉部清潔

27 cleansing cream
クレンジングクリーム
ku.re.n.ji.n.gu.ku.ri.i.mu
卸妝乳

28 cleansing oil
クレンジングオイル
ku.re.n.ji.n.gu.o.i.ru
卸妝油

29 cleansing gel
クレンジングジェル
ku.re.n.ji.n.gu.je.ru
卸妝凝膠

30 かくしつ
角質とり
ka.ku.shi.tsu.to.ri
去角質

31 せんがんりょう
洗顔料
se.n.ga.n.ryo.o
洗面乳

保養品

32 ほしつ
保湿
ho.shi.tsu
保濕

33 びはく
美白
bi.ha.ku
美白

34
シミとり
shi.mi.to.ri
淡斑

35
ハリ
ha.ri
緊緻

36 pack
パック
pa.k.ku
面膜

37 にゅうえき
乳液
nyu.u.e.ki
乳液

38 びようえき
美容液
bi.yo.o.e.ki
精華液

39 けしょうすい lotion
化粧水・ローション
ke.sho.o.su.i・ro.o.sho.n
化妝水

40 moisture cream
モイスチャークリーム
mo.i.su.cha.a.ku.ri.i.mu
保濕美容液

41 conditioner
コンディショナー
ko.n.di.sho.na.a
整髮美容液

42 めもとよう びようえき
目元用美容液
me.mo.to.yo.o.bi.yo.o.e.ki
眼部專用美容液

43 massage cream
マッサージクリーム
ma.s.sa.a.ji.ku.ri.i.mu
按摩霜

44 lip cream
リップクリーム
ri.p.pu.ku.ri.i.mu
護唇膏

臉部彩妝

45
ひ や ど
日焼け止め
hi.ya.ke.do.me
防曬乳

46
concealer
コンシーラー
ko.n.shi.i.ra.a
遮瑕膏

47
した じ
下地
shi.ta.ji
隔離霜、飾底乳

48
foundation
ファンデーション
fa.n.de.e.sho.n
粉底、粉底液

49
powder
パウダー・おしろい
pa.u.da.a・o.shi.ro.i
蜜粉

50
liquid foundation
リキッドファンデーション
ri.ki.d.do.fa.n.de.e.sho.n
粉底液

51
mascara
マスカラ
ma.su.ka.ra
睫毛膏

52
long
ロング
ro.n.gu
纖長

53
volume
ボリューム
bo.ryu.u.mu
濃密

54
eye shadow
アイシャドー
a.i.sha.do.o
眼影

55
cheek
チーク
chi.i.ku
腮紅

56
lip stick
リップスティック
ri.p.pu.su.ti.k.ku
口紅

57
lip gloss
リップグロス
ri.p.pu.gu.ro.su
唇蜜

58
eye brow
アイブロウ
a.i.bu.ro.o
眉筆

59
eye liner
アイライナー
a.i.ra.i.na.a
眼線筆

60
liquid eye liner
リキッドアイライナー
ri.ki.d.do.a.i.ra.i.na.a
眼線液

61
gel eye liner
ジェルアイライナー
je.ru.a.i.ra.i.na.a
眼線膠

其他

62
puff
パフ
pa.fu
粉撲

63
cotton
コットン
ko.t.to.n
化妝棉

64
がみ
あぶらとり紙
a.bu.ra.to.ri.ga.mi
吸油面紙

65	eyelash curler アイラッシュカーラー a.i.ra.s.shu.ka.a.ra.a 睫毛夾	
66	じょこうえき remover 除光液・リムーバー jo.ko.o.e.ki・ri.mu.u.ba.a 去光水	
67	manicure マニキュア ma.ni.kyu.a 指甲油	
68	まゆ よう 眉そり用カミソリ ma.yu.so.ri.yo.o.ka.mi.so.ri 修眉刀	
69	make brush メイクブラシ me.i.ku.bu.ra.shi 彩妝刷具	
70	hair wax ヘアーワックス he.a.a.wa.k.ku.su 髮蠟	
71	せいかんざい 制汗剤 se.i.ka.n.za.i 制汗劑	
72	つけまつげ tsu.ke.ma.tsu.ge 假睫毛	
73	こうすい 香水 ko.o.su.i 香水	

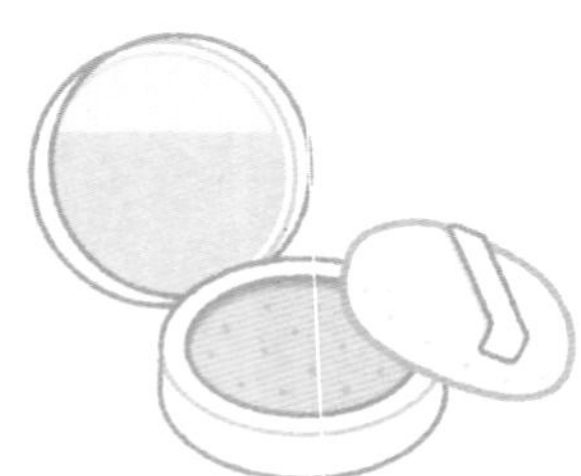

大型書店

051

ほんや　しょてん
本屋・書店 ho.n.ya・sho.te.n

一進到書店，就可看到分類、擺放整齊的書籍，書架上還有工作人員親手寫的讀後感或推薦文哦！由此可見日本經營書店的用心。

01 きのくにやしょてん 紀伊国屋書店 ki.no.ku.ni.ya.sho.te.n

02 さんせいどうしょてん 三省堂書店 sa.n.se.i.do.o.sho.te.n

03 まるぜん 丸善 ma.ru.ze.n

04 Book first ブックファースト bu.k.ku.fa.a.su.to

05 あさひやしょてん 旭屋書店 a.sa.hi.ya.sho.te.n

06 こんどうしょてん 近藤書店 ko.n.do.o.sho.te.n

07 ゆうりんどう 有隣堂 yu.u.ri.n.do.o

08 ぶんきょうどう 文教堂 bu.n.kyo.o.do.o

09 あおやま book center 青山ブックセンター a.o.ya.ma.bu.k.ku.se.n.ta.a

10 ツタヤ tsu.ta.ya

11 はるやしょてん 明屋書店 ha.ru.ya.sho.te.n

12 ふくやしょてん 福家書店 fu.ku.ya.sho.te.n

13 リブロ ri.bu.ro

14 やえす book center 八重洲ブックセンター ya.e.su.bu.k.ku.se.n.ta.a

15 どうしょてん ジュンク堂書店 ju.n.ku.do.o.sho.te.n

16 Book express ブックエキスプレス bu.k.ku.e.ki.su.pu.re.su

17 さんようどうしょてん
三洋堂書店
sa.n.yo.o.do.o.sho.te.n

18 めいりんどうしょてん
明林堂書店
me.i.ri.n.do.o.sho.te.n

19 けいぶんどうしょてん
啓文堂書店
ke.i.bu.n.do.o.sho.te.n

20 しょせん
書泉
sho.se.n

網路書店

21 Amazon
アマゾン
a.ma.zo.n

22
ホンヤクラブ
ho.n.ya.ku.ra.bu

23 bk1
ビーケーワン
bi.i.ke.e.wa.n

24 book
Yahoo!ブック
ya.fu.u.bu.k.ku

25 Seven net shopping
セブンネットショッピング
se.bu.n.ne.t.to.sho.p.pi.n.gu

書籍種類

26 ぶんげい・ぶんこ
文芸・文庫
bu.n.ge.i・bu.n.ko

27 しんしょ・せんしょ
新書・選書
shi.n.sho・se.n.sho

28 しゅうしょく・しかく
就職・資格
shu.u.sho.ku・shi.ka.ku

29 せいじ・しゃかい
政治・社会
se.i.ji・sha.ka.i

30 しんり・きょういく
心理・教育
shi.n.ri・kyo.o.i.ku

31 ほうりつ・ごがく
法律・語学
ho.o.ri.tsu・go.ga.ku

32 れきし・ちり
歴史・地理
re.ki.shi・chi.ri

33 げいじゅつ・せいかつ
芸術・生活
ge.i.ju.tsu・se.i.ka.tsu

34 しゅみ・じつよう
趣味・実用
shu.mi・ji.tsu.yo.o

35 しゅうきょう・てつがく
宗教・哲学
shu.u.kyo.o・te.tsu.ga.ku

36 りがく・こうがく
理学・工学
ri.ga.ku・ko.o.ga.ku

37 いがく・やくがく
医学・薬学
i.ga.ku・ya.ku.ga.ku

38 business
ビジネス
bi.ji.ne.su
商業

39 computer
コンピュータ
ko.n.pyu.u.ta
電腦

40 comic
コミック
ko.mi.k.ku
漫畫

文具店

052

ぶんぼうぐ
文房具 bu.n.bo.o.gu

走進日本的文具店，可愛又具創意的商品整齊地排列在架上，卡片、筆記本、自動鉛筆等，讓人好想通通都買回家。

事務用品

01 clip
クリップ
ku.ri.p.pu
夾子

02 ふせん
付箋
fu.se.n
便利貼

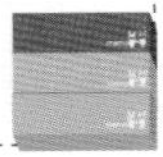

03 でんたく
電卓
de.n.ta.ku
計算機

04 punch
パンチ
pa.n.chi
打洞器

05
ホッチキス
ho.c.chi.ki.su
釘書機

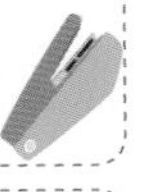

06 cutter
カッター
ka.t.ta.a
美工刀

07
はさみ
ha.sa.mi
剪刀

08 file
ファイル
fa.i.ru
資料夾

09 じょうぎ
定規
jo.o.gi
尺

黏貼用品

10 法 cellophane tape
セロハンテープ
se.ro.ha.n.te.e.pu
透明膠帶

11 gum (med) tape
ガムテープ
ga.mu.te.e.pu
封箱膠帶

12 masking tape
マスキングテープ
ma.su.ki.n.gu.te.e.pu
紙膠帶

13
のり
no.ri
漿糊

14 stick
スティックのり
su.ti.k.ku.no.ri
口紅膠

15 りょうめん tape
両面テープ
ryo.o.me.n.te.e.pu
雙面膠

16 mending tape
メンディングテープ
me.n.di.n.gu.te.e.pu
隱形膠帶

17 きって
切手
ki.t.te
郵票

18 seal
シール
shi.i.ru
貼紙

修正用品

19 け 荷 gom
消しゴム
ke.shi.go.mu
橡皮擦

20 しゅうせいえき
修正液
shu.u.se.i.e.ki
修正液

21 しゅうせい tape
修正テープ
shu.u.se.i.te.e.pu
修正帶

書寫用具

22 まんねんひつ
万年筆
ma.n.ne.n.hi.tsu
鋼筆

23
マジック
ma.ji.k.ku
奇異筆

24 crayon
クレヨン
ku.re.yo.n
蠟筆

25 けいこう pen
蛍光ペン
ke.i.ko.o.pe.n
螢光筆

26 えんぴつ
鉛筆
e.n.pi.tsu
鉛筆

27 いろえんぴつ
色鉛筆
i.ro.e.n.pi.tsu
色鉛筆

28 sharp pencil
シャープペンシル
sha.a.pu.pe.n.shi.ru
自動鉛筆

29 すいせい ball (point) pen
水性ボールペン
su.i.se.i.bo.o.ru.pe.n
水性原子筆

30 ゆせい ball (point) pen
油性ボールペン
yu.se.i.bo.o.ru.pe.n
油性原子筆

紙製品

31
はがき
ha.ga.ki
明信片

32 ふうとう
封筒
fu.u.to.o
信封

33 びんせん
便箋
bi.n.se.n
信紙

34 note (book)
ノート
no.o.to
筆記本

35 memo ちょう
メモ帳
me.mo.cho.o
記事本

36 loose leaf
ルーズリーフ
ru.u.zu.ri.i.fu
活頁筆記本

37 て ちょう
手帳
te.cho.o
手帳

38 calendar
カレンダー
ka.re.n.da.a
月曆

麥當勞

053

Mc Donald's
マクドナルド ma.ku.do.na.ru.do

到日本想吃麥當勞，卻不知道該怎麼點餐？
趕快將自己想吃的漢堡名稱記起來，享受在日本點餐的樂趣吧！

01
Big Mac
ビッグマック
bi.g.gu.ma.k.ku
大麥克

02
Becon lettuce burger
ベーコンレタスバーガー
be.e.ko.n.re.ta.su.ba.a.ga.a
培根萵苣堡

03
Becon lettuce tomato
ベーコンレタストマト
be.e.ko.n.re.ta.su.to.ma.to
培根萵苣蕃茄堡

04
Chicken fillet-O
チキンフィレオ
chi.ki.n.fi.re.o
麥香雞

05
Juicy chicken
ジューシーチキン
ju.u.shi.i.chi.ki.n
麥香雞汁

06
Fillet-O
えび フィレオ
e.bi.fi.re.o
麥香蝦

07
Fillet-O fish
フィレオフィッシュ
fi.re.o.fi.s.shu
麥香魚

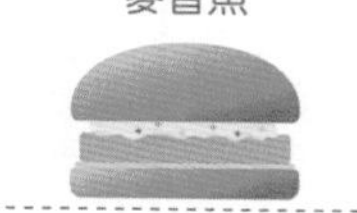

08
Tomato chicken fillet-O
トマトチキンフィレオ
to.ma.to.chi.ki.n.fi.re.o
麥香雞蕃茄堡

09
Mac burger
てりやきマックバーガー
te.ri.ya.ki.ma.k.ku.ba.a.ga.a
照燒漢堡

10
Hamburger
ハンバーガー
ha.n.ba.a.ga.a
漢堡

11
Double cheese burger
ダブルチーズバーガー
da.bu.ru.chi.i.zu.ba.a.ga.a
雙層吉士堡

12
Mac french fries
マックフライポテト
ma.k.ku.fu.ra.i.po.te.to
薯條

有氧早餐

13
Egg mac muffin
エッグマックマフィン
e.g.gu.ma.k.ku.ma.fi.n
蛋堡

14
Sausage muffin
ソーセージマフィン
so.o.se.e.ji.ma.fi.n
豬肉滿福堡

15
Sausage egg muffin
ソーセージエッグマフィン
so.o.se.e.ji.e.g.gu.ma.fi.n
豬肉滿福堡加蛋

16
Chicken nugget
チキンナゲット
chi.ki.n.na.ge.t.to
麥克雞塊

17
Hot cake
ホットケーキ
ho.t.to.ke.e.ki
鬆餅

18
Hash potato
ハッシュポテト
ha.s.shu.po.te.to
薯餅

飲料・點心

19
Coca cola zero
コカ・コーラゼロ
ko.ka・ko.o.ra.ze.ro
可口可樂zero

20
Fanta grape
ファンタグレープ
fa.n.ta.gu.re.e.pu
芬達葡萄汽水

21
Orange juice
オレンジジュース
o.re.n.ji.ju.u.su
柳橙汁

22
Mac shake
マックシェイク
ma.k.ku.she.i.ku
奶昔

23
Iced coffee
アイスコーヒー
a.i.su.ko.o.hi.i
冰咖啡

24
Milk
ミルク
mi.ru.ku
牛奶

25
Hot apple pie
ホットアップルパイ
ho.t.to.a.p.pu.ru.pa.i
熱蘋果派

26
Soft twist
ソフトツイスト
so.fu.to.tsu.i.su.to
蛋捲冰淇淋

27
Sundae
サンデー
sa.n.de.e
聖代

28
Mac flurry
マックフルーリー
ma.k.ku.fu.ru.u.ri.i
冰旋風

29
Side salad
サイドサラダ
sa.i.do.sa.ra.da
陽光沙拉

30
Sweet corn
スイートコーン
su.i.i.to.ko.o.n
甜玉米

持ち帰りです。(も かえ)
mo.chi.ka.e.ri.de.su
外帶！

店内で召し上がりです。(てんない め あ)
te.n.na.i.de.me.shi.a.ga.ri.de.su
內用！

摩斯漢堡

MOS バーガー (Burger) mo.su.ba.a.ga.a

1972年7月21日在日本誕生的摩斯漢堡，走的是健康、輕食路線，強調新鮮食材。尤其是米漢堡相當受到大眾的歡迎。

01 Mos burger
モスバーガー
mo.su.ba.a.ga.a
摩斯漢堡

02 Mos cheese burger
モスチーズバーガー
mo.su.chi.i.zu.ba.a.ga.a
摩斯吉士漢堡

03 burger
テリヤキバーガー
te.ri.ya.ki.ba.a.ga.a
蜜汁漢堡

04 W Mos burger
Wモスバーガー
da.bu.ru.mo.su.ba.a.ga.a
雙層摩斯漢堡

05 Roast cutlet burger
ロースカツバーガー
ro.o.su.ka.tsu.ba.a.ga.a
豬排堡

06 Chicken burger
テリヤキチキンバーガー
te.ri.ya.ki.chi.ki.n.ba.a.ga.a
蜜汁烤雞堡

07 Hamburger
ハンバーガー
ha.n.ba.a.ga.a
漢堡

08 Fish burger
フィッシュバーガー
fi.s.shu.ba.a.ga.a
摩斯鱈魚堡

09 えび burger
海老カツバーガー
e.bi.ka.tsu.ba.a.ga.a
黃金炸蝦堡

10 とかち Croquette burger
十勝コロッケバーガー
to.ka.chi.ko.ro.k.ke.ba.a.ga.a
十勝可樂餅堡

11 hamburg sand
とびきりハンバーグサンド
to.bi.ki.ri.ha.n.ba.a.gu.sa.n.do
超頂級漢堡

12 Thousand やさい burger
サウザン野菜バーガー
sa.u.za.n.ya.sa.i.ba.a.ga.a
南洋鮮蔬堡

摩斯米漢堡

13
Rice burger
ライスバーガー
韓 galbi　やきにく
カルビ焼肉
ra.i.su.ba.a.ga.a
ka.ru.bi.ya.ki.ni.ku
燒肉珍珠堡

14
Rice burger
ライスバーガー
かいせん
海鮮かきあげ
ra.i.su.ba.a.ga.a
ka.i.se.n.ka.ki.a.ge
海洋珍珠堡

15
Rice burger
ライスバーガー
きんぴら
ra.i.su.ba.a.ga.a.ki.n.pi.ra
牛蒡培根珍珠堡

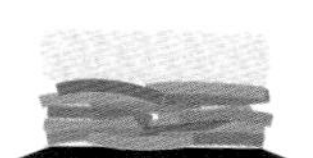

熱狗

16
Hot dog
ホットドッグ
ho.t.to.do.g.gu
摩斯熱狗堡

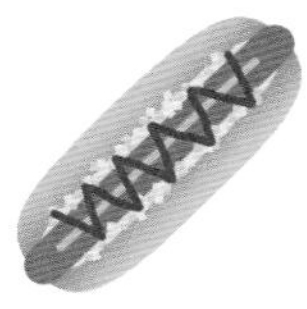

17
Chili dog
チリドッグ
chi.ri.do.g.gu
吉利熱狗堡

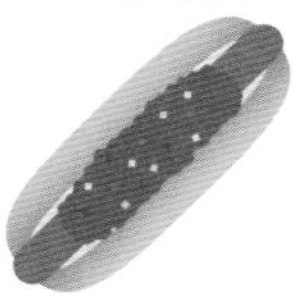

18
Spicy chili dog
スパイシーチリドッグ
su.pa.i.shi.i.chi.ri.do.g.gu
辣味吉利熱狗堡

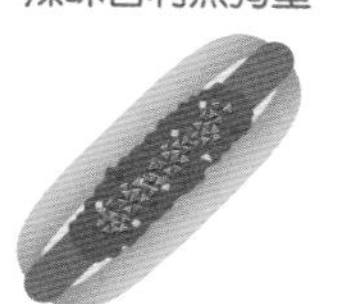

其他

18
Soup　tomato　法 pot-au-feu
スープごはんトマトポトフ
su.u.pu.go.ha.n.to.ma.to.po.to.fu
燉煮蕃茄湯泡飯

20
Salad　taco rice
サラダごはんタコライス
sa.ra.da.go.ha.n.ta.ko.ra.i.su
塔可飯

沖繩料理。在白飯上撒上起司、絞肉、萵苣和切片蕃茄。

21
Onion　fry
オニオンフライ
o.ni.o.n.fu.ra.i
洋蔥圈

SUBWAY

055

SUBWAY sa.bu.we.i

日本SUBWAY的菜單大部份都是外來語，但在發音上和英文原本的發音略有不同哦！

01 Subway club
サブウェイクラブ
sa.bu.we.i.ku.ra.bu
百味俱樂部

02 Roast beef
ローストビーフ
ro.o.su.to.bi.i.fu
燒烤牛肉潛艇堡

03 Herb dog
ハーブドッグ
ha.a.bu.do.g.gu
香草熱狗潛艇堡

04 Cajun chicken
ケイジャンチキン
ke.i.ja.n.chi.ki.n
美國西南風味潛艇堡

05 Turkey breast
ターキーブレスト
ta.a.ki.i.bu.re.su.to
火雞胸肉潛艇堡

06 Roast chicken
ローストチキン
ro.o.su.to.chi.ki.n
香烤雞肉潛艇堡

07 Chicken
すみ び　や
炭火てり焼きチキン
su.mi.bi.te.ri.ya.ki.chi.ki.n
炭火照燒雞潛艇堡

08 Avocado
えびアボカド
e.bi.a.bo.ka.do
鮮蝦酪梨潛艇堡

09 Cheese roast chicken
チーズローストチキン
chi.i.zu.ro.o.su.to.chi.ki.n
起司燒烤雞肉潛艇堡

10 Ham
ハム
ha.mu
火腿潛艇堡

11 Tuna
ツナ
tsu.na
鮪魚潛艇堡

12 Becon lettuce tomato
BLT
bi.i.e.ru.ti.i
培根蔬菜潛艇堡

13
タマゴ
ta.ma.go
蛋潛艇堡

14
Avocado & veggie
アボカドベジー
a.bo.ka.do.be.ji.i
酪梨蔬菜潛艇堡

15
Veggie delite
ベジーデライト
be.ji.i.de.ra.i.to
素食蔬菜潛艇堡

熱量最低
218 kcal

麵包種類

16
White
ホワイト
ho.wa.i.to
白麵包

17
Wheat
ウィート
u.i.i.to
全麥麵包

18
Sesame
セサミ
se.sa.mi
芝麻麵包

19
Honey oat
ハニーオーツ
ha.ni.i.o.o.tsu
蜂蜜燕麥麵包

其他

20
Oven potatoes
オーブンポテト
o.o.bu.n.po.te.to
熱烤薯條

21
Oven chiken
オーブンチキン
o.o.bu.n.chi.ki.n
烤雞塊

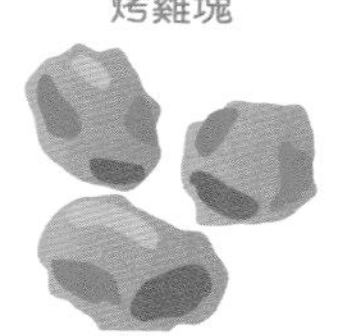

22
Soup
スープ
su.u.pu
濃湯

23
Cookies
クッキー（各種（かくしゅ））
ku.k.ki.i (ka.ku.shu)
手工餅乾（多種口味）

24
Maffin Caramel
マフィン（くるみ・抹茶（まっちゃ）・キャラメル）
ma.fi.n (ku.ru.mi・ma.c.cha・kya.ra.me.ru)
馬芬（核桃、抹茶、焦糖）

Mister Donut

056

Mister donut
ミスタードーナツ mi.su.ta.a.do.o.na.t.tsu

櫥窗內琳瑯滿目的Q軟甜甜圈是不是讓你看了食指大動了呢？
逛街逛累了，吃個甜甜圈充充飢順便休息一下吧！

法蘭奇 × 3

01 French cruller
フレンチクルーラー
fu.re.n.chi.ku.ru.u.ra.a
蜜糖法蘭奇

02 Angel french
エンゼルフレンチ
e.n.ze.ru.fu.re.n.chi
天使法蘭奇

03 Strawberry whip french
ストロベリーホイップフレンチ
su.to.ro.be.ri.i.ho.i.p.pu.fu.re.n.chi
草莓鮮奶油法蘭奇

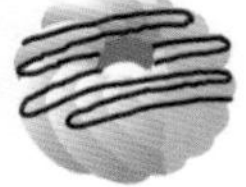

歐菲香 × 4

04 Old fashion まっちゃ choco
オールドファッション抹茶チョコ
o.o.ru.do.fa.s.sho.n.ma.c.cha.cho.ko
抹茶巧克力歐菲香

05 Old fashion
オールドファッション
o.o.ru.do.fa.s.sho.n
原味歐菲香

06 Choco fashion
チョコファッション
cho.ko.fa.s.sho.n
巧克力歐菲香

07 Old fashion まっちゃ
オールドファッション抹茶
o.o.ru.do.fa.s.sho.n.ma.c.cha
抹茶歐菲香

多拿滋 × 3

08 Honey dip
ハニーディップ
ha.ni.i.di.p.pu
蜜糖多拿滋

09 Sugar raised
シュガーレイズド
shu.ga.a.re.i.zu.do
糖霜多拿滋

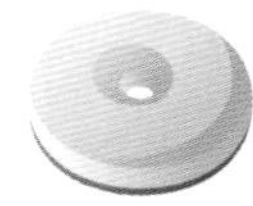

10 Strawberry milk ring
ストロベリーミルクリング
su.to.ro.be.ri.i.mi.ru.ku.ri.n.gu
草莓牛奶多拿滋

巧克力多拿滋 × 5

11 Double chocolate
ダブルチョコレート
da.bu.ru.cho.ko.re.e.to
雙層巧克力多拿滋

12 Chocolate ring
チョコレートリング
cho.ko.re.e.to.ri.n.gu
巧克力多拿滋

13 Chocolate
チョコレート
cho.ko.re.e.to
蜜糖巧克力多拿滋

14 Coconuts chocolate
ココナツチョコレート
ko.ko.na.tsu.cho.ko.re.e.to
椰香巧克力多拿滋

15 Golden chocolate
ゴールデンチョコレート
go.o.ru.de.n.cho.ko.re.e.to
金皇巧克力多拿滋

波堤 × 4

16 法 Pon de ring
ポン・デ・リング
po.n・de・ri.n.gu
蜜糖波堤

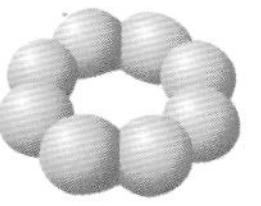

17 法 Pon de double chocolat
ポン・デ・ダブルショコラ
po.n・de・da.bu.ru.sho.ko.ra
雙層巧克力波堤

18 法 Pon de こくとう
ポン・デ・黑糖
po.n・de・ko.ku.to.o
黑五穀糖波堤

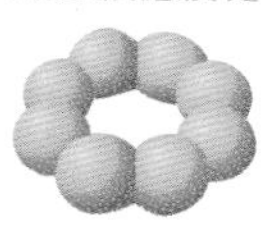

19 法 Pon de chocolat
ポン・デ・ショコラ
po.n・de・sho.ko.ra
蜜糖巧克力波堤

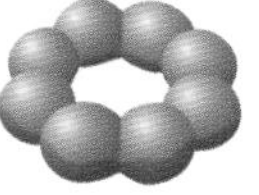

巧貝 ×3

20 Angel cream
エンゼルクリーム
e.n.ze.ru.ku.ri.i.mu
天使巧貝

21 Custard cream
カスタードクリーム
ka.su.ta.a.do.ku.ri.i.mu
卡士達巧貝

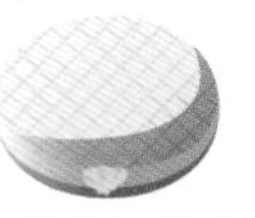

22 Bitter choco
ビターチョコ
bi.ta.a.cho.ko
微苦巧克力巧貝

帕芙 ×4

23 Puff ring
パフリング
pa.fu.ri.n.gu
蜜糖帕芙

24 Choco puff
チョコパフ
cho.ko.pa.fu
巧克力帕芙

25 こくとう puff
黒糖パフ
ko.ku.to.o.pa.fu
黑五穀糖帕芙

26 Angel puff
エンゼルパフ
e.n.ze.ru.pa.fu
天使帕芙

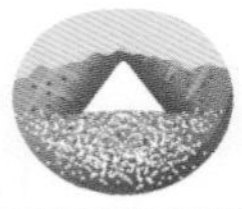

馬芬 ×4

27 Maple muffin
メープルマフィン
me.e.pu.ru.ma.fi.n
楓糖馬芬

28 Apple cinnamon muffin
アップルシナモンマフィン
a.p.pu.ru.shi.na.mo.n.ma.fi.n
蘋果肉桂馬芬

29 German potato muffin
ジャーマンポテトマフィン
ja.a.ma.n.po.te.to.ma.fi.n
德國馬鈴薯馬芬

30 はんじゅく Sausage egg muffin
半熟ソーセージエッグマフィン
ha.n.ju.ku.so.o.se.e.ji.e.g.gu.ma.fi.n
香腸半熟蛋馬芬

其他 ×2

31 Honey 西churros
ハニーチュロ
ha.ni.i.chu.ro
蜂蜜吉拿棒

32 Pop
Dーポップ
di.i.po.p.pu
六小福

麵包 ×1

33 Curry 葡pão
カリーパン
ka.ri.i.pa.n
咖哩麵包

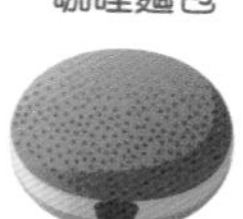

派 ×8

34 Apple pie
アップルパイ
a.p.pu.ru.pa.i
蘋果派

35 pie
あずきもちパイ
a.zu.ki.mo.chi.pa.i
紅豆麻糬派

36 Raspberry cheese pie
ラズベリーチーズパイ
ra.zu.be.ri.i.chi.i.zu.pa.i
覆盆子起司派

37 Pudding cream pie
プリンクリームパイ
pu.ri.n.ku.ri.i.mu.pa.i
布丁鮮奶油派

38 Chicken pie
てりやきチキンパイ
te.ri.ya.ki.chi.ki.n.pa.i
照燒雞肉派

39 Frank pie
フランクパイ
fu.ra.n.ku.pa.i
德式香腸派

40 法 Gratin pie
エビグラタンパイ
e.bi.gu.ra.ta.n.pa.i
鮮蝦焗烤派

41 はんじゅく Sausage egg muffin
半熟ソーセージエッグマフィン
ha.n.ju.ku.so.o.se.e.ji.e.g.gu.ma.fi.n
香腸半熟蛋派

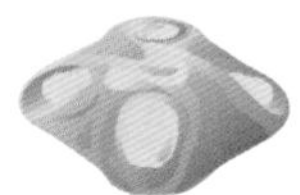

何個(なんこ)も食(た)べれる。
na.n.ko.mo.ta.be.re.ru
不管幾個都吃得下！

飲茶

42
しる
汁そば
shi.ru.so.ba
湯麵

43
くろごまたんたんめん
黒胡麻担々麺
ku.ro.go.ma.ta.n.ta.n.me.n
黑芝麻擔擔麵

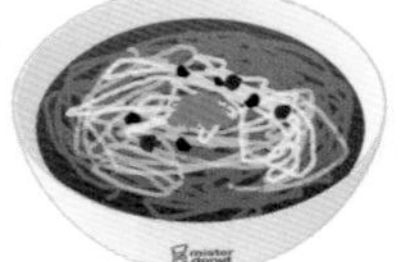

44
えび めん
海老わんたん麺
e.bi.wa.n.ta.n.me.n
蝦仁餛飩麵

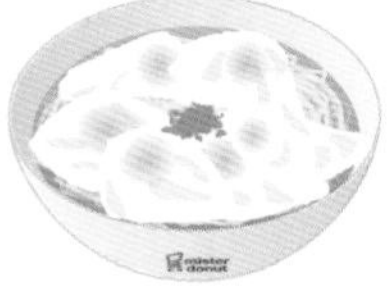

45
ごもくあん やさいめん
五目餡かけ野菜麺
go.mo.ku.a.n.ka.ke.ya.sa.i.me.n
什錦蔬菜麵

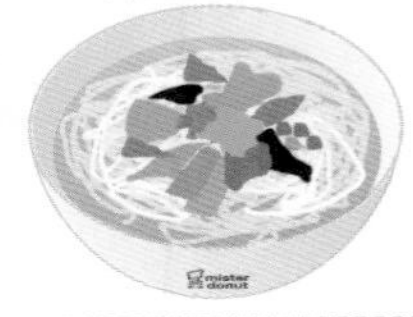

46
げんまいがゆ
玄米粥
ge.n.ma.i.ga.yu
玄米粥

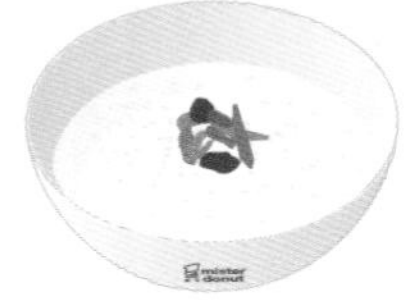

47
Curry
カレーチャーハン
ka.re.e.cha.a.ha.n
咖哩炒飯

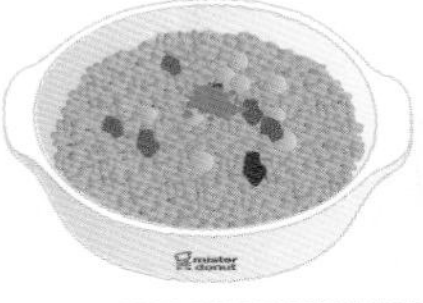

48
Mister にく
ミスター肉まん
mi.su.ta.a.ni.ku.ma.n
招牌肉包

49
にく
ジャージャー肉まん
ja.a.ja.a.ni.ku.ma.n
炸醬肉包

50
ちゅうか dog
中華ドッグ
chu.u.ka.do.g.gu
中華熱狗

湯

51
Corn cream soup
コーンクリームスープ
ko.o.n.ku.ri.i.mu.su.u.pu
玉米濃湯

52
Onion soup
オニオンスープ
o.ni.o.n.su.u.pu
洋蔥湯

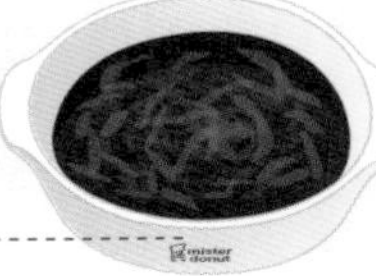

飲料

53
American coffee
アメリカンコーヒー
a.me.ri.ka.n.ko.o.hi.i
美式珈琲

54
iced coffee
アイスコーヒー
a.i.su.ko.o.hi.i
冰珈琲

55
義 Cappuccino
カプチーノ
ka.pu.chi.i.no
卡布其諾

56
iced 法 café moka
アイスカフェモカ
a.i.su.ka.fe.mo.ka
冰摩卡

57
hot ice 法 café au lait
（ホット・アイス）カフェオレ
（ho.t.to・a.i.su）ka.fe.o.re
（熱、冰）珈琲歐蕾

58
こおり coffee
氷 コーヒー
ko.o.ri.ko.o.hi.i
珈啡冰鑽歐夏蕾

59
hot ice milk
（ホット・アイス）ミルク
（ho.t.to・a.i.su）mi.ru.ku
（熱、冰）牛奶

60
hot ice milk choco latte
（ホット・アイス）ミルクチョコラテ
（ho.t.to・a.i.su）mi.ru.ku.cho.ko.ra.te
（熱、冰）牛奶巧克力拿鐵

61
lemon milk iced tea
（レモン・ミルク）アイスティ
（re.mo.n・mi.ru.ku）a.i.su.ti.i
（檸檬、牛奶）冰紅茶

62
lemon milk hot tea
（レモン・ミルク）ホットティ
（re.mo.n・mi.ru.ku）ho.t.to.ti.i
（檸檬、牛奶）熱紅茶

63
iced tea
アイスウーロンティ
a.i.su.u.u.ro.n.ti
冰烏龍茶

64
calpis
カルピス
ka.ru.pi.su
可爾必思

65
やま squash
山ぶどうスカッシュ
ya.ma.bu.do.o.su.ka.s.shu
山葡萄汽水果汁

66
Florida orange juice
フロリダオレンジジュース
fu.ro.ri.da.o.re.n.ji.ju.u.su
佛羅里達柳橙果汁

67
golden pineapple juice
ゴールデンパイナップルジュース
go.o.ru.de.n.pa.i.na.p.pu.ru.ju.u.su
黃金鳳梨果汁

68
melon soda
メロンソーダ
me.ro.n.so.o.da
哈蜜瓜蘇打

69
choco fudge shake
チョコファッジシェイク
cho.ko.fa.j.ji.she.i.ku
巧克力軟糖奶昔

70
vanilla shake
バニラシェイク
ba.ni.ra.she.i.ku
香草奶昔

星巴克

Starbucks
スターバックス su.ta.a.ba.k.ku.su

057

到日本也想喝杯咖啡來一段悠閒的下午茶時光嗎～讓我們一起來了解星巴克的相關用語吧！

小杯至大杯

01 Short
ショート
sho.o.to

02 Tall
トール
to.o.ru

03 Grande
グランデ
gu.ra.n.de

04 Venti
ベンティ
be.n.ti

05 Trenta
トレンタ
to.re.n.ta ※（日本沒有販賣）

冷熱飲

06 ice
アイス
a.i.su
冷飲

07
ノン　アイス
no.n.a.i.su
去冰

08
ライト　アイス
ra.i.to.a.i.su
少冰

09 hot
ホット
ho.t.to
熱飲

10
ライト　ホット
ra.i.to.ho.t.to
微熱

11
エキストラ　ホット
e.ki.su.to.ra.ho.t.to
特熱

Brewed coffee

12
ドリップ コーヒー
do.ri.p.pu.ko.o.hi.i
手沖式咖啡

13
コーヒー プレス
ko.o.hi.i.pu.re.su
濾壓式咖啡

14 Caffè Misto
カフェ ミスト
ka.fe.mi.su.to
咖啡密斯朵

15 Cold Brewed Coffee
コールドブリュー コーヒー
ko.o.ru.do.bu.ryu.u.ko.o.hi.i
冰每日精選咖啡

Espresso and more

16
スターバックス ラテ
su.ta.a.ba.k.ku.su.ra.te
星巴克那堤

17
Caramel Macchiato
キャラメル マキアート
kya.ra.me.ru.ma.ki.a.a.to
焦糖瑪奇朵

18
Soy Latte
ソイ ラテ
so.i.ra.te
豆漿那堤

19
Cappuccino
カプチーノ
ka.pu.chi.i.no
卡布奇諾

20
Caffè Mocha
カフェ モカ
ka.fe.mo.ka
摩卡

21
White Mocha
ホワイト モカ
ho.wa.i.to.mo.ka
白摩卡

22
Espresso
エスプレッソ
e.su.pu.re.s.so
濃縮咖啡

23
Frappuccino
フラペチーノ
fu.ra.pe.chi.i.no
星冰樂

24
Caffè Americano
カフェ アメリカーノ
ka.fe.a.me.ri.ka.a.no
美式咖啡

25
Espresso Con Panna
エスプレッソ コンパナ
e.su.pu.re.s.so.ko.n.pa.na
濃縮康寶藍

26
Espresso Macchiato
エスプレッソ マキアート
e.su.pu.re.s.so.ma.ki.a.a.to
濃縮瑪奇朵

27
ムース フォーム ラテ
mu.u.su.fo.o.mu.ra.te
慕斯奶泡那堤

28
ディカフェ スターバックス ラテ
di.ka.fe.su.ta.a.ba.k.ku.su.ra.te
低咖啡因星巴克那堤

29
Coffee Frappuccino
コーヒー フラペチーノ
ko.o.hi.i.fu.ra.pe.chi.i.no
咖啡星冰樂

30
ムース フォーム キャラメル マキアート
mu.u.su.fo.o.mu.kya.ra.me.ru.ma.ki.a.a.to
慕斯奶泡焦糖瑪奇朵

31
Mango Passion Tea Frappuccino
マンゴー パッション ティー フラペチーノ
ma.n.go.o.pa.s.sho.n.ti.i.fu.ra.pe.chi.i.no
雙果果汁星冰樂

32
Caramel Frappuccino
キャラメル フラペチーノ
kya.ra.me.ru.fu.ra.pe.chi.i.no
焦糖星冰樂

33
抹茶(まちゃ)クリーム フラペチーノ
ma.cha.ku.ri.i.mu.fu.ra.pe.chi.i.no
抹茶奶霜星冰樂

34
ダーク モカ チップ フラペチーノ
da.a.ku.mo.ka.chi.p.pu.fu.ra.pe.chi.i.no
黑摩卡可可碎片星冰樂

35
ダーク モカ チップ クリーム フラペチーノ
da.a.ku.mo.ka.chi.p.pu.ku.ri.i.mu.fu.ra.pe.chi.i.no
黑摩卡可可脆片奶霜星冰樂

36
Vanilla Cream Frappuccino
バニラ クリーム フラペチーノ
ba.ni.ra.ku.ri.i.mu.fu.ra.pe.chi.i.no
香草風味星冰樂

茶瓦納

37
ice tea
アイスティー
a.i.su.ti.i
冰搖茶

38
Passion
パッション
pa.s.sho.n
果茶

39
Black
ブラック
bu.ra.k.ku
紅茶

40
まちゃ
抹茶ティーラテ
ma.cha.ti.i.ra.te
抹茶那堤

41
Chai Tea Latte
チャイティーラテ
cha.i.ti.i.ra.te
印度茶那堤

42
Tea Latte
ティーラテ
ti.i.ra.te
茶那堤

43
English Breakfast Tea
イングリッシュ ブレックファスト
i.n.gu.ri.s.shu.bu.re.k.ku.fa.su.to
英國早餐茶

44
ちゃ
ほうじ茶
ho.o.ji.cha
焙茶

45
Chamomile Tea
カモミール ティー
ka.mo.mi.i.ru.ti.i
洋甘菊茶

46
Earl Grey
アール グレイ ティー
a.a.ru.gu.re.i.ti.i
格雷伯爵茶

47
Mint Citrus
ミント シトラス
mi.n.to.shi.to.ra.su
薄荷柑橘茶

48
ゆず シトラス & ティー
yu.zu.shi.to.ra.su & ti.i
柚子甘菊茶

49
Youthberry
ユースベリー
yu.u.su.be.ri.i
果莓白茶

50
Hibiscus
ハイビスカス
ha.i.bi.su.ka.su
洛神花茶

基本 交通 生活 文化 觀光 購物 美食 電車路線 電車地圖

Other Beverages

51 Cocoa
ココア
ko.ko.a
可可亞

52 Caramel Steamed Milk
キャラメル スチーマー
kya.ra.me.ru.su.chi.i.ma.a
焦糖熱牛奶

調味料

53 Condiment
コンディメント
ko.n.di.me.n.to
調味料

54 Cinnamon
シナモン
shi.na.mo.n
肉桂

55 Nutmeg
ナツメグ
na.tsu.me.gu
肉蔻

56
コーヒーフレッシュ
ko.o.hi.i.fu.re.s.shu
奶油球

57 Whipped Cream
ホイップクリーム
ho.i.p.pu.ku.ri.i.mu
鮮奶油

58 Syrup
シロップ
shi.ro.p.pu
糖漿

59 Foam Milk
フォームミルク
fo.o.mu.mi.ru.ku
奶泡

相關單字

60 Straw
ストロー
su.to.ro.o
吸管

61 Muddler
マドラー
ma.do.ra.a
攪拌棒

62 Tray
トレイ
to.re.i
托盤

63 さら
お皿
o.sa.ra
盤子

64 Spoon
スプーン
su.pu.u.n
湯匙

65 Fork
フォーク
fo.o.ku
叉子

66 Napkin
ナプキン
na.pu.ki.n
餐巾、餐巾紙

67 Wet Tissue
ウェットティッシュ
we.t.to.ti.s.shu
濕紙巾

68
おしぼり
o.shi.bo.ri
濕毛巾
※（餐桌會附的濕紙巾多用此稱呼）

吉野家

よしのや
吉野家 yo.shi.no.ya

以牛丼聞名的吉野家，強調「快速！便宜！好吃！」，在日本可算是速食店的一種。食量較大的男性朋友，在點餐時可別忘了要跟店員說「特盛（特大碗）」哦！

丼飯

01
ぎゅうどん
牛丼
gyu.u.do.n
牛丼

02
ぶたどん
豚丼
bu.ta.do.n
豬肉丼

03
ぶた 韓 Kimchi どん
豚キムチ丼
bu.ta.ki.mu.chi.do.n
豬肉泡菜丼

04
うなどん
鰻丼
u.na.do.n
鰻魚丼

05
おやこどん
親子丼
o.ya.ko.do.n
親子丼

06
ぶた curry
豚あいがけカレー
bu.ta.a.i.ga.ke.ka.re.e
豬肉咖哩飯

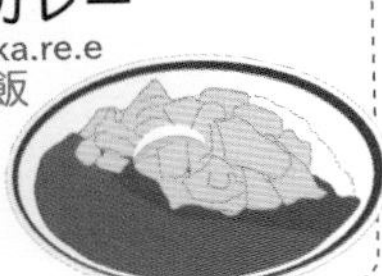

07
Plain curry
プレーンカレー
pu.re.e.n.ka.re.e
咖哩飯

定食

08

ぎゅうやきにくていしょく
牛焼肉定食
gyu.u.ya.ki.ni.ku.te.i.sho.ku
燒烤牛肉定食

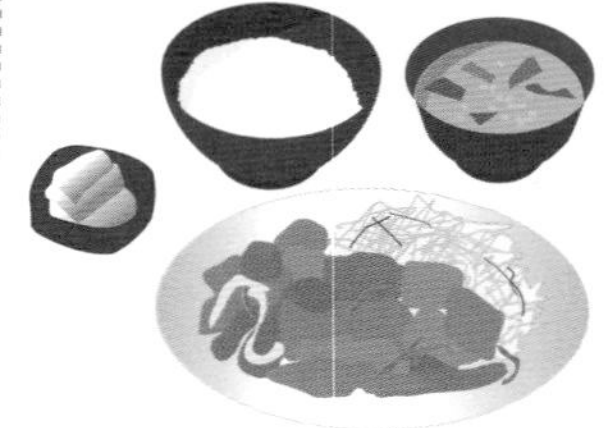

09

ぶたしょうがやきていしょく
豚生姜焼定食
bu.ta.sho.o.ga.ya.ki.te.i.sho.ku
薑汁烤豬肉定食

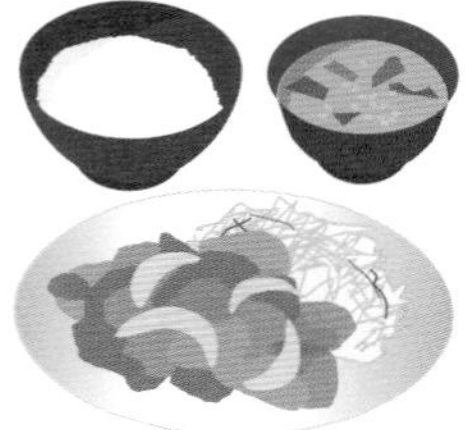

10

ぶたしゃけていしょく
豚鮭定食
bu.ta.sha.ke.te.i.sho.ku
豬肉鮭魚定食

11

ぎゅうしゃけていしょく
牛鮭定食
gyu.u.sha.ke.te.i.sho.ku
牛肉鮭魚定食

12

うなていしょく
鰻定食
u.na.te.i.sho.ku
鰻魚定食

13

ぎゅう なべていしょく
牛すき鍋定食
gyu.u.su.ki.na.be.te.i.sho.ku
牛肉壽喜鍋定食

早餐

供應時間：早上 5 ～ 10 點

14
とくあさていしょく
得朝定食
to.ku.a.sa.te.i.sho.ku
早晨特餐

15
やきざかなていしょく
焼魚定食
ya.ki.za.ka.na.te.i.sho.ku
烤魚定食

16
なっとうていしょく
納豆定食
na.t.to.o.te.i.sho.ku
納豆定食

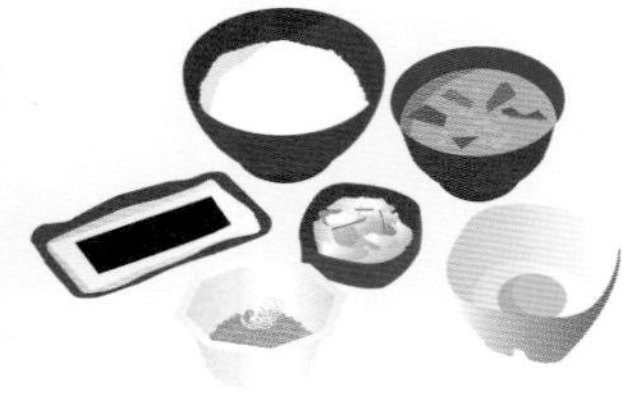

17
Hum egg なっとうていしょく
ハムエッグ納豆定食
ha.mu.e.g.gu.na.t.to.o.te.i.sho.ku
火腿蛋納豆定食

18
Hum egg ぎゅう こ ばちていしょく
ハムエッグ牛小鉢定食
ha.mu.e.g.gu.gyu.u.ko.ba.chi.te.i.sho.ku
火腿蛋牛肉定食

副餐

19
なっとう
納豆
na.t.to.o
納豆

20
のり
no.ri
海苔

21
しんこ
お新香
o.shi.n.ko
醃漬青菜

22
なまやさい salad
生野菜サラダ
na.ma.ya.sa.i.sa.ra.da
生菜沙拉
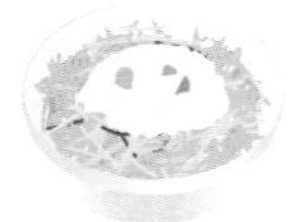

23
Potato salad
ポテトサラダ
po.te.to.sa.ra.da
馬鈴薯沙拉
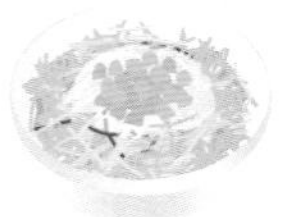

24
salad
ごぼうサラダ
go.bo.o.sa.ra.da
牛蒡沙拉

25
はんじゅくたまご
半熟玉子
ha.n.ju.ku.ta.ma.go
半熟雞蛋

26
たまご
玉子
ta.ma.go
生雞蛋

27
しる
みそ汁
mi.so.shi.ru
味噌湯
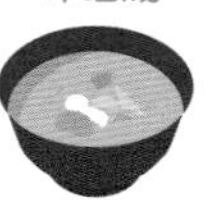

28
じる
けんちん汁
ke.n.chi.n.ji.ru
豆腐蔬菜味噌湯

點餐時

29
なみもり
並盛
na.mi.mo.ri
一般

30
おおもり
大盛
o.o.mo.ri
大碗

31
とくもり
特盛
to.ku.mo.ri
特大碗

32
おお
つゆを多くしてください。
tsu.yu.o.o.o.ku.shi.te.ku.da.sa.i
請多加一點湯汁。

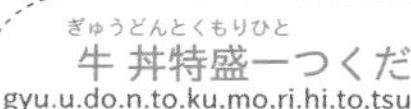

ぎゅうどんとくもりひと
牛丼特盛一つください。
gyu.u.do.n.to.ku.mo.ri.hi.to.tsu.ku.da.sa.i
請給我一份特大碗的牛丼。

33
はん すく
ご飯を少なくしてください。
go.ha.n.o.su.ku.na.ku.shi.te.ku.da.sa.i
白飯請少一點。

34 ※
ぐ おおもり
具だけを大盛にしてください。
gu.da.ke.o.o.o.mo.ri.ni.shi.te.ku.da.sa.i
請幫我多加一份牛肉（豬肉）。

35 ※
ぐ とくもり
具だけを特盛にしてください。
gu.da.ke.o.to.ku.mo.ri.ni.shi.te.ku.da.sa.i
請幫我加雙倍牛肉（豬肉）。

※「具」：指加在湯或白飯中的配菜，如魚、肉、蔬菜…等。在這裡指牛肉或豬肉。

松屋

059

まつや
松屋 ma.tsu.ya

在日本各地都有連鎖店的松屋，提供種類多樣的平價日式家庭料理。

丼飯

01
ぎゅう
牛めし
gyu.u.me.shi
牛肉飯

02
ぶた
豚めし
bu.ta.me.shi
豬肉飯

03
どん
ビビン丼
bi.bi.n.do.n
韓式丼飯

04
どん
キムカル丼
ki.mu.ka.ru.do.n
泡菜牛五花丼

05
Original Curry rice
オリジナルカレーライス
o.ri.ji.na.ru.ka.re.e.ra.i.su
特製咖哩飯

06
Curry
カレギュウ
ka.re.gyu.u
咖哩牛肉飯

套餐

07
牛(ぎゅう)めし(豚(ぶた)めし)
お新香(しんこ)セット(set)
gyu.u.me.shi (bu.ta.me.shi)
o.shi.n.ko.se.t.to
牛肉飯（豬肉飯）醃漬青菜套餐

08
牛(ぎゅう)めし(豚(ぶた)めし)
野菜(やさい)セット(set)
gyu.u.me.shi (bu.ta.me.shi)
ya.sa.i.se.t.to
牛肉飯（豬肉飯）蔬菜套餐

09
牛(ぎゅう)めし(豚(ぶた)めし)豚汁(とんじる)セット(set)
gyu.u.me.shi (bu.ta.me.shi)to.n ji.ru.se.t.to
牛肉飯（豬肉飯）味噌湯套餐

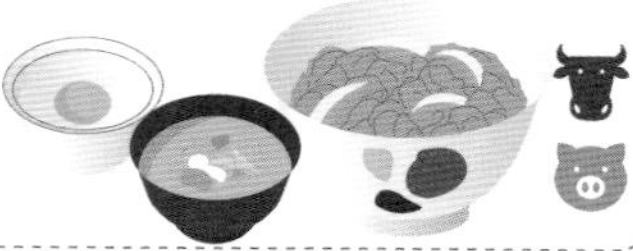

10
カレー(Curry)野菜(やさい)セット(set)
ka.re.e.ya.sa.i.se.t.to
咖哩鮮蔬套餐

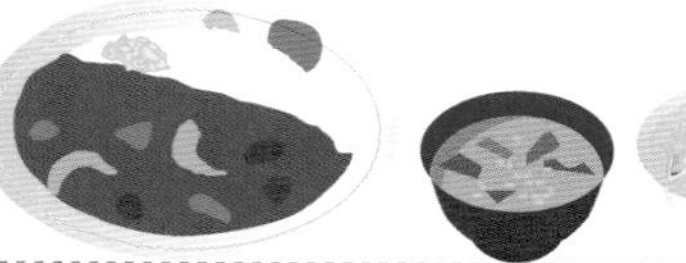

定食

11
シチュー(Stew)ハンバーグ(hamburger steak)定食(ていしょく)
shi.chu.u.ha.n.ba.a.gu.te.i.sho.ku
焗燉漢堡排定食

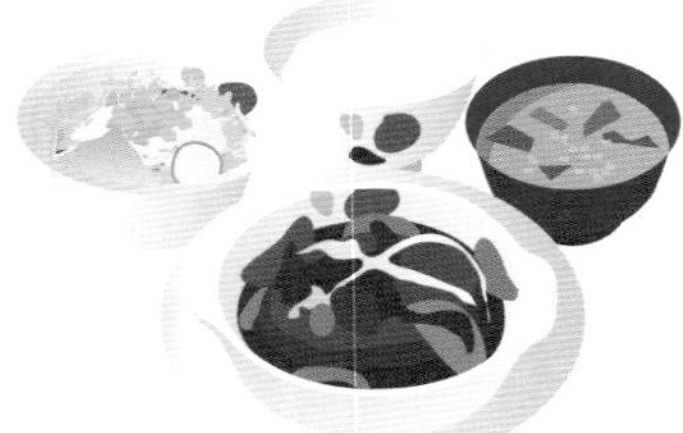

12
味噌(みそ)てりチキン定食(ていしょく)
mi.so.te.ri.chi.ki.n.te.i.sho.ku
味噌照燒雞肉定食

13

ぎゅうやきにくていしょく
牛焼肉定食
gyu.u.ya.ki.ni.ku.te.i.sho.ku
燒烤牛肉定食

14

韓 Kalbi　やきにくていしょく
カルビ焼肉定食
ka.ru.bi.ya.ki.ni.ku.te.i.sho.ku
燒烤牛五花定食

15

hamburger steak　ていしょく
デミたまハンバーグ定食
de.mi.ta.ma.ha.n.ba.a.gu.te.i.sho.ku
多明格拉斯醬漢堡肉定食

「デミ」：デミグラスソース（法 glace sauce）
由牛肉及多樣蔬菜熬煮而成的醬汁，
多用於牛排等肉類料理。

16

ぶたやきにくていしょく
豚焼肉定食
bu.ta.ya.ki.ni.ku.te.i.sho.ku
燒烤豬肉定食

17

ぶたしょうがやきていしょく
豚生姜焼定食
bu.ta.sho.o.ga.ya.ki.te.i.sho.ku
薑燒豬肉定食

18

やきざかなていしょく
焼魚定食
ya.ki.za.ka.na.te.i.sho.ku
烤魚定食

19
Sausage egg ていしょく
ソーセージエッグ定食
so.o.se.e.ji.e.g.gu.te.i.sho.ku
香腸蛋定食
早餐

20
なっとうていしょく
納豆定食
na.t.to.o.te.i.sho.ku
納豆定食
早餐

副餐

21
ぶたざら
豚皿
bu.ta.za.ra
豬肉盤

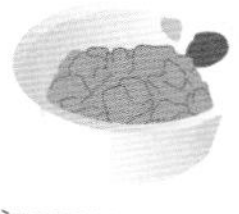

22
ぎゅうざら
牛皿
gyu.u.za.ra
牛肉盤

23
やきざかな
焼魚
ya.ki.za.ka.na
烤魚

24
しる
みそ汁
mi.so.shi.ru
味噌湯

25
とんじる
豚汁
to.n.ji.ru
豬肉味噌湯

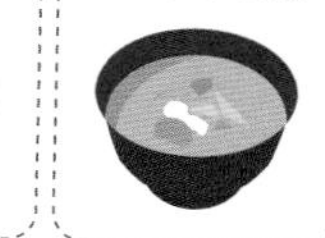

26
ひや
冷やっこ
hi.ya.ya.k.ko
涼拌豆腐

27
なま や さい
生野菜
na.ma.ya.sa.i
生菜

28
ゆう き なっとう
有機納豆
yu.u.ki.na.t.to.o
有機納豆

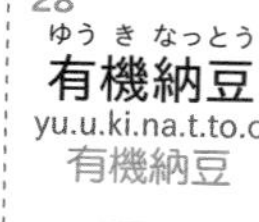

29
韓 kimchi
キムチ
ki.mu chi
泡菜

30
しん こ
お新香
o.shi.n.ko
醃漬青菜

31
のり
no.ri
海苔

32
とろろ
to.ro.ro
山藥泥

33
なま たまご
生玉子
na.ma.ta.ma.go
生雞蛋

34
はんじゅくたま ご
半熟玉子
ha.n.ju.ku.ta.ma.go
半熟蛋

牛角日式炭火燒肉

060

ぎゅうかく
牛角 gyu.u.ka.ku

滿滿各種肉類燒烤真想大快朵頤一番！趕緊來唸唸看牛角菜單上各式肉料理及新鮮食材的日文單字吧！

牛肉

01 なかお 韓galbi
中落ちカルビ
na.ka.o.chi.ka.ru.bi
特選牛肋條

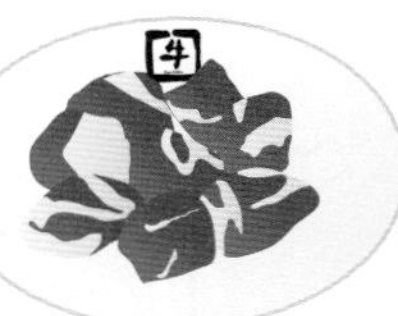

02 ぎゅうかく 韓galbi
牛角カルビ
gyu.u.ka.ku.ka.ru.bi
牛五花

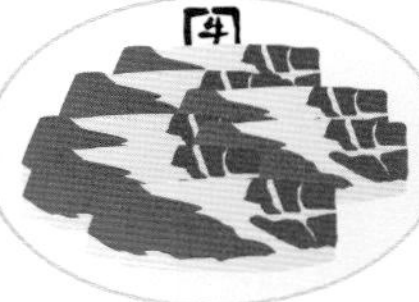

03 あぶ 韓galbi
炙りカルビ
a.bu.ri.ka.ru.bi
燒烤牛五花

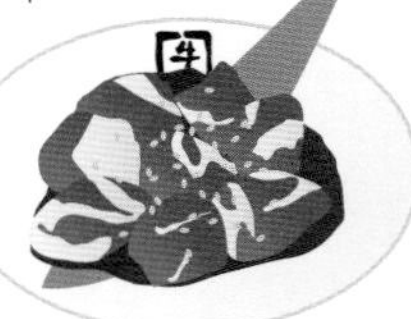

04 おうさまつぼづ 韓galbi
王様壷漬けカルビ
o.o.sa.ma.tsu.bo.zu.ke.ka.ru.bi
帝王壺漬牛五花

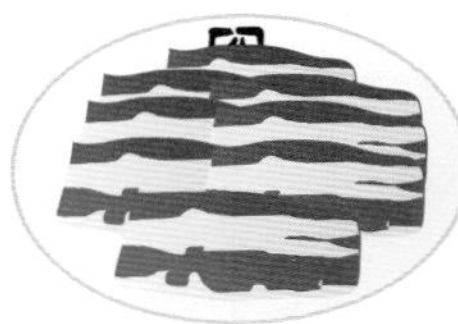

05 garlic butter 韓galbi
ガーリックバターカルビ
ga.a.ri.k.ku.ba.ta.a.ka.ru.bi
蒜味奶油牛五花

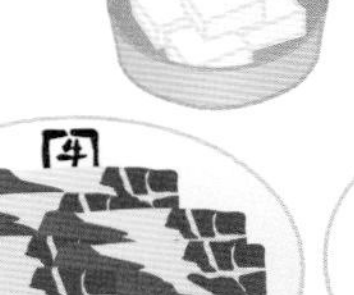
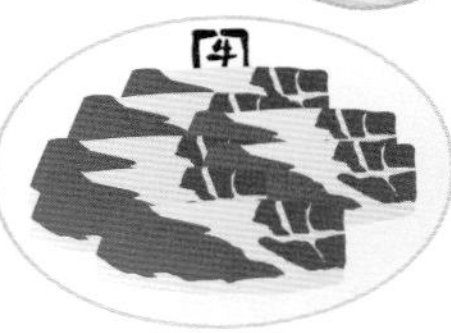

06 しお 韓galbi
ネギ塩カルビ
ne.gi.shi.o.ka.ru.bi
鹽蔥醬牛五花

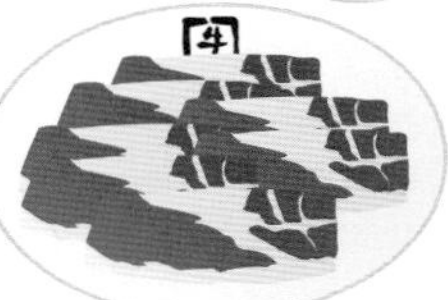

07 くろげわぎゅうとくせん 韓 galbi
黒毛和牛特選カルビ
ku.ro.ge.wa.gyu.u.to.ku.se.n.ka.ru.bi
黑毛和牛特選牛五花

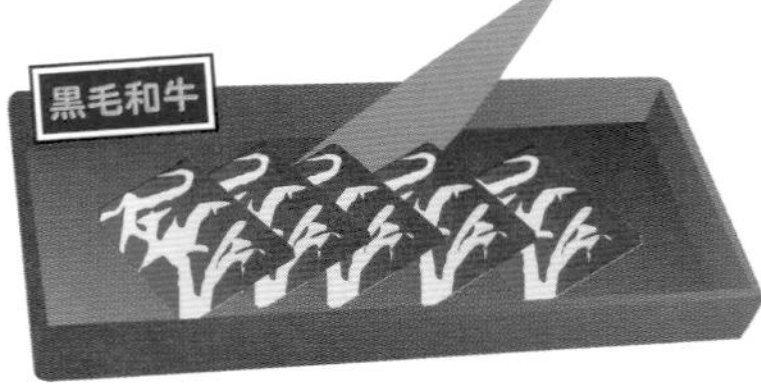

08 くろげこくさんぎゅうじょう 韓 galbi
黒毛国産牛上カルビ
ku.ro.ge.ko.ku.sa.n.gyu.u.jo.o.ka.ru.bi
黑毛國產上等牛五花

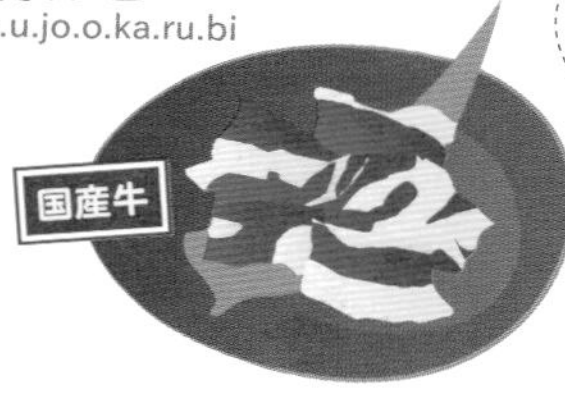

韓 galbi だいす
カルビ大好き。
ka.ru.bi.da.i.su.ki
最喜歡吃牛五花了。

菲力

09 じょう roast
上ロース
jo.o.ro.o.su
上等菲力

10 ぎゅうかく roast
牛角ロース
gyu.u.ka.ku.ro.o.su
牛角菲力

11 こくさんぎゅうじょう roast
国産牛上ロース
ko.ku.sa.n.gyu.u.jo.o.ro.o.su
國產上等菲力

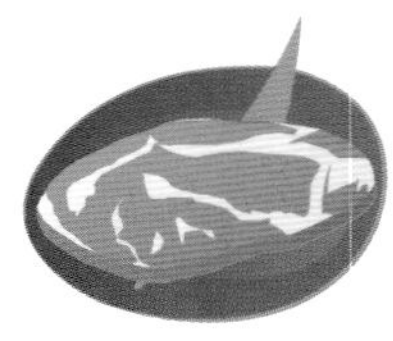

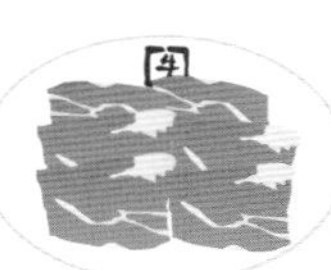

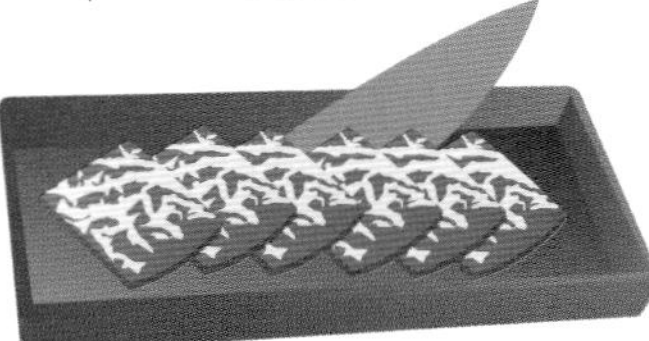

胸腹肉

12 ハラミ
ha.ra.mi
胸腹肉

13 しお じょう
塩ダレ上ハラミ
shi.o.da.re.jo.o.ha.ra.mi
燒烤鹽醬胸腹肉

14 おうさまとくじょう
王様特上ハラミ
o.o.sa.ma.to.ku.jo.o ha.ra.mi
帝王特選胸腹肉

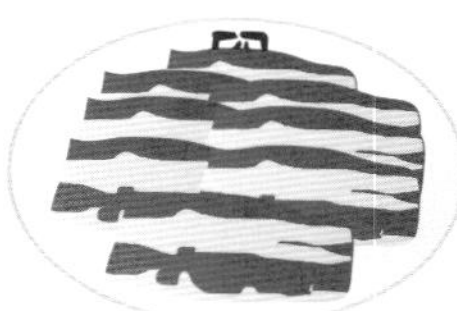

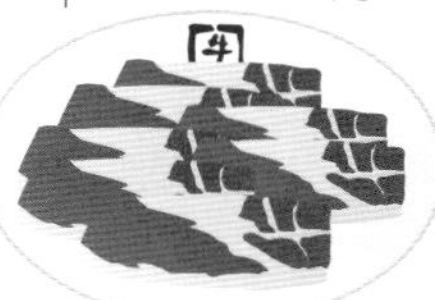

醬燒舌

15 じょう しお
上タン塩
jo.o.ta.n.shi.o
上等鹽醬牛舌

16 ぎゅう しお
牛タン塩
gyu.u.ta.n.shi.o
鹽醬牛舌

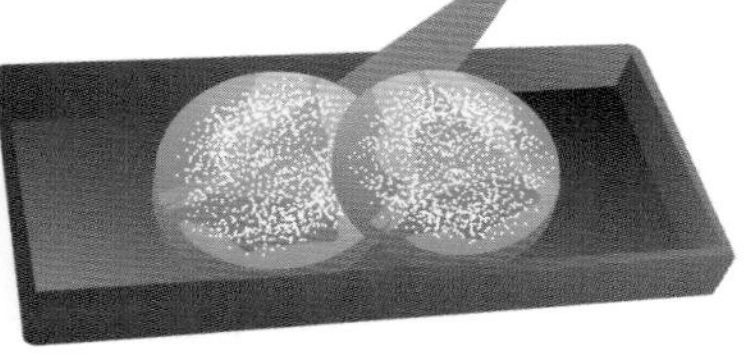

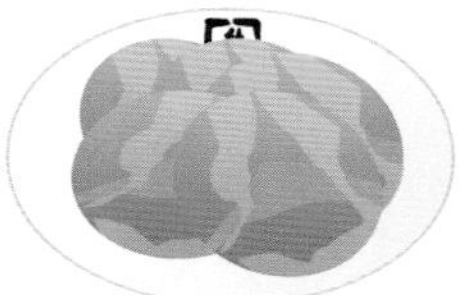

17 ぶた しお
豚タン塩
bu.ta.ta.n.shi.o
鹽醬豬舌

18 うめぶた しお
梅豚タン塩
u.me.bu.ta.ta.n.shi.o
梅醬豬舌

19 ぶた しお
ネギ豚タン塩
ne.gi.bu.ta.ta.n.shi.o
蔥鹽醬豬舌

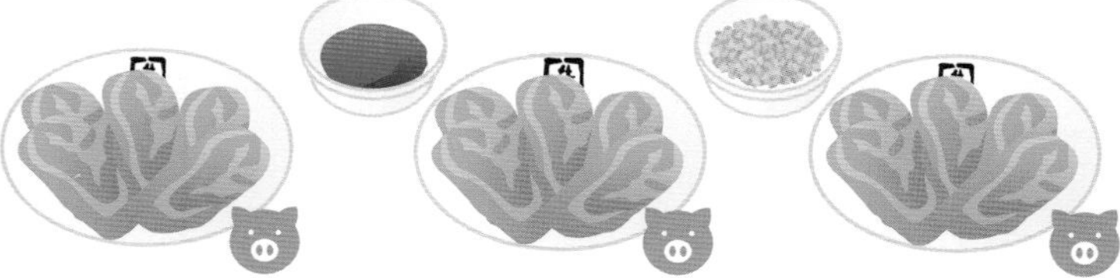

綜合拼盤

20 ぎゅうかく も
牛角盛り
gyu.u.ka.ku.mo.ri
牛角綜合肉盤
含牛肉、豬肉、雞肉、長香腸、洋蔥、小青椒

21 いちば
ホルモン市場
ho.ru.mo.n.i.chi.ba
牛角綜合內臟
牛小腸、豬大腸、牛第一個胃

22 ぜいたくざんまい
贅沢三昧
ze.i.ta.ku.za.n.ma.i
滿滿綜合肉盤
國產上等菲力、帝王特選腹胸肉、牛五花

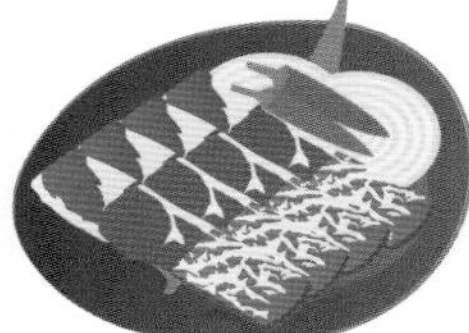

豬肉

23 ピートロ
pi.i.to.ro
松阪豬肉

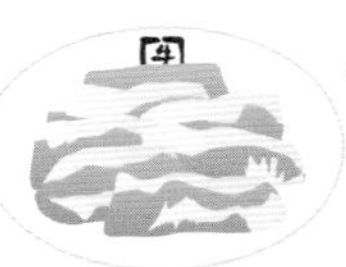

24 トロかま
to.ro.ka.ma
松阪豬（豬頸肉）

25 みそピー（Peanut）
mi.so.pi.i
味噌花生

26 豚（ぶた）バラけむり焼（や）き
bu.ta.ba.ra.ke.mu.ri.ya.ki
燻烤豬五花

雞肉

27 鶏（とり）もも炙（あぶ）り焼（や）き
to.ri.mo.mo.a.bu.ri.ya.ki
燒烤去骨雞腿

28 チキン（chicken）バジル（basil）
chi.ki.n.ba.ji.ru
羅勒雞肉

29 やみつき
スパイシー（spicy）チキ（chicke）
ya.mi.tsu.ki
su.pa.i.shi.i.chi.ki.n
香辣雞塊

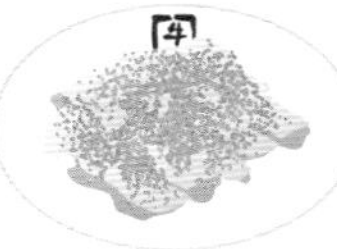

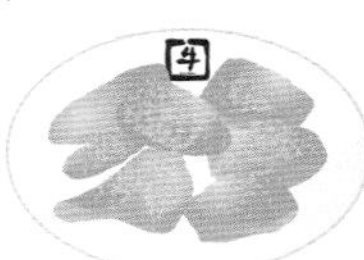

內臟

30 レバー（liver）
re.ba.a
烤牛肝

31 上（じょう）ミノ
jo.o.mi.no
上等牛肚樑
ミノ：牛第一個胃

32 ホルモン（hormon）
ho.ru.mo.n
牛小腸

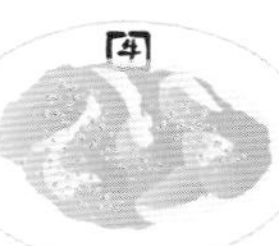

33 やみつきホルモン（hormon）
ya.mi.tsu.ki.ho.ru.mo.n
蒜醬烤牛小腸

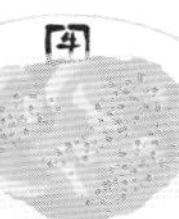

臘肉・長香腸

34 炙りベーコン（あぶ／bacon）
a.bu.ri.be.e.ko.n
燒烤培根捲

35 ロングソーセージ（long／sausage）
ro.n.gu.so.o.se.e.ji
長香腸

いただきまぁ～す！
i.ta.da.ki.ma.a.a.su
開動～！

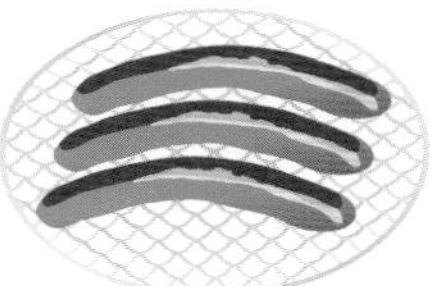

醬烤海鮮

36 海鮮マヨ焼き（かいせん／や）
ka.i.se.n.ma.yo.ya.ki
美乃滋醬烤海鮮

37 イカのバター醤油焼き（butter／しょう ゆ／や）
i.ka.no.
ba.ta.a.sho.o.yu.ya.ki
奶油醬烤花枝

38 ホタテのうま塩バター焼き（しお／butter／や）
ho.ta.te.no.
u.ma.shi.o.ba.ta.a.ya.ki
鹹香奶油醬烤干貝

蔬菜

39 野菜盛り（や さい も）
ya.sa.i.mo.ri
綜合蔬菜

40 エリンギ（英 eryngii）
e.ri.n.gi
杏鮑菇

41 キャベツ（cabbage）
kya.be.tsu
高麗菜

42 シシトウ
shi.shi.to.o
小青椒（日本國產）

43 タマネギ
ta.ma.ne.gi
洋蔥

44 シイタケ
shi.i.ta.ke
香菇

45 トウモロコシ
to.o.mo.ro.ko.shi
玉米

泡菜

46 キムチ盛り（韓 kimchi も）
ki.mu.chi.mo.ri
韓式泡菜拼盤

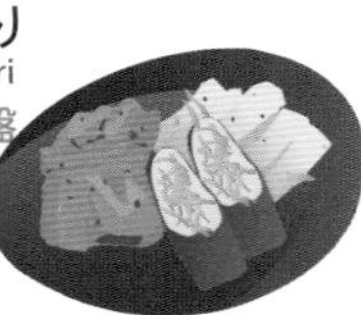

47 ナムル盛り（韓 namul も）
na.mu.ru.mo.ri
韓國家庭料理的一種。
將豆芽菜、蕨菜…等蔬菜，淋上芝麻油等醬料後拌勻。

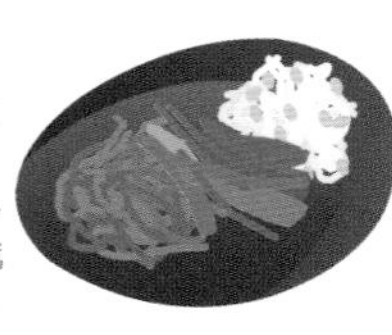

48 白菜キムチ（はくさい 韓 kimchi）
ha.ku.sa.i.ki.mu.chi
大白菜泡菜

49 カクテキ
ka.ku.te.ki
白蘿蔔泡菜

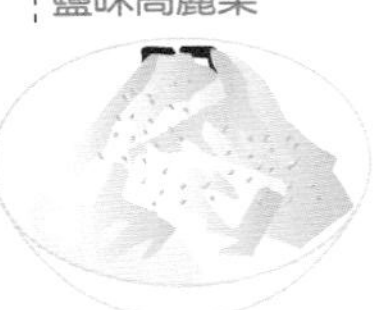

50 オイキムチ（韓 oi kimchi）
o.i.ki.mu.chi
黃瓜泡菜

下酒菜

51 韓国風（かんこくふう）王様（おうさま）やっこ
ka.n.ko.ku.fu.u
o.o.sa.ma.ya.k.ko
韓式帝王豆腐

52 やみつき塩（しお）キャベツ（cabbage）
ya.mi.tsu.ki.
shi.o.kya.be.tsu
鹽味高麗菜

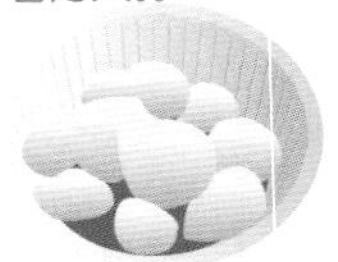

53 黒糖（こくとう）おさつバター（butter）
ko.ku.to.o
o.sa.tsu.ba.ta.a
奶油黑糖甘藷

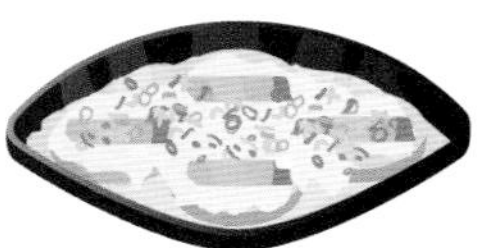

54 ニンニクのホイル（foil）焼（や）き
ni.n.ni.ku.no
ho.i.ru.ya.ki
香烤大蒜

55 チーズ（cheese）じゃがベー
chi.i.zu.ja.ga.be.e
起司馬鈴薯培根

56 とろーりチーズ（cheese）のバター（butter）醤油焼（しょうゆや）き
to.ro.o.ri.chi.i.zu.no
ba.ta.a.sho.o.yu.ya.ki
香濃起司醬烤松阪豬

57 牛角冷麵（ぎゅうかくれいめん）
gyu.u.ka.ku.re.i.me.n
牛角涼麵

58 梅しそ冷麵（うめ れいめん）
u.me.shi.so.re.i.me.n
梅醬涼麵

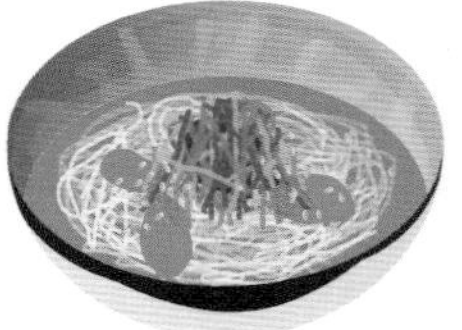

59 石鍋ごまネギラーメン（いしなべ）
i.shi.na.be.go.ma
ne.gi.ra.a.me.n
石鍋芝麻長蔥拉麵

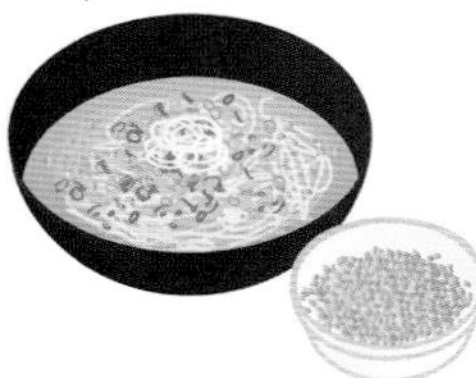

60 カルビ（韓 galbi）うどん・クッパ（韓 gukbap）
ka.ru.bi.
u.do.n・ku.p.pa
牛五花烏龍麵、泡飯

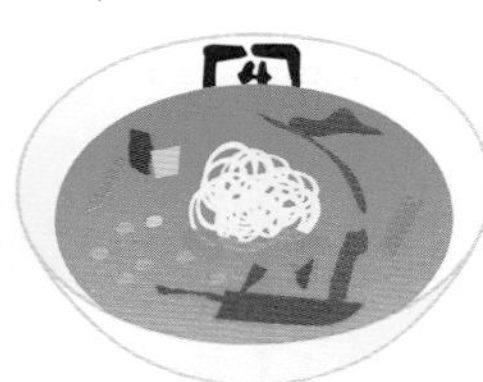

61 玉子野菜（たまご やさい）うどん・クッパ（韓 gukbap）
ta.ma.go.ya.sa.i.
u.do.n・ku.p.pa
雞蛋蔬菜烏龍麵、泡飯

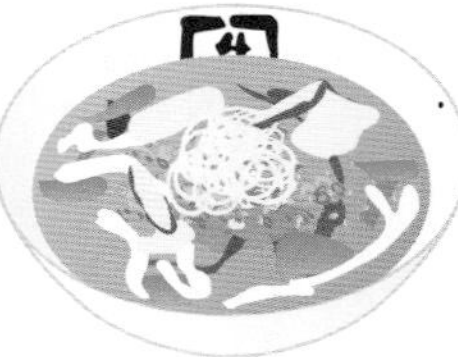

62 海鮮とキムチの豆腐チゲ（かいせん 韓 kimchi とうふ 韓 jjige）
ka.i.se.n.to.ki.mu.chi.no
to.o.fu.chi.ge
海鮮韓式泡菜豆腐湯

63 石焼ビビンバ（いしやき 韓 bibimbap）
i.shi.ya.ki.bi.bi.n.ba
石鍋拌飯

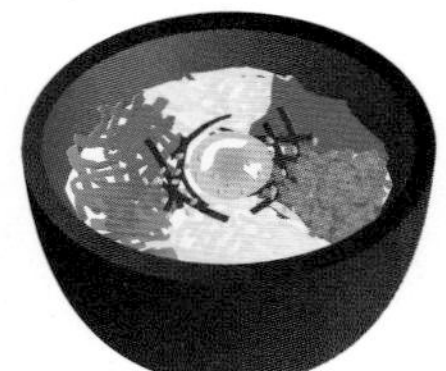

64 ビビンバ（韓 bibimbap）
bi.bi.n.ba
韓式拌飯

全部食べたい。（ぜんぶ た）
ze.n.bu.ta.be.te.ta.i
全部都想吃。

甜點

65 ぎゅうかく bran
牛角あんブラン
gyu.u.ka.ku.a.n.bu.ra.n
牛角布朗冰淇淋

66 ぎゅうかく ice
牛角アイス
gyu.u.ka.ku.a.i.su
牛角招牌冰淇淋

67 しらたま ice
白玉アイス
shi.ra.ta.ma.a.i.su
白玉冰淇淋
白玉即是白色小湯圓

68 じかせい あんにんどうふ
自家製なめらか杏仁豆腐
ji.ka.se.i.na.me.ra.ka.a.n.ni.n.do.o.fu
特製杏仁豆腐

69 あぶ くん
炙れ！たいやき君
a.bu.re.ta.i.ya.ki.ku.n
烤鯛魚燒

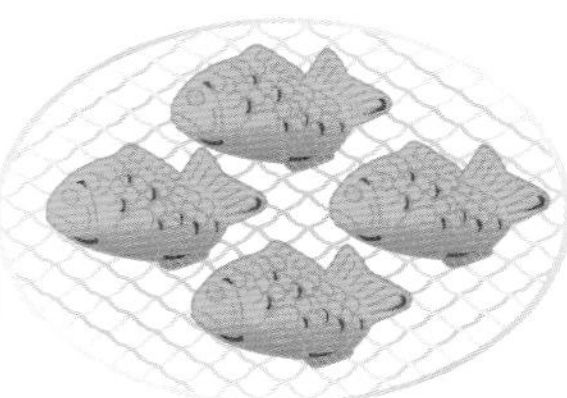

沙拉

70 ぎゅうかく salad
牛角サラダ
gyu.u.ka.ku.sa.ra.da
牛角沙拉

71 うめ だいこん salad
さっぱり梅の大根サラダ
sa.p.pa.ri.u.me.no.da.i.ko.n.sa.ra.da
梅汁白蘿蔔沙拉

72 韓 choraegi salad
チョレギサラダ
cho.re.gi.sa.ra.da
韓式生菜沙拉

73 おんたま あつぎ bacon caeser salad
温玉と厚切りベーコンのシーザーサラダ
o.n.ta.ma.to.a.tsu.gi.ri.be.e.ko.n.no.shi.i.za.a.sa.ra.da
溫泉蛋培根凱薩沙拉

74 韓 sanchu set とくせい lemon
サンチュセット(特製レモネーズ)
sa.n.chu.se.t.to（to.ku.se.i.re.mo.ne.e.zu）
萵苣包烤肉（特製檸檬美奶滋）

居酒屋

061

いざかや i.za.ka.ya

主要提供各種酒類及簡單餐點。近幾年，喜歡和朋友到居酒屋小酌的女性顧客漸增，改變大家對居酒屋顧客多為男性的印象。

串燒餐點

01 梅(うめ)じそささみ
u.me.ji.so.sa.sa.mi
紫蘇梅子雞肉

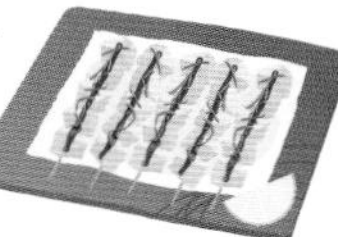

02 つくね
tsu.ku.ne
雞肉丸子

03 砂肝(すなぎも)
su.na.gi.mo
雞胗

04 鶏皮(とりかわ)
to.ri.ka.wa
雞皮

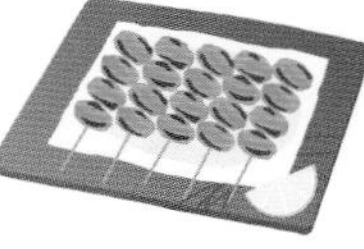

05 手羽先(てばさき)
te.ba.sa.ki
雞翅

06 ベーコントマト (bacon tomato)
be.e.ko.n.to.ma.to
培根蕃茄

07 アスパラベーコン (asparagus bacon)
a.su.pa.ra.be.e.ko.n
蘆荀培根

08 焼鳥(やきとり)盛(も)り合(あ)わせ
ya.ki.to.ri.mo.ri.a.wa.se
綜合烤肉串

燒烤餐點

09 鶏（とり）モモ
to.ri.mo.mo
雞腿

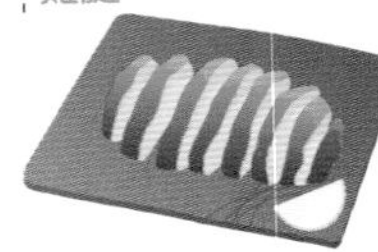

10 イカ焼（や）き
i.ka.ya.ki
烤花枝

11 子持（こも）ちししゃも
ko.mo.chi.shi.sha.mo
柳葉魚（俗稱喜相逢）

12 鮪（まぐろ）カマ焼（や）き
ma.gu.ro.ka.ma.ya.ki
烤鮪魚下巴

13 ほっけの開（ひら）き
ho.k.ke.no.hi.ra.ki
烤花魚
通常剖成兩半再烘烤。

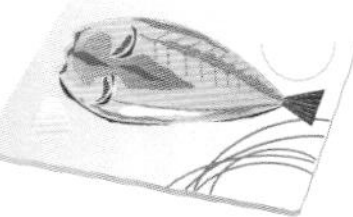

14 サイコロステーキ（steak）
sa.i.ko.ro.su.te.e.ki
骰子牛排
形狀切成小方塊。

15 牛（ぎゅう）タン塩焼（しおや）き
gyu.u.ta.n.shi.o.ya.ki
鹽烤牛舌

16※ 牛（ぎゅう）たたき
gyu.u.ta.ta.ki
燒烤牛肉

※ 16 たたき：一種料理方法。將食材切成塊後串起，稍微烤過表面後再沾醬料食用。

酥炸餐點

17 チキン（chicken）南蛮（なんばん）
chi.ki.n.na.n.ba.n
糖醋炸雞

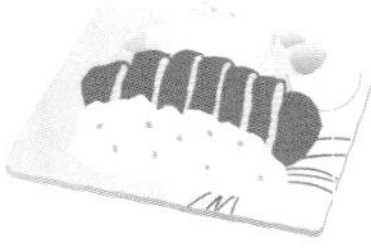

18 鶏（とり）の唐揚（からあ）げ
to.ri.no.ka.ra.a.ge
炸雞塊

19 フライド（fried）ポテト（potato）
fu.ra.i.do.po.te.to
薯條

20
こ　からあ
小エビ唐揚げ
ko.e.bi.ka.ra.a.ge
炸溪蝦

21
からあ
なんこつ唐揚げ
na.n.ko.tsu.ka.ra.a.ge
炸軟骨

★超★人氣

22
cream　法 croquette
クリームコロッケ
ku.ri.i.mu.ko.ro.k.ke
奶油可樂餅

23
あ
さつま揚げ
sa.tsu.ma.a.ge
油炸天婦羅
將魚漿混合蔬菜下去油炸。

24
cheese　fried
チーズフライ
chi.i.zu.fu.ra.i
酥炸起司條

25
エビせんべい
e.bi.se.n.be.i
蝦餅

26
あげ だ　どう ふ
揚出し豆腐
a.ge.da.shi.do.o.fu
炸豆腐

燒烤

27
ぶた 韓 kimchi
豚キムチ
bu.ta.ki.mu.chi
豬肉泡菜

28
cheese　gratin
チーズグラタン
chi.i.zu.gu.ra.ta.n
起司焗烤

29
German　potato
ジャーマンポテト
ja.a.ma.n.po.te.to
德式馬鈴薯

30
この　や
お好み焼き
o.ko.no.mi.ya.ki
什錦煎餅

31
やきぎょう ざ
焼餃子
ya.ki.gyo.o.za
煎餃

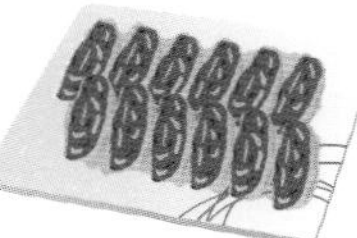

32
cheese　potato
もちチーズポテト
mo.chi.chi.i.zu.po.te.to
起司麻糬洋芋

や
33 焼きそば
ya.ki.so.ba
炒麵

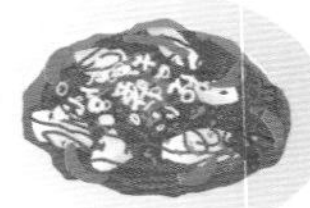

や
34 焼きうどん
ya.ki.u.do.n
炒烏龍麵

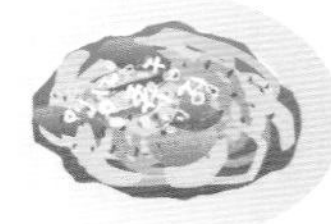

tomato cheese pizza
35 トマトチーズピザ
to.ma.to.chi.i.zu.pi.za
蕃茄起司披薩

36 おにぎり
o.ni.gi.ri
飯糰

や
37 焼きおにぎり
ya.ki.o.ni.gi.ri
烤飯糰

ま たまご
38 だし巻き玉子
da.shi.ma.ki.ta.ma.go
煎蛋捲

★超★人氣

在蛋汁中加入高湯，和一般的玉子燒不同。

に こ
39 もつ煮込み
mo.tsu.ni.ko.mi
豬腸料理

もつ：臟物（內臟）的略語。指雞、豬、牛的內臟，通常用胃、腸來做這道料理，並加入蔬菜、蒟蒻。

ちゃ づ
40 お茶漬け
o.cha.zu.ke
茶泡飯

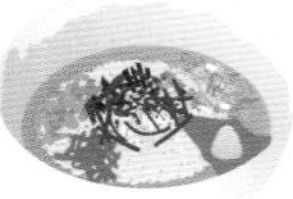

いしやき 韓 pibimpap
41 石焼ビビンバ
i.shi.ya.ki.bi.bi.n.ba
石鍋拌飯

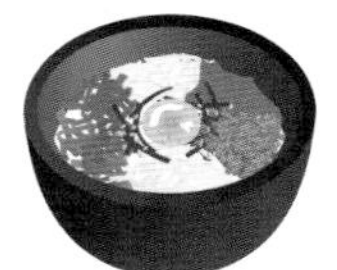

立飲居酒屋（立ち飲み屋）

日劇裡的男女主角，在餐廳站著飲酒用餐的畫面，是不是令人感到好奇呢？在日本被稱為「立ち飲み」的餐廳，源自於日本車站旁的路邊攤。上班族總會趁著等電車時的空檔，站著吃些小東西、喝些小酒，才逐漸發展成一種特殊文化。以販賣燒烤、輕食、罐裝清酒或啤酒等為主，價錢上比較便宜。如果有機會到日本或許可以去體驗一下喔！

にじかい い
二次会へ行こう！
ni.ji.ka.i.e.i.ko.o
來續攤吧！

T
K

冷盤

ひややっこ
42 冷奴
hi.ya.ya.k.ko
涼拌豆腐

えだまめ
43 枝豆
e.da.ma.me
毛豆

44 たこわさ
ta.ko.wa.sa
芥末章魚
用鹽搓洗章魚後，再加入芥末調味。

つけもの しんこ も あ
45 漬物・お新香盛り合わせ
tsu.ke.mo.no・o.shi.n.ko.mo.ri.a.wa.se
醃漬小菜

さしみ も あ
46 刺身盛り合わせ
sa.shi.mi.mo.ri.a.wa.se
綜合生魚片

沙拉

わ ふう salad
47 和風サラダ
wa.fu.u.sa.ra.da
和風沙拉

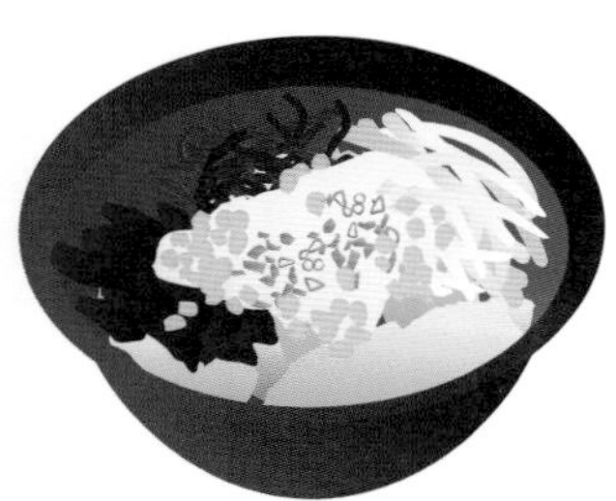

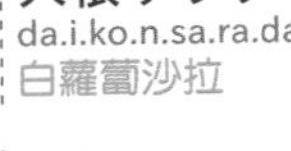

だいこん salad
48 大根サラダ
da.i.ko.n.sa.ra.da
白蘿蔔沙拉

ごぼう salad
49 牛蒡サラダ
go.bo.o.sa.ra.da
牛蒡沙拉

tomato salad
50 トマトサラダ
to.ma.to.sa.ra.da
蕃茄沙拉

caesar salad
51 シーザーサラダ
shi.i.za.a.sa.ra.da
凱薩沙拉

飲料

なま lemon
52 生レモン
na.ma.re.mo.n
現榨檸檬

なま grapefruit
53 生グレープフルーツ
na.ma.gu.re.e.pu.fu.ru.u.tsu
現榨葡萄柚

54 すだち
su.da.chi
金桔

55 梅（うめ）
u.me
梅子

56 青（あお）りんご
a.o.ri.n.go
青蘋果

57 カルピス（calpis）
ka.ru.pi.su
可爾必思

茶・甜點

58 緑茶（りょくちゃ）
ryo.ku.cha
綠茶

59 烏龍茶（ウーロンちゃ）
u.u.ro.n.cha
烏龍茶

60 プリン（pudding）
pu.ri.n
布丁

61 アイスクリーム（ice cream）
a.i.su.ku.ri.i.mu
冰淇淋

酒

62 生（なま）ビール（beer）
na.ma.bi.i.ru
生啤酒

63 巨峰（きょほう）
kyo.ho.o
巨峰葡萄酒

64 焼酎（しょうちゅう）
sho.o.chu.u
燒酒

65 日本酒（にほんしゅ）
ni.ho.n.shu
日本酒

66 ウイスキー（whisky）
u.i.su.ki.i
威士忌

67 梅酒（うめしゅ）
u.me.shu
梅酒

68 酎（ちゅう）ハイ（チューハイ／サワー）
chu.u.ha.i（chu.u.ha.i／sa.wa.a）
沙瓦（碳酸酒精飲料）

未成年（みせいねん）はお酒（さけ）を飲（の）んではダメよ
mi.se.i.ne.n.wa.o.sa.ke.o.no.n.de.wa.da.me.yo
未成年不可以喝酒喔！

烤雞肉串店

やきとり や
焼鳥屋 ya.ki.to.ri.ya

下班後到這裡吃點烤雞肉串、喝點小酒聊聊天，可說是日本男性上班族下班後的一大享受。炭烤香撲鼻而來，令人食指大動。你準備好要點什麼了嗎？

01 しょうにく
正肉 sho.o.ni.ku
去掉骨頭和多餘脂肪的肉

02 レバー re.ba.a
肝臟

03 はつ ha.tsu
雞心

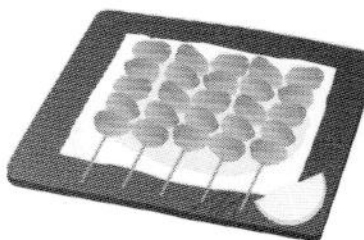

04 すなぎも
砂肝 su.na.gi.mo
雞胗

05 ねぎま ne.gi.ma
雞肉蔥串

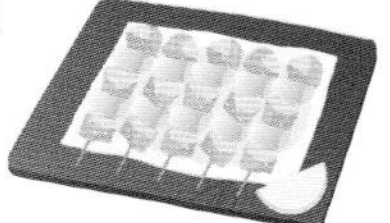

06 かわ
皮 ka.wa
雞皮

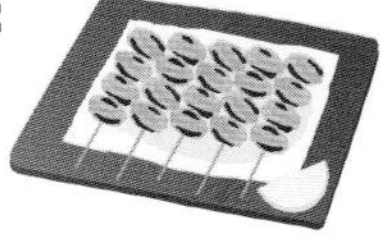

07 ささみ sa.sa.mi
雞胸肉

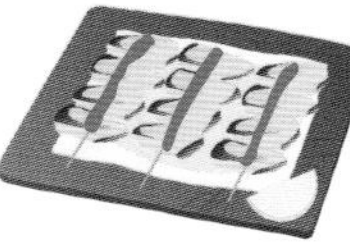

08 せせり se.se.ri
雞脖子

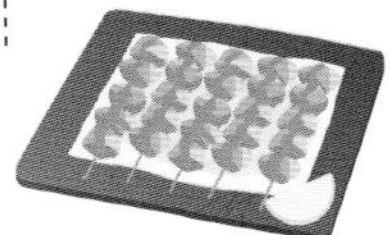

09 て ば さき
手羽先 te.ba.sa.ki
雞翅

10 ボンジリ bo.n.ji.ri
雞屁股

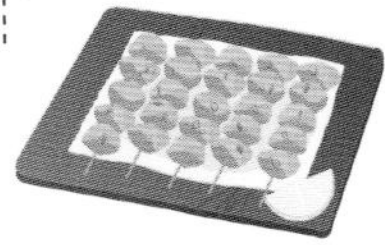

11 つくね tsu.ku.ne
雞肉丸子

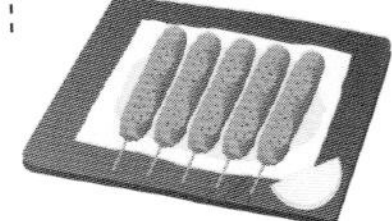

12 まつば ma.tsu.ba
雞鎖骨

13 とさか to.sa.ka
雞冠

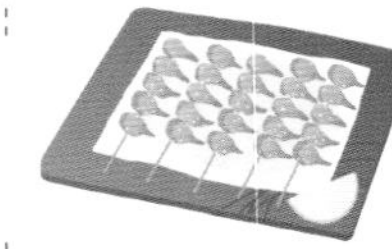

14 かっぱ ka.p.pa
胸軟骨

15 なんこつ na.n.ko.tsu
軟骨

16 きんかん ki.n.ka.n
未成熟的蛋

17 豚(とん)とろ to.n.to.ro
松阪豬肉

18 バラ肉(にく) ba.ra.ni.ku
五花肉

19 サガリ sa.ga.ri
腹胸肉（厚的部份）

20 ハラミ ha.ra.mi
腹胸肉（薄的部分）

21 トマト(tomato)ベーコン(bacon)
to.ma.to.be.e.ko.n
蕃茄培根

22 えのきベーコン(bacon)
e.no.ki.be.e.ko.n
金針菇培根

有些店在口味上有分成「塩（鹽燒）」和「たれ（醬燒）」2種。

蔬菜類

23 いかだ
i.ka.da
蔥串

24 しいたけ
shi.i.ta.ke
香菇

25 ぎんなん
gi.n.na.n
銀杏

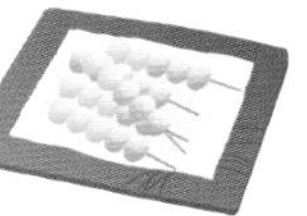

26 うずら玉子(たまご)
u.zu.ra.ta.ma.go
鵪鶉蛋

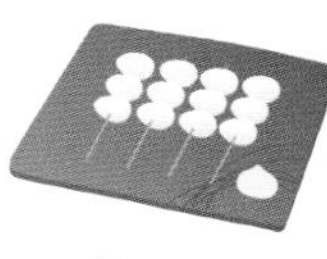

27 ピーマン(法 piment)
pi.i.ma.n
青椒

28 ししとう
shi.shi.to.o
小青椒（日本國產）

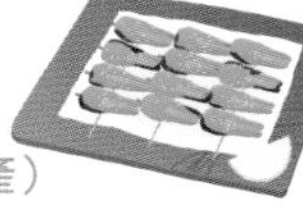

關東煮

063

おでん　o.de.n

用高湯和醬油將所有食材燉煮入味的關東煮，最適合在寒冬裡享用。無論是香甜多汁的白蘿蔔，或是Q軟蒟蒻，都是不可缺少的重要角色！

天然食材

01 だいこん
大根
da.i.ko.n
白蘿蔔

02 **にんじん**
ni.n.ji.n
紅蘿蔔

03 こんにゃく
蒟蒻
ko.n.nya.ku
蒟蒻

04 しらたき
白滝
shi.ra.ta.ki
蒟蒻絲

05 てん
ゴボウ天
go.bo.o.te.n
牛蒡捲

06 tomato
トマト
to.ma.to
蕃茄

07 たまご
ゆで卵
yu.de.ta.ma.go
水煮蛋

08 こんぶ
昆布
ko.n.bu
昆布

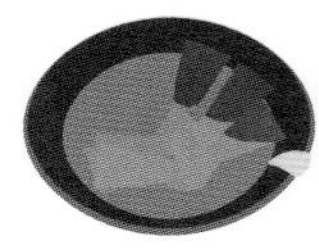

09 えび いも
海老芋
e.bi.i.mo
海老芋
形狀與條紋如蝦子一般

10 ぎんなん
銀杏
gi.n.na.n
銀杏

11 たけ こ
竹の子
ta.ke.no.ko
竹筍

12 **じゃがいも**
ja.ga.i.mo
馬鈴薯

肉類加工品

13 **たこ**
ta.ko
章魚

14 **イカげそ**
i.ka.ge.so
章魚腳

15 **ウインナー**（德 wiener）
u.i.n.na.a
香腸

16 **牛(ぎゅう)スジ**
gyu.u.su.ji
牛筋

17 **つくね**
tsu.ku.ne
雞肉丸子

18 **じゃこ天(てん)**
ja.ko.te.n
魚板

19 **つみれ**
tsu.mi.re
魚丸

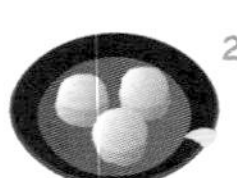

20 **はんぺん**
ha.n.pe.n
魚肉山芋糕

21 **平天(ひらてん)**
hi.ra.te.n
炸魚肉山芋餅

22 **丸天(まるてん)・さつま揚(あ)げ**
ma.ru.te.n・sa.tsu.ma.a.ge
圓炸魚餅

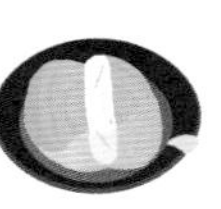

23 **ロールキャベツ**（roll cabbage）
ro.o.ru.kya.be.tsu
高麗菜捲

創意關東煮

24 **厚揚(あつあ)げ**
a.tsu.a.ge
油豆腐

25 **信田巻(しのだまき)**
shi.no.da.ma.ki
油豆腐捲
包山藥片、豆腐、銀杏、紅蘿蔔、香菇等

26 **竹輪(ちくわ)**
chi.ku.wa
竹輪

27 **ちくわぶ**
chi.ku.wa.bu
竹輪麩
（類似竹輪）

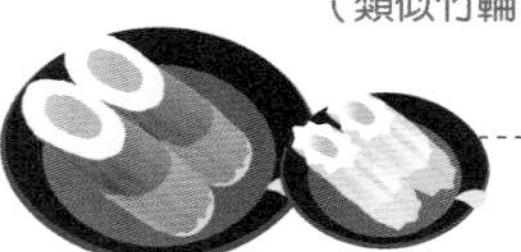

28 **焼(や)き豆腐(どうふ)**
ya.ki.do.o.fu
鐵板豆腐

29 **がんもどき**
ga.n.mo.do.ki
油炸豆腐
包山藥片、紅蘿蔔、牛蒡、昆布、香菇等

30 **湯葉(ゆば)**
yu.ba
豆皮

31 **巾着(きんちゃく)**
ki.n.cha.ku
麻糬豆皮
裡面包麻糬、形狀像小錢包

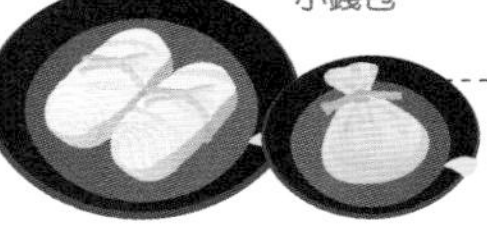

什錦煎餅

064

お好(この)み焼(や)き o.ko.no.mi.ya.ki

「好(この)み」指的是「喜好」的意思。客人可以在菜單中選擇自己喜歡的食材，並在鐵板上煎烤出專屬於自己口味香氣誘人的什錦煎餅！而什錦煎餅也就是我們常講的大阪燒喔！

01 お好(この)み焼(や)き
o.ko.no.mi.ya.ki
什錦煎餅

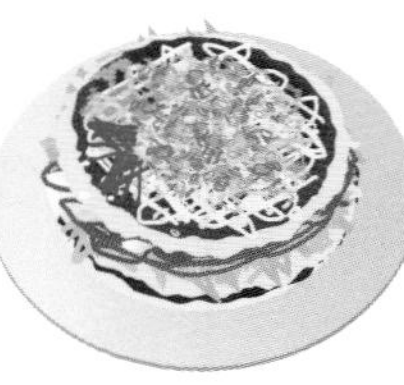

02 広島焼(ひろしまやき)
hi.ro.shi.ma.ya.ki
廣島燒

餅皮較薄，加上大量的高麗菜絲及炒麵。

03 モダン焼(modern)
mo.da.n.ya.ki
摩登燒

在「お好み焼き(什錦煎餅)」裡再加上蛋和炒麵。

主要食材

04 豚肉(ぶたにく)
bu.ta.ni.ku
豬肉

05 牛肉(ぎゅうにく)
gyu.u.ni.ku
牛肉

06 牛(ぎゅう)スジ
gyu.u.su.ji
牛筋

07 明太子(めんたいこ)
me.n.ta.i.ko
明太子

08 タコ
ta.ko
章魚

09 イカ
i.ka
花枝

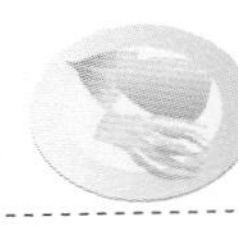

10 ホタテ
ho.ta.te
干貝

11 カキ
ka.ki
牡蠣

12 えび
e.bi
蝦子

13
cabbage
キャベツ
kya.be.tsu
高麗菜

14
ネギ
ne.gi
蔥

15
韓 kimchi
キムチ
ki.mu.chi
泡菜

16
corn
コーン
ko.o.n
玉米

17
もち
mo.chi
麻糬

18
cheese
チーズ
chi.i.zu
起司

19
や
焼きそば
ya.ki.so.ba
炒麵

20
や
焼きうどん
ya.ki.u.do.n
炒烏龍麵

21
てん
天かす te.n.ka.su
炸天婦羅時，浮在油上的小麵酥球。

其他

22
あおのり
青海苔
a.o.no.ri
青海苔

23
けずりがつお
削り鰹
ke.zu.ri.ga.tsu.o
柴魚片

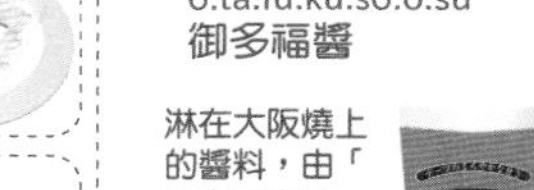

24
sauce
オタフクソース
o.ta.fu.ku.so.o.su
御多福醬

淋在大阪燒上的醬料，由「オタフクソース株式会社」製造。

25
コテ
ko.te
鏟子

26
べに
紅しょうが
be.ni.sho.o.ga
紅生薑

美味小教室

ふわふわ！
fu.wa.fu.wa
鬆鬆軟軟！

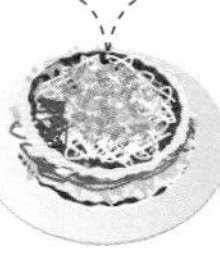

1 ぐ bowl い
具をボールに入れる。
gu.o.bo.o.ru.ni.i.re.ru
將材料放入碗中。

2 ま
よく混ぜる。
yo.ku.ma.ze.ru
攪拌均勻。

3 てっぱん や
鉄板で焼く。
te.p.pa.n.de.ya.ku
在鐵板上煎烤。

4 sauce 法 mayonnaise ぬ
ソースとマヨネーズを塗る。
so.o.su.to.ma.yo.ne.e.zu.o.nu.ru
塗上醬料和美乃滋。

拉麵

065

ラーメン ra.a.me.n

無論是北海道的「味噌拉麵」、東京的「醬油拉麵」或是九州的「豚骨拉麵」，在台灣都是人氣口味。下次不妨到日本嚐嚐道地的日式拉麵吧！

拉麵種類

01
正油（しょうゆ）ラーメン
sho.o.yu.ra.a.me.n
醬油拉麵

02
味噌（みそ）ラーメン
mi.so.ra.a.me.n
味噌拉麵

03
塩（しお）ラーメン
shi.o.ra.a.me.n
鹽味拉麵

04
豚骨（とんこつ）ラーメン
to.n.ko.tsu.ra.a.me.n
豚骨拉麵

05
チャーシューラーメン
cha.a.shu.u ra.ame.n
叉燒拉麵

06
バター（butter）コーン（corn）・ラーメン
ba.ta.a.ko.o.n・ra.a.me.n
奶油玉米拉麵

07
野菜（やさい）ラーメン・タンメン
ya.sa.i.ra.a.me.n・ta.n.me.n
蔬菜拉麵・湯麵

08
ネギラーメン
ne.gi.ra.a.me.n
長蔥拉麵

09
冷（ひ）やし 中華（ちゅうか）
hi.ya.shi.chu.u.ka
中華涼麵

10
油（あぶら）そば
a.bu.ra.so.ba
乾拌拉麵
麵體類似油麵

常見配料

11
ほうれん草（そう）
ho.o.re.n.so.o
波菜

12
キャベツ（cabbage）
kya.be.tsu
高麗菜

13
メンマ
me.n.ma
筍乾

14
わかめ
wa.ka.me
海帶芽

15
もやし
mo.ya.shi
豆芽菜

16
のり
no.ri
海苔

17
きくらげ
ki.ku.ra.ge
木耳

18
ゆで 卵（たまご）
yu.de.ta.ma.go
水煮蛋

各地名麵

都道府県麵自慢（とどうふけんめんじまん） to.do.o.fu.ke.n.me.n.ji.ma.n

日本的麵，主要分為蕎麥麵、烏龍麵和拉麵三種。各地所選用的麵條及調味不盡相同，各有特色。

北海道地區

01 旭川ラーメン（あさひかわ）
a.sa.hi.ka.wa.ra.a.me.n
旭川拉麵

醬油 + 豬骨 + 魚干

02 札幌ラーメン（さっぽろ）
sa.p.po.ro.ra.a.me.n
札幌拉麵

味噌 + 豬骨

03 函館ラーメン（はこだて）
ha.ko.da.te.ra.a.me.n
函館拉麵

鹽 + 豬骨 + 雞骨

東北地區

04 しじみラーメン
shi.ji.mi.ra.a.me.n
蜆貝拉麵

鹽

05 稲庭うどん（いなにわ）
i.na.ni.wa.u.do.n
稻庭烏龍麵

06 盛岡冷麺（もりおかれいめん）
mo.ri.o.ka.re.i.me.n
盛岡涼麵

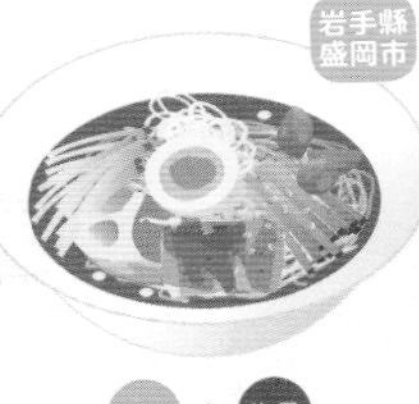

雞骨 + 牛骨

07
わんこそば
wa.n.ko.so.ba
小碗蕎麥麵
岩手縣盛岡市

「椀子（わんこ）」是指盛麵用的小碗，店家會不斷將大約１、２口份量的麵放進碗裡，直到客人把蓋子蓋上。有些店家則直接將一人份的麵裝成十幾個小碗後再端上桌。

目標100杯。
mo.ku.hyo.o.hya.ku.p.pa.i
目標是 100 碗。
T
K

08
冷やし中華
hi.ya.shi.chu.u.ka
中華涼麵
宮城縣仙台市

醬油芝麻油調味 or 芝麻

09
米沢ラーメン
yo.ne.za.wa.ra.a.me.n
米澤拉麵
山形縣米澤市

醬油 + 雞骨 + 魚干

10
喜多方ラーメン
ki.ta.ka.ta.ra.a.me.n
喜多方拉麵
福島縣喜多方市

醬油 or 味噌 or 鹽

關東・甲信越地區

11
へぎそば
he.gi.so.ba
片木盒蕎麥麵
新潟縣小千谷市

製麵時使用「布海苔（一種海草）」，吃起來口感較Q，盛麵的容器也很特別。

12
戸隠そば
to.ga.ku.shi.so.ba
戶隱蕎麥麵
長野縣長野市

13
吉田うどん
yo.shi.da.u.do.n
吉田烏龍麵
山梨縣富士吉田市

醬油 + 味噌 + 辣椒芝麻油調味

關東・甲信越地區

14

さ の
佐野ラーメン
sa.no.ra.a.me.n
佐野拉麵

15

とうきょう
東京ラーメン
to.o.kyo.o.ra.a.me.n
東京拉麵

東海地區

16

ふじのみやや
富士宮焼きそば
fu.ji.no.mi.ya.ya.ki.so.ba
富士宮炒麵

17

たかやま
高山ラーメン
ta.ka.ya.ma.ra.a.me.n
高山拉麵

醬油 + 雞骨 + 蔬菜

18

み そ に こ
味噌煮込みうどん
mi.so.ni.ko.mi.u.do.n
味噌燉煮烏龍麵

19

きしめん
ki.shi.me.n
棊子麵

所使用的麵條比較扁薄，將麵快速煮熟後加入油豆腐皮、雞肉、蔥、柴魚片。

20

い せ
伊勢うどん
i.se.u.do.n
伊勢烏龍麵

關西地區

21

きょうと
京都ラーメン
kyo.o.to.ra.a.me.n
京都拉麵

22

わかやま
和歌山ラーメン
wa.ka.ya.ma.ra.a.me.n
和歌山拉麵
湯頭分為淡、濃兩派

中國・四國地區

23

いずも
出雲そば
i.zu.mo.so.ba
出雲蕎麥麵

24

おのみち
尾道ラーメン
o.no.mi.chi.ra.a.me.n
尾道拉麵

25

さぬき
讃岐うどん
sa.nu.ki.u.do.n
讚岐烏龍麵

26

とくしま
徳島ラーメン
to.ku.shi.ma.ra.a.me.n
德島拉麵

九州・沖繩地區

27 はかた
博多ラーメン
ha.ka.ta.ra.a.me.n
博多拉麵

福岡縣 福岡市

（細直麵＋豚骨白湯頭）

28 さら
皿うどん
sa.ra.u.do.n
什錦燴麵

長崎縣 長崎市

將麵和豬肉、魚板、高麗菜、豆芽、花枝、蝦子等海鮮類下鍋拌炒後，再淋上芡汁。

29 ながさき
長崎ちゃんぽん
na.ga.sa.ki.cha.n.po.n
強棒麵／什錦麵

長崎縣 長崎市

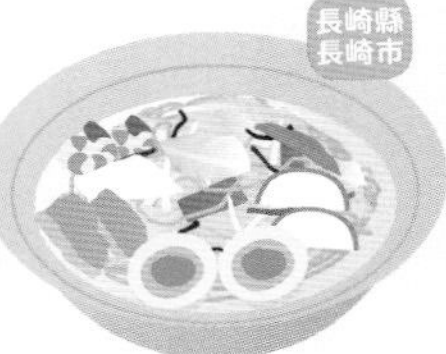

在湯麵中加入用豬油炒過的豬肉、海鮮、蔬菜…等配料。

30 たいぴーえん
太平燕
ta.i.pi.i.e.n
太平燕

從中國福建省傳入的料理。湯冬粉內加入蝦子、花枝、豬肉、香菇、水煮蛋…等。

熊本縣 熊本市

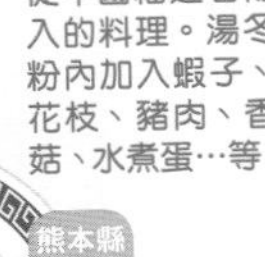

31 おきなわ
沖縄そば
o.ki.na.wa.so.ba
沖繩蕎麥麵

100%小麥粉所製作的麵條搭配五花肉、魚板、紅生薑等食材。

沖繩縣 沖繩市

日本三大名麵

三大名麵

蕎麥	わんこそば wa.n.ko.so.ba 小碗蕎麥麵	いずも 出雲そば i.zu.mo.so.ba 出雲蕎麥麵	とがくし 戸隠そば to.ga.shi.so.ba 戶隱蕎麥麵
烏龍	いなにわ 稲庭うどん i.na.ni.wa.u.do.n 稻庭烏龍麵	みずさわ 水沢うどん mi.zu.sa.wa.u.do.n 水澤烏龍麵	さぬき 讃岐うどん a.nu.ki.u.do.n 讚岐烏龍麵
拉麵	さっぽろ 札幌ラーメン sa.p.po.ro.ra.a.me.n 札幌拉麵	きたかた 喜多方ラーメン ki.ta.ka.ta.ra.a.me.n 喜多方拉麵	はかた 博多ラーメン ha.ka.ta.ra.a.me.n 博多拉麵

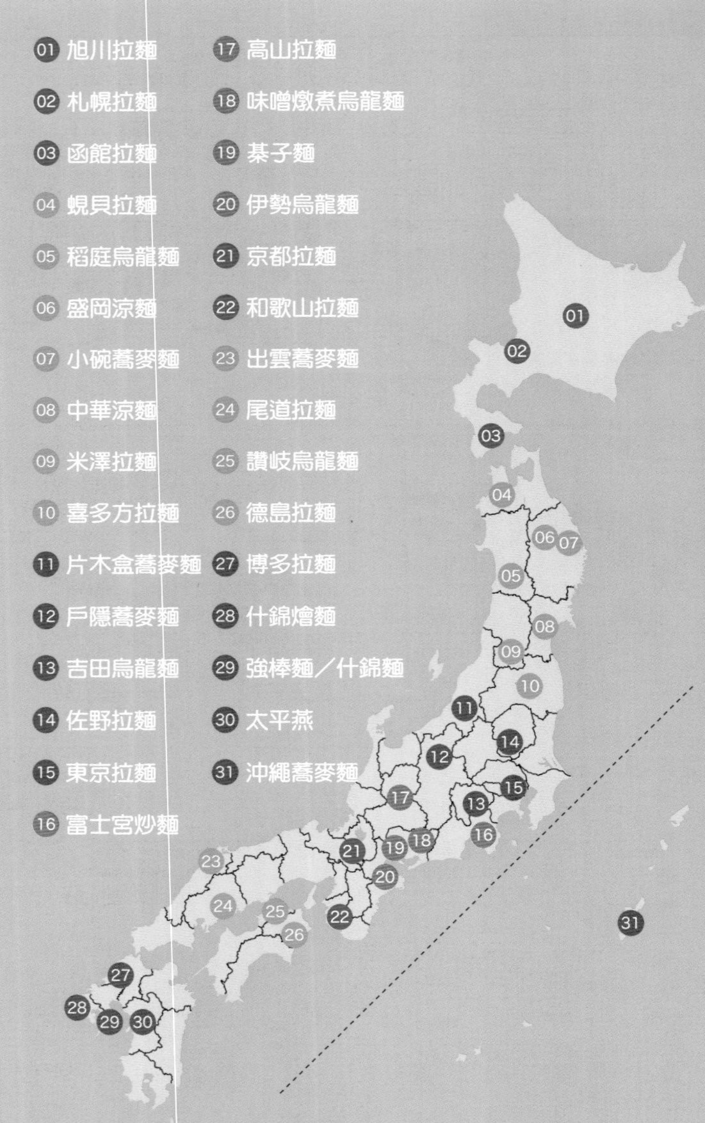
01 旭川拉麵
02 札幌拉麵
03 函館拉麵
04 蜆貝拉麵
05 稻庭烏龍麵
06 盛岡涼麵
07 小碗蕎麥麵
08 中華涼麵
09 米澤拉麵
10 喜多方拉麵
11 片木盒蕎麥麵
12 戶隱蕎麥麵
13 吉田烏龍麵
14 佐野拉麵
15 東京拉麵
16 富士宮炒麵
17 高山拉麵
18 味噌燉煮烏龍麵
19 碁子麵
20 伊勢烏龍麵
21 京都拉麵
22 和歌山拉麵
23 出雲蕎麥麵
24 尾道拉麵
25 讚岐烏龍麵
26 德島拉麵
27 博多拉麵
28 什錦燴麵
29 強棒麵／什錦麵
30 太平燕
31 沖繩蕎麥麵

炸豬排店

とんかつ to.n.ka.tsu

金黃的酥脆外皮，鮮嫩多汁的豬肉搭配甜甜的日式沾醬。美味無法擋！現在就來學學這些美味豬排的名稱吧！

01

roast
ロースかつ
ro.o.su.ka.tsu
里肌肉豬排

02

法 fillet
ヒレかつ
hi.re.ka.tsu
腰內肉豬排

03

ひとくち
一口かつ
hi.to.ku.chi.ka.tsu
炸豬肉丸

04

くし
串かつ
ku.shi.ka.tsu
炸豬肉串

05

法 croquette
コロッケ
ko.ro.k.ke
可樂餅

炸豬排店
基本
交通
生活
文化
觀光
購物
美食
電車路線
電車地圖

06

mince
メンチかつ
me.n.chi.ka.tsu
炸漢堡肉餅

將絞肉及洋蔥做成的漢堡肉，以胡椒和鹽巴調味後，外層包裹麵包粉下去油炸。

た げんきまんまん
食べると元気満々！
ta.be.ru.to.ge.n.ki.ma.n.ma.n
吃了精神百倍！

07

chicken
チキンかつ
chi.ki.n.ka.tsu
炸雞排

08

えび fry
海老フライ
e.bi.fu.ra.i
炸蝦排

09

curry
かつカレー
ka.tsu.ka.re.e
豬排咖哩

10

じゅう
かつ重
ka.tsu.ju.u
豬排飯

11

どん
かつ丼
ka.tsu.do.n
豬排丼飯

12

sandwich
かつサンド
ka.tsu.sa.n.do
豬排三明治

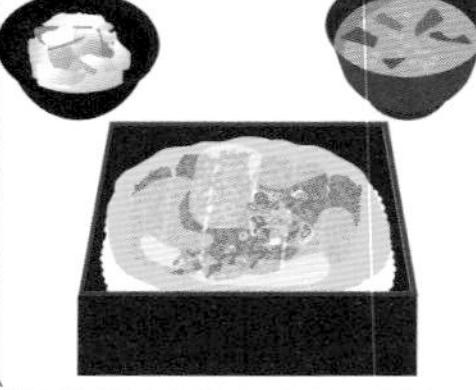

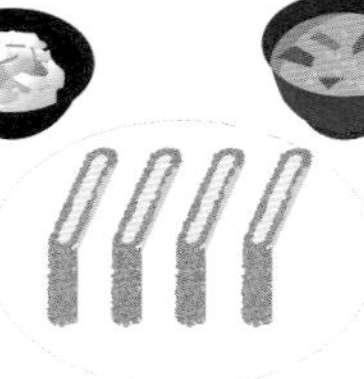

13

tartar sauce
タルタルソース
ta.ru.ta.ru.so.o.su
塔塔醬

14

だいこん
大根おろし
da.i.ko.n.o.ro.shi
蘿蔔泥

15

法 mayonnaise
マヨネーズ
ma.yo.ne.e.zu
美乃滋

咖哩飯

curry rice
カレーライス ka.re.e.ra.i.su

在日本，咖哩飯是一道相當普遍的家常菜。不用特地跑到咖哩專賣店，在百貨公司的美食街或是複合式餐廳都可以吃得到日式咖哩。

01
beef curry
ビーフカレー
bi.i.fu.ka.re.e
牛肉咖哩

02
chicken curry
チキンカレー
chi.ki.n.ka.re.e
雞肉咖哩

03
pork curry
ポークカレー
po.o.ku.ka.re.e
豬肉咖哩

まいにち curry だいじょうぶ
毎日カレーでも大丈夫！
ma.i.ni.chi.ka.re.e.de.mo.da.i.jo.o.bu
每天吃咖哩都沒問題！

04
hamburger steak curry
ハンバーグカレー
ha.n.ba.a.gu.ka.re.e
漢堡肉咖哩

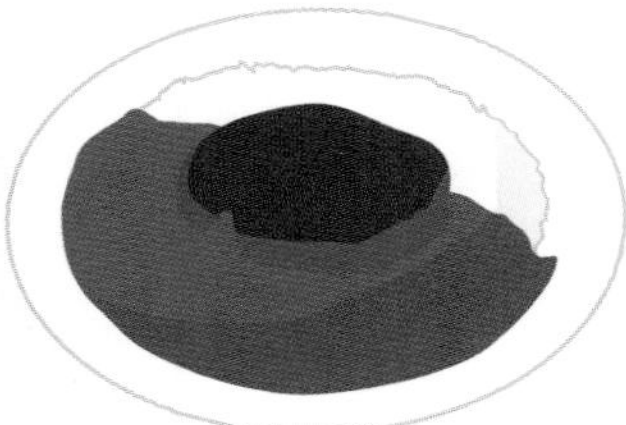

05
えび fry curry
海老フライカレー
e.bi.fu.ra.i.ka.re.e
炸蝦咖哩

06

seafood　curry
シーフードカレー
shi.i.fu.u.do.ka.re.e
海鮮咖哩

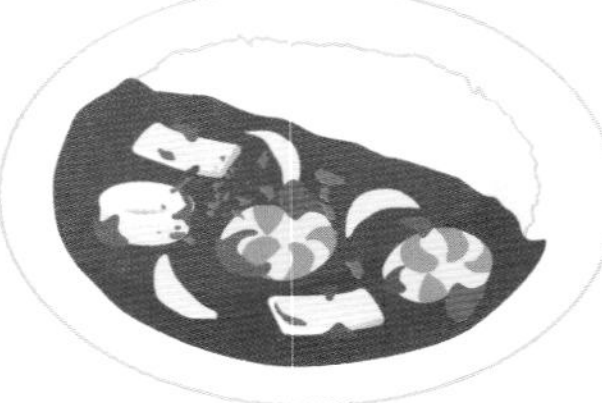

07

curry
カツカレー
ka.tsu.ka.re.e
炸豬排咖哩

08

なつやさい　curry
夏野菜カレー
na.tsu.ya.sa.i.ka.re.e
夏季時蔬咖哩

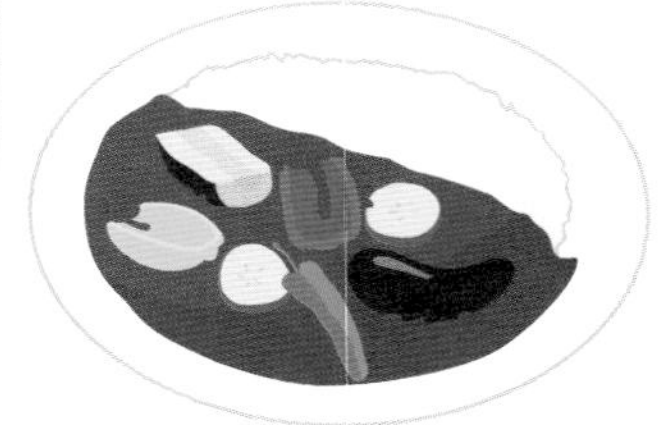

09

や　curry
焼きカレー
ya.ki.ka.re.e
焗烤咖哩

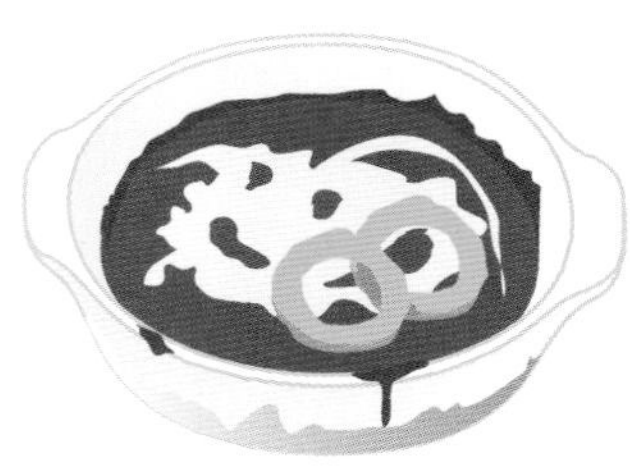

10

soup　curry
スープカレー
su.u.pu.ka.re.e
湯咖哩

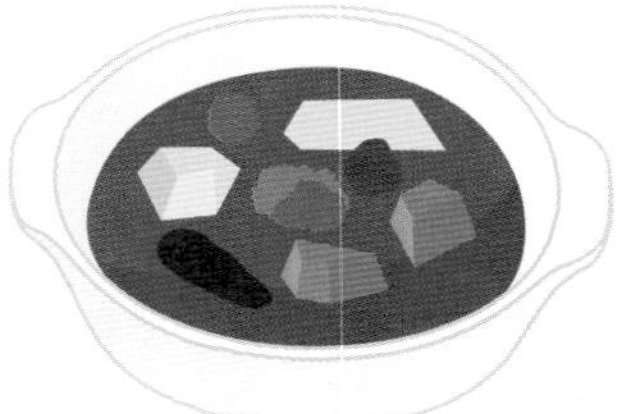

11

dry　curry
ドライカレー
do.ra.i.ka.re.e
乾咖哩
指無湯汁的咖哩

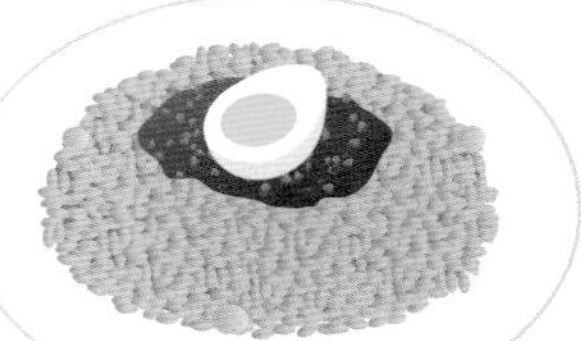

將洋蔥、絞肉、紅蘿蔔…等材料下鍋拌炒後，加入咖哩粉、鹽、胡椒調味，煮到湯汁收乾後再淋在白飯上。另外，將白飯一起下鍋拌炒也稱為「ドライカレー」。

丼飯

069

どんぶりもの
丼物 do.n.bu.ri.mo.no

丼飯是日本國民美食。熱呼呼白飯上滿載各種肉類、海鮮、蛋等豐富配料，令人超滿足！

01
いくら丼（どん）
i.ku.ra.do.n
鮭魚子丼

02
うな丼（どん）
u.na.do.n
鰻魚丼

元氣！

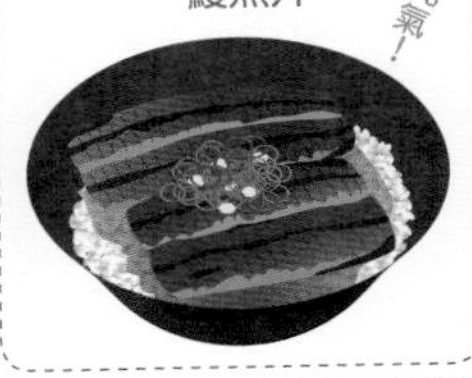

03
うに丼（どん）
u.ni.do.n
海膽丼

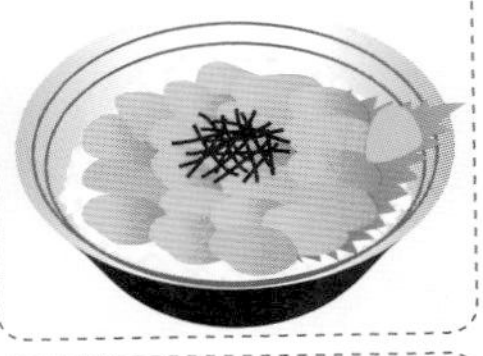

04
えび丼（どん）
e.bi.do.n
炸蝦丼

05
カツ丼（どん）
ka.tsu.do.n
炸豬排丼

06
唐揚（からあ）げ丼（どん）
ka.ra.a.ge.do.n
炸雞塊丼

營養！

07
焼肉丼（やきにくどん）
ya.ki.ni.ku.do.n
烤肉丼

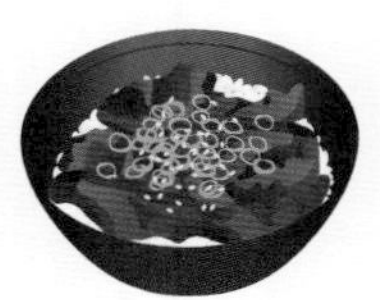

08
焼鳥丼（やきとりどん）
ya.ki.to.ri.do.n
烤雞肉丼

09
牛（ぎゅう）トロ丼（どん）
gyu.u.to.ro.do.n
生牛肉丼

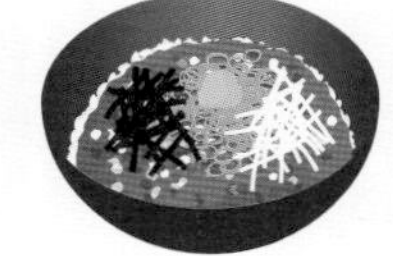

10 てっかどん
鉄火丼
te.k.ka.do.n
鮪魚生魚片丼

11 どん
ネギトロ丼
ne.gi.to.ro.do.n
生鮪魚蔥花丼

12 どん
しらす丼
shi.ra.su.do.n
吻仔魚丼

13 ぶたどん
豚丼
bu.ta.do.n
豬肉丼

14 ぎゅうどん
牛丼
gyu.u.do.n
牛肉丼

15 てんどん
天丼
te.n.do.n
天婦羅丼

16 どん
カルビ丼
ka.ru.bi.do.n
牛五花丼

17 どん
マーボー丼
ma.a.bo.o.do.n
麻婆豆腐丼

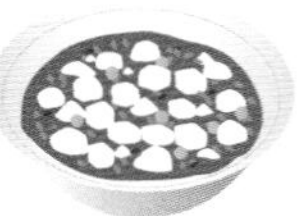

18 ちゅうかどん
中華丼
chu.u.ka.do.n
中華丼（類似燴飯）

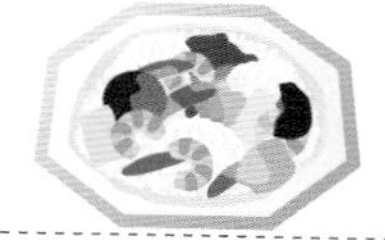

19 curry どん
カレー丼
ka.re.e.do.n
咖哩丼

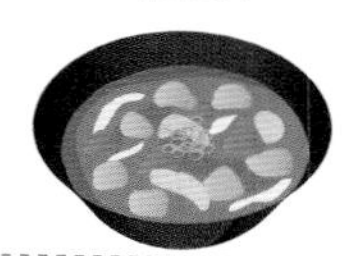

20 めだまや どん
目玉焼き丼
me.da.ma.ya.ki.do.n
荷包蛋丼

そしょく 素食

21 おやこどん
親子丼
o.ya.ko.do.n
親子丼

22 え しまどん
江ノ島丼
e.no.shi.ma.do.n
江之島丼
和親子丼相似，只是將親子丼中的雞肉換成蠑螺。

23 かまくらどん
鎌倉丼
ka.ma.ku.ra.do.n
鎌倉丼
和親子丼相似，只是將親子丼中的雞肉換成蝦子。

24 butter どん
バタ丼
ba.ta.do.n
奶油丼
用奶油炒豆腐及豆芽菜。
そしょく 素食

25 たまごどん
玉子丼
ta.ma.go.do.n
雞蛋丼
加了雞蛋和醬油的樸實丼飯。
そしょく 素食

壽司

070

寿司（すし） su.shi

第一個學到的日本料理單字，應該非壽司莫屬吧。握壽司、軍艦、手卷等等，快把菜單上的單字學起來，到日本品嚐道地壽司吧！

握壽司

※ 以下依漁獲時令排序

01 握り寿司（にぎりずし）
ni.gi.ri.zu.shi
握壽司

02 さより
sa.yo.ri
水針魚｜3～5月

03 イワシ
i.wa.shi
沙丁魚

04 かずのこ
ka.zu.no.ko
鯡魚卵｜3～5月

05 鰹（かつお）
ka.tsu.o
鰹魚｜3～11月

06 ほたるいか
ho.ta.ru.i.ka
螢烏賊｜3～6月

07 あかいか
a.ka.i.ka
紅烏賊｜3～8月

08 とりがい
to.ri.ga.i
鳥尾蛤｜4～6月

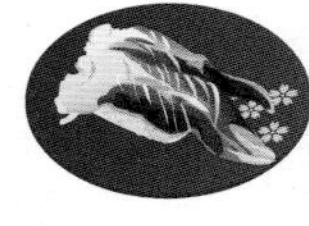

09 きす
ki.su
鱚魚｜5～7月

10 関（せき）あじ
se.ki.a.ji
關竹筴魚｜5～9月

11 くるまえび
ku.ru.ma.e.bi
斑節蝦｜5～12月

12 かんぱち
ka.n.pa.chi
紅魽｜6～8月

13 **すずき**
su.zu.ki
七星鱸魚｜6~8月

14 **おこぜ**
o.ko.ze
鬼虎魚｜6~8月

15 **はた**
ha.ta
石斑魚｜6~8月

16 **イサキ**
i.sa.ki
黃雞魚｜6~8月

6~7月特別美味

17 **ほたて**
ho.ta.te
鮮干貝｜6~8月

18 **いしだい**
i.shi.da.i
石鯛｜6~8月

19 **穴子**（あなご）
a.na.go
星鰻｜6~8月

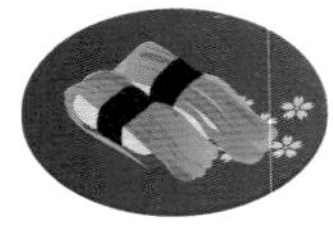

20 **あわび**
a.wa.bi
鮑魚｜6~8月

21 **しゃこ**
sha.ko
蝦蛄｜6~11月

22 **かわはぎ**
ka.wa.ha.gi
剝皮魚｜6~12月

23 **たこ**
ta.ko
章魚｜6~8、12~2月

兵庫縣明石海峽產的章魚最有名。

24 **さんま**
sa.n.ma
秋刀魚｜9~10月

25 **紅鮭**（べにざけ）
be.ni.za.ke
紅鮭｜9~11月

26 **しめさば**
shi.me.sa.ba.
醋漬鯖魚｜9~1月

秋冬最為肥美。

27 **ほしがれい**
ho.shi.ga.re.i
星鰈魚｜9~2月

28 **ひらめ**
hi.ra.me
比目魚 | 9～2月

和真鯛並列為最高等級的白肉魚。

29 **あかがい**
a.ka.ga.i
赤貝 | 9～4月

準備產卵的2、3月最美味。

30 **本(ほん)まぐろ・赤身(あかみ)**
ho.n.ma.gu.ro・a.ka.mi
黑鮪魚赤身 | 10～2月

31 **本(ほん)まぐろ・中(ちゅう)とろ**
ho.n.ma.gu.ro・chu.u.to.ro
黑鮪魚中腹肉

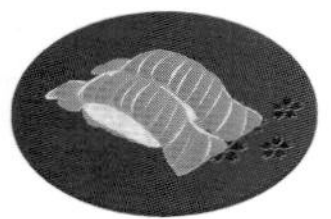

32 **本(ほん)まぐろ・大(おお)とろ**
ho.n.ma.gu.ro・o.o.to.ro
黑鮪魚上腹肉

33 **あまえび**
a.ma.e.bi
甜蝦 | 11～2月

34 **まだい**
ma.da.i
真鯛 | 11～5月

35 **ふぐ**
fu.gu
河豚 | 12～2月

36 **ぶり**
bu.ri
青魽 | 12～2月

近年以養殖為主

37 **きんめだい**
ki.n.me.da.i
金眼鯛 | 12～2月

38 **ぼたんえび**
bo.ta.n.e.bi
牡丹蝦 | 12～2月

39 **あおやぎ**
a.o.ya.gi
青柳 | 12～5月

40 **こはだ**
ko.ha.da
小肌 | 四季

41 **玉子焼(たまごやき)**
ta.ma.go.ya.ki
玉子燒 | 四季

壽司魂！

一講到日本美食就讓人不難想到握壽司，握壽司不只要食材新鮮，師傅的捏製手法也很重要。吃壽司時要以手拿取，並以魚肉那面沾醬，千萬不要用壽司飯沾醬，這樣會破壞掉壽司的風味。

ご注文(ちゅうもん)は？
go.chu.u.mo.n.wa
要點什麼呢？
ほしがれい
いしだい
きんめだい

軍艦壽司

42 ぐんかん 軍艦
gu.n.ka.n
軍艦

用海苔包圍著米飯，並在飯上填入餡料

43 いくら
i.ku.ra
鮭魚卵
9～11月

44 トビコ
to.bi.ko
飛魚卵

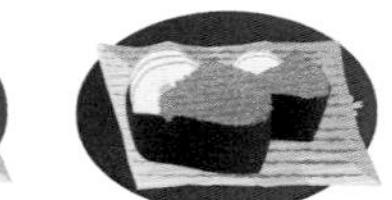

45 うに 海胆
u.ni
海膽
6～8月

46 ねぎとろ
ne.gi.to.ro
蔥花腹肉

47 しらうお 白魚
shi.ra.u.o
銀魚

48 たこわさ
ta.ko.wa.sa
山葵章魚

49 なっとう 納豆
na.t.to.o
納豆

巻壽司

50 ま 巻きもの
ma.ki.mo.no
巻壽司

51 てっか 鉄火
te.k.ka
鮪魚

因顏色鮮紅如鐵因此得名

52 うらまき 裏巻
u.ra.ma.ki
裏巻（花壽司）

53 ふとまき 太巻
fu.to.ma.ki
太巻

54 ほそまき 細巻
ho.so.ma.ki
細巻

55 かんぴょう 干瓢
ka.n.pyo.o
乾瓢

56 きゅうり
kyu.u.ri
小黃瓜

手卷

57 手巻寿司（てまきずし）
te.ma.ki.zu.shi
手卷

58 エビキュウ
e.bi.kyu.u
蝦黃瓜

59 サーモンサラダ（salmon salad）
sa.a.mo.n.sa.ra.da
鮭魚沙拉

60 穴（あな）キュウ
a.na.kyu.u
星鰻黃瓜

其他壽司

61 ちらしずし
chi.ra.shi.zu.shi
散壽司
在壽司飯上撒上滿滿壽司料，是節慶時餐桌上常見的料理！

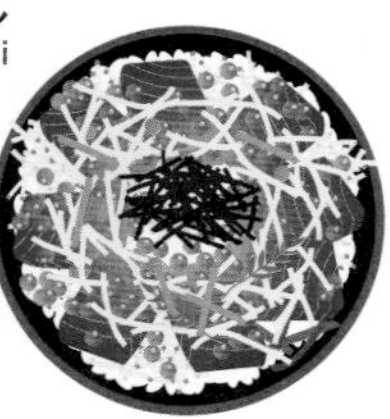

62 いなりずし
i.na.ri.zu.shi
稻荷壽司

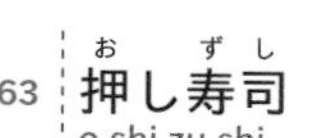

63 押し寿司（おしずし）
o.shi.zu.shi
箱壽司
將食材與飯置於容器中用力壓出形狀，再切成一口大小的壽司。

常見佐料

64 ワサビ
wa.sa.bi
山葵

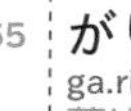

65 がり
ga.ri
薑片

66 紫蘇（しそ）
shi.so
紫蘇

67 醤油（しょうゆ）
sho.o.yu
醬油

其他

68 みそ汁（しる）
mi.so.shi.ru
味噌湯

69 ～貫（かん）
～ka.n
～貫
壽司的單位數

二貫

70 おまかせにぎり
o.ma.ka.se.ni.gi.ri
特製壽司
由師傅特別為你決定菜色

71 回転寿し（かいてんずし）
ka.i.te.n.zu.shi
迴轉壽司

72 すし飯（めし）
su.shi.me.shi
壽司飯

73 ～人前（にんまえ）セット（set）
～ni.n.ma.e.se.t.to
～人份套餐

定食

071

定食（ていしょく） te.i.sho.ku

一般指包含主菜、白飯、味噌湯、醃漬物或昆布等。所提供的菜色餐點固定，因此店家的上菜也較迅速。通常定食的價格會比單點便宜，相當受到學生和上班族歡迎。

01 刺身定食（さしみていしょく）
sa.shi.mi.te.i.sho.ku
生魚片定食

02 焼肉定食（やきにくていしょく）
ya.ki.ni.ku.te.i.sho.ku
烤肉定食

03 豚の生姜焼定食（ぶたのしょうがやきていしょく）
bu.ta.no.sho.o.ga.ya.ki.te.i.sho.ku
薑汁豬肉定食

04 豚カツ定食（とんカツていしょく）
to.n.ka.tsu.te.i.sho.ku
炸豬排定食

05 唐揚げ定食（からあげていしょく）
ka.ra.a.ge.te.i.sho.ku
炸雞塊定食

06 天ぷら定食（てんぷらていしょく）
te.n.pu.ra.te.i.sho.ku
天婦羅定食

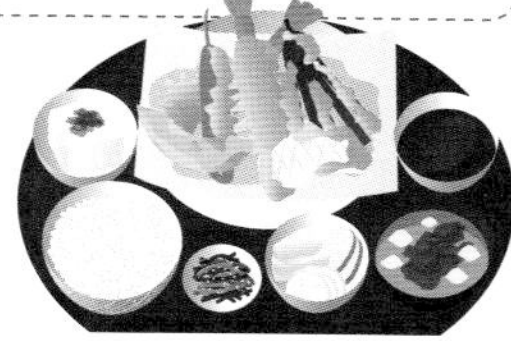

07 エビフライ定食（fry ていしょく）
e.bi.fu.ra.i.te.i.sho.ku
炸蝦定食

08 アジフライ定食（fry ていしょく）
a.ji.fu.ra.i.te.i.sho.ku
炸竹莢魚定食

09 サバの塩焼定食（しおやきていしょく）
sa.ba.no.shi.o.ya.ki.te.i.sho.ku
鹽烤鯖魚定食

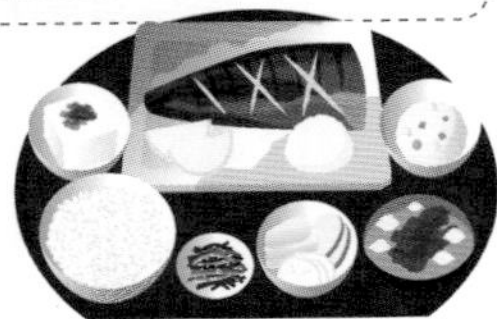

10 さんま塩焼定食（しおやきていしょく）
sa.n.ma.shi.o.ya.ki.te.i.sho.ku
鹽烤秋刀魚定食

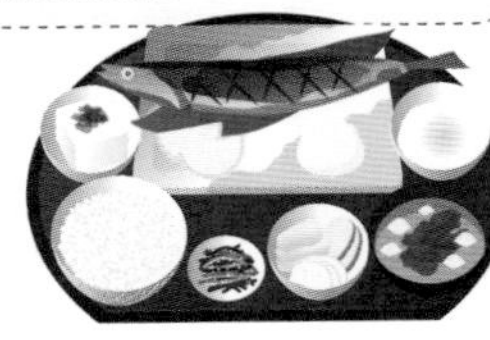

11 コロッケ定食（法 croquette ていしょく）
ko.ro.k.ke.te.i.sho.ku
可樂餅定食

12 和風ハンバーグ定食（わふう hamburg ていしょく）
wa.fu.u.ha.n.ba.a.gu.te.i.sho.ku
和風漢堡肉定食

13 チーズハンバーグ定食（cheese hamburg ていしょく）
chi.i.zu.ha.n.ba.a.gu.te.i.sho.ku
起司漢堡肉定食

14 ラーメン定食（ていしょく）
ra.a.me.n.te.i.sho.ku
拉麵定食

15 蕎麦定食（そばていしょく）
so.ba.te.i.sho.ku
蕎麥麵定食

16 うどん定食（ていしょく）
u.do.n.te.i.sho.ku
烏龍麵定食

17 焼きそば定食（やきそばていしょく）
ya.ki.so.ba.te.i.sho.ku
炒麵定食

18 お好み焼き定食（おこのみやきていしょく）
o.ko.no.mi.ya.ki.te.i.sho.ku
什錦煎餅定食

19 餃子定食（ギョーザていしょく）
gyo.o.za.te.i.sho.ku
煎餃定食

20 麻婆豆腐定食（マーボーどうふていしょく）
ma.a.bo.o.do.o.fu.te.i.sho.ku
麻婆豆腐定食

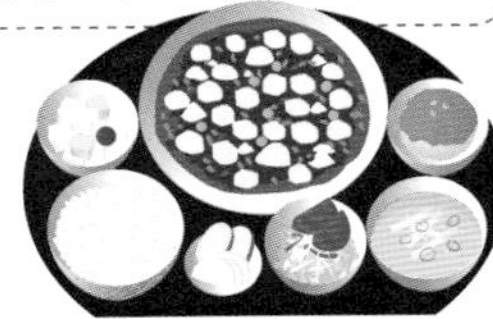

21 酢豚定食（すぶたていしょく）
su.bu.ta.te.i.sho.ku
糖醋排骨定食

22 エビチリ定食（ていしょく）
e.bi.chi.ri.te.i.sho.ku
乾燒蝦仁定食

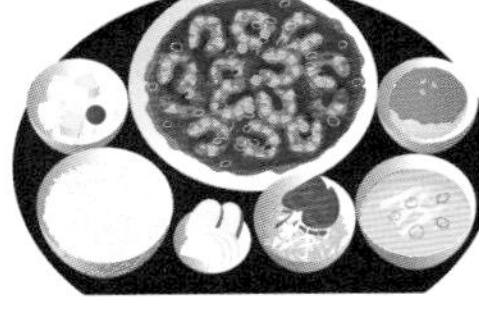

鍋物

072

なべもの
鍋物 na.be.mo.no

和三五好友出門，圍在一起熱熱鬧鬧地吃火鍋吧！

01
すき焼き（や）
su.ki.ya.ki
壽喜燒

02
しゃぶしゃぶ
sha.bu.sha.bu
涮涮鍋

03
もつ鍋（なべ）
mo.tsu.na.be
內臟鍋

04
寄せ鍋（よ／なべ）
yo.se.na.be
什錦火鍋

05
ちゃんこ鍋（なべ）
cha.n.ko.na.be
相撲火鍋

06
湯豆腐（ゆどうふ）
yu.do.o.fu
湯豆腐（京都名物）

麵包

パン pa.n

073

以下列出一些常見的麵包種類說法，先熟悉一下，到日本要買麵包時就不必擔心不知道怎麼說囉！

01 食(しょく)パン sho.ku.pa.n 白吐司	02 あんぱん a.n.pa.n 紅豆麵包	03 クリームパン ku.ri.i.mu.pa.n 奶油麵包
04 メロンパン me.ro.n.pa.n 菠蘿麵包	05 菓子(かし)パン ka.shi.pa.n 點心麵包	06 ジャムパン ja.mu.pa.n 果醬包
07 コロッケパン ko.ro.k.ke.pa.n 可樂餅麵包	08 カレーパン ka.re.e.pa.n 咖哩麵包	09 焼(や)きそばパン ya.ki.so.ba.pa.n 炒麵麵包
10 くるみパン ku.ru.mi.pa.n 核桃麵包	11 コロネ ko.ro.ne 螺旋麵包	12 クロワッサン ku.ro.wa.s.sa.n 可頌
13 フランスパン fu.ra.n.su.pa.n 法國麵包	14 ガーリックトースト ga.a.ri.k.ku.to.o.su.to 大蒜吐司麵包	15 ベーグル be.e.gu.ru 貝果

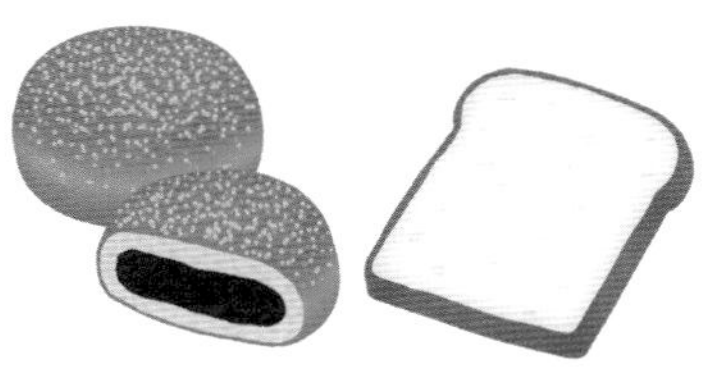

御飯糰

074

おにぎり o.ni.gi.ri

日本超商的御飯糰，除了常見的鮭魚、鮪魚外，還有明太子、酸梅等，口味豐富，下次不妨嚐嚐日式風味的御飯糰吧！

01 ぶた 韓 kimchi
豚キムチ
bu.ta.ki.mu.chi
泡菜炒豬肉

02 やきにく
焼肉
ya.ki.ni.ku
烤肉

03 みそ
ネギ味噌
ne.gi.mi.so
味噌蔥醬

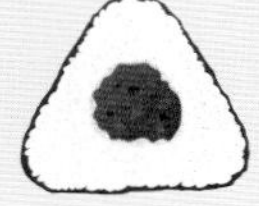

04 こんぶ
昆布
ko.n.bu
昆布

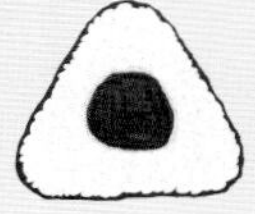

05 うめ
梅
u.me
梅子

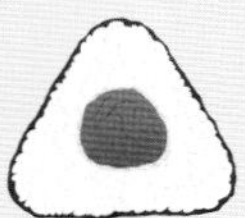

06 たかな
高菜
ta.ka.na
酸菜

07 づ
わさび漬け
wa.sa.bi.zu.ke
芥末醬

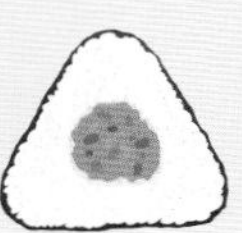

08 しお
塩むすび
shi.o.mu.su.bi
鹽味飯糰

09 さけ
鮭・しゃけ
sa.ke・sha.ke
鮭魚

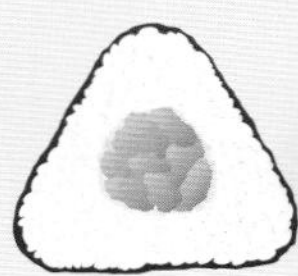

10 かつお
ka.tsu.o
鰹魚

11 明太子（めんたいこ）
me.n.ta.i.ko
明太子

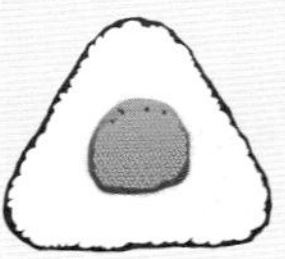

12 筋子（すじこ）
su.ji.ko
鮭魚卵（未成熟卵）

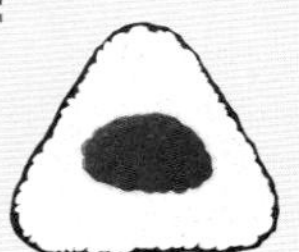

13 いくら
i.ku.ra
鮭魚子（成熟卵，一顆一顆的）

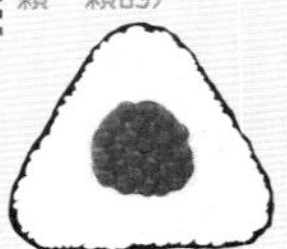

14 たらこ
ta.ra.ko
鱈魚卵

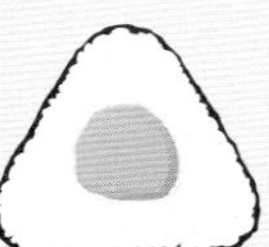

15 焼（や）きたらこ
ya.ki.ta.ra.ko
烤鱈魚卵

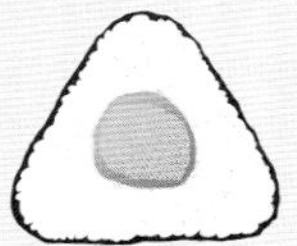

16 ツナ（tuna）マヨネーズ（法 mayonnaise）
tsu.na.ma.yo.ne.e.zu
鮪魚美乃滋

17 鮭（さけ）マヨネーズ（法 mayonnaise）
sa.ke.ma.yo.ne.e.zu
鮭魚美乃滋

18 カニマヨネーズ（法 mayonnaise）
ka.ni.ma.yo.ne.e.zu
蟹肉美乃滋

19 マグロの角煮（かくに）
ma.gu.ro.no.ka.ku.ni
鮪魚角煮

20※ 海苔（のり）の佃煮（つくだに）
no.ri.no.tsu.ku.da.ni
海苔佃煮

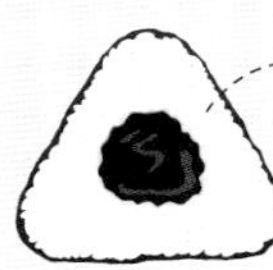

將魚貝類與醬油和糖一起煮的醬。

21 ドライカレー (dry curry)
do.ra.i.ka.re.e
乾咖哩

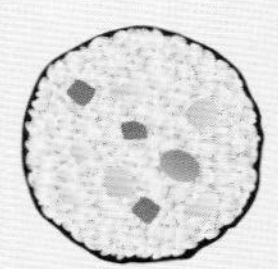

22 チャーハン
cha.a.ha.n
炒飯

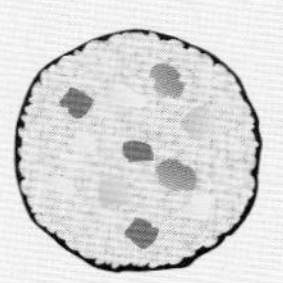

23 五目ご飯（ごもくはん）
go.mo.ku.go.ha.n
什錦飯

24 穴子（あなご）
a.na.go
星鰻

25 天むす（てん）
te.n.mu.su
炸蝦

26 ※ ピラフ (pilaf)
pi.ra.fu
肉飯

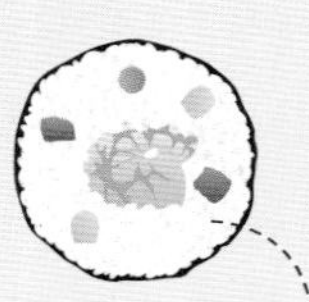

將米用奶油炒過後，加入洋蔥、肉、蝦和辛香料、高湯所蒸煮，源自於土耳其的一種料理。

27 赤飯（せきはん）
se.ki.ha.n
紅豆飯

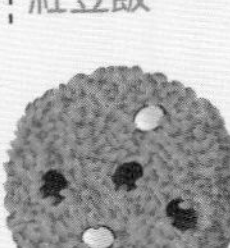

28 オムライス
o.mu.ra.i.su
蛋包飯

29 ソーセージ (sausage)
so.o.se.e.ji
香腸

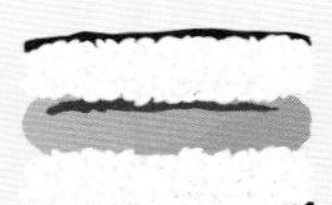

30 とんかつ
to.n.ka.tsu
豬排

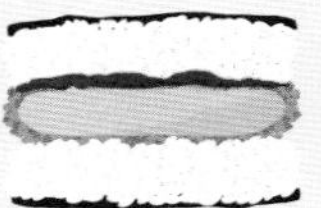

どれも美味（おい）しそう。
do.re.mo.o.i.shi.so.o
不管哪個都好像很美味。

鐵路便當

075

駅弁（えきべん） e.ki.be.n

日本鐵路便當，每站都各具特色及風味，選用的食材都是當地特產。除了嚴選食材外，便當的包裝及餐盒設計，也是注目焦點。

路線名稱
車站名稱
¥ 便當價格

01 いかめし 烏賊飯

i.ka.me.shi

在烏賊裡包入米飯下去蒸煮而成。

函館本線
森站
¥ 500 円

02 かにめし 蟹肉飯

ka.ni.me.shi

函館本線
長萬部站
¥ 1,050 円

03 石狩鮭めし（いしかりさけ） 石狩鮭魚飯

i.shi.ka.ri.sa.ke.me.shi

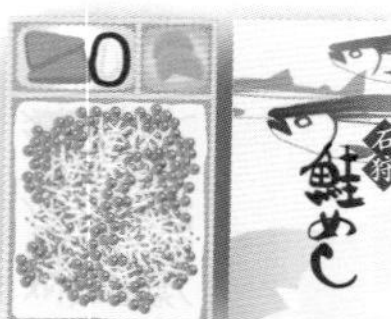

函館本線
札幌站
¥ 1,000 円

04 北海手綱（ほっかい たづな） 北海道手綱

ho.k.ka.i.ta.zu.na

醋飯上鋪有鮭魚、飛魚卵、蛋絲、蟹肉絲等。

函館本線
小樽站
¥ 1,050 円

05 大間（おおま）のマグロづけ炙（あぶ）り丼（どん）

o.o.ma.no.ma.gu.ro.zu.ke.a.bu.ri.do.n

火烤鮪魚丼

東北新幹線 ¥ 1,890 円
八戶站

※冬季限定

06 いちご弁当（べんとう） 海膽鮑魚便當

i.chi.go.be.n.to.o

這裡的「いちご」不是指「草莓」喔！是指「いちご煮(に)（食材為海膽及鮑魚的一種鄉土料理）」是喜歡海膽和鮑魚的人不容錯過的美味。

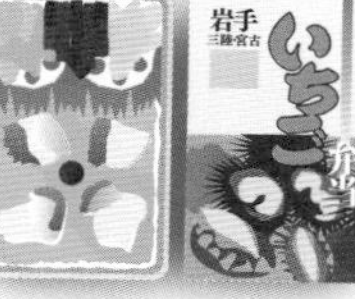

山田線
宮古站
¥ 1,200 円

07

まいたけ
わっぱ舞茸 舞菇飯
wa.p.pa.ma.i.ta.ke

奥羽線
秋田站
¥ 840 円

08

はたはた
鰰 すめし
ha.ta.ha.ta.su.me.shi
日本叉牙魚便當

「鰰」為秋田縣縣魚。由於產期11月時常有雷鳴，因此有另一種寫法「鱩」。在風浪多的冬天捕魚較困難，所以取名為「波多波多（はたはた）」。

奥羽本線
秋田站
¥ 1,000 円

09

まえざわぎゅう　roast　beef　べんとう
前沢 牛 ローストビーフ弁当
ma.e.za.wa.gyu.u.ro.o.su.to.bi.i.fu.
be.n.to.o
燒烤前澤牛肉便當

東北本線
一之關站
¥ 1,300 円

10

ぎゅうにく　なか
牛 肉どまん中
gyu.u.ni.ku.do.ma.n.na.ka
米澤牛肉便當

使用的米是山形縣當地所產的「どまんなか」米，也是此便當名稱的由來。

奥羽線
秋田站
¥ 1,000 円

11

ふかがわ
深川めし
fu.ka.ga.wa.me.shi
深川便當

主要食材為蒲燒星鰻及海瓜子。

東海道新幹線
東京站
¥ 850 円

12

かつ うらかつお　づ　あぶ　も
勝浦 鰹 のたたき漬け炙り盛り
ka.tsu.u.ra.ka.tsu.o.no.ta.ta.ki.zu.ke.
a.bu.ri.mo.ri
勝浦火烤鰹魚飯

使用千葉縣所產的越光米，以及來自千葉縣勝浦港產的鰹魚。

※「鰹（かつお）のたたき」：將鰹魚表面用火微微烤過，而裡面的魚肉還是生魚片的口感。

総武本線
千葉站
¥ 920 円

※秋冬限定

13 だるま弁当（べんとう） 達摩便當
da.ru.ma.be.n.to.o
便當盒是其特色之一，吃完後可當存錢筒使用哦！

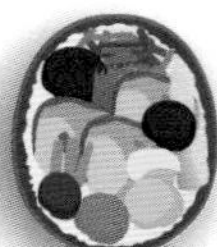

上越新幹線
高崎站
¥ 900 円

14 崎陽軒（きようけん）シウマイ弁当（べんとう）
ki.yo.o.ke.n.shi.u.ma.i.be.n.to.o
崎陽軒燒賣便當

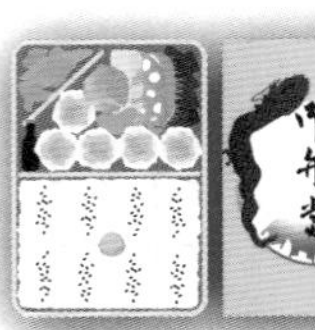

東海道本線
橫濱站
¥ 750 円

15 峠（とうげ）の釜（かま）めし弁当（べんとう）
to.o.ge.no.ka.ma.me.shi.be.n.to.o
燒烤前澤牛肉便當
使用的容器是櫪木縣所產「益子焼（ましこよき）」，直徑約15cm的釜。主要食材為雞肉、牛蒡、香菇、栗子、竹筍、鵪鶉蛋等。

信越本線
横川站
¥ 900 円

16 笹寿司（ささずし） 山白竹壽司
sa.sa.zu.shi
用「隈笹（くまざさ）」別名「山白竹」的竹葉包的壽司，醋飯上頭有鮭魚、蛋、香菇、山菜等配料。

信越本線
妙高高原站
¥ 920 円

17 甲州（こうしゅう） かつサンド
ko.o.shu.u.ka.tsu.sa.n.do
甲州豬排三明治
「甲州」是指現在的日本山梨縣

中央本線
小淵沢站
¥ 600 円

18 ますのすし
ma.su.no.su.shi
鱒魚壽司
從明治時代就開始販售，是相當受歡迎的鐵路便當之一。

北陸本線
富山站
¥ 1,300 円

ごくじょう
19 極上さばずし 極品鯖魚壽司
go.ku.jo.o.sa.ba.zu.shi
使用11、12月的冬季鯖魚，富含油脂。

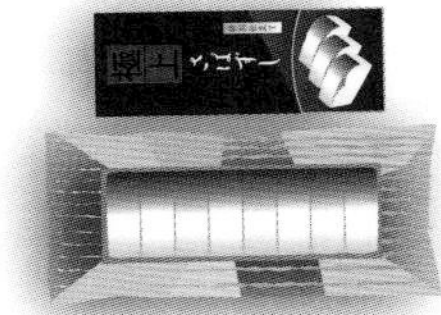

北陸本線
敦賀站
¥ 2,000 円

ほうば　べんとう
20 朴葉みそ弁当 朴葉味噌便當
ho.o.ba.mi.so.be.n.to.o
可加熱便當，只要將便當盒中的繩子拉開，會自動產生蒸氣，約等待5分鐘後就可品嚐熱騰騰的便當囉！

高山本線
高山站
¥ 1,050 円

かがのだてべんとう
21 加賀野立弁当 加賀野立便當
ka.ga.no.da.te.be.n.to.o
高級的懷石料理鐵路便當，一個就要價日幣1萬圓。是目前日本最貴的鐵路便當。

北陸本線
金澤站
¥ 10,000 円

がんそとくせんぎゅうにくべんとう
22 元祖特選牛肉弁当
ga.n.so.to.ku.se.n.gyu.u.ni.ku.be.n.to.o
元祖特選牛肉便當

紀勢本線
松阪站
¥ 1,260 円

なんき　べんとう
23 南紀くじら弁当
na.n.ki.ku.ji.ra.be.n.to.o
南紀鯨魚肉便當
「南紀」指的是從和歌山縣南部至三重縣南部，一日限量五個。

紀勢本線
新宮站
¥ 1,300 円

かき　はず
24 柿の葉寿し 柿葉壽司
ka.ki.no.ha.zu.shi
用柿葉包裹的壽司。

和歌山線
吉野口站
¥ 880 円

基本
交通
生活
文化
觀光
購物
美食
電車路線
電車地圖

25 ひっぱりだこ飯（めし）
hi.p.pa.ri.da.ko.me.shi
明石章魚飯
為紀念明石海峽大橋開通所販售的便當。紙上章魚圖案的後方就是明石海峽大橋。

山陽本線
西明石站
¥ 980 円

26 神戸（こうべ）ワイン（wine）弁当（べんとう）
ko.o.be.wa.i.n.be.n.to.o
神戶牛排紅酒便當
煎得香嫩的神戶牛排，搭配吐司、馬鈴薯、沙拉，並附紅酒及塑膠透明酒杯的神戶紅酒便當，由1984年開始販售，一日限定50個。

山陽新幹線
新神戶站
¥ 1,600 円

27 あつあつうなぎ釜（かま）めし
a.tsu.a.tsu.u.na.gi.ka.ma.me.shi
熱騰騰的鰻魚釜飯

上越新幹線
高崎站
¥ 1,100 円

28 桃太郎（ももたろう）の祭（まつ）りずし
mo.mo.ta.ro.o.no.ma.tsu.ri.zu.shi
桃太郎的豪華壽司
日本岡山縣是桃太郎童話的起源地，因此使用粉紅色的桃型塑膠餐盒。在備前米煮的壽司飯上鋪上蛋絲、香菇、蝦、魚、星鰻、竹筍等。

山陽本線
岡山站
¥ 1,000 円

29 瀬戸（せと）の牡蠣（かき）めし
se.to.no.ka.ki.me.shi
瀨戶牡蠣飯

山陽本線
廣島站
¥ 1,000 円

30 瀬戸（せと）のあな子（ご）
se.to.no.a.na.go
瀨戶星鰻

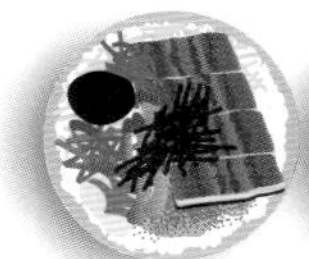

予讃本線
松山站
¥ 730 円

31 大和しじみのもぐり寿し（やまと／ず）
ya.ma.to.shi.ji.mi.no.mo.gu.ri.zu.shi
大和蜆貝壽司飯
使用鳥取縣產的越光米做成壽司飯，在上面鋪上蜆貝、銀魚、蒲燒鰻魚、蝦子、魚板、蛋絲、海苔等。

山陰本線
松江站
¥ 950 円

32 長州ファイブ（ちょうしゅう five） 長州五傑
cho.o.shu.u.fa.i.bu
電影「長州ファイブ」的同名便當。「長州五傑」指的是德川幕府末期長州藩政府秘密派往英國留學的五位藩士（伊藤博文、井上馨、井上勝、遠藤謹助、山尾庸三）。使用了產自瀨戶內海的海鮮，河豚、鯨魚、鮟鱇魚、明太子、海膽等。

山陽本線
下關站
¥ 1,300 円

33 ふく寿司（ずし）
fu.ku.zu.shi
河豚壽司

山陽本線
下關站
¥ 1,150 円

34 かにちらし寿し（ず）
ka.ni.chi.ra.shi.zu.shi
蟹肉散壽司

山陰本線
米子站
¥ 1,020 円

35 ながさき鯨カツ弁当（くじら／べんとう）
na.ga.sa.ki.ku.ji.ra.ka.tsu.be.n.to.o
長崎炸鯨魚排便當

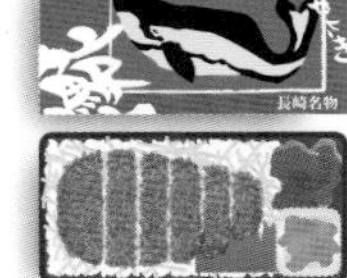

長崎本線
長崎站
¥ 1,050 円

36 豊後さば寿司（ぶんご／ずし）
bu.n.go.sa.ba.zu.shi
豐後鯖魚壽司
「豐後」指的是日本大分縣

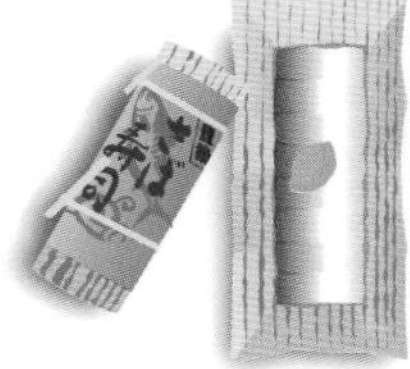

日豐線
大分站
¥ 1,300 円

37 南蛮(なんばん)あごめし
na.n.ba.n.a.go.me.shi
南蠻飛魚飯
南蠻是室町時代的日本人將來自歐洲（葡萄牙與西班牙）的人或物的稱呼。

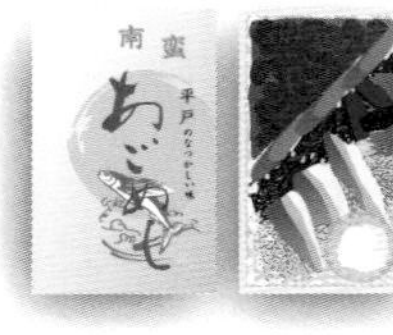

佐世保線
佐世保站
¥ 800 円

38 鮎屋三代(あゆやさんだい) 鮎屋三代
a.yu.ya.sa.n.da.i
將燉煮過香魚的湯汁淋在飯上，再豪邁地放上一整條香魚甘露煮。為九州新幹線開業以來，研發一年的鐵道便當。

九州新幹線
八代站
¥ 1,100 円

39 かごんま黒(くろ)ぶた弁当(べんとう)
ka.go.n.ma.ku.ro.bu.ta.be.n.to.o
鹿兒島黑豬肉便當

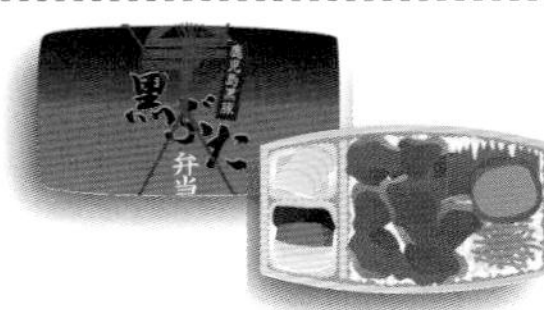

九州新幹線
出水站
¥ 1,050 円

40 焼麦弁当(しゃおまいべんとう) 燒賣便當
sha.o.ma.i.be.n.to.o
這裡的燒賣便當指的是日本西邊的「中央軒」所出產的。其知名度與東方的「崎陽軒」不分軒輊。

鹿兒島本線
鳥栖站
¥ 700 円

41 極黒豚(きわみくろぶた)めし
ki.wa.mi.ku.ro.bu.ta.me.shi
頂級黑豬肉便當
使用來自鹿兒島正宗黑豬肉，將切好的豬肉片用特製醬汁調味後燒烤而成。

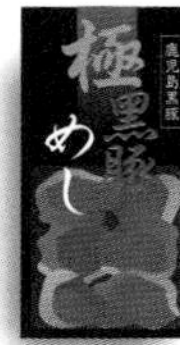

鹿兒島本線
鹿兒島中央站
¥ 1,050 円

42 かしわめし 雞肉飯
ka.shi.wa.me.shi
「黃鷄（かしわ）」是日本中部、關西、九州地區統稱雞肉的特別說法。

鹿兒島本線
折尾站
¥ 750 円

義式料理

076

Italia りょうり
イタリア料理 i.ta.ri.a.ryo.o.ri

在這裡為您列出一些除義大利麵以外，較常見的義式料理名稱及食材。

比薩種類

01
義 margherita
マルゲリータ
ma.ru.ge.ri.i.ta
瑪格莉特比薩

02
義 marinara
マリナーラ
ma.ri.na.a.ra
水手比薩

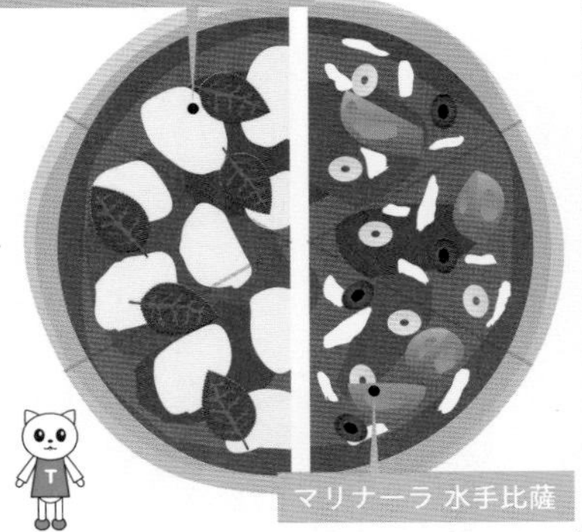

03
義 romana
ロマーナ
ro.ma.a.na
羅馬風起司

04
義 quattro stagioni
クアトロ・スタジョーニ
ku.a.to.ro・su.ta.jo.o.ni
四季比薩

05
義 quattro formaggi
クアトロ・フォルマッジ
ku.a.to.ro・fo.ru.ma.j.ji
起司總匯

其他義式料理

06

義 carpaccio
カルパッチョ
ka.ru.pa.c.cho
義式生牛肉薄片

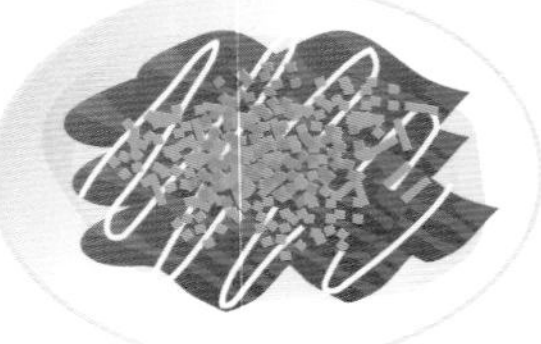

07

義 trippa
トリッパ
to.ri.p.pa
燉煮牛肚

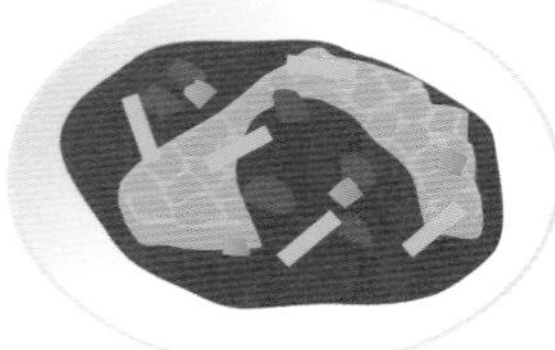

08

義 osso buco
オッソ・ブーコ
o.s.so・bu.u.ko
義大利紅燒牛肉

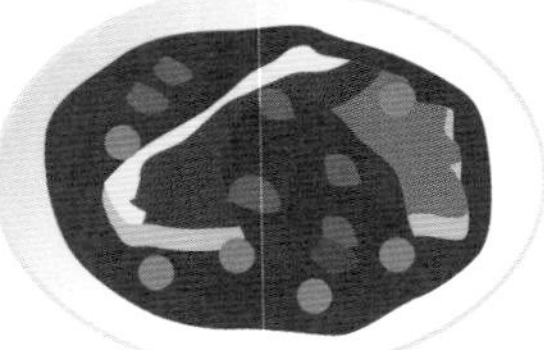

09

義 acqua pazza
アクアパッツァ
a.ku.a.pa.t.tsu.a
義式海鮮蛤蠣蒸鯛魚

10

義 risotto
リゾット
ri.zo.t.to
義大利燉飯

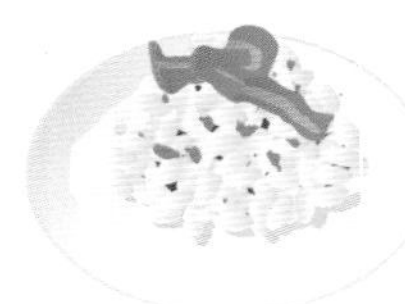

11

義 caprese
カプレーゼ
ka.pu.re.e.ze
用蕃茄、莫薩里拉乾酪、羅勒所製成的沙拉。

12

olive oil
オリーブオイル
o.ri.i.bu.o.i.ru
橄欖油

13

義 balsamico す
バルサミコ酢
ba.ru.sa.mi.ko.su
義大利黑醋

14

義 focaccia

フォカッチャ

fo.ka.c.cha

佛卡恰

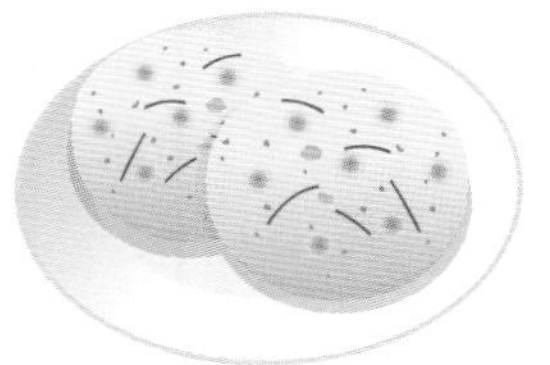

15

義 minestrone

ミネストローネ

mi.ne.su.to.ro.o.ne

義式蔬菜湯

16

義 zuppa

ズッパ

zu.p.pa

托斯卡尼濃湯

17

義 capunata

カポナータ

ka.po.na.a.ta

蕃茄燉菜

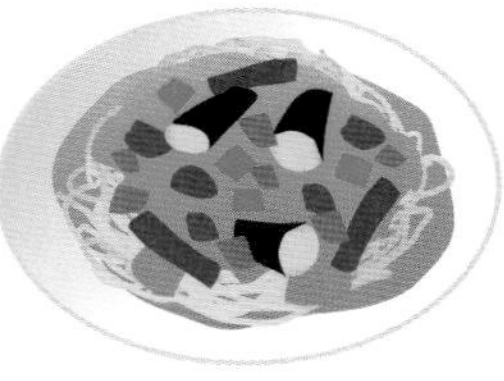

18

義 bruschetta

ブルスケッタ

bu.ru.su.ke.t.ta

義式烤麵包片

19

義 panini

パニーニ

pa.ni.i.ni

義大利烤三明治

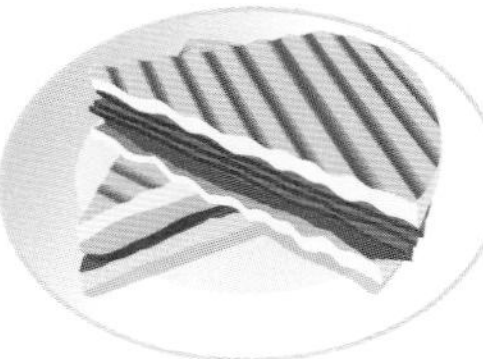

義式料理中常用的食材

20
義 pancetta
パンチェッタ
pa.n.che.t.ta
義大利煙燻切片培根

21
bacon
ベーコン
be.e.ko.n
培根

22
義 salami
サラミ
sa.ra.mi
義大利臘腸

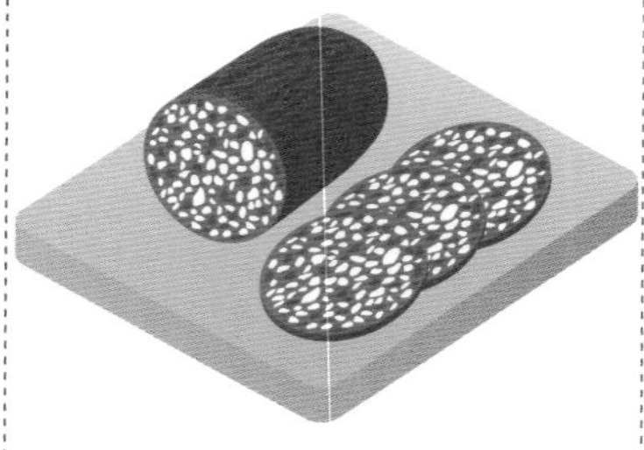

23
義 prosciutto
プロシュート
pu.ro.shu.u.to
義大利火腿

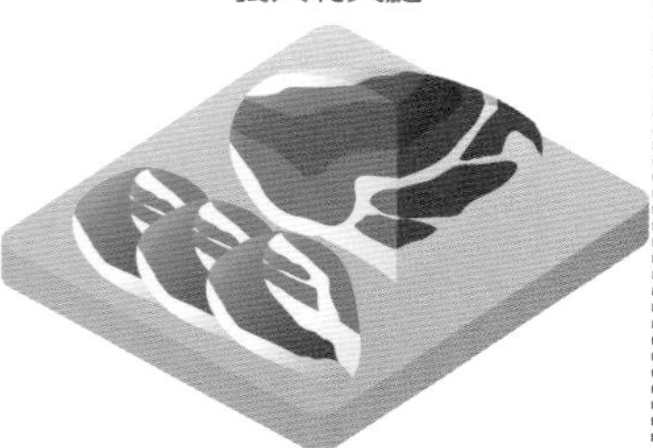

※有些認定唯有「Parma（帕馬）」的火腿才夠資格稱作 Prosciutto

24
義 anchovy
アンチョビ
a.n.cho.bi
鯷魚

25
義 porcini
ポルチーニ
po.ru.chi.i.ni
牛肝菌菇

26
義 rucola
ルッコラ（ルーコラ）
ru.k.ko.ra (ru.u.ko.ra)
芝麻菜、火箭生菜

起司・乳酪

27 cheese
チーズ 起司、乳酪
chi.i.zu

チーズに病み付き。
chi.i.zu.ni.ya.mi.tsu.ki
起司叫人一吃就上癮。

28 義 parmigiano reggiano
パルミジャーノ・レッジャーノ
parmesan
（パルメザン）
pa.ru.mi.ja.a.no・re.j.ja.a.no
（pa.ru.me.za.n）
帕瑪森

29 義 mozzarella
モッツァレラ
mo.t.tsu.a.re.ra
瑪芝瑞拉

30 義 mascarpone
マスカルポーネ
ma.su.ka.ru.po.o.ne
馬斯卡邦起司

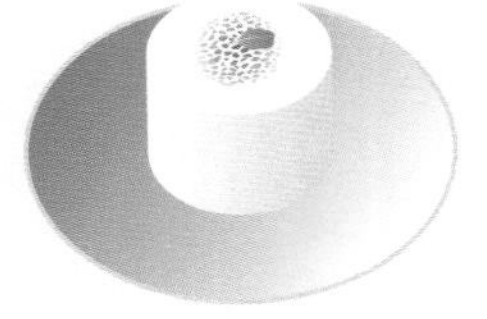

31 義 gorgonzola
ゴルゴンゾーラ
go.ru.go.n.zo.o.ra
戈爾根佐拉

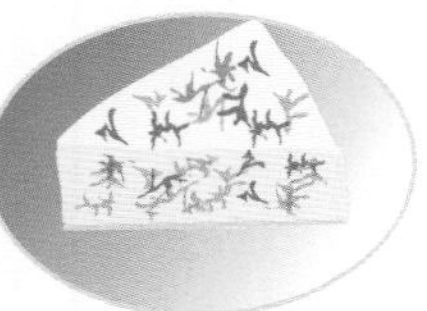

32 義 ricotta
リコッタ
ri.ko.t.ta
瑞可塔

義式甜點

33
dessert
デザート
de.za.a.to
甜點

34
義 tiramisu
ティラミス
ti.ra.mi.su
提拉米蘇

35
義 panna cotta
パンナコッタ
pa.n.na.ko.t.ta
義式奶酪布丁

36
義 affogato
アフォガート
a.fo.ga.a.to
阿法奇朵

37
義 zabaione
ザバイオーネ
za.ba.i.o.o.ne
蛋奶酒

咖啡

38
義 espresso
エスプレッソ
e.su.pu.re.s.so
義式濃縮咖啡

39
義 caffè Latte
カフェ・ラッテ
ka.fe・ra.t.te
拿鐵咖啡

40
義 cappuccino
カプチーノ
ka.pu.chi.i.no
卡布奇諾

酒

41
liqueur
リキュール
ri.kyu.u.ru
利口酒

42
義 chianti
キャンティ
kya.n.ti.i
吉安地酒
義大利葡萄酒

43
義 campari
カンパリ
ka.n.pa.ri
金巴利酒
義大利餐前苦味酒

義大利麵

077

パスタ pa.su.ta

進到義大利麵店，打開菜單密密麻麻的外來語真是讓人頭痛。就讓我們來認識一些基本單字吧！

01
義 bolognese
ボロネーゼ
bo.ro.ne.e.ze
經典肉醬

02
義 vongole
ボンゴレ
bo.n.go.re
白酒蛤蜊

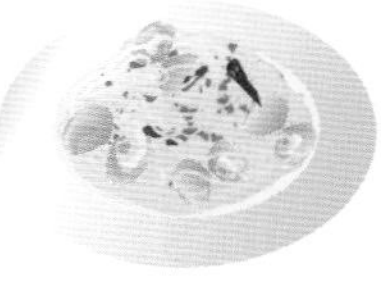

03
義 peperoncino
ペペロンチーノ
pe.pe.ro.n.chi.i.no
蒜香辣味

04
義 all'arrabbiata
アラビアータ
a.ra.bi.a.a.ta
辣味茄汁

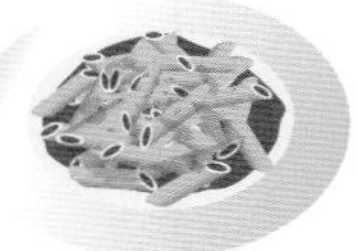

05
義 marinara
マリナーラ
ma.ri.na.a.ra
蒜香茄汁

06
義 pescatora
ペスカトーレ
pe.su.ka.to.o.re
海鮮茄汁

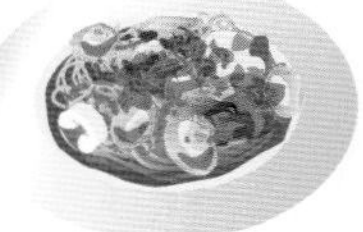

07
義 amatriciana
アマトリチャーナ
a.ma.to.ri.cha.a.na
茄汁培根

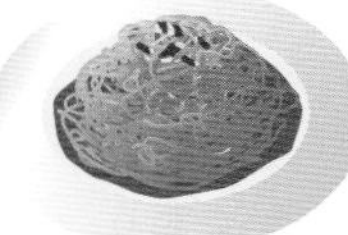

08
義 carbonara
カルボナーラ
ka.ru.bo.na.a.ra
奶油培根

09
義 genovese
ジェノヴェーゼ
je.no.be.e.ze
洋芋長豆青醬

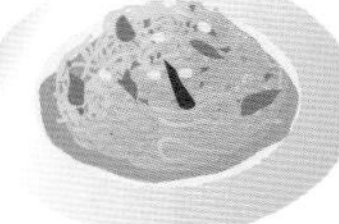

麵條種類

10 義 spaghetti
スパゲティ
su.pa.ge.ti.i
義大利麵
斷面為圓形、
粗細約 2 毫米以下

11 義 spaghettini
スパゲティーニ
su.pa.ge.ti.i.ni
義大利麵
較細、斷面為圓形、
粗細約 1.6 毫米左右

12 義 capellini
カッペリーニ
ka.p.pe.ri.i.ni
天使細麵、義大利髮絲麵
極細、斷面為圓形、
粗細約 1.2 毫米以下

13 義 fedelini
フェデリーニ
fe.de.ri.i.ni
義大利細麵
極細、斷面為圓形、
粗細約 1.2 毫米左右

14 義 tagliolini
タリオリーニ
ta.ri.o.ri.i.ni
義大利扁平細麵
扁形的麵、細長、
幅度約 1～2 毫米

15 義 linguine
リングイネ
ri.n.gu.i.ne
義大利扁平細麵
斷面為橢圓形、
粗細約 1～3 毫米

16 義 tagliatelle
タリアテッレ
ta.ri.a.te.r.re
義大利寬麵
扁形的麵、
幅度約 5～8 毫米

17 義 cannelloni
カネロニ
ka.ne.ro.ni
義大利麵捲

18 義 rigatoni
リガトーニ
ri.ga.to.o.ni
螺旋管麵
較粗、筒形

19 義 maccheroni
マカロニ
ma.ka.ro.ni
通心麵

20 義 penne
ペンネ
pe.n.ne
筆尖麵

21 義 gnocchi
ニョッキ
nyo.k.ki
馬鈴薯麵疙瘩

22 義 farfalle
ファルファッレ
fa.ru.fa.r.re
蝴蝶麵

23 義 ravioli
ラビオリ
ra.bi.o.ri
義大利麵餃
包肉、蔬菜、起士等

24 義 lasagne
ラザニア
ra.za.ni.a
千層麵

日式配料

25
たらこ
ta.ra.ko
鱈魚卵

26 めんたいこ
明太子
me.n.ta.i.ko
明太子

27
あさり
a.sa.ri
海瓜子

28 なっとう
納豆
na.t.to.o
納豆

29
きのこ
ki.no.ko
菇類

30 うめ
梅
u.me
梅子

中式料理

078

ちゅうかりょうり
中華料理 chu.u.ka.ryo.o.ri

在日本也吃得到一些常見的中式料理，但口味上可能會做些調整。在日本書店、網路上也可找到中式料理的食譜哦！

熱炒

01 すぶた
酢豚
su.bu.ta
咕咾肉

02 マーボーどうふ
麻婆豆腐
ma.a.bo.o.do.o.fu
麻婆豆腐

03 ホイコーロー
回鍋肉
ho.i.ko.o.ro.o
回鍋肉

04 チンジャオロースー
青椒肉絲
chi.n.ja.o.ro.o.su.u
青椒炒肉絲

05 liver いた
レバニラ炒め
re.ba.ni.ra.i.ta.me
韮菜炒牛肝

06 えび chili sause
海老チリソース
e.bi.chi.ri.so.o.su
乾燒蝦仁

湯品

07 たまご soup
玉子スープ
ta.ma.go.su.u.pu
蛋花湯

08 corn soup
コーンスープ
ko.o.n.su.u.pu
玉米濃湯

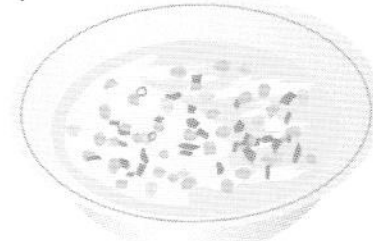

09 soup
フカヒレスープ
fu.ka.hi.re.su.u.pu
魚翅湯

麵・飯料理

10 焼(や)きビーフン
ya.ki.bi.i.fu.n
炒米粉

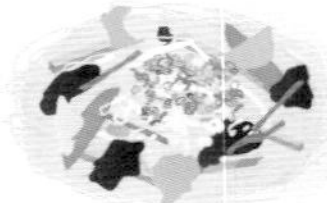

11 五目(ごもく)ヤキソバ
go.mo.ku.ya.ki.so.ba
什錦炒麵

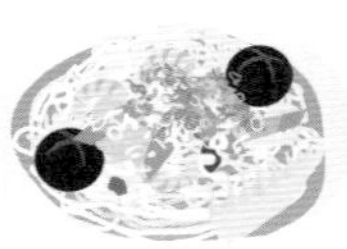

12 天津飯(てんしんはん)
te.n.shi.n.ha.n
蟹肉炒蛋燴飯

13 五目(ごもく)そば
go.mo.ku.so.ba
什錦湯麵

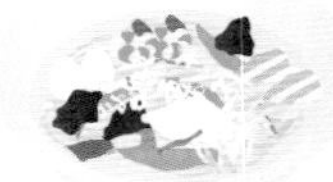

14 担々麺(タンタンめん)
ta.n.ta.n.me.n
擔擔麵

15 ワンタンメン
wa.n.ta.n.me.n
餛飩麵

16 五目(ごもく)チャーハン
go.mo.ku.cha.a.ha.n
什錦炒飯

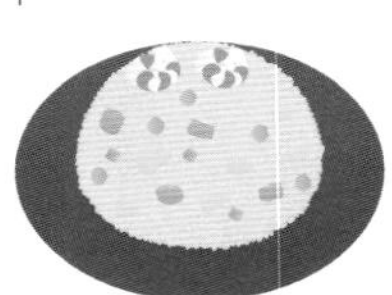

17 海老(えび)チャーハン
e.bi.cha.a.ha.n
蝦仁炒飯

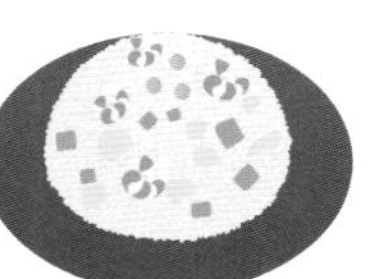

18 レタス(lettuce)チャーハン
re.ta.su.cha.a.ha.n
萵苣炒飯

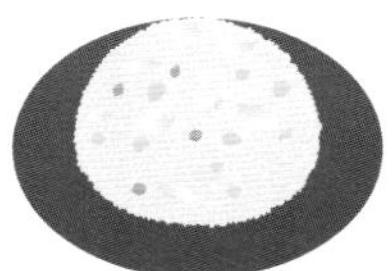

19 海鮮(かいせん)おこげ
ka.i.se.n.o.ko.ge
海鮮鍋巴

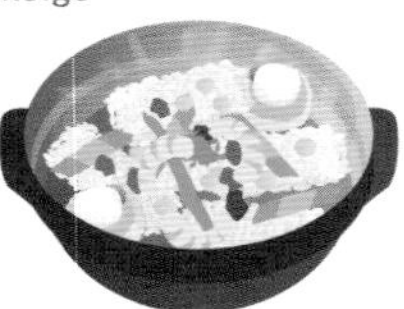

20 五目(ごもく)おこげ
go.mo.ku.o.ko.ge
什錦鍋巴

21 ショウロンポウ
小籠包
sho.o.ro.n.po.o
小籠包

22 シュウマイ
焼売
shu.u.ma.i
燒賣

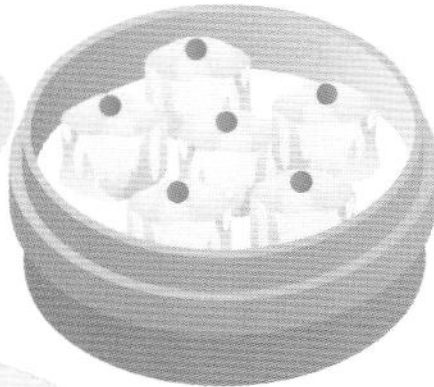

23 えび シュウマイ
海老焼売
e.bi.shu.u.ma.i
鮮蝦燒賣

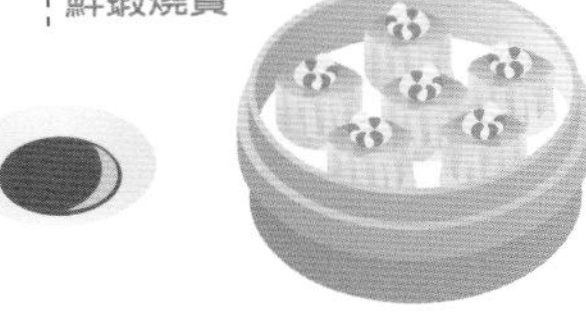

24 えびむ ギョーザ
海老蒸し餃子
e.bi.mu.shi.gyo.o.za
鮮蝦蒸餃

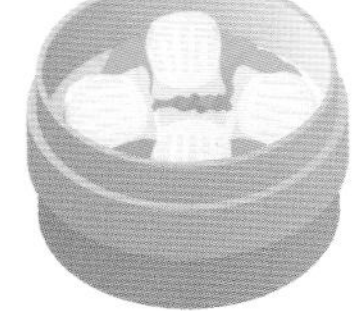

25 やきギョーザ
焼餃子
ya.ki.gyo.o.za
煎餃

26 すいギョーザ
水餃子
su.i.gyo.o.za
水餃

27 はるまき
春巻
ha.ru.ma.ki
春捲

28 あんにんどうふ
杏仁豆腐
a.n.ni.n.do.o.fu
杏仁豆腐

韓式料理

079

かんこくりょうり
韓国料理 ka.n.ko.ku.ryo.o.ri

近年來，由於韓劇的影響，韓式料理在日本也漸漸崛起。辣炒年糕、石鍋拌飯、韓式烤肉和泡菜都是超人氣韓式料理。

韓式煎餅

01 パジョン
pa.jo.n
煎蔥餅

02 かいせん 韓 jijim
海鮮チヂミ
ka.i.se.n.chi.ji.mi
海鮮煎餅

03 韓 kimchi 韓 jijim
キムチチヂミ
ki.mu.chi.chi.ji.mi
泡菜煎餅

湯鍋

04 韓 comtan
コムタン
ko.mu.ta.n
牛骨湯

05 韓 samgyetang
サムゲタン
sa.mu.ge.ta.n
蔘雞湯

06 韓 seolleongtang
ソルロンタン
so.ru.ro.n.ta.n
雪濃湯

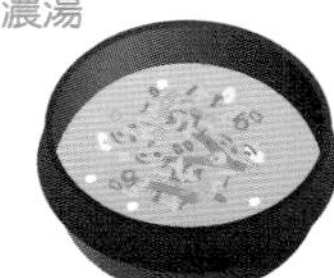

07 韓 yukgaejang
ユッケジャン
yu.k.ke.ja.n
辣細絲牛肉湯

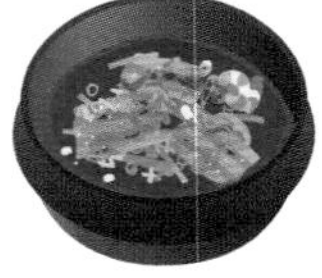

08 韓 sundubu
スンドゥブチゲ
su.n.du.bu.chi.ge
燉辣豆腐湯

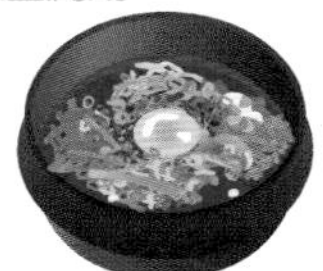

09 韓 budaejjigae
ブデチゲ
bu.de.chi.ge
部隊鍋

麵・飯

10 韓 bibin めん
ビビン麵
bi.bi.n.me.n
辣拌冷麵

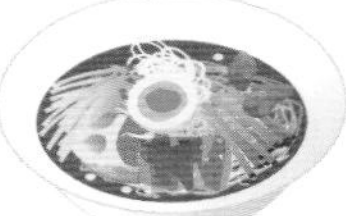

11 韓 gukbap
クッパ
ku.p.pa
湯飯

12 いしやき 韓 bibimbap
石焼ビビンバ
i.shi.ya.ki.bi.bi.n.ba
石鍋拌飯

泡菜

13 韓 tteokbokki
トッポギ
to.p.po.gi
辣炒年糕

から
辛い
ka.ra.i
辣！

から
辛くない
ka.ra.ku.na.i
不辣！

14 イカポックン
i.ka.po.k.ku.n
炒魷魚

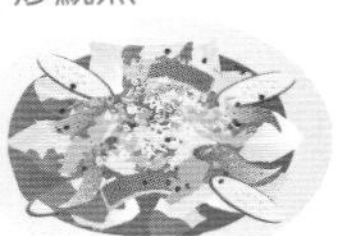

15 チムダク
chi.mu.da.ku
蒸雞

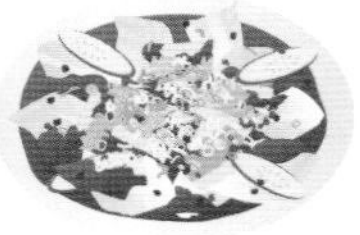

16 韓 kimchi
キムチ
ki.mu.chi
泡菜

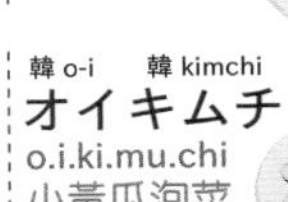

17 韓 o-i 韓 kimchi
オイキムチ
o.i.ki.mu.chi
小黃瓜泡菜

18 カクテキ
ka.ku.te.ki
蘿蔔泡菜

19 韓 gejang
ケジャン
ke.ja.n
蟹肉泡菜

韓式烤肉

20 韓 bulgogi
プルコギ
pu.ru.ko.gi
烤肉（牛）

21 韓 dark 韓 galbi
タッカルビ
ta.k.ka.ru.bi
烤雞排

下酒菜

22 韓 makgeolli
マッコリ
ma.k.ko.ri
馬格利酒
（傳統米酒的一種）

23 韓 yukhoe
ユッケ
yu.k.ke
生拌牛肉

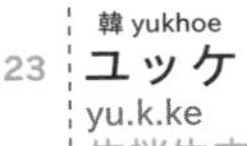

24 韓 possam
ポッサム
po.s.sa.mu
生菜包肉

西式甜點

ようがし
洋菓子 yo.o.ga.shi

琳瑯滿目、精緻美味的西式甜點，是不是叫人垂涎欲滴？在品嚐這些可口的甜點時，先來學學它們的日文說法吧！

鮮奶油蛋糕［ショートケーキ］

01
いちご　shortcake
苺のショートケーキ
i.chi.go.no.sho.o.to.ke.e.ki

shortcake
イチゴのショートケーキ
i.chi.go.no.sho.o.to.ke.e.ki

strawberry　shortcake
ストロベリーショートケーキ
su.to.ro.be.ri.i.sho.o.to.ke.e.ki
草莓鮮奶油蛋糕

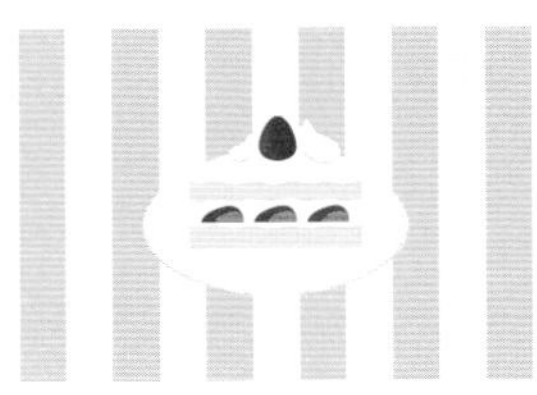

02
kiwi　fruit　shortcake
キウイフルーツショートケーキ
ki.u.i.fu.ru.u.tsu.sho.o.to.ke.e.ki
奇異果鮮奶油蛋糕

03
fruit　shortcake
フルーツショートケーキ
fu.ru.u.tsu.sho.o.to.ke.e.ki
水果鮮奶油蛋糕

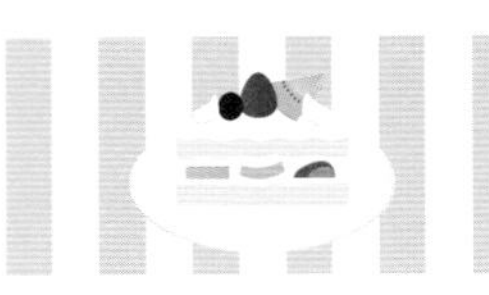

04
melon　shortcake
メロンショートケーキ
me.ro.n.sho.o.to.ke.e.ki
哈蜜瓜鮮奶油蛋糕

05
もも　shortcake
桃ショートケーキ
mo.mo.sho.o.to.ke.e.ki
水蜜桃鮮奶油蛋糕

起司蛋糕［チーズケーキ］

06
cheese cake
チーズケーキ
chi.i.zu.ke.e.ki
起司蛋糕

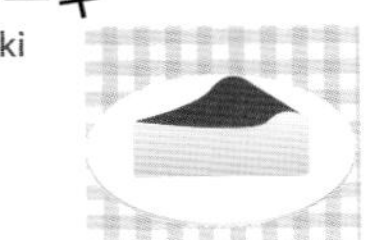

07
rare cheese cake
レアチーズケーキ
re.a.chi.i.zu.ke.e.ki
生起司蛋糕

08
cream cheese cake
クリームチーズケーキ
ku.ri.i.mu.chi.i.zu.ke.e.ki
奶油起司蛋糕

09
blueberry cheese cake
ブルーベリーチーズケーキ
bu.ru.u.be.ri.i.chi.i.zu.ke.e.ki
藍莓起司蛋糕

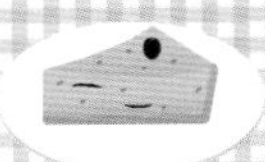

10
New York cheese cake
ニューヨークチーズケーキ
nyu.u.yo.o.ku.chi.i.zu.ke.e.ki
紐約起司蛋糕

11
baked cheese cake
ベイクドチーズケーキ
be.i.ku.do.chi.i.zu.ke.e.ki
熱烤起司蛋糕

果凍［ゼリー］

12
pine
パイン
pa.i.n
鳳梨

13
aloe
アロエ
a.ro.e
蘆薈

14
はくとう
白桃
ha.ku.to.o
白桃

15
mango
マンゴー
ma.n.go.o
芒果

16
ぶどう
bu.do.o
葡萄

17
みかん
mi.ka.n
蜜柑

果凍［ゼリー］

18 なめらか杏仁（あんにん）
na.me.ra.ka.a.n.ni.n
滑嫩杏仁

19 コーヒーゼリー（coffee jelly）
ko.o.hi.i.ze.ri.i
咖啡凍

泡芙［シュークリーム］

20 シュークリーム（法 chou à la crème）
shu.u.ku.ri.i.mu
泡芙

21 バニラ（vanilla）
ba.ni.ra
香草

22 バナナ（banana）
ba.na.na
香蕉

23 ラムレーズン（rum raisin）
ra.mu.re.e.zu.n
蘭姆葡萄

24 ストロベリー（strawberry）
su.to.ro.be.ri.i
草莓

25 エスプレッソ（義 espresso）
e.su.pu.re.s.so
義式濃縮咖啡

26 抹茶（まっちゃ）
ma.c.cha
抹茶

27 チョコレート（chocolate）
cho.ko.re.e.to
巧克力

28 ヨーグルト（yoghurt）
yo.o.gu.ru.to
優格

派［パイ］

29 レモンパイ (lemon pie)
re.mo.n.pa.i
檸檬派

30 パンプキンパイ (pumpkin pie)
pa.n.pu.ki.n.pa.i
南瓜派

31 キャラメルナッツパイ (caramel nuts pie)
kya.ra.me.ru.na.t.tsu.pa.i
焦糖堅果派

32 アップルパイ (apple pie)
a.p.pu.ru.pa.i
蘋果派

33 アプリコットパイ (apricot pie)
a.pu.ri.ko.t.to.pa.i
杏桃派

34 マロンホイップパイ (法 marron whip pie)
ma.ro.n.ho.i.p.pu.pa.i
鮮奶油栗子派

35 チョコバナナホイップパイ (choco banana whip pie)
cho.ko.ba.na.na.ho.i.p.pu.pa.i
鮮奶油巧克力香蕉派

慕斯［ムース］

36 抹茶のムース (まっちゃ mousse)
ma.c.cha.no.mu.u.su
抹茶慕斯

37 バナナムース (banana mousse)
ba.na.na.mu.u.su
香蕉慕斯

38 ヨーグルトムース (yoghurt mousse)
yo.o.gu.ru.to.mu.u.su
優格慕斯

39 ココアムース (cocoa mousse)
ko.ko.a.mu.u.su
可可慕斯

慕斯［ムース］

40 ミントチョコムース (mint choco mousse)
mi.n.to.cho.ko.mu.u.su
薄荷巧克力慕斯

41 グレープフルーツのムース (grapefruit mousse)
gu.re.e.pu.fu.ru.u.tsu.no.mu.u.su
葡萄柚慕斯

馬卡龍［マカロン］

42 マカロン (法 macaron)
ma.ka.ro.n
馬卡龍

43 抹茶 (まっちゃ)
ma.c.cha
抹茶

44 ストロベリー (strawberry)
su.to.ro.be.ri.i
草莓

45 コーヒー (coffee)
ko.o.hi.i
咖啡

46 オレンジ (orange)
o.re.n.ji
柳橙

47 レモン (lemon)
re.mo.n
檸檬

48 ピスタチオ (pistachio)
pi.su.ta.chi.o
開心果

49 胡麻 (ごま)
go.ma
芝麻

50 ローズ (rose)
ro.o.zu
玫瑰

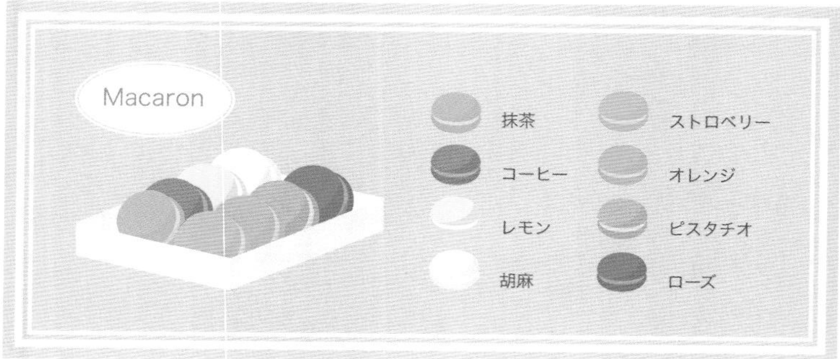

51 チョコレートケーキ (chocolate cake)
cho.ko.re.e.to.ke.e.ki
巧克力蛋糕

52 キャラメルショコラケーキ (caramel 法 chocolat cake)
kya.ra.me.ru.sho.ko.ra.ke.e.ki
焦糖巧克力蛋糕

53 ティラミス (義 tiramisu)
ti.ra.mi.su
提拉米蘇

54 プリン (pudding)
pu.ri.n
布丁

55 モンブラン (法 mont-blanc)
mo.n.bu.ra.n
蒙布朗

56 ワッフル (waffle)
wa.f.fu.ru
鬆餅

57 ロールケーキ (roll cake)
ro.o.ru.ke.e.ki
瑞士捲

58 オペラ (opera)
o.pe.ra
歐培拉蛋糕

各種蛋糕［各種ケーキ］

59 葡 castella
カステラ
ka.su.te.ra
蜂蜜蛋糕

60 madeleine
マドレーヌ
ma.do.re.e.nu
瑪德蓮貝殼

61 法 chiffon cake
シフォンケーキ
shi.fo.n.ke.e.ki
戚風蛋糕

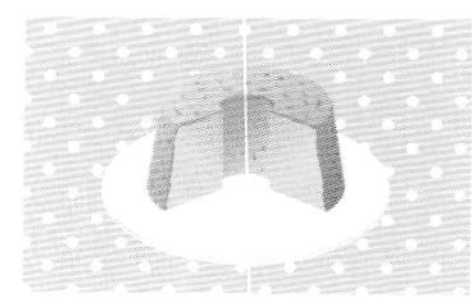

62 法 millefeuille
ミルフィーユ
mi.ru.fi.i.yu
千層派

63 法 mille crepes
ミルクレープ
mi.ru.ku.re.e.pu
法式千層派蛋糕

64 tart
さくらんぼのタルト
sa.ku.ra.n.bo.no.ta.ru.to
櫻桃塔

65 法 profiteroles
プロフィットロール
pu.ro.fi.t.to.ro.o.ru
泡芙塔

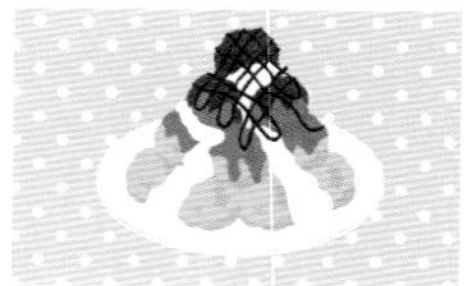

66 法 souffle
スフレ
su.fu.re
舒芙蕾

巧克力

chocolate
チョコレート cho.ko.re.e.to

巧克力可說是小孩與女性的最愛，豐富的口感搭配精緻的包裝，讓人難以抗拒！現在就來學習常見的巧克力名稱吧！

01 いた chocolate
板チョコレート
i.ta.cho.ko.re.e.to
片狀巧克力

02 milk chocolate
ミルクチョコレート
mi.ru.ku.cho.ko.re.e.to
牛奶巧克力

03 bitter chocolate
ビターチョコレート
bi.ta.a.cho.ko.re.e.to
苦甜巧克力

04 white chocolate
ホワイトチョコレート
ho.wa.i.to.cho.ko.re.e.to
白巧克力

05 sweet chocolate
スイートチョコレート
su.i.i.to.cho.ko.re.e.to
甜巧克力

06 mint chocolate
ミントチョコレート
mi.n.to.cho.ko.re.e.to
薄荷巧克力

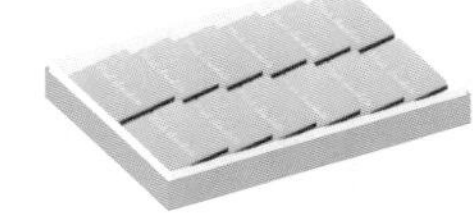

07 アーモンドチョコレート (almond chocolate)
a.a.mo.n.do.cho.ko.re.e.to
杏仁巧克力

08 トリュフ (法 truffe)
to.ryu.fu
松露巧克力

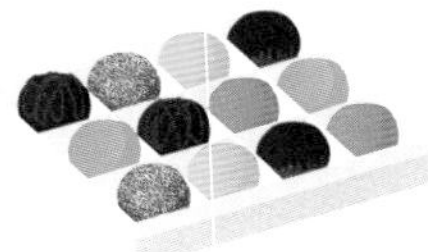

09 オレンジピール (orange peel)
o.re.n.ji.pi.i.ru
橙皮巧克力

10 ラムレーズンチョコレート (rum raisin chocolate)
ra.mu.re.e.zu.n.cho.ko.re.e.to
蘭姆酒葡萄乾巧克力

11 チョコレートバー (chocolate bar)
cho.ko.re.e.to.ba.a
巧克力棒

12 チョコレートウエハース (chocolate wafers)
cho.ko.re.e.to.u.e.ha.a.su
威化脆皮巧克力

13 ウイスキーボンボン (whiskey bon bon)
u.i.su.ki.i.bo.n.bo.n
威士忌巧克力

14 ホットチョコレート (hot chocolate)
ho.t.to.cho.ko.re.e.to
熱可可

15 チョコレートフォンデュ (chocolate fondue)
cho.ko.re.e.to.fo.n.dyu
巧克力火鍋

16 キスチョコレート (kiss chocolate)
ki.su.cho.ko.re.e.to
（賀喜）KISS巧克力

17 生チョコレート (なま chocolate)
na.ma.cho.ko.re.e.to
生巧克力

18 チロルチョコ (tirol choco)
chi.ro.ru.cho.ko
松尾巧克力
1962年，由日本松尾製菓所研發販售的10圓巧克力，口味不斷推陳出新。

本命❤？義理♡？

一般日本女性在情人節將巧克力贈送給喜歡的人稱為「本命（ほんめい）チョコ」，本命的意思就是自己喜歡的人；基於人情而贈送的巧克力稱為「義理（ぎり）チョコ」，贈送對象包括上司、長輩、同事、父親等等。起初為神戶一家叫作Morozoff製菓公司所策畫的活動，後來在不二家、森永製菓公司等將「情人節＝女性贈送男性巧克力的日子」的觀念推廣開來後，逐漸成為日本情人節的特有文化。

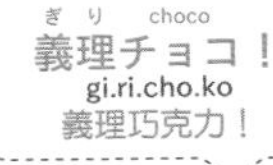

ぎり choco
義理チョコ！
gi.ri.cho.ko
義理巧克力！

可麗餅

法crêpe
クレープ ku.re.e.pu

眼睜睜看著美味的可麗餅模型＆menu，卻無法開口用日語點餐？以下列出各種可麗餅人氣口味，試著用日語點一份來享用吧！

01 バナナチョコ (banana choco)
ba.na.na.cho.ko
香蕉巧克力

02 シナモンチョコレート (cinnamon chocolate)
shi.na.mo.n.cho.ko.re.e.to
肉桂巧克力

03 アーモンドチョコ (almond choco)
a.a.mo.n.do.cho.ko
杏仁巧克力

04 チョコレートチーズケーキ (chocolate cheese cake)
cho.ko.re.e.to.chi.i.zu.ke.e.ki
巧克力起司蛋糕

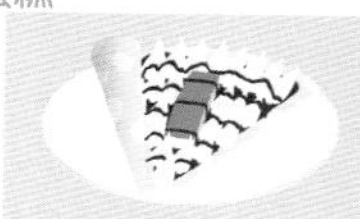

05 バナナチョコフレーク (banana choco flake)
ba.na.na.cho.ko.fu.re.e.ku
香蕉巧克力薄片

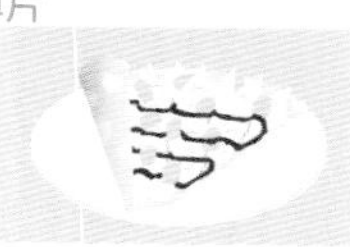

06 ダブルチョコ生クリーム (double choco なま cream)
da.bu.ru.cho.ko.na.ma.ku.ri.i.mu
雙份巧克力鮮奶油

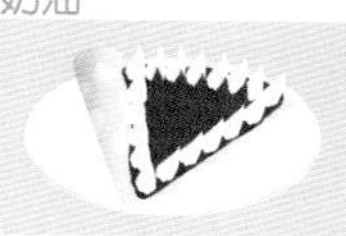

07 ブルーベリーチーズ (blueberry cheese)
bu.ru.u.be.ri.i.chi.i.zu
藍莓起司

08 ブルーベリーヨーグルト (blue berry yoghurt)
bu.ru.u.be.ri.i.yo.o.gu.ru.to
藍莓優格

09 ブルーベリーレアチーズ (blueberry rare cheese)
bu.ru.u.be.ri.i.re.a.chi.i.zu
藍莓起司

10 ストロベリー (strawberry)
su.to.ro.be.ri.i
草莓

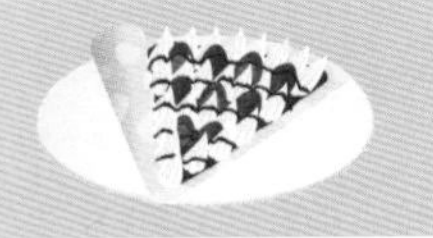

11 イチゴジャム (jam)
i.chi.go.ja.mu
草莓果醬

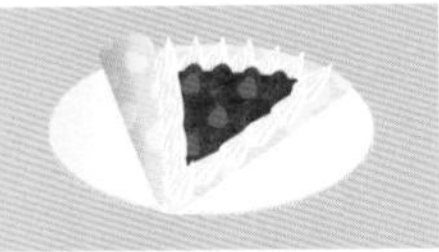

12 イチゴ生(なま)クリーム (cream)
i.chi.go.na.ma.ku.ri.i.mu
草莓鮮奶油

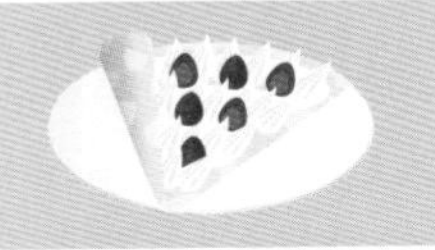

13 ストロベリーチョコ生(なま)クリーム (strawberry choco cream)
su.to.ro.be.ri.i.cho.ko.na.ma.ku.ri.i.mu
草莓巧克力鮮奶油

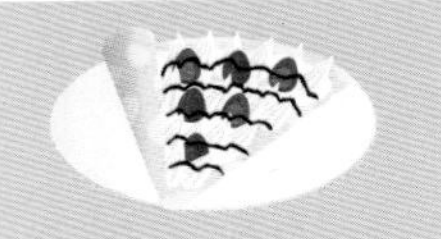

14 フレッシュイチゴとミックスベリー (fresh mix berry)
fu.re.s.shu.i.chi.go.to.mi.k.ku.su.be.ri.i
綜合鮮莓

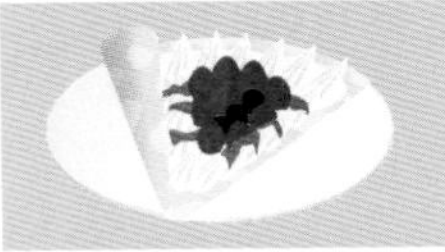

15 フレッシュミックスベリー (fresh mix berry)
fu.re.s.shu.mi.k.ku.su.be.ri.i
新鮮綜合莓果

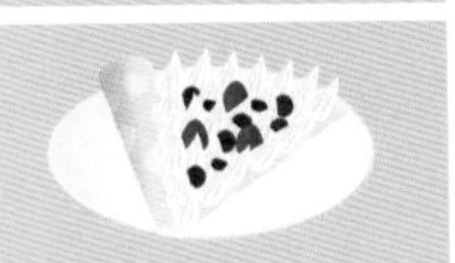

16 フレッシュフルーツ (fresh fruit)
fu.re.s.shu.fu.ru.u.tsu
季節鮮果

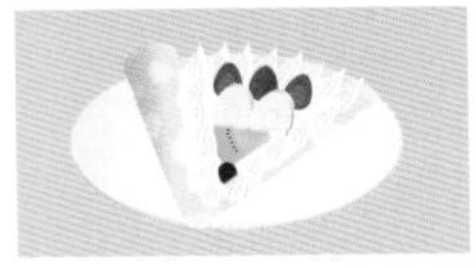

17 キャラメルハニー (caramel honey)
kya.ra.me.ru.ha.ni.i
焦糖蜂蜜

18 caramel nuts なま cream
キャラメルナッツ生クリーム
kya.ra.me.ru.na.t.tsu.na.ma.ku.ri.i.mu
焦糖堅果鮮奶油

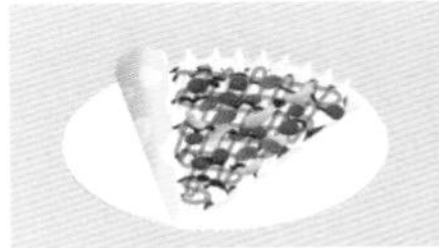

19 caramel banana
キャラメルバナナ
kya.ra.me.ru.ba.na.na
焦糖香蕉

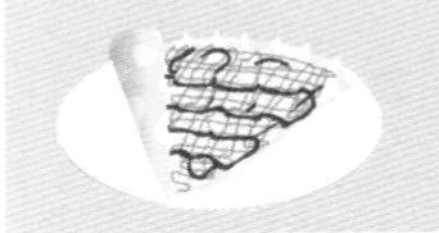

20 maple nuts
メイプルナッツ
me.i.pu.ru.na.t.tsu.
楓糖堅果

21 kiwi なま cream
キウイ生クリーム
ki.u.i.na.ma.ku.ri.i.mu
奇異果鮮奶油

22 marron なま cream
マロン生クリーム
ma.ro.n.na.ma.ku.ri.i.mu
栗子鮮奶油

23 mango なま cream
マンゴー生クリーム
ma.n.go.o.na.ma.ku.ri.i.mu.
芒果鮮奶油

24 banana custard choco
バナナカスタードチョコ
ba.na.na.ka.su.ta.a.do.cho.ko
香蕉卡士達巧克力

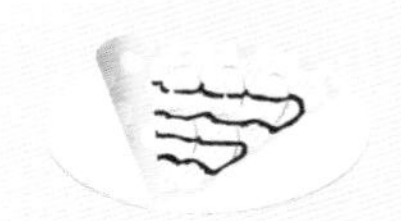

25 custard choco
カスタードチョコ
ka.su.ta.a.do.cho.ko
卡士達巧克力

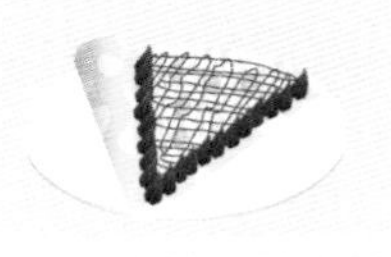

26 custard banana なま cream
カスタードバナナ生クリーム
ka.su.ta.a.do.ba.na.na.na.ma.ku.ri.i.mu
卡士達香蕉鮮奶油

27 義 gelato　choco
ジェラート in イチゴチョコ
je.ra.a.to.i.n.i.chi.go.cho.ko
草莓巧克力冰淇淋

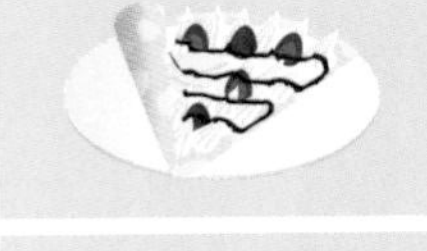

28 義 gelato　法cafe mocha
ジェラート in カフェモカ
je.ra.a.to.in.ka.fe.mo.ka
咖啡摩卡冰淇淋

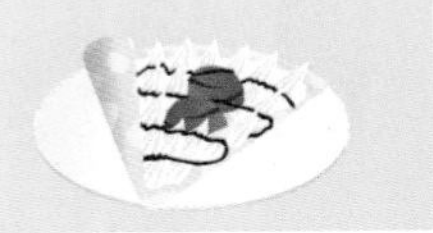

29 chocolate　ice
チョコレートアイス
cho.ko.re.e.to.a.i.su
巧克力冰淇淋

30 avocado　shrimp
アボカドシュリンプ
a.bo.ka.do.shu.ri.n.pu
酪梨蝦仁

31 tuna　egg
ツナエッグ
tsu.na.e.g.gu
鮪魚蛋

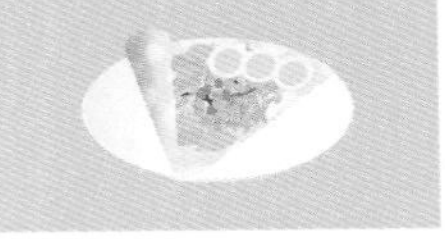

32 cheese　hamburg
チーズハンバーグ
chi.i.zu.ha.n.ba.a.gu
起司漢堡肉

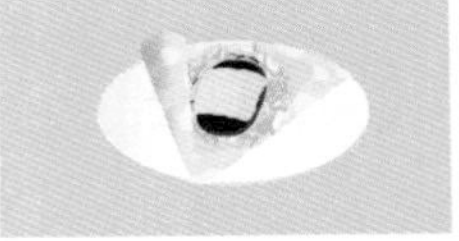

33 cheese　ham
チーズハム
chi.i.zu.ha.mu
起司火腿

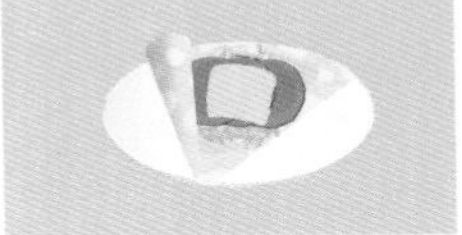

34 salmon　cream　cheese
サーモンクリームチーズ
sa.a.mo.n.ku.ri.i.mu.chi.i.zu
奶油起司鮭魚

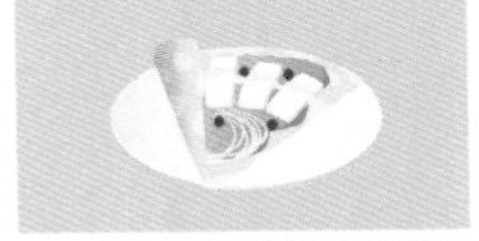

35 tuna　ham　corn　cheese
ツナハムコーンチーズ
tsu.na.ha.mu.ko.o.n.chi.i.zu
鮪魚火腿玉米起司

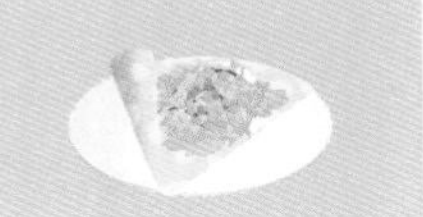

冰品

ひょうか
氷菓 hyo.o.ka

083

炎熱的夏天總是讓人汗流浹背、心情煩燥，來份清涼冰品消消暑氣、享受夏日的悠閒時光吧！

01
ice cream
アイスクリーム
a.i.su.ku.ri.i.mu
冰淇淋

02
法 chou ice
シューアイス
shu.u.a.i.su
冰淇淋泡芙

03
ice
アイスもなか
a.i.su.mo.na.ka
最中餅冰淇淋
糯米餅殼中
包入冰淇淋

04
ice candy
アイスキャンディー
a.i.su.kya.n.di.i
冰棒

05
ごおり
かき氷
ka.ki.go.o.ri
刨冰

06
sundae
サンデー
sa.n.de.e
冰淇淋聖代

07
sherbet
シャーベット
sha.a.be.t.to
水果雪酪

なつ ice いちばん
夏はやっぱりアイスが一番！
na.tsu.wa.ya.p.pa.ri.a.i.su.ga.i.chi.ba.n
夏天果然吃冰最好了！

08 ジェラート (義 gelato)
je.ra.a.to
義大利冰淇淋

09 ソフトクリーム (soft cream)
so.fu.to.ku.ri.i.mu
霜淇淋

10 コーン (cone)
ko.o.n
冰淇淋甜筒

各種口味

11 バニラ (vanilla)
ba.ni.ra
香草

12 チョコレート (chocolate)
cho.ko.re.e.to
巧克力

13 チョコミント (choco mint)
cho.ko.mi.n.to
薄荷巧克力

14 イチゴ
i.chi.go
草莓

15 マンゴー (mango)
ma.n.go.o
芒果

16 ラズベリー (raspberry)
ra.zu.be.ri.i
覆盆子

17 メロン (melon)
me.ro.n
哈蜜瓜

18 ぶどう
bu.do.o
葡萄

19 バナナ (banana)
ba.na.na
香蕉

20 抹茶 (まっちゃ)
ma.c.cha
抹茶

21 黒ゴマ (くろ)
ku.ro.go.ma
黑芝麻

22 ラムレーズン (rum raisin)
ra.mu.re.e.zu.n
蘭姆葡萄乾

日式甜點

084

わがし
和菓子 wa.ga.shi

和菓子是指用日本傳統製法所製成的茶點。外型及顏色賞心悅目，有如藝術品，讓人捨不得吃下它。因此，常用來送禮或招待客人。

01
葡 castelha
カステラ
ka.su.te.ra
長崎蜂蜜蛋糕

將雞蛋充份攪拌以後加入蜂蜜、砂糖及麵粉，灌入大型的正方形或長方形模型裡，用烤箱烤好後切成一塊一塊的點心。

02
ういろう
u.i.ro.o
外郎糕

使用米、蕨菜、麵粉和砂糖等原料，用蒸煮的方式製成。主要成份原料因各地而有所不同，如紅豆、抹茶等。

03
まんじゅう
饅頭
ma.n.ju.u
饅頭

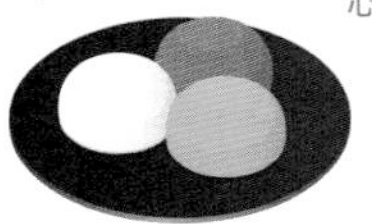

使用麵粉揉製成的麵糰，包入豆沙等內餡再經過蒸煮出來的點心。

04
どらやき
do.ra.ya.ki
銅鑼燒

2片烤成圓盤狀的蜂蜜蛋糕，中間夾上紅豆等餡料的日式點心。

05
ももやま
桃山
mo.mo.ya.ma
桃山

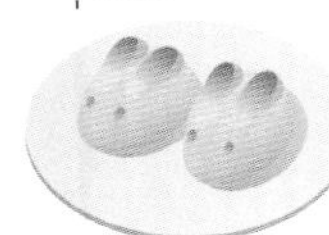

先將蛋黃、糯米粉、寒梅粉、麥芽糖等材料作成麵糰，包入白餡，再用烤爐烘烤，有多種造型。

白餡：以四季豆或紅豆煮熟後壓成豆沙，加入砂糖或花蜜調味。

06
ようかん
羊羹
yo.o.ka.n
羊羹

一般以紅豆為主要成份，依洋菜（寒天）的添加量可分為煉羊羹和水羊羹二種。

07 みずようかん
水羊羹
mi.zu.yo.o.ka.n
水羊羹

與一般羊羹的作法相同，但製程時加入的水份較多，口感上也比一般羊羹軟。有加入白餡，或是不加內餡直接加黑砂糖等兩種口味。

08
かるかん
ka.ru.ka.n
輕羹

鹿兒島著名的九州特產點心。使用山藥、輕羹粉、砂糖，加入水後蒸煮至呈白色海綿狀，最後再包入各種餡料。有紅豆、紫芋等各種口味。

輕羹粉：鹿兒島盛產，以米做為原料的粉。

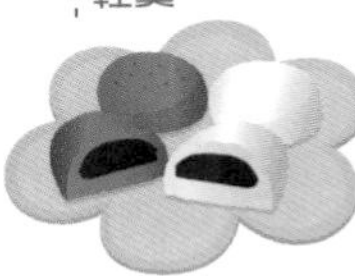

09
おはぎ
o.ha.gi
萩餅

『秋彼岸』時吃的紅豆糯米糰。
用糯米作成小飯糰，外面再包上一層紅豆餡。常見的有紅豆、黃豆、黑芝麻三種口味。

秋彼岸：指春分前後一週時節。

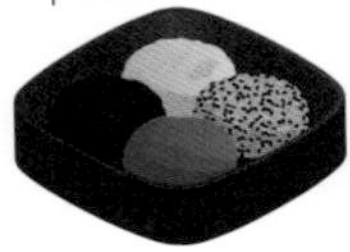

10 もなか
最中
mo.na.ka
最中

糯米烤製的外皮，夾入紅豆、栗子、花生等各種口味的內餡。綿密香甜的內餡搭配上酥脆的糯米外皮，吃起來口感絕佳。

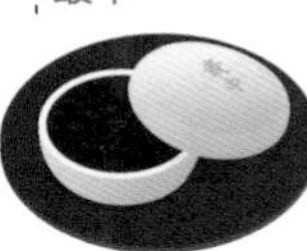

11
ねりきり
ne.ri.ki.ri
練切

適合各種模具或刮刀刻出造型，加入食用色素增添色彩。一般會做成迎合季節的形狀及色彩。
關東：以白餡混入求肥。
關西：以白餡混入山芋及麵粉所製成。

12 や はし
八ツ橋
ya.tsu.ha.shi
八橋餅

京都著名的點心。帶有肉桂香，三角形的薄麻糬皮，內餡有多種口味。
有分脆皮（烤過）和軟皮（沒烤過，「生八ツ橋（なまやつはし）」兩種。

13 さくらもち
桜餅
sa.ku.ra.mo.chi
櫻餅

日本人在3月3日食用的糕餅。
關東：用低筋麵粉和糯米粉混合調製餅皮，再將麵皮烘烤後包入紅豆內餡，外面裹上鹽漬大島櫻葉。
關西：將道明寺粉泡水後製成麻糬外皮，包覆紅豆餡料，外面再裹上鹽漬大島櫻葉。

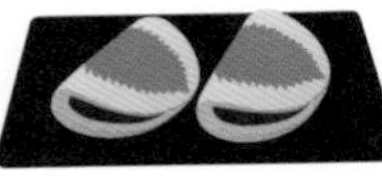

14 かしわもち
柏餅
ka.shi.wa.mo.chi
柏餅

日本端午節的供品。將上新粉做成像水餃外皮，放入餡料後對折兩半，在外層上用柏樹的葉子包起來。

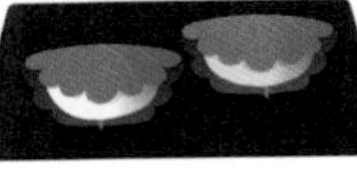

15 くずざくら
葛桜
ku.zu.za.ku.ra
葛櫻

用葛粉加水及砂糖，所製成的透明外皮，包入吃起來甜而不膩的紅豆沙餡，最後再外層包上櫻花葉，同樣也是一道適合在夏天品嘗的點心。

16 くずもち
葛餅
ku.zu.mo.chi
葛餅

用葛粉製成，色澤呈透明至半透明，口感類似麻糬，通常會淋上黑糖蜜或是灑上黃豆粉一塊品嚐，是一道相當適合夏天品嘗的日式點心。

17 はぶたえもち
羽二重餅
ha.bu.ta.e.mo.chi
羽二重餅

外表像絲綢般光滑而得名，是日本福井縣代表性的和菓子。
用糯米粉下去蒸，再加入細砂糖及麥芽糖循古法所製成。

18 まる
丸ゆべし
ma.ru.yu.be.shi
柚餅子

將柚子頂端切開，挖空放入柚子果肉、糯米粉、白味噌、砂糖等，蒸好待乾燥後即完成。適合作為下酒菜，搭配沙拉或是作成茶碗蒸等，也是不錯的品嚐方式。

19 ぶんたんづけ
文旦漬
bu.n.ta.n.zu.ke
柚子砂糖漬

將柚子的皮削掉後切成小塊，再用糖蜜熬煮後使其乾燥，最後再撒上砂糖。味道類似蜜餞，品嚐時口中所散發出的柚子清香與恰到好處的甜味，讓人一吃就上癮。

20 きん
金つば
ki.n.tsu.ba
金鍔

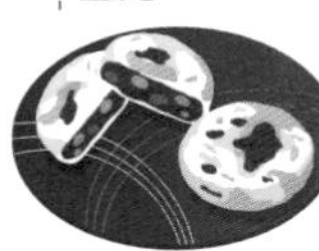

發祥於京都，被稱為「銀(ぎん)つば」，傳入江戶後因為金比銀聽起來比較容易帶來錢財，才更名為「金(きん)つば」。將豆餡做成四角或圓盤狀，裹上薄薄外皮後在鐵板上煎燒而成。

21 しお
塩がま
shi.o.ga.ma
塩釜

糯米粉加入紫蘇、砂糖、鹽、水等，放入各種造型的模型乾燥後製成的。甜中帶點微微的鹹味，是道令人印象深刻的點心。

22 あまなっとう
甘納豆
a.ma.na.t.to.o
甜納豆

將豆類（如豌豆、蠶豆、菜豆）、栗子、蓮子等食材和砂糖一起熬煮至水分收乾，再於表面撒滿砂糖並乾燥後即完成。

23 らくがん
落雁
ra.ku.ga.n
落雁

使用米等材料製成的粉加入砂糖及澱粉糖漿染色後，倒入模型內等至乾燥，可變化出多種造型。有點類似台灣的綠豆糕，但吃起來較不易鬆散。

24 **すあま**
su.a.ma
壽甘

上新粉加入砂糖後蒸煮而成。口感香Q有嚼勁、吃起來帶點微甜米香，是日本關東地區較常見的點心。

上新粉：粳米(うるちまい)磨成的粉。

25 **かりんとう**
ka.ri.n.to.o
花林糖

在麵粉中加入砂糖、水、酵母、鹽等製成棒狀，用植物油下去油炸，之後再裹上蜜糖膏使其乾燥，其口感吃起來外甜內酥。

26 **おこし**
o.ko.shi
粔籹

用米、栗子、花生、芝麻等原料加入砂糖及麥芽糖後所製成的和菓子。外觀及原料看起來類似台灣的「爆米香」。

27 ぎゅう ひ
求肥
gyu.u.hi
求肥

口感Q軟的求肥，除了作為其他日式甜點食材，也是一道美味可口的點心。

將糯米粉加水揉成麵糰蒸過後加入砂糖、麥芽糖熬煮後切成塊狀即可。有紅、白兩色之外，還有加入黑芝麻、白芝麻等多種口味。

28 だいふく
大福
da.i.fu.ku
大福

外皮和麻糬類似，用糯米製成，裡頭包著飽滿的紅豆餡。

大福的口味多變，其中以包入紅豆跟草莓的「草莓大福」最受歡迎，也有包入豌豆和大豆混合的內餡。外皮也可混入艾草或些許鹽，作成「艾草大福」或「鹽大福」等不同風味。

29 せんべい
煎餅
se.n.be.i
煎餅

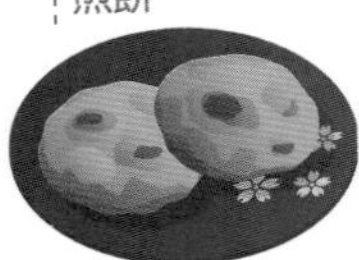

甜味煎餅跟長崎蛋糕或甜味西式餅乾的材料相似，以麵粉、砂糖、蛋等為主。

米菓煎餅以米作成的米菓，再用醬油、鹽巴調味。

油炸煎餅以糯米用油下去炸所製成。

30 **まるぼーろ**
ma.ru.bo.o.ro
丸房露

從前居住在日本的葡萄牙人引進的點心，「ぼーろ」出自葡萄牙語「bolo」，是蛋糕的意思。

現在則為九州(尤其是佐賀)具代表性的點心之一。將小麥粉、糖和雞蛋混合後，送入烤箱烤至鬆軟即可。

31 ちとせあめ
千歲飴
chi.to.se.a.me
千歲糖

日本『七五三』祝賀時吃的糖。用意為父母親祈求自己的兒女能夠長命百歲。使用麥芽糖及砂糖等製成的千歲糖，製法因地區不同其顏色及形狀皆有所差異。

『七五三』：男孩三歲、五歲，女孩三歲、七歲時，於十一月十五日舉行的祝賀儀式。

32 **ひなあられ**
hi.na.a.ra.re
雛米果

日本三月三日『女兒節』時，用來當作供品的節慶菓子。
將糯米蒸過後，待乾燥後加入砂糖炒出甜味。其色彩是撒入有顏色的砂糖（一般為粉紅、綠、黃色）。關東大多用鹽和醬油調味，外觀呈圓形。

33 **あられ・おかき**
a.ra.re・o.ka.ki
霰餅、欠餅

將用糯米製成的米菓，經過烘烤或是油炸的方式製成的點心。有些還會加入其他食材、食用色素以增添色彩。あられ和おかき外觀雖略有不同，但其實材料及製程大致相同。

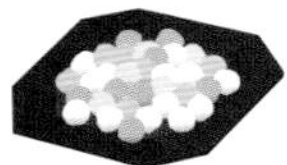

34 くり
栗まんじゅう
ku.ri.ma.n.ju.u
栗子饅頭

從江戶時代流傳至今的和菓子。一般多以白餡為內餡，直到明治時代，由長崎的「田中旭榮堂」用整顆的栗子當其內餡後，才陸續開始有整顆栗子或含有栗子顆粒、栗子餡的商品型態出現。

35 かいちゅう
懐中しるこ
ka.i.chu.u.shi.ru.ko
懷中粉汁

有將粉狀的豆餡夾入糯米餅皮，以及做成袋裝的粉末狀等兩種商品包裝。主要是用粉狀的小豆餡和砂糖所製成，像泡麵一樣沖入熱水即可品嘗為一大特色。

和菓子常用高級食材

1 じょうしんこ **上新粉** jo.o.shi.n.ko 上新粉	2 こ **かるかん粉** ka.ru.ka.n.ko 輕羹粉	3 だいなごんあずき **大納言小豆** da.i.na.go.n.a.zu.ki 大納言紅豆
4 しろあずき **白小豆** shi.ro.a.zu.ki 白小豆	5 わさんぼん **和三盆** wa.sa.n.bo.n 和三盆糖	6 こくとう **黒糖** ko.ku.to.o 黑糖

日式甜點名店

085

和菓子屋（わがしや） wa.ga.shi.ya

介紹日本當地歷史悠久、廣受好評的和菓子老舖。由於分店眾多，以下僅列出總店的地址。

01 風月堂（ふうげつどう）

fu.u.ge.tsu.do.o

東京店與神戶店創立於明治5年。上野店創於明治38年為總店六代傳人的弟弟所開。ゴーフル法蘭酥為該店主力商品。

東京店：東京都中央區築地二丁目1番11號
上野店：東京都台東區上野一丁目20番10號
神戶店：神戶市中央區元町通三丁目3-10
http://www.tokyo-fugetsudo.co.jp/

ゴーフル【法蘭酥】

【香草】

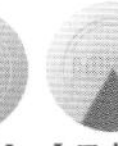
【草莓】

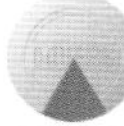
【巧克力】

02 清月堂本店（せいげつどうほんてん）

se.i.ge.tsu.do.o.ho.n.te.n

創立於明治40年（西元1907年）。

おとし文：由砂糖、蛋、白四季豆、三盆糖和上新粉所作成。

ごま餅：由砂糖、紅豆、糯米粉、麥芽糖、黑芝麻、蛋白製成。

あずま銀座：由紅豆、砂糖、大納言紅豆、和三盆糖、糯米粉、洋菜製成。

東京都中央區銀座7-16-15
http://www.seigetsudo-honten.co.jp/

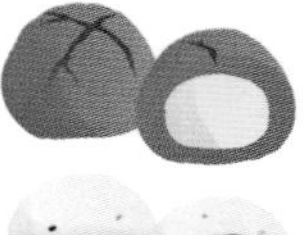
おとし文（ぶみ）

あずま銀座（ぎんざ）

ごま餅（もち）

03 虎屋（とらや）

to.ra.ya

創於室町時代後期（約480年前），發祥於京都。曾經是古代宮廷御用的和菓子。今日虎屋是日本天皇贈送外賓禮盒的指定店家，也是許多政商名流伴手禮首選!

東京都港區赤坂四丁目9番22號
http://www.toraya-group.co.jp/

羊羹（ようかん）

最中（もなか）

虎屋饅頭（とらやまんじゅう）

はなぞのまんじゅう
04 花園万頭

ha.na.zo.no.ma.n.ju.u

創立於天保5年（西元1834年），至今已有170餘年的歷史。人氣和菓子是以招牌命名的「花園饅頭」和口感滑潤的甜豆「ぬれ甘なっとう」等。店旁還設有小茶室可供顧客細細品嚐。

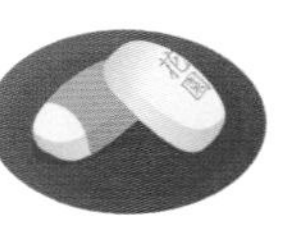

花園万頭（はなぞのまんじゅう）　ぬれ甘（あま）なっとう

東京都新宿區新宿五丁目16-15
http://www.tokyo-hanaman.co.jp/

おか の えいせん
05 岡埜栄泉

o.ka.no.e.i.se.n

創業於明治6年（西元1873年）。

大福是該店最具代表性的商品，共有五種口味可供選擇。

東京都台東區上野6-14-7
http://www.okanoeisen.com/

豆大福：紅豆、鹽、精製糯米粉。
よもぎ大福：艾蒿、紅豆、精製糯米粉。
和栗大福：紅豆、栗子、精製糯米粉。
ずんだ大福：青豆、毛豆、鹽、精製糯米粉。
ももか：白豆、牛奶、蜂蜜、桃子果肉、精製糯米粉。

豆大福（まめだいふく）

よもぎ大福（だいふく）

和栗大福（わぐりだいふく）

ずんだ大福（だいふく）

ももか

こうばいどう
06 紅梅堂

ko.o.ba.i.do.o

創業於昭和43年（西元1968年）。

絹紅梅：艾蒿、紅豆、精製糯米粉。
コーヒー大福：糯米、咖啡、奶油、砂糖、白餡、太白粉。

東京都武蔵野市吉祥寺北町2-2-12
http://www.koubaidou.com/

絹紅梅（きぬこうばい）

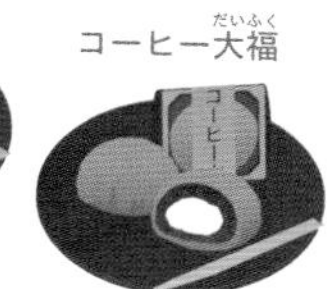

コーヒー大福（だいふく）

しおせ そうほんけ
07 塩瀬総本家

shi.o.se.so.o.ho.n.ke

創始於貞和5年（西元1349年）。是歷史最悠久的和菓子店舖。志ほせ饅頭和本饅頭為該店最自豪的商品

東京都中央區明石町7-14
http://www.shiose.co.jp/

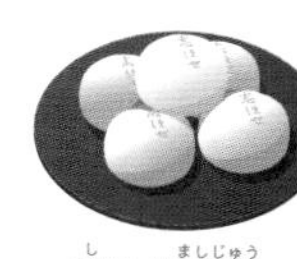
志ほせ饅頭（しましじゅう）

本饅頭（ほんまんじゅう）

みなもときっちょうあん
08 源吉兆庵
mi.na.mo.to.ki.c.cho.o.a.n

創業於昭和22年（西元1947年）。

雅麗樹：帶有杏仁和萊姆酒香，最外層裹上一層糖衣的年輪蛋糕。

福渡せんべい：波浪形狀的煎餅夾著甜奶油。

織部錦：濕潤外皮內包紅豆泥餡和栗子。

東京都中央區銀座7-8-9

http://www.kitchoan.jp/index.htm

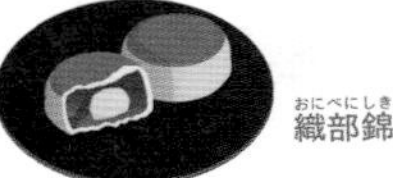

えいたろうそうほんぽ
09 榮太樓總本舖
e.i.ta.ro.o.so.o.ho.n.po

創業於昭和22年（西元1947年）。

金鍔：有紅豆跟栗子口味

玉だれ：用砂糖及精選米粉與山葵、大和芋混合製成內餡，外層用求肥糕包起來，也是該店自行研發的商品。

榮太樓飴：依有平糖的味道自行研發出的暢銷商品，有梅子、紅茶、抹茶、黑糖口味。

甘名納糖：文久年間（西元1861至1863）由榮太樓研製出的江戶菓子

東京都中央區日本橋1-2-5

http://www.eitaro.com/

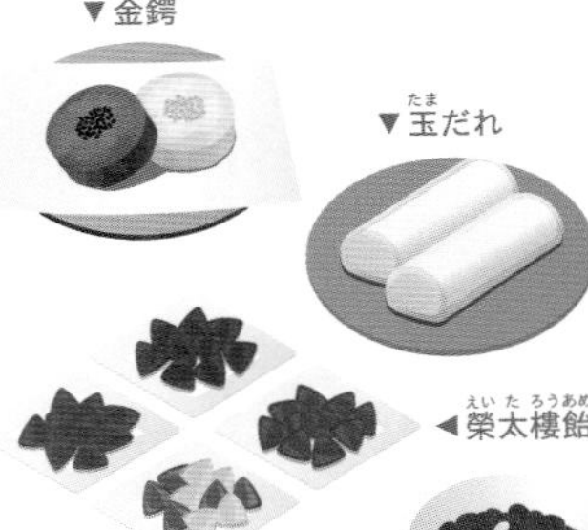

すずきてい
10 鈴木亭
su.zu.ki.te.i

創立於慶應2年（西元1866年），以もくめ羊羹為主力商品，另外還有銅鑼燒（一天限定50個）、最中、桜餅、饅頭等。

富山縣富山市西町6-3

http://www.suzukitei.com/

もりはち
11 森八
mo.ri.ha.chi

創立於寬永2年（西元1625年），至今有380餘年的歷史。延續古法製作的長生殿，是店內最著名的商品

石川縣金澤市大手町10-15

http://www.morihachi.co.jp/

たわらや
12 あめの俵屋
a.me.no.ta.wa.ra.ya

創立於天保元年，至今有170餘年的歷史。あめの俵屋初創時，第一代店主看著手抱嬰兒餵母乳的母親們，因母奶無法順利流出而感到困擾，因而想出能取代母乳，且富營養價值的副食品作為俵屋的起源。

おこしあめ：「おこし(狀似台灣的爆米香)」的原料之一，需切成小塊小塊食用的硬糖。
じろあめ：像麥芽糖般柔滑而黏。
俵っ子：有分多種口味。

石川縣金澤市小橋町2-4
http://www.ame-tawaraya.co.jp/

もろえや
13 諸江屋
mo.ro.e.ya

創立於江戶時代末期的嘉永2年（西元1849年）。

石川縣金澤市野町1-3-59
http://www.moroeya.co.jp/

しばふねこいで
14 柴舟小出
shi.ba.fu.ne.ko.i.de

創立於大正6年（西元1917年）。以季節性的和菓子為主要商品。

石川縣金澤市桐川七丁目2-4
http://www.shibafunekoide.co.jp/

つるやよしのぶ
15 鶴屋吉信
tsu.ru.ya.yo.shi.no.bu

創業於享和3年（西元1803年）。

京都府京都市上京區今出川通堀川西入(西陣船橋)
http://www.turuya.co.jp/

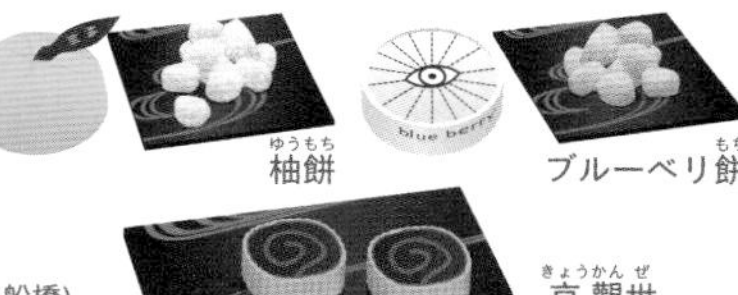

たわらやよしとみ
16 俵屋吉富

ta.wa.ra.ya.yo.shi.to.mi

創業於天寶5年（西元1755年）。

「雲龍」為該店最具代表性的和菓子。分別為丹波精選大紅豆製成的雲龍、備中白小豆製成的白雲龍，以及來自沖繩的上等黑糖所製成的黑糖雲龍三種。

京都府京都市上京區室町通上立売上

http://www.kyogashi.co.jp/

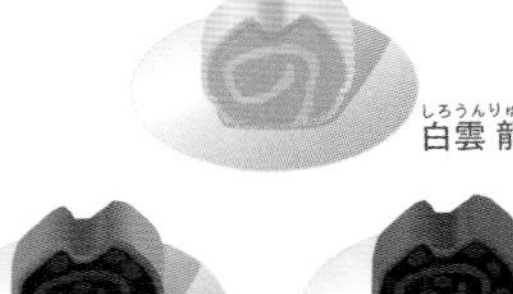

しろうんりゅう
白雲龍

うんりゅう
雲龍

こくとううんりゅう
黑糖雲龍

さんじょうわかさや
17 三條若狭屋

sa.n.jo.o.wa.ka.sa.ya

創業於明治26年（西元1893年）。

「祇園ちご餅」為該店最具特色的商品，也是京都祇園祭中不可或缺的名菓子。

京都府京都市中京區三条通堀川西入ル橋西町675番地

http://www.wakasaya.jp/

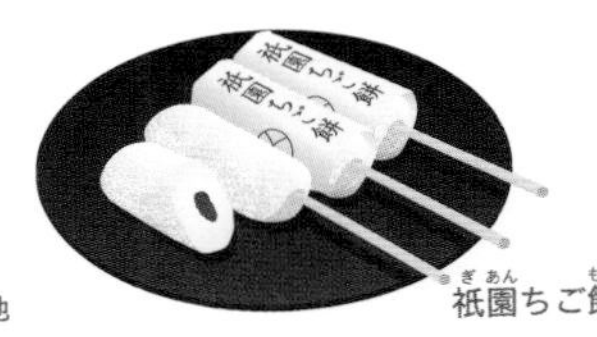

ぎおん もち
祇園ちご餅

かわばたどうき
18 川端道喜

ka.wa.ba.ta.do.o.ki

創於文龜3年（西元1506年），已有500餘年的歷史，堪稱比「虎屋」更悠久的老字號。「道喜粽」，分為羊羹粽及水仙粽，其歷史悠久且不添加任何人工香料。「花びら餅」也是相當有名的和菓子，不接受事先預訂。

京都府京都市左京区下鴨南野々手中町

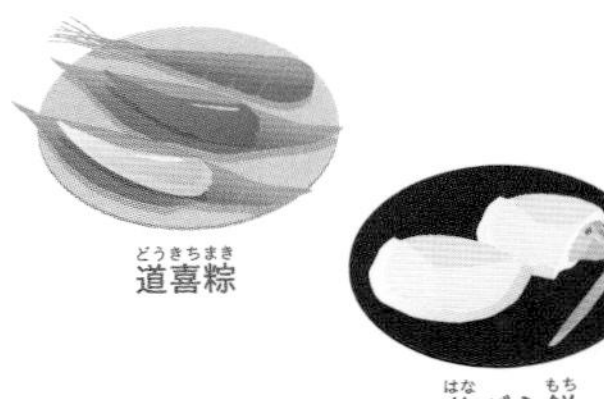

どうきちまき
道喜粽

はな もち
花びら餅

ささやいおり
19 笹屋伊織

sa.sa.ya.i.o.ri

創業於享保元年（西元1716年），該店最具代表性的名菓子為「銅鑼焼」，外觀為圓柱形與一般的銅鑼焼形狀大不相同。

京都府京都市下京區七条通大宮西入花畑町86

http://www.sasayaiori.com/

どらやき
銅鑼焼

20 京菓子處鼓月

kyo.o.ga.shi.do.ko.ro.ko.ge.tsu

創立於昭和20年（西元1946）。

京都府京都市伏見區横大路下三栖東ノ口11-1

http://www.kogetsu.com/

21 大原女屋

o.o.ha.ra.me.ya

創業於明治30年（西元1897年），代表的和菓子為「かま風呂」，分為柚子風味的白豆沙餡和黑糖風味的紅豆餡。另外「わすれ傘」，是用糯米餅皮作成傘的形狀裡面包紅豆沙餡。

京都府京都市東山區祇園町北側248

http://www.oharameya.co.jp/

22 井筒八つ橋本舗

i.zu.tsu.ya.tsu.ha.shi.ho.n.po

創業於文化2年（西元1805年）。

益壽糖：蜂蜜、和三盆糖、人蔘、靈芝。

夕霧：糯米粉製成的外皮，內餡為北海道精選大紅豆。

夕子（生八ツ橋）：有多種口味，如抹茶、巧克力、芝麻、草莓等。

京都府京都市東山區川端通四条上ル 北座

http://www.yatsuhashi.co.jp/

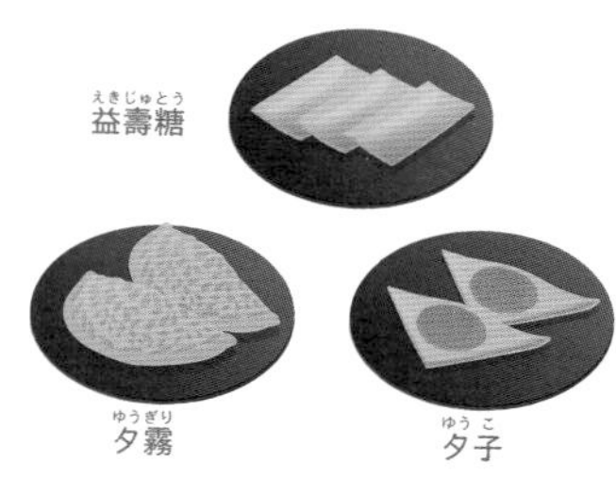

23 鶴屋八幡

tsu.ru.ya.ha.chi.ma.n

創業於文久3年（西元1863年）。

舞鶴：精選日本丹波產的大紅豆製成的銅鑼燒。

此の花：用日本丹波產的精選大紅豆所製成。

四季の心：由各種口味的羊羹組成，柚子羊羹、紅豆羊羹、栗子紅豆羊羹、熟柿羊羹、抹茶羊羹等。

大阪市中央區今橋四丁目4-9

http://www.turuyahatiman.co.jp/

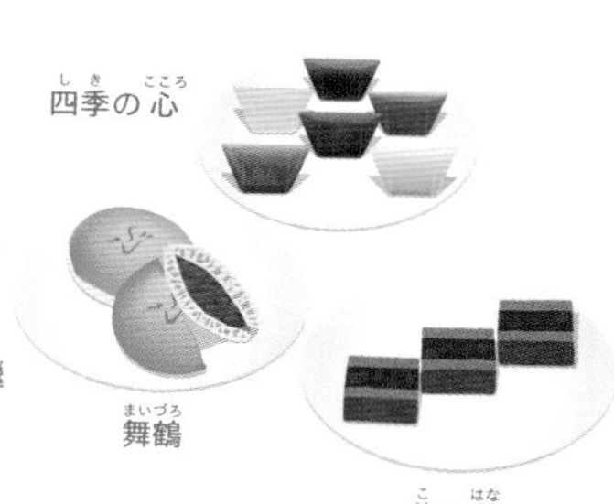

24 ## 叶 匠 寿庵

かのうしょうじゅあん

ka.no.o.sho.o.ju.a.n

創業於昭和33年（西元1958年）。將整顆栗子包在紅豆餡裡製成的「一壺天」，和用精選大紅豆裡面包上入口即化的求肥糕點所製成的「あも」等都是店內受歡迎的暢銷商品。

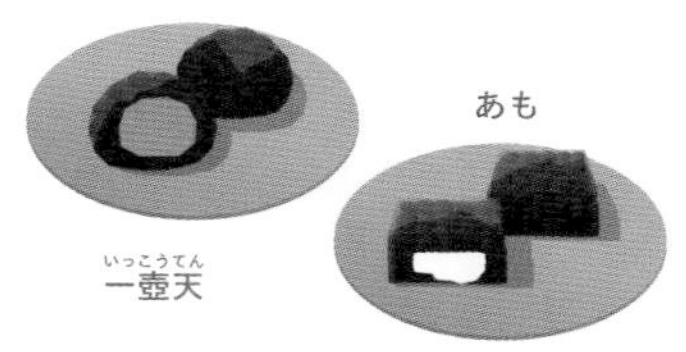

滋賀縣大津市大石龍門四丁目2番1號

http://www.kanou.com/

---

25 ## もちたけ

mo.chi.ta.ke

創立於昭和35年（西元1960年）。

栗きんとん：選用岐阜縣加茂或愛媛縣城川町所產的栗子，加上砂糖及蕃薯泥製成的菓子。

栗羽二重：由糯米粉、栗子及甘藷泥製成內餡，外面用羽二重（外觀像絲綢般的和菓子）包成棒狀。

鵜舟餅：求肥糕外層撒上黃豆粉，香氣誘人。

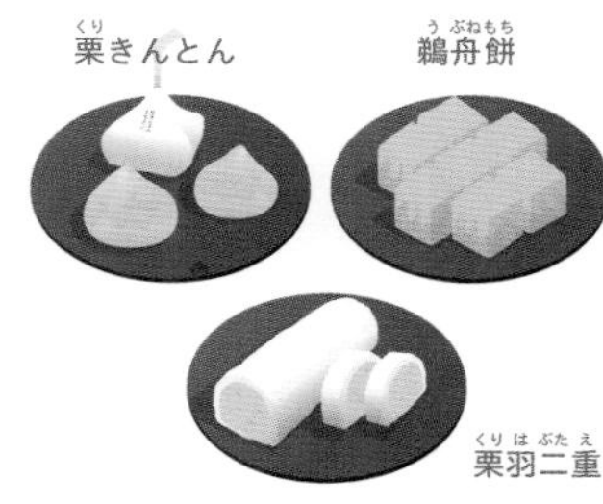

愛知縣犬山市犬山字北笠屋10-1

http://mochitake.com/

---

26 ## 両 口屋是清

りょうぐち や これきよ

ryo.o.gu.chi.ya.ko.re.ki.yo

創業於寛永11年（西元1634年）。

千なり：以上等精選大紅豆、蛋、麵粉所製成，另有抹茶等口味。

をちこち：以丹波產的精選大紅豆循古法製成。

二人静：用四國產的和三盆糖製成的圓球狀和菓子，打開包裝紙後會分成紅白各半。

愛知縣名古屋市中區丸の内三丁目14番23號

http://www.ryoguchiya-korekiyo.co.jp/

---

27 ## 亀屋芳広

かめ や よしひろ

ka.me.ya.yo.shi.hi.ro

創業於昭和24年（西元1949年）。和菓子種類眾多。

あつたの杜：抹茶風味的外皮中間夾紅豆餡蒸成的和菓子。

七里の渡し：糯米餅皮內包精選紅豆餡，外層撒上大豆粉作成的和菓子。

不老柿：甜味適中的蛋黃餡加上肉桂的香味。

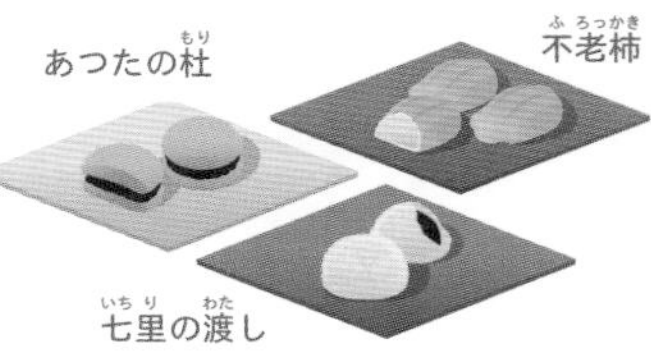

愛知縣名古屋市熱田區傳馬1-4-7

http://www.kameya-yoshihiro.co.jp/

28 菓宗庵

かしゅうあん

ka.shu.u.a.n

創業於昭和21年（西元1946年）。

選用名古屋土雞蛋製成的「カステラ」、「シフォンケーキ」及「銅鑼焼」為本店人氣商品。

愛知縣名古屋市昭和區廣路町石坂36-10

http://www.kasyuan.co.jp/

29 六花亭

ろっかてい

ro.k.ka.te.i

創業於西元1933年。「マルセイビスケット」為店內主力商品。除了洋菓子之外，也有製作和菓子販售。

六花の森：仿照延齡草花朵和刺兒玫（玫瑰的一種）外觀，所製成的白巧克力和草莓口味巧克力。

マルセイビスケット：使用北海道十勝產的奶油所製成的餅乾。

雪やこんこ：白巧克力內餡，可可夾心餅乾。

北海道帶廣市西二条南九丁目6

http://www.rokkatei.co.jp/

30 福砂屋

ふくさや

fu.ku.sa.ya

創業於寬永元年（西元1624年）。以蜂蜜蛋糕為主力商品。人氣商品「特製五三燒」跟蜂蜜蛋糕的差別在於蛋跟砂糖的比例佔比較多而麵粉佔比較少，所以在製程上需要更熟練的技術。

總店：長崎縣長崎市船大工町3-1

http://www.castella.co.jp/

酒

お酒（さけ） o.sa.ke

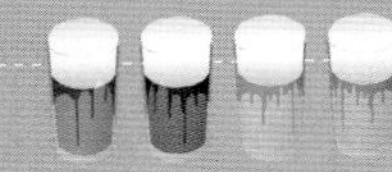

086

介紹各類常見的酒類名稱及原料、特色，下次到日本居酒屋就不怕看不懂菜單囉！

啤酒

01 ビール（beer） bi.i.ru 啤酒

02 生（なま）ビール（beer） na.ma.bi.i.ru 生啤酒

03 発泡酒（はっぽうしゅ） ha.p.po.o.shu 發泡酒

04 エール（ale） e.e.ru 愛爾啤酒

05 ラガー（lager） ra.ga.a 窖藏啤酒、拉格啤酒

06 ピルスナー（pilsner） pi.ru.su.na.a 比爾森啤酒

07 スタウト（stout） su.ta.u.to 黑啤酒

08 ジョッキ（jug） jo.k.ki 啤酒杯

09 地（じ）ビール（beer） ji.bi.i.ru 當地的啤酒

10 ビール（beer）酵母（こうぼ） bi.i.ru.ko.o.bo 啤酒酵母

11 ホップ（hop） ho.p.pu 啤酒花

12 ビールサーバー（beer server） bi.i.ru.sa.a.ba.a 一種裝啤酒的器具

燒酒

13 しょうちゅう
焼 酎
sho.o.chu.u
燒酒
日本傳統蒸餾酒，依製法分為甲類燒酎與乙類燒酎（本格燒酎），以黑糖等農產品釀造。燒酎沒有蒸餾酒的酒精味，因此喝起來較順口。喝法多元，可以加烏龍茶、綠茶、果汁、水或熱、冷飲皆可。

14 ほんかくしょうちゅう
本格 焼 酎
ho.n.ka.ku.sho.o.chu.u
單次蒸餾，酒精度45度以下。

15 いもじょうちゅう
芋 焼 酎
i.mo.jo.o.chu.u
原料：番薯、米麴或番薯麴

16 むぎょうちゅう
麦焼 酎
mu.gi.jo.o.chu.u
原料：大麥、大麥麴或米麴

17 こめじょうちゅう
米 焼 酎
ko.me.jo.o.chu.u
原料：米、米麴

18 こくとうしょうちゅう
黒糖 焼 酎
ko.ku.to.o.sho.o.chu.u
原料：黑糖、米麴

19 かすと しょうちゅう
粕取り 焼 酎
ka.su.to.ri.sho.o.chu.u
將清酒酒糟蒸餾後所製成的燒酒。
原料：清酒的酒糟

20 じょうちゅう
そば 焼 酎
so.ba.jo.o.chu.u
原料：蕎麥

21 あわもりしんしゅ
泡盛新酒
a.wa.mo.ri.shi.n.shu
主要以泰國產的碎米製成，原料與清酒不同。
原料：米、黑麴

22 あわもりくう す
泡盛古酒
a.wa.mo.ri.ku.u.su
製程及原料與泡盛新酒相同，貯藏超過三年以上稱為古酒。
原料：米、黑麴

燒酒怎麼喝？加水喝！お湯割り（ゆわ）

日本人喝燒酒時通常會用「お湯割り（ゆわ）」的方式，指的是燒酎加熱水飲用。一般為「燒酒 6：溫水 4」的比例，但可依不同燒酎做變更。飲用時通常會先加開水，這樣會變得比較沒有酒精的刺激，口感較圓潤。

23 やまはいじこ
山廃仕込み
ya.ma.ha.i.ji.ko.mi
山卸廢止清酒
日本古老釀酒製法之一。
製造酒母時，以天然發酵成酵母，製作此種酒類較為費時，通常需花上30天左右的時間，且溫度必須控制在5℃以下。口感較為醇厚。

24 ほんじょうぞうしゅ
本醸造酒
ho.n.jo.o.zo.o.shu
本釀造酒
釀造過程最後會加入少許釀造酒精提升香氣。因酒精濃度較高，加入水調和後味道會較清爽順口。
原料：精米（比重70%）、米麹、水等

25 ぎんじょうしゅ
吟醸酒
gi.n.jo.o.shu
吟釀酒
經過低溫長時間發酵後會散發出宛如蘋果及香蕉等果香，被稱之為吟釀香。最後還會再加入少許釀造酒精，提升香氣。口感圓潤，尾韻滑順。
原料：精米（比重60%以下）、米麴、水

26 だいぎんじょうしゅ
大吟醸酒
da.i.gi.n.jo.o.shu
大吟釀酒
製程與吟釀酒類似，不同的地方在於發酵過程比吟釀酒更為徹底。為提升香氣有些會加入少許釀造酒精。果香及口感清爽是一大特色。
原料：精米（比重50%以下）、米麴、水

27 ちゅうぎんじょうしゅ
中吟醸酒
chu.u.gi.n.jo.o.shu
中吟釀酒
製作過程與吟釀酒類似，同樣會加入少許釀造酒精，提升香氣。等級、價格上比大吟釀來得低。
原料：精米（比重50%）、米麴、水

28 じゅんまいしゅ
純米酒
ju.n.ma.i.shu
純米酒
香味及色澤較佳，味道比本釀造酒和吟釀酒風味濃厚香醇。
原料：須使用等級3以上的白米

29 ざけ
にごり酒
ni.go.ri.za.ke
濁酒
未經過濾直接製成，酒色呈白色帶點混濁。

30 にほんしゅ
日本酒
ni.ho.n.shu
日本清酒

31 かんざけ
燗酒
ka.n.za.ke
經過加熱的清酒

32 れいしゅ
冷酒
re.i.shu
未經加熱的清酒

33 とっくり
徳利
to.k.ku.ri
裝清酒用的酒壺

34 ちょこ
(お) 猪口
(o) cho.ko
喝清酒用，陶製的小酒杯

35 さけかす
酒粕
sa.ke.ka.su
酒糟、酒渣

36 くらもと
蔵元
ku.ra.mo.to
酒的釀造地、
製作日本酒的人

37 じ ざけ
地酒
ji.za.ke
當地產的酒、本地酒

38 き ざけ
利き酒
ki.ki.za.ke
品嚐酒，對酒的品質作評價

39 じょうぞう alcohol
醸造アルコール
jo.o.zo.o.a.ru.ko.o.ru
釀造酒精
含澱粉或糖份的原料經過釀造蒸餾後的45%或以上純度的酒精。作用是為了增加清酒香氣及防止火落菌（乳酸菌）繁殖。

40 せいまい ぶ あい
精米歩合
se.i.ma.i.bu.a.i
日本清酒釀造的術語
每粒米僅取最精華部位，所取比例越少等級越高。如：精米步合70%指的是將一粒米的外層磨去30%後，留下中間70%的精華部份。

清酒大排名！

越高級的酒，精米的百分比就越低。

酒的種類	精米步合
大吟釀酒	50% 以下
吟釀酒	60% 以下
純米酒	60 ~ 70%
本釀造酒	60 ~ 70%

威士忌＆白蘭地

41 ウイスキー (whisky)
u.i.su.ki.i
威士忌

42 ブランデー (brandy)
bu.ra.n.de.e
白蘭地

43 スコッチ (Scotch) ウイスキー (whisky)
su.ko.c.chi.u.i.su.ki.i
蘇格蘭威士忌

44 バーボン (bourbon) ウイスキー (whisky)
ba.a.bo.n.u.i.su.ki.i
波旁威士忌

45 カナディアン (canadian) ウイスキー (whisky)
ka.na.di.a.n.u.i.su.ki.i
加拿大威士忌

46 アイリッシュ (Irish) ウイスキー (whisky)
a.i.ri.s.shu.u.i.su.ki.i
愛爾蘭威士忌

47 アメリカン (American) ウイスキー (whisky)
a.me.ri.ka.n.u.i.su.ki.i
美國威士忌

48 シングル (single)・モルト (malt)
shi.n.gu.ru.mo.ru.to
單一麥芽威士忌

日本有名的威士忌

49 山崎 (やまざき)
ya.ma.za.ki
三多利山崎威士忌

50 角瓶 (かくびん)
ka.ku.bi.n
三多利角瓶威士忌

51 白州 (はくしゅう)
ha.ku.shu.u
三多利白州威士忌

52 響 (ひびき)
hi.bi.ki
三多利「響」威士忌

53 余市 (よいち)
yo.i.chi
余市威士忌

各種烈酒喝法用語

54 オン・ザ・ロック (on the rock)
o.n.za.ro.k.ku
用平底的玻璃杯（玻璃有點厚度），只加入冰塊喝。

55 ストレート（生）(straight / なま)
su.to.re.e.to (na.ma)
不加水或果汁稀釋，直接品嚐。

56 水割り (みず わ)
mi.zu.wa.ri
在酒裡面加水，降低酒精濃度的酒。

57 ハイボール (highball)
ha.i.bo.o.ru
在威士忌中加入蘇打水調合

58 チェイサー (chaser)
che.i.sa.a
飲用純烈酒後所喝的水、汽水或啤酒。

雞尾酒

59 カクテル (cocktail)
ka.ku.te.ru
雞尾酒

60 ジンフィズ (gin fizz)
ji.n.fi.zu
琴費士

61 ジントニック (gin tonic)
ji.n.to.ni.k.ku
琴湯尼

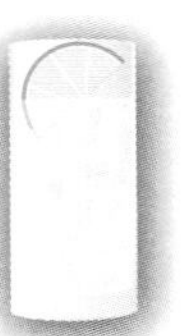

62 キューバリバー (cuba libre)
kyu.u.ba.ri.ba.a
自由古巴

63 スクリュードライバー (screw driver)
su.ku.ryu.u.do.ra.i.ba.a
螺絲起子

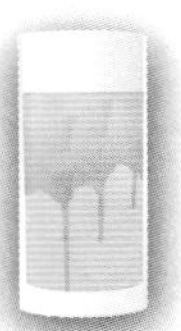

64 シンガポールスリング (singapore sling)
shi.n.ga.po.o.ru.su.ri.n.gu
新加坡司令

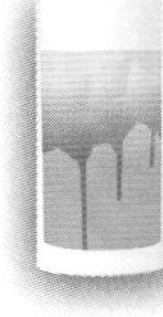

65 カシスソーダ (cassis soda)
ka.shi.su.so.o.da
黑醋栗蘇打

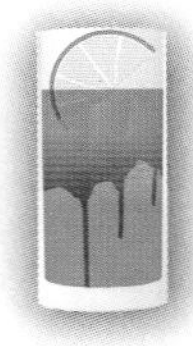

66 ピンクレディ (pink lady)
pi.n.ku.re.di.i
紅粉佳人

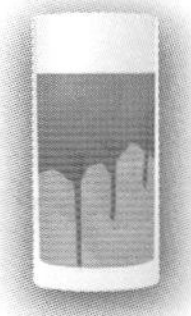

67 スプモーニ (spumoni)
su.pu.mo.o.ni
史普摩尼

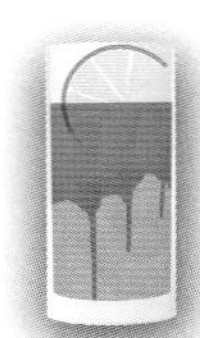

68 トムコリンズ (tom collins)
to.mu.ko.ri.n.zu
湯姆可琳

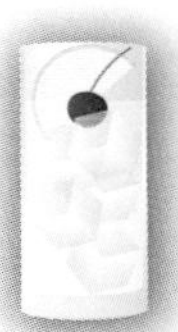

69 モスコーミュール (Moscow mule)
mo.su.ko.o.myu.u.ru
莫斯科騾子

70 ウォッカトニック (vodka tonic)
wo.k.ka.to.ni.k.ku
伏特加湯尼

71 ドライマティーニ (dry 義 martini)
do.ra.i.ma.ti.i.ni
馬丁尼

72 ギムレット (gimlet)
gi.mu.re.t.to
琴蕾

73 ブラッディメアリー (bloody mary)
bu.ra.di.i.me.a.ri.i
血腥瑪莉

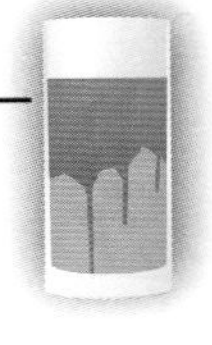

74 キールロワイヤル (法 kir royale)
ki.i.ru.ro.wa.i.ya.ru
皇家基爾

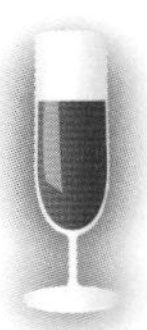

75 西 daiquiri
ダイキリ
da.i.ki.ri
黛克瑞

76 margarita
マルガリータ
ma.ru.ga.ri.i.ta
瑪格莉特

77 blue hawaii
ブルーハワイ
bu.ru.u.ha.wa.i
藍色夏威夷

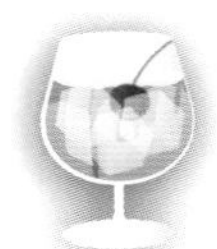

78 wine cooler
ワインクーラー
wa.i.n.ku.u.ra.a
涼酒

79 kahlua milk
カルーアミルク
ka.ru.u.a.mi.ru.ku
卡魯哇奶酒

80 campari soda
カンパリソーダ
ka.n.pa.ri.so.o.da
金巴利蘇打

81 salty dog
ソルティドッグ
so.ru.ti.i.do.g.gu
鹹狗

82 西 tequila sunset
テキーラサンセット
te.ki.i.ra.sa.n.se.t.to
夕陽

83 frozen 西 daiquiri
フローズンダイキリ
fu.ro.o.zu.n.da.i.ki.ri
霜凍黛克瑞

84 frozen margarita
フローズンマルガリータ
fu.ro.o.zu.n.ma.ru.ga.ri.i.ta
霜凍瑪格莉特

葡萄酒

85 ワイン (wine)
wa.i.n
葡萄酒

86 赤ワイン (あか wine)
a.ka.wa.i.n
紅葡萄酒

87 白ワイン (しろ wine)
shi.ro.wa.i.n
白葡萄酒

88 シャンパン
sha.n.pa.n
香檳酒

89 コルク (cork)
ko.ru.ku
軟木塞

90 ワインオープナー (wine opener)
wa.i.n.o.o.pu.na.a
葡萄酒開瓶器

91 ワインクーラー (wine cooler)
wa.i.n.ku.u.ra.a
冰酒筒

92 ワイングラス (wine glass)
wa.i.n.gu.ra.su
喝紅、白酒用的高腳杯

93 ソムリエ (法 sommelier)
so.mu.ri.e
餐館等的酒侍，斟酒侍者

94 ヴィンテージワイン (vintage wine)
bi.n.te.e.ji.wa.i.n
有標明釀製年份，較上等的葡萄酒

95 ラベル (label)
ra.be.ru
標籤

96 テイスティング (tasting)
te.i.su.ti.n.gu
品酒、試酒

97 ハウスワイン (house wine)
ha.u.su.wa.i.n
招牌酒

98 デキャンタ (decanter)
de.kya.n.ta
醒酒瓶、醒酒器

香菸

087

タバコ ta.ba.co

會抽煙的人在日本的時候也想抽吧。請注意禁煙或吸煙區等規定。

01 きんえん
禁煙
ki.n.e.n
禁菸

02 きつえんじょ
喫煙所
ki.tsu.e.n.jo
吸菸區

03 けいたいはいざら
携帯灰皿
ke.i.ta.i.ha.i.za.ra
攜帶式菸灰缸

04 はいざら
灰皿
ha.i.za.ra
菸灰缸

05 ひ ようじん
火の用心
hi.no.yo.o.ji.n
小心用火

06 lighter
ライター
ra.i.ta.a
打火機

07 じゅどうきつえん
受動喫煙
ju.do.o.ki.tsu.e.n
二手煙

08 seven stars
セブンスター
se.bu.n.su.ta.a
Sevenstars
日本民營菸，未進口台灣

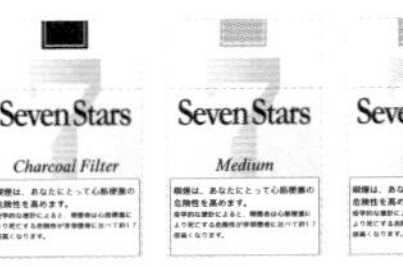

09 mild
マイルドセブン
ma.i.ru.do.se.bu.n
七星 Mildseven

日本年菜特輯

088

御節料理（おせちりょうり） o.se.chi.ryo.o.ri

其實一開始御節料理並不是專指年菜，而是在元旦與五大節慶中，準備的節慶料理。但由於一年當中最重要的就是過年了，所以漸漸地變成年菜的意思。日本的年菜相當豐富，大多是冷食且易於保存，基本上由「祝い肴」祝賀之餚（即「三つ肴」、「口取り」下酒菜）、「焼き物」燒烤物、「煮物」燉煮物、「酢の物」醋醃漬物、拌物組成。
關於緣由眾說紛紜，但最主要的說法是，過年期間神明們會與人們共食，包含年糕湯，為了保持純淨神聖的火源，所以在傳統裡過年的前三天不會開火，也讓辛苦煮飯的婦女們休息。
此外，由於要和神明一同共食，所以會使用「祝い箸（いわばし）」兩頭皆是尖的筷子，一邊是神明用，一邊是人用。

祝賀之餚

01 祝い肴（いわいざかな）
i.wa.i.za.ka.na
祝賀之餚

02 口取り（くちとり）
ku.chi.to.ri
下酒菜

03 三つ肴（みつざかな）
mi.tsu.za.ka.na
「祝い肴」當中最主要的三種稱為「三つ肴（みつざかな）」，關東會放黑豆、鯡魚卵、糖煮鯷魚小魚干，關西則會放黑豆、鯡魚卵、刀拍醋醃牛蒡絲。

04 黒豆（くろまめ）
ku.ro.ma.me
黑豆
黑色代表避邪除厄，而豆的發音「まめ」有勤勉工作、工作勤快之人的意思。所以吃黑豆有祈求健康長壽、無病無災、努力勤快工作之意。

05 数の子（かずのこ）
ka.zu.no.ko
鯡魚卵
鯡魚的卵有很多，加上鯡魚在日文中稱為「ニシン」有「二親」雙親的諧音，所以有子孫繁榮、瓜瓞綿綿之意。

06 田作り（たつくり）/ごまめ
ta.tsu.ku.ri/go.ma.me
蜜汁日本鯷小魚干，又稱為五万米
日本傳統農家會使用日本鯷為耕作的肥料，傳說如果使用的話作物就會大豐收，所以有祈求五穀豐收之意。

07 たたき牛蒡/酢牛蒡（ごぼう/すごぼう）
ta.ta.ki.go.bo.o/su.go.bo.o
刀拍醋醃牛蒡絲
拍斷牛蒡的纖維，將牛蒡切絲後水煮，並用醬油和醋醃製。傳統中認為牛蒡形似祥瑞之鳥（包含鳳凰和鶴等等）有豐年的象徵，再加上牛蒡的根深植地底，也有祈求家業安定之意，此外，牛蒡又有「開(ひ)きごぼう」之稱，亦是開運的象徵。

08 紅白かまぼこ（こうはく）
ko.o.ha.ku.ka.ma.bo.ko
紅白魚板
切成半月形的魚板象徵日出，而紅白在日本代表好兆頭，紅色有驅邪除魔、喜慶、慶祝之意，白色則有神聖、清淨之意。

09 栗金団/搗ち栗（くりきんとん/かぐり）
ku.ri.ki.n.to.n/ka.chi.gu.ri
黃金栗子泥
「搗ち(かち)」與「勝(かち)」的日文發音相同，是取勝的幸運物。另外，因為是金色的，所以也有祈求富饒、富貴之意。

10 伊達巻（だてまき）
da.te.ma.ki
伊達卷，魚漿蛋捲
之所以叫伊達卷有幾種說法，一是「伊達」有代表豪華的意思，二是傳說武將「伊達政宗」喜歡將魚漿混入蛋液之中煎來吃。在含義方面，伊達卷因為形似古代書卷，是祈求知識、文化、教養等智慧增加的幸運物。

燒烤物

11 焼き物（やもの）
ya.ki.mo.no
燒烤物
（以海鮮為主）

12 鰤（ぶり）
bu.ri
鰤魚
祈求出人頭地，在日本鰤魚又被叫做「出世魚(しゅっせうお)」，能使人成功獲晉升的魚。

14 鰻（うなぎ）
u.na.gi
鰻魚
日本有句俚語「鰻登り(うなのぼり)」意思是急速上升，在職場上有步步高升、飛黃騰達的意思，所以吃鰻魚有祈求出人頭地、升官的意思。

13 海老（えび）
e.bi
蝦子
因為蝦子熟了之後彎曲的樣子像年長者，故吃蝦子有「希望能活到背彎曲的時候」的含義。此外，因為蝦子還會脫皮，且不只脫一次皮，會反反覆覆，所以也有生命更新、祈求出人頭地之意。再加上蝦子是紅色的，本身就代表喜慶。

15 鯛（たい）
ta.i
鯛魚
取自「めでたい」可喜可賀之事、喜慶、慶祝的「たい」，常用於喜慶和祭祀。

16 にもの
煮物
ni.mo.no
燉煮物

17 ばいか
梅花にんじん
ba.i.ka.ni.n.ji.n
梅花紅蘿蔔
紅蘿蔔的紅色有代表長壽的意思，而梅花是開了花就一定會結果，以祈求好運。

18 こんぶま
昆布巻き
ko.n.bu.ma.ki
昆布卷
「昆布(こんぶ)」的發音和「喜ぶ(よろこぶ)」歡喜、喜悅、慶賀及「子生(こぶ)」很像，有慶賀及祈求多子多孫的意思。另外，昆布卷與伊達卷的形狀類似，都和古代的書卷很相像，所以也有文化、學問的象徵。

19 じんがさしいたけ
陣笠椎茸
ji.n.ga.sa.shi.i.ta.ke
陣笠香菇
陣笠是以前軍事用的斗笠形頭盔，和香菇的形狀相似，是獻給神的祭祀品，祈求身體健康強壯。

20 たづなこんにゃく
手綱蒟 蒻
ta.zu.na.ko.n.nya.ku
韁繩蒟蒻
將蒟蒻中間切開，反覆捲繞，像打了很多結，代表繃緊神經、養精蓄銳的意思，也象徵廣結良緣。

21 めだ
芽出しくわい
me.da.shi.ku.wa.i
發芽茨菰球莖
「芽出し(めだし)」發芽和「めでたい」可喜可賀之事的發音相似，同時象徵出人頭地，金黃的顏色也有招財的效果。

22 はなれんこん／やばねれんこん
花蓮根／矢羽根蓮根
ha.na.re.n.ko.n／ya.ba.ne.re.n.ko.n
花蓮藕／箭羽蓮藕
蓮藕有很多孔洞，象徵能洞悉前景、祈求光明前程。被切成花形，象徵花後結果，而箭羽形則是仿造破魔矢的形狀，有祈福的意義。

23 さといも
里芋
sa.to.i.mo
芋頭
因為芋頭上會長出許多小芋頭，所以代表祈求金玉滿堂。

24 たけのこ
筍
ta.ke.no.ko
竹筍
竹筍的成長速度快，象徵祈求兒女早日有出息、開枝散葉，祈求家業繁榮。

25 きんかん
金柑
ki.n.ka.n
金桔
和「金冠」同音，祈求榮華富貴。

26 たてとうふ
楯豆腐
ta.te.to.o.fu
盾牌豆腐
盾牌形狀有守護家園的意思，祈求闔家平安。

醋醃漬物

27 酢(す)の物(もの)
su.no.mo.no
醋醃漬物、拌物

28 紅白(こうはく)なます
ko.o.ha.ku.na.ma.su
醋拌紅白蘿蔔絲
蘿蔔絲代表「水引(みずひき)」繩結，常見於日本祭祀用的供品或是紅白包上，而紅白代表喜慶的顏色。

29 酢蓮(すばす)
su.ba.su
醋拌蓮藕
藕有很多孔洞，象徵能洞悉前景、祈求光明前程。

30 ちょろぎ
cho.ro.gi
甘露子
有「長老木」、「長老喜」、「長呂貴」、「千代呂木」等吉祥的漢字，祈求長壽。

其它

31 年越(としこ)し蕎麦(そば)
to.shi.ko.shi.so.ba
跨年蕎麥麵
12月31日是日本的除夕，通常會在除夕那天吃跨年蕎麥麵，蕎麥麵因為可以無限延展的感覺，所以吃蕎麥麵有祈求長壽的意思。另外，因為煮熟的蕎麥麵很容易切斷，所以也有斬斷厄運的象徵。

32 お雑煮(ぞうに)
o.zo.o.ni
年糕湯
在日本的年糕湯裡會加入很多料，根據地區不同湯汁和放入的食材有所差別，連年糕的形狀也會不一樣。關東地區多為四方形的年糕，關西則為圓形，香川和愛媛縣則是使用包有紅豆內餡的年糕，而有的地區則會烤過年糕之後再放入湯中。

33 お屠蘇(とそ)
o.to.so
御屠蘇酒
將數種草藥包在一包當中合成的屠蘇散放入日本酒、味醂裡浸泡，在一月一日早上喝，按從年少者到年長者的順序。主要是除穢氣、祈求健康長壽。

重箱(じゅうばこ)

這些年菜會以奇數的數量（在日本奇數比較吉利）被裝入漆器所製的「重箱」之中。最傳統正式的重箱顏色是外黑內紅，不過現代有諸多款式，而重箱之所以名為重箱是因為有很多層，取自「重ねる(かさねる)」重疊、堆積的意思。在重箱當中，每一層裝的料理都有區分，根據層數也有所差異，最傳統正式的重箱有五層，現代常見的多為四層，也有較為簡化的三層、兩層。

1 一の重（いち じゅう） i.chi.no.ju.u 第一層

2 二の重（に じゅう） ni.no.ju.u 第二層

3 三の重（さん じゅう） sa.n.no.ju.u 第三層

4※ 与の重（よ じゅう） yo.no.ju.u 第四層

5 五の重（ご じゅう） go.no.ju.u 第五層

※因為日文的數字四與死同音，不吉利，所以改為另一個唸法的諧音。

五層

第一層：「祝い肴」祝賀之餚（包含「三つ肴」）

第二層：「酢の物」醋醃漬物、拌物和「口取り」下酒菜

第三層：「焼き物」燒烤物

第四層：「煮物」燉煮物

第五層：因傳說第五層是神明授予福氣的地方，所以就算是空的沒放東西也可，或是依家族喜好放入喜歡的食物

四層

第一層：「祝い肴」祝賀之餚（包含「三つ肴」和「口取り」下酒菜）

第二層：「焼き物」燒烤物

第三層：「煮物」燉煮物

第四層：「酢の物」醋醃漬物、拌物

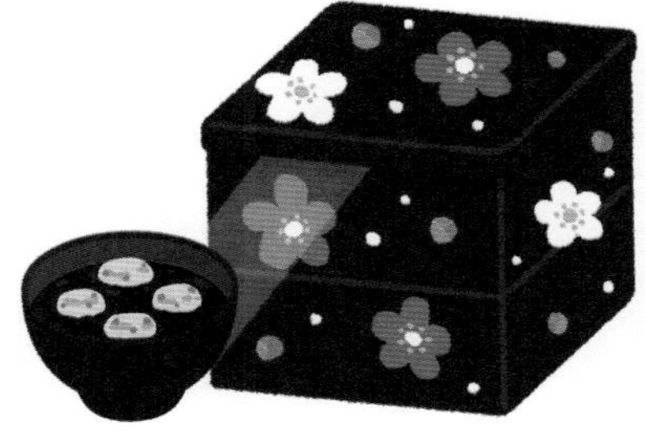

089

要搭電車囉！

要搭電車了耶！
有新幹線、山手線、東京 Metro 跟
都營地下鐵好多好多路線～
出發前讓我們一起來看看
接下來會聽到的廣播吧！

1

この電車(でんしゃ)は○○行(ゆ)きです。
ko.no.de.n.sha.wa ○○ yu.ki.de.su
本列車往○○

2

1番線(ばんせん)が発車(はっしゃ)いたします。
i.chi.ba.n.se.n.ga.ha.s.sha.i.ta.shi.ma.su。
1號月台列車即將發車。

3

この電車(でんしゃ)は○○行(ゆ)きの最終(さいしゅう)です。
ko.no.de.n.sha.wa ○○ yu.ki.no sa.i.shu.u.de.su。
本列車為前往○○的末班車。

4

次(つぎ)は終点(しゅうてん)○○、○○。
tsu.gi.wa.shu.u.te.n、○○
下一站為終點站○○、○○。

新幹線

090

しんかんせん
新幹線 shi.n.ka.n.se.n

新幹線轉乘點

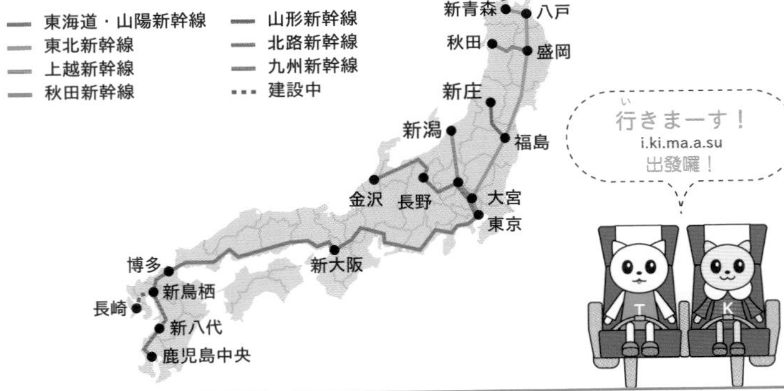

東北新幹線（とうほくしんかんせん） to.o.ho.ku.shi.n.ka.n.se.n

東京（とうきょう） to.o.kyo.o ↔ 福島（ふくしま） fu.ku.shi.ma ↔ 新青森（しんあおもり） shi.n.a.o.mo.ri

東京（とうきょう） to.o.kyo.o	上野（うえの） u.e.no	大宮（おおみや） o.o.mi.ya 轉上越新幹線	小山（おやま） o.ya.ma	宇都宮（うつのみや） u.tsu.no.mi.ya
那須塩原（なすしおばら） na.su.shi.o.ba.ra	新白河（しんしらかわ） shi.n.shi.ra.ka.wa	郡山（こおりやま） ko.o.ri.ya.ma	福島（ふくしま） fu.ku.shi.ma 轉山形新幹線	
白石蔵王（しろいしざおう） shi.ro.i.shi.za.o.o	仙台（せんだい） se.n.da.i	古川（ふるかわ） fu.ru.ka.wa	栗駒高原（くりこまこうげん） ku.ri.ko.ma.ko.o.ge.n	
一ノ関（いちのせき） i.chi.no.se.ki	水沢江刺（みずさわえさし） mi.zu.sa.wa.e.sa.shi	北上（きたかみ） ki.ta.ka.mi	新花巻（しんはなまき） shi.n.ha.na.ma.ki →	

轉秋田新幹線

東北新幹線

もりおか 盛岡 mo.ri.o.ka — ぬまくない いわて沼宮内 i.wa.te.nu.ma.ku.na.i — にのへ 二戸 ni.no.he — はちのへ 八戸 ha.chi.no.he

しちのへとわだ 七戸十和田 shi.chi.no.he.to.wa.da — しんあおもり 新青森 shi.n.a.o.mo.ri

やまがたしんかんせん 山形新幹線 ya.ma.ga.ta.shi.n.ka.n.se.n

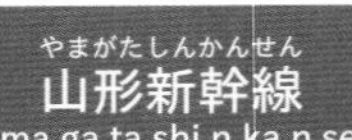

ふくしま 福島 fu.ku.shi.ma ↔ やまがた 山形 ya.ma.ga.ta ↔ しんじょう 新庄 shi.n.jo.o

ふくしま 福島 fu.ku.shi.ma — よねざわ 米沢 yo.ne.za.wa — たかはた 高畠 ta.ka.ha.ta — あかゆ 赤湯 a.ka.yu

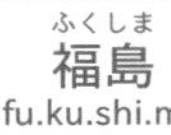

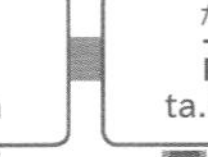

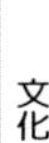

おんせん かみのやま温泉 ka.mi.no.ya.ma.o.n.se.n — やまがた 山形 ya.ma.ga.ta — てんどう 天童 te.n.do.o — ひがしね さくらんぼ東根 sa.ku.ra.n.bo.hi.ga.shi.ne

むらやま 村山 mu.ra.ya.ma — おおいしだ 大石田 o.o.i.shi.da — しんじょう 新庄 shi.n.jo.o

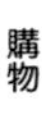

あきたしんかんせん 秋田新幹線 a.ki.ta.shi.n.ka.n.se.n

もりおか 盛岡 mo.ri.o.ka ↔ おおまがり 大曲 o.o.ma.ga.ri ↔ あきた 秋田 a.ki.ta

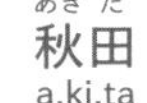

もりおか 盛岡 mo.ri.o.ka — しずくいし 雫石 shi.zu.ku.i.shi — たざわこ 田沢湖 ta.za.wa.ko — かくのだて 角館 ka.ku.no.da.te — おおまがり 大曲 o.o.ma.ga.ri

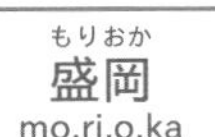

あきた 秋田 a.ki.ta

じょうえつしんかんせん 上越新幹線 jo.o.e.tsu.shi.n.ka.n.se.n

おおみや 大宮 o.o.mi.ya ↔ たかさき 高崎 ta.ka.sa.ki ↔ にいがた 新潟 ni.i.ga.ta

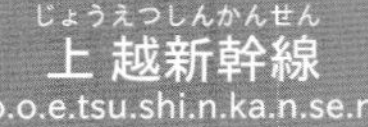

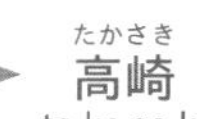
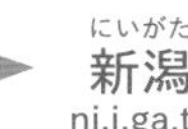

おおみや
大宮
o.o.mi.ya

くまがや
熊谷
ku.ma.ga.ya

ほんじょうわせだ
本庄早稲田
ho.n.jo.o.wa.se.da

たかさき
高崎
ta.ka.sa.ki

じょうもうこうげん
上毛高原
jo.o.mo.o.ko.o.ge.n

えちごゆざわ
越後湯沢
e.chi.go.yu.za.wa

うらさ
浦佐
u.ra.sa

ながおか
長岡
na.ga.o.ka

つばめさんじょう
燕三条
tsu.ba.me.sa.n.jo.o

にいがた
新潟
ni.i.ga.ta

ほくりくしんかんせん
北陸新幹線
ho.ku.ri.ku.shi.n.ka.n.se.n

かなざわ
金沢
ka.na.za.wa
↔
ながの
長野
na.ga.no
↔
とうきょう
東京
to.o.kyo.o

かなざわ
金沢
ka.na.za.wa

しんたかおか
新高岡
shi.n.ta.ka.o.ka

とやま
富山
to.ya.ma

くろべうなづきおんせん
黒部宇奈月温泉
ku.ro.be.u.na.zu.ki.o.n.se.n

いといがわ
糸魚川
i.to.i.ga.wa

じょうえつみょうこう
上越妙高
jo.o.e.tsu.myo.o.ko.o

いいやま
飯山
i.i.ya.ma

ながの
長野
na.ga.no

うえだ
上田
u.e.da

さくだいら
佐久平
sa.ku.da.i.ra

かるいざわ
軽井沢
ka.ru.i.za.wa

あんなかはるな
安中榛名
a.n.na.ka.ha.ru.na

たかさき
高崎
ta.ka.sa.ki

ほんじょうわせだ
本庄早稲田
ho.n.jo.o.wa.se.da

くまがや
熊谷
ku.ma.ga.ya

おおみや
大宮
o.o.mi.ya

うえの
上野
u.e.no

とうきょう
東京
to.o.kyo.o

091

東海道（とうかいどう）・山陽新幹線（さんようしんかんせん）
to.o.ka.i.do.o・sa.n.yo.o.shi.n.ka.n.se.n

東京（とうきょう）to.o.kyo.o ↔ 新大阪（しんおおさか）shi.n.o.o.sa.ka ↔ 博多（はかた）ha.ka.ta

- 東京（とうきょう）to.o.kyo.o
- 品川（しながわ）shi.na.ga.wa
- 新横浜（しんよこはま）shi.n.yo.ko.ha.ma
- 小田原（おだわら）o.da.wa.ra
- 熱海（あたみ）a.ta.mi
- 三島（みしま）mi.shi.ma
- 新富士（しんふじ）shi.n.fu.ji
- 静岡（しずおか）shi.zu.o.ka
- 掛川（かけがわ）ka.ke.ga.wa
- 浜松（はままつ）ha.ma.ma.tsu
- 豊橋（とよはし）to.yo.ha.shi
- 三河安城（みかわあんじょう）mi.ka.wa.a.n.jo.o
- 名古屋（なごや）na.go.ya
- 岐阜羽島（ぎふはしま）gi.fu.ha.shi.ma
- 米原（まいばら）ma.i.ba.ra
- 京都（きょうと）kyo.o.to
- 新大阪（しんおおさか）shi.n.o.o.sa.ka
- 新神戸（しんこうべ）shi.n.ko.o.be
- 西明石（にしあかし）ni.shi.a.ka.shi
- 姫路（ひめじ）hi.me.ji
- 相生（あいおい）a.i.o.i
- 岡山（おかやま）o.ka.ya.ma
- 新倉敷（しんくらしき）shi.n.ku.ra.shi.ki
- 福山（ふくやま）fu.ku.ya.ma
- 新尾道（しんおのみち）shi.n.o.no.mi.chi
- 三原（みはら）mi.ha.ra
- 東広島（ひがしひろしま）hi.ga.shi.hi.ro.shi.ma
- 広島（ひろしま）hi.ro.shi.ma
- 新岩国（しんいわくに）shi.n.i.wa.ku.ni
- 徳山（とくやま）to.ku.ya.ma
- 新山口（しんやまぐち）shi.n.ya.ma.gu.chi
- 厚狭（あさ）a.sa
- 新下関（しんしものせき）shi.n.shi.mo.no.se.ki
- 小倉（こくら）ko.ku.ra
- 博多（はかた）ha.ka.ta

九州新幹線
きゅうしゅうしんかんせん
kyu.u.shu.u.shi.n.ka.n.se.n

博多 (はかた ha.ka.ta) ↔ 熊本 (くまもと ku.ma.mo.to) ↔ 鹿児島中央 (かごしまちゅうおう ka.go.shi.ma.chu.u.o.o)

博多 はかた ha.ka.ta	新鳥栖 しんとす shi.n.to.su	久留米 くるめ ku.ru.me	筑後船小屋 ちくごふなごや chi.ku.go.fu.na.go.ya
新大牟田 しんおおむた shi.n.o.o.mu.ta	新玉名 しんたまな shi.n.ta.ma.na	熊本 くまもと ku.ma.mo.to	新八代 しんやつしろ shi.n.ya.tsu.shi.ro
新水俣 しんみなまた shi.n.mi.na.ma.ta	出水 いずみ i.zu.mi	川内 せんだい se.n.da.i	鹿児島中央 かごしまちゅうおう ka.go.shi.ma.chu.u.o.o

JR・山手線

JR・山手線（やまのてせん） je.i.a.a.ru · ya.ma.no.te.se.n

山手線（やまのてせん） ya.ma.no.te.se.n

しんじゅく	新宿	shi.n.ju.ku
よよぎ	代々木	yo.yo.gi
はらじゅく	原宿	ha.ra.ju.ku
しぶや	渋谷	shi.bu.ya
えびす	惠比寿	e.bi.su
めぐろ	目黒	me.gu.ro
ごたんだ	五反田	go.ta.n.da
おおさき	大崎	o.o.sa.ki
しながわ	品川	shi.na.ga.wa
たまち	田町	ta.ma.chi
はままつちょう	浜松町	ha.ma.ma.tsu.cho.o
しんばし	新橋	shi.n.ba.shi
ゆうらくちょう	有楽町	yu.u.ra.ku.cho.o
とうきょう	東京	to.o.kyo.o
かんだ	神田	ka.n.da
あきはばら	秋葉原	a.ki.ha.ba.ra
おかちまち	御徒町	o.ka.chi.ma.chi
うえの	上野	u.e.no
うぐいすだに	鶯谷	u.gu.i.su.da.ni
にっぽり	日暮里	ni.p.po.ri
にしにっぽり	西日暮里	ni.shi.ni.p.po.ri
たばた	田端	ta.ba.ta
こまごめ	駒込	ko.ma.go.me
すがも	巣鴨	su.ga.mo
おおつか	大塚	o.o.tsu.ka
いけぶくろ	池袋	i.ke.bu.ku.ro
めじろ	目白	me.ji.ro
たかだのばば	高田馬場	ta.ka.da.no.ba.ba
しんおおくぼ	新大久保	shi.n.o.o.ku.bo
しんじゅく	新宿	shi.n.ju.ku

- 外圈 = 順時針方向（池袋 ➡ 上野 ➡ 東京）
- 內圈 = 逆時針方向（東京 ➡ 上野 ➡ 池袋）

首班車
4：26（池袋發車 外圈）
4：30（大崎發車 內圈）

末班車
1：09（抵達池袋 外圈）
1：18（抵達品川 內圈）

東京地下鐵—東京Metro

093

とうきょう ち か てつ　とうきょう Metro
東京地下鉄—東京メトロ
to.o.kyo.o.chi.ka.te.tsu・to.o.kyo.o.me.to.ro

G ぎんざせん 銀座線 gi.n.za.se.n

しぶや 渋谷 shi.bu.ya ↔ ぎんざ 銀座 gi.n.za ↔ あさくさ 浅草 a.sa.ku.sa

01	しぶや	渋谷	shi.bu.ya
02	おもてさんどう	表参道	o.mo.te.sa.n.do.o
03	がいえんまえ	外苑前	ga.i.e.n.ma.e
04	あおやまいっちょうめ	青山一丁目	a.o.ya.ma.i.c.cho.o.me
05	あかさかみつけ	赤坂見附	a.ka.sa.ka.mi.tsu.ke
06	ためいけさんのう	溜池山王	ta.me.i.ke.sa.n.no.o
07	とらのもん	虎ノ門	to.ra.no.mo.n
08	しんばし	新橋	shi.n.ba.shi
09	ぎんざ	銀座	gi.n.za
10	きょうばし	京橋	kyo.o.ba.shi
11	にほんばし	日本橋	ni.ho.n.ba.shi
12	みつこしまえ	三越前	mi.tsu.ko.shi.ma.e
13	かんだ	神田	ka.n.da
14	すえひろちょう	末広町	su.e.hi.ro.cho.o
15	うえのひろこうじ	上野広小路	u.e.no.hi.ro.ko.o.ji
16	うえの	上野	u.e.no
17	いなりちょう	稲荷町	i.na.ri.cho.o
18	たわらちょう	田原町	ta.wa.ra.cho.o
19	あさくさ	浅草	a.sa.ku.sa

M m まるのうちせん 丸ノ内線 ma.ru.no.u.chi.se.n

おぎくぼ 荻窪 o.gi.ku.bo ↔ とうきょう 東京 to.o.kyo.o ↔ あさくさ 浅草 a.sa.ku.sa

01	おぎくぼ	荻窪	o.gi.ku.bo
02	みなみあさがや	南阿佐ヶ谷	mi.na.mi.a.sa.ga.ya
03	しんこうえんじ	新高円寺	shi.n.ko.o.e.n.ji
04	ひがしこうえんじ	東高円寺	hi.ga.shi.ko.o.e.n.ji

轉丸ノ内線（支線）

05	しんなかの	新中野	shi.n.na.ka.no
06	なかのさかうえ	中野坂上	na.ka.no.sa.ka.u.e
07	にししんじゅく	西新宿	ni.shi.shi.n.ju.ku
08	しんじゅく	新宿	shi.n.ju.ku
09	しんじゅくさんちょうめ	新宿三丁目	shi.n.ju.ku.sa.n.cho.o.me
10	しんじゅくぎょえんまえ	新宿御苑前	shi.n.ju.ku.gyo.e.n.ma.e
11	よつやさんちょうめ	四谷三丁目	yo.tsu.ya.sa.n.cho.o.me
12	よや	四ツ谷	yo.tsu.ya
13	あかさかみつけ	赤坂見附	a.ka.sa.ka.mi.tsu.ke
14	こっかいぎじどうまえ	国会議事堂前	ko.k.ka.i.gi.ji.do.o.ma.e
15	かすみせき	霞ヶ関	ka.su.mi.ga.se.ki
16	ぎんざ	銀座	gi.n.za
17	とうきょう	東京	to.o.kyo.o
18	おおてまち	大手町	o.o.te.ma.chi
19	あわじちょう	淡路町	a.wa.ji.cho.o
20	おちゃみず	御茶ノ水	o.cha.no.mi.zu
21	ほんごうさんちょうめ	本郷三丁目	ho.n.go.o.sa.n.cho.o.me
22	こうらくえん	後楽園	ko.o.ra.ku.e.n
23	みょうがだに	茗荷谷	myo.o.ga.da.ni
24	しんおおつか	新大塚	shi.n.o.o.tsu.ka
25	いけぶくろ	池袋	i.ke.bu.ku.ro

※ 為避免搭錯車，往方南町的丸之內支線車身為黑色，丸之內本線的為紅色！

丸ノ内線（支線）

03	ほうなんちょう	方南町	ho.o.na.n.cho.o
04	なかのふじみちょう	中野富士見町	na.ka.no.fu.ji.mi.cho.o
05	なかのしんばし	中野新橋	na.ka.no.shi.n.ba.shi

H ひびやせん 日比谷線 hi.bi.ya.se.n

なかめぐろ 中目黒 na.ka.me.gu.ro ↔ あきはばら 秋葉原 a.ki.ha.ba.ra ↔ きたせんじゅ 北千住 ki.ta.se.n.ju

01	なかめぐろ	中目黒	na.ka.me.gu.ro
02	えびす	惠比寿	e.bi.su
03	ひろお	広尾	hi.ro.o
04	ろっぽんぎ	六本木	ro.p.po.n.gi
05	かみやちょう	神谷町	ka.mi.ya.cho.o
06	かすみせき	霞ヶ関	ka.su.mi.ga.se.ki
07	ひびや	日比谷	hi.bi.ya
08	ぎんざ	銀座	gi.n.za
09	ひがしぎんざ	東銀座	hi.ga.shi.gi.n.za
10	つきじ	築地	tsu.ki.ji

日比谷線

11 はっちょうぼり 八丁堀 ha.c.cho.o.bo.ri
12 かやばちょう 茅場町 ka.ya.ba.cho.o
13 にんぎょうちょう 人形町 ni.n.gyo.o.cho.o
14 こでんまちょう 小伝馬町 ko.de.n.ma.cho.o
15 あきはばら 秋葉原 a.ki.ha.ba.ra
16 なかおかちまち 仲御徒町 na.ka.o.ka.chi.ma.chi
17 うえの 上野 u.e.no
18 いりや 入谷 i.ri.ya
19 みのわ 三ノ輪 mi.no.wa
20 みなみせんじゅ 南千住 mi.na.mi.se.n.ju
21 きたせんじゅ 北千住 ki.ta.se.n.ju

094

T とうざいせん 東西線 to.o.za.i.se.n

なかの 中野 na.ka.no ↔ にほんばし 日本橋 ni.ho.n.ba.sh.i ↔ にしふなばし 西船橋 ni.shi.fu.na.ba.shi

01 なかの 中野 na.ka.no
02 おちあい 落合 o.chi.a.i
03 たかだのばば 高田馬場 ta.ka.da.no.ba.ba
04 わせだ 早稲田 wa.se.da
05 かぐらざか 神楽坂 ka.gu.ra.za.ka
06 いいだばし 飯田橋 i.i.da.ba.shi
07 くだんした 九段下 ku.da.n.shi.ta
08 たけばし 竹橋 ta.ke.ba.shi
09 おおてまち 大手町 o.o.te.ma.chi
10 にほんばし 日本橋 ni.ho.n.ba.shi
11 かやばちょう 茅場町 ka.ya.ba.cho.o
12 もんぜんなかちょう 門前仲町 mo.n.ze.n.na.ka.cho.o
13 きば 木場 ki.ba
14 とうようちょう 東陽町 to.o.yo.o.cho.o
15 みなみすなまち 南砂町 mi.na.mi.su.na.ma.chi
16 にしかさい 西葛西 ni.shi.ka.sa.i
17 かさい 葛西 ka.sa.i
18 うらやす 浦安 u.ra.ya.su
19 みなみぎょうとく 南行徳 mi.na.mi.gyo.o.to.ku
20 ぎょうとく 行徳 gyo.o.to.ku
21 みょうでん 妙典 myo.o.de.n
22 ばらきなかやま 原木中山 ba.ra.ki.na.ka.ya.ma

23 にしふなばし 西船橋 ni.shi.fu.na.ba.shi

C ちよだせん 千代田線 chi.yo.da.se.n

よぎうえはら 代々木上原 yo.yo.gi.u.e.ha.ra ⟷ おおてまち 大手町 o.o.te.ma.chi ⟷ きたあやせ 北綾瀬 ki.ta.a.ya.se

01 よぎうえはら 代々木上原 yo.yo.gi.u.e.ha.ra
02 よぎこうえん 代々木公園 yo.yo.gi.ko.o.e.n
03 めいじじんぐうまえ 明治神宮前 me.i.ji.ji.n.gu.u.ma.e
04 おもてさんどう 表参道 o.mo.te.sa.n.do.o
05 のぎざか 乃木坂 no.gi.za.ka
06 あかさか 赤坂 a.ka.sa.ka
07 こっかいぎじどうまえ 国会議事堂前 ko.k.ka.i.gi.ji.do.o.ma.e
08 かすみせき 霞ヶ関 ka.su.mi.ga.se.ki
09 ひびや 日比谷 hi.bi.ya
10 にじゅうばしまえ 二重橋前 ni.ju.u.ba.shi.ma.e
11 おおてまち 大手町 o.o.te.ma.chi
12 しんおちゃみず 新御茶ノ水 shi.n.o.cha.no.mi.zu
13 ゆしま 湯島 yu.shi.ma
14 ねづ 根津 ne.zu
15 せんだぎ 千駄木 se.n.da.gi
16 にしにっぽり 西日暮里 ni.shi.ni.p.po.ri
17 まちや 町屋 ma.chi.ya
18 きたせんじゅ 北千住 ki.ta.se.n.ju
19 あやせ 綾瀬 a.ya.se
20 きたあやせ 北綾瀬 ki.ta.a.ya.se

Y ゆうらくちょうせん 有楽町線 yu.u.ra.ku.cho.o.se.n

わこうし 和光市 wa.ko.o.shi ⟷ ゆうらくちょう 有楽町 yu.u.ra.ku.cho.o ⟷ しんきば 新木場 shi.n.ki.ba

01 わこうし 和光市 wa.ko.o.shi
02 ちかてつなります 地下鉄成増 chi.ka.te.tsu.na.ri.ma.su
03 ちかてつあかつか 地下鉄赤塚 chi.ka.te.tsu.a.ka.tsu.ka
04 へいわだい 平和台 he.i.wa.da.i
05 ひかわだい 氷川台 hi.ka.wa.da.i
06 こたけむかいはら 小竹向原 ko.ta.ke.mu.ka.i.ha.ra
07 せんかわ 千川 se.n.ka.wa
08 かなめちょう 要町 ka.na.me.cho.o

有樂町線

- 09 池袋（いけぶくろ）i.ke.bu.ku.ro
- 10 東池袋（ひがしいけぶくろ）hi.ga.shi.i.ke.bu.ku.ro
- 11 護国寺（ごこくじ）go.ko.ku.ji
- 12 江戸川橋（えどがわばし）e.do.ga.wa.ba.shi
- 13 飯田橋（いいだばし）i.i.da.ba.shi
- 14 市ヶ谷（いちがや）i.chi.ga.ya
- 15 麹町（こうじまち）ko.o.ji.ma.chi
- 16 永田町（ながたちょう）na.ga.ta.cho.o
- 17 桜田門（さくらだもん）sa.ku.ra.da.mo.n
- 18 有楽町（ゆうらくちょう）yu.u.ra.ku.cho.o
- 19 銀座一丁目（ぎんざいっちょうめ）gi.n.za.i.c.cho.o.me
- 20 新富町（しんとみちょう）shi.n.to.mi.cho.o
- 21 月島（つきしま）tsu.ki.shi.ma
- 22 豊洲（とよす）to.yo.su
- 23 辰巳（たつみ）ta.tsu.mi
- 24 新木場（しんきば）shi.n.ki.ba

095

Z 半蔵門線（はんぞうもんせん）ha.n.zo.o.mo.n.se.n

渋谷（しぶや）shi.bu.ya ←→ 神保町（じんぼうちょう）ji.n.bo.o.cho.o ←→ 押上（おしあげ）o.shi.a.ge

- 01 渋谷（しぶや）shi.bu.ya
- 02 表参道（おもてさんどう）o.mo.te.sa.n.do.o
- 03 青山一丁目（あおやまいっちょうめ）a.o.ya.ma.i.c.cho.o.me
- 04 永田町（ながたちょう）na.ga.ta.cho.o
- 05 半蔵門（はんぞうもん）ha.n.zo.o.mo.n
- 06 九段下（くだんした）ku.da.n.shi.ta
- 07 神保町（じんぼうちょう）ji.n.bo.o.cho.o
- 08 大手町（おおてまち）o.o.te.ma.chi
- 09 三越前（みつこしまえ）mi.tsu.ko.shi.ma.e
- 10 水天宮前（すいてんぐうまえ）su.i.te.n.gu.u.ma.e
- 11 清澄白河（きよすみしらかわ）ki.yo.su.mi.shi.ra.ka.wa
- 12 住吉（すみよし）su.mi.yo.shi
- 13 錦糸町（きんしちょう）ki.n.shi.cho.o
- 14 押上〈スカイツリー前〉（おしあげ sky tree まえ）o.shi.a.ge (su.ka.i.tsu.ri.i.ma.e)

東京都・東京鐵塔

めぐろ 目黒 me.gu.ro ↔ こうらくえん 後楽園 ko.o.ra.ku.e.n ↔ あかばねいわぶち 赤羽岩淵 a.ka.ba.ne.i.wa.bu.chi

01 めぐろ 目黒 me.gu.ro
02 しろかねだい 白金台 shi.ro.ka.ne.da.i
03 しろかねたかなわ 白金高輪 shi.ro.ka.ne.ta.ka.na.wa
04 あざぶじゅうばん 麻布十番 a.za.bu.ju.u.ba.n
05 ろっぽんぎいっちょうめ 六本木一丁目 ro.p.po.n.gi.i.c.cho.o.me
06 ためいけさんのう 溜池山王 ta.me.i.ke.sa.n.no.o
07 ながたちょう 永田町 na.ga.ta.cho.o
08 よつや 四ツ谷 yo.tsu.ya
09 いちがや 市ヶ谷 i.chi.ga.ya
10 いいだばし 飯田橋 i.i.da.ba.shi
11 こうらくえん 後楽園 ko.o.ra.ku.e.n
12 とうだいまえ 東大前 to.o.da.i.ma.e
13 ほんこまごめ 本駒込 ho.n.ko.ma.go.me
14 こまごめ 駒込 ko.ma.go.me
15 にしがはら 西ヶ原 ni.shi.ga.ha.ra
16 おうじ 王子 o.o.ji
17 おうじかみや 王子神谷 o.o.ji.ka.mi.ya
18 しも 志茂 shi.mo
19 あかばねいわぶち 赤羽岩淵 a.ka.ba.ne.i.wa.bu.chi

F
ふくとしんせん
副都心線
fu.ku.to.shi.n.se.n

わこうし 和光市 wa.ko.o.shi ↔ いけぶくろ 池袋 i.ke.bu.ku.ro ↔ しぶや 渋谷 shi.bu.ya

01 わこうし 和光市 wa.ko.o.shi
02 ちかてつなります 地下鉄成増 chi.ka.te.tsu.na.ri.ma.su
03 ちかてつあかつか 地下鉄赤塚 chi.ka.te.tsu.a.ka.tsu.ka
04 へいわだい 平和台 he.i.wa.da.i
05 ひかわだい 氷川台 hi.ka.wa.da.i
06 こたけむかいはら 小竹向原 ko.ta.ke.mu.ka.i.ha.ra
07 せんかわ 千川 se.n.ka.wa
08 かなめちょう 要町 ka.na.me.cho.o
09 いけぶくろ 池袋 i.ke.bu.ku.ro
10 ぞうしがや 雑司が谷 zo.o.shi.ga.ya
11 にしわせだ 西早稲田 ni.shi.wa.se.da
12 ひがししんじゅく 東新宿 hi.ga.shi.shi.n.ju.ku

副都心線

13 新宿三丁目（しんじゅくさんちょうめ） shi.n.ju.ku.sa.n.cho.o.me — 14 北参道（きたさんどう） ki.ta.sa.n.do.o — 15 明治神宮前（めいじじんぐうまえ） me.i.ji.ji.n.gu.u.ma.e — 16 渋谷（しぶや） shi.bu.ya

地下鐵—都營地下鐵

096

地下鉄（ちかてつ）—都営地下鉄（とえいちかてつ） chi.ka.te.tsu・to.e.i.chi.ka.te.tsu

A 浅草線（あさくさせん） a.sa.ku.sa.se.n

西馬込（にしまごめ） ni.shi.ma.go.me ⟷ 新橋（しんばし） shi.n.ba.shi ⟷ 押上（おしあげ） o.shi.a.ge

01 西馬込（にしまごめ） ni.shi.ma.go.me — 02 馬込（まごめ） ma.go.me — 03 中延（なかのぶ） na.ka.no.bu — 04 戸越（とごし） to.go.shi — 05 五反田（ごたんだ） go.ta.n.da

06 高輪台（たかなわだい） ta.ka.na.wa.da.i — 07 泉岳寺（せんがくじ） se.n.ga.ku.ji — 08 三田（みた） mi.ta — 09 大門（だいもん） da.i.mo.n — 10 新橋（しんばし） shi.n.ba.shi

11 東銀座（ひがしぎんざ） hi.ga.shi.gi.n.za — 12 宝町（たからちょう） ta.ka.ra.cho.o — 13 日本橋（にほんばし） ni.ho.n.ba.shi — 14 人形町（にんぎょうちょう） ni.n.gyo.o.cho.o

15 東日本橋（ひがしにほんばし） hi.ga.shi.ni.ho.n.ba.shi — 16 浅草橋（あさくさばし） a.sa.ku.sa.ba.shi — 17 蔵前（くらまえ） ku.ra.ma.e — 18 浅草（あさくさ） a.sa.ku.sa

19 本所吾妻橋（ほんじょあづまばし） ho.n.jo.a.zu.ma.ba.shi — 20 押上（おしあげ） o.shi.a.ge

I 三田線（みたせん） mi.ta.se.n

目黒（めぐろ） me.gu.ro ⟷ 水道橋（すいどうばし） su.i.do.o.ba.shi ⟷ 西高島平（にしたかしまだいら） ni.shi.ta.ka.shi.ma.da.i.ra

01 めぐろ 目黒 me.gu.ro
02 しろかねだい 白金台 shi.ro.ka.ne.da.i
03 しろかねたかなわ 白金高輪 shi.ro.ka.ne.ta.ka.na.wa
04 みた 三田 mi.ta
05 しばこうえん 芝公園 shi.ba.ko.o.e.n
06 おなりもん 御成門 o.na.ri.mo.n
07 うちさいわいちょう 内幸町 u.chi.sa.i.wa.i.cho.o
08 ひびや 日比谷 hi.bi.ya
09 おおてまち 大手町 o.o.te.ma.chi
10 じんぼうちょう 神保町 ji.n.bo.o.cho.o
11 すいどうばし 水道橋 su.i.do.o.ba.shi
12 かすが 春日 ka.su.ga
13 はくさん 白山 ha.ku.sa.n
14 せんごく 千石 se.n.go.ku
15 すがも 巣鴨 su.ga.mo
16 にしすがも 西巣鴨 ni.shi.su.ga.mo
17 しんいたばし 新板橋 shi.n.i.ta.ba.shi
18 いたばしくやくしょまえ 板橋区役所前 i.ta.ba.shi.ku.ya.ku.sho.ma.e
19 いたばしほんちょう 板橋本町 i.ta.ba.shi.ho.n.cho.o
20 もとはすぬま 本蓮沼 mo.to.ha.su.nu.ma
21 しむらさかうえ 志村坂上 shi.mu.ra.sa.ka.u.e
22 しむらさんちょうめ 志村三丁目 shi.mu.ra.sa.n.cho.o.me
23 はすね 蓮根 ha.su.ne
24 にしだい 西台 ni.shi.da.i
25 たかしまだいら 高島平 ta.ka.shi.ma.da.i.ra
26 しんたかしまだいら 新高島平 shi.n.ta.ka.shi.ma.da.i.ra
27 にしたかしまだいら 西高島平 ni.shi.ta.ka.shi.ma.da.i.ra

097

S しんじゅくせん 新宿線 shi.n.ju.ku.se.n

しんじゅく 新宿 shi.n.ju.ku ↔ すみよし 住吉 su.mi.yo.shi ↔ もとやわた 本八幡 mo.to.ya.wa.ta

01 しんじゅく 新宿 shi.n.ju.ku
02 しんじゅくさんちょうめ 新宿三丁目 shi.n.ju.ku.sa.n.cho.o.me
03 あけぼのばし 曙橋 a.ke.bo.no.ba.shi
04 いちがや 市ヶ谷 i.chi.ga.ya

新宿線

05 くだんした 九段下 ku.da.n.shi.ta
06 じんぼうちょう 神保町 ji.n.bo.o.cho.o
07 おがわまち 小川町 o.ga.wa.ma.chi
08 いわもとちょう 岩本町 i.wa.mo.to.cho.o
09 ばくろよこやま 馬喰横山 ba.ku.ro.yo.ko.ya.ma
10 はまちょう 浜町 ha.ma.cho.o
11 もりした 森下 mo.ri.shi.ta
12 きくかわ 菊川 ki.ku.ka.wa
13 すみよし 住吉 su.mi.yo.shi
14 にしおおじま 西大島 ni.shi.o.o.ji.ma
15 おおじま 大島 o.o.ji.ma
16 ひがしおおじま 東大島 hi.ga.shi.o.o.ji.ma
17 ふなぼり 船堀 fu.na.bo.ri
18 いちのえ 一之江 i.chi.no.e
19 みずえ 瑞江 mi.zu.e
20 しのざき 篠崎 shi.no.za.ki
21 もとやわた 本八幡 mo.to.ya.wa.ta

E おおえどせん 大江戸線 o.o.e.do.se.n

しんじゅくにしぐち 新宿西口 shi.n.ju.ku.ni.shi.gu.chi ↔ りょうごく 両国 ryo.o.go.ku ↔ もとやわた 本八幡 mo.to.ya.wa.ta

01 しんじゅくにしぐち 新宿西口 shi.n.ju.ku.ni.shi.gu.chi
02 ひがししんじゅく 東新宿 hi.ga.shi.shi.n.ju.ku
03 わかまつかわだ 若松河田 wa.ka.ma.tsu.ka.wa.da
04 うしごめやなぎちょう 牛込柳町 u.shi.go.me.ya.na.gi.cho.o
05 うしごめかぐらざか 牛込神楽坂 u.shi.go.me.ka.gu.ra.za.ka
06 いいだばし 飯田橋 i.i.da.ba.shi
07 かすが 春日 ka.su.ga
08 ほんごうさんちょうめ 本郷三丁目 ho.n.go.o.sa.n.cho.o.me
09 うえのおかちまち 上野御徒町 u.e.no.o.ka.chi.ma.chi
10 しんおかちまち 新御徒町 shi.n.o.ka.chi.ma.chi
11 くらまえ 蔵前 ku.ra.ma.e
12 りょうごく 両国 ryo.o.go.ku
13 もりした 森下 mo.ri.shi.ta
14 きよすみしらかわ 清澄白河 ki.yo.su.mi.shi.ra.ka.wa
15 もんぜんなかまち 門前仲町 mo.n.ze.n.na.ka.ma.chi
16 つきしま 月島 tsu.ki.shi.ma
17 かちどき 勝どき ka.chi.do.ki

基本 交通 生活 文化 觀光 購物 美食 電車路線 電車地圖

18 築地市場（つきじしじょう）tsu.ki.ji.shi.jo.o

19 汐留（しおどめ）shi.o.do.me

20 大門（だいもん）da.i.mo.n

21 赤羽橋（あかばねばし）a.ka.ba.ne.ba.shi

22 麻布十番（あざぶじゅうばん）a.za.bu.ju.u.ba.n

23 六本木（ろっぽんぎ）ro.p.p.o.n.gi

24 青山一丁目（あおやまいっちょうめ）a.o.ya.ma.i.c.cho.o.me

25 国立競技場（こくりつきょうぎじょう）ko.ku.ri.tsu.kyo.o.gi.jo.o

26 代々木（よよぎ）yo.yo.gi

27 新宿（しんじゅく）shi.n.ju.ku

28 都庁前（とちょうまえ）to.cho.o.ma.e

29 西新宿五丁目（にししんじゅくごちょうめ）ni.shi.shi.n.ju.ku.go.cho.o.me

30 中野坂上（なかのさかうえ）na.ka.no.sa.ka.u.e

31 東中野（ひがしなかの）hi.ga.shi.na.ka.no

32 中井（なかい）na.ka.i

33 落合南長崎（おちあいみなみながさき）o.chi.a.i.mi.na.mi.na.ga.sa.ki

34 新江古田（しんえこだ）shi.n.e.ko.da

35 練馬（ねりま）ne.ri.ma

36 豊島園（としまえん）to.shi.ma.e.n

37 練馬春日町（ねりまかすがちょう）ne.ri.ma.ka.su.ga.cho.o

38 光が丘（ひかりおか）hi.ka.ri.ga.o.ka

大阪地下鐵

大阪地下鉄（おおさかちかてつ）o.o.sa.ka.chi.ka.te.tsu

M 御堂筋線（みどうすじせん）mi.do.o.su.ji.se.n

江坂（えさか）e.sa.ka ⟷ なんば na.n.ba ⟷ 中百舌鳥（なかもず）na.ka.mo.zu

11 江坂（えさか）e.sa.ka

12 東三国（ひがしみくに）hi.ga.shi.mi.ku.ni

13 新大阪（しんおおさか）shi.n.o.o.sa.ka

14 西中島南方（にしなかじまみなみがた）ni.shi.na.ka.ji.ma.mi.na.mi.ga.ta →

御堂筋線

- 15 中津（なかつ） na.ka.tsu
- 16 梅田（うめだ） u.me.da
- 17 淀屋橋（よどやばし） yo.do.ya.ba.shi
- 18 本町（ほんまち） ho.n.ma.chi
- 19 心斎橋（しんさいばし） shi.n.sa.i.ba.shi
- 20 なんば na.n.ba
- 21 大国町（だいこくちょう） da.i.ko.ku.cho.o
- 22 動物園前（どうぶつえんまえ） do.o.bu.tsu.e.n.ma.e
- 23 天王寺（てんのうじ） te.n.no.o.ji
- 24 昭和町（しょうわちょう） sho.o.wa.cho.o
- 25 西田辺（にしたなべ） ni.shi.ta.na.be
- 26 長居（ながい） na.ga.i
- 27 あびこ a.bi.ko
- 28 北花田（きたはなだ） ki.ta.ha.na.da
- 29 新金岡（しんかなおか） shi.n.ka.na.o.ka
- 30 中百舌鳥（なかもず） na.ka.mo.zu

Y 四つ橋線（よつばしせん） yo.tsu.ba.shi.se.n

西梅田（にしうめだ） ni.shi.u.me.da ↔

岸里（きしのさと） ki.shi.no.sa.to ↔

住之江公園（すみのえこうえん） su.mi.no.e.ko.o.e.n

- 11 西梅田（にしうめだ） ni.shi.u.me.da
- 12 肥後橋（ひごばし） hi.go.ba.shi
- 13 本町（ほんまち） ho.n.ma.chi
- 14 四ツ橋（よつばし） yo.tsu.ba.shi
- 15 なんば na.n.ba
- 16 大国町（だいこくちょう） da.i.ko.ku.cho.o
- 17 花園町（はなぞのちょう） ha.na.zo.no.cho.o
- 18 岸里（きしのさと） ki.shi.no.sa.to
- 19 玉出（たまで） ta.ma.de
- 20 北加賀屋（きたかがや） ki.ta.ka.ga.ya
- 21 住之江公園（すみのえこうえん） su.mi.no.e.ko.o.e.n

099

T
たにまちせん
谷町線
ta.ni.ma.chi.se.n

11 だいにち 大日 da.i.ni.chi
12 もりぐち 守口 mo.ri.gu.chi
13 たいしばしいまいち 太子橋今市 ta.i.shi.ba.shi.i.ma.i.chi
14 せんばやしおおみや 千林大宮 se.n.ba.ya.shi.o.o.mi.ya
15 せきめたかどの 関目高殿 se.ki.me.ta.ka.do.no
16 のえうちんだい 野江内代 no.e.u.chi.n.da.i
17 みやこじま 都島 mi.ya.ko.ji.ma
18 てんじんばしすじろくちょうめ 天神橋筋六丁目 te.n.ji.n.ba.shi.su.ji.ro.ku.cho.o.me
19 なかざきちょう 中崎町 na.ka.za.ki.cho.o
20 ひがしうめだ 東梅田 hi.ga.shi.u.me.da
21 みなみもりまち 南森町 mi.na.mi.mo.ri.ma.chi
22 てんまばし 天満橋 te.n.ma.ba.shi
23 たにまちよんちょうめ 谷町四丁目 ta.ni.ma.chi.yo.n.cho.o.me
24 たにまちろくちょうめ 谷町六丁目 ta.ni.ma.chi.ro.ku.cho.o.me
25 たにまちきゅうちょうめ 谷町九丁目 ta.ni.ma.chi.kyu.u.cho.o.me
26 してんのうじまえゆうひおか 四天王寺前夕陽ヶ丘 shi.te.n.no.o.ji.ma.e.yu.u.hi.ga.o.ka
27 てんのうじ 天王寺 te.n.no.o.ji
28 あべの 阿倍野 a.be.no
29 ふみさと 文の里 fu.mi.no.sa.to
30 たなべ 田辺 ta.na.be
31 こまがわなかの 駒川中野 ko.ma.ga.wa.na.ka.no
32 ひらの 平野 hi.ra.no
33 きれうりわり 喜連瓜破 ki.re.u.ri.wa.ri
34 でと 出戸 de.to
35 ながはら 長原 na.ga.ha.ra
36 やおみなみ 八尾南 ya.o.mi.na.mi

C ちゅうおうせん 中央線 chu.u.o.o.se.n

コスモスクエア ko.su.mo.su.ku.e.a ←→ ほんまち 本町 ho.n.ma.chi ←→ ながた 長田 na.ga.ta

10 コスモスクエア ko.su.mo.su.ku.e.a
11 おおさかこう 大阪港 o.o.sa.ka.ko.o
12 あさしおばし 朝潮橋 a.sa.shi.o.ba.shi
13 べんてんちょう 弁天町 be.n.te.n.cho.o →

中央線

14 く じょう 九条 ku.jo.o	15 あ わ ざ 阿波座 a.wa.za	16 ほんまち 本町 ho.n.ma.chi	17 さかいすじほんまち 堺筋本町 sa.ka.i.su.ji.ho.n.ma.chi
18 たにまちよんちょう め 谷町四丁目 ta.ni.ma.chi.yo.n.cho.o.me	19 もり みや 森ノ宮 mo.ri.no.mi.ya	20 みどりばし 緑橋 mi.do.ri.ba.shi	21 ふか え ばし 深江橋 fu.ka.e.ba.shi
22 たか い だ 高井田 ta.ka.i.da	23 なが た 長田 na.ga.ta		

S せんにちまえせん 千日前線 se.n.ni.chi.ma.e.se.n

の だ はんしん 野田阪神 no.da.ha.n.shi.n ↔ にっぽんばし 日本橋 ni.p.po.n.ba.shi ↔ みなみたつみ 南巽 mi.na.mi.ta.tsu.mi

11 の だ はんしん 野田阪神 no.da.ha.n.shi.n	12 たまがわ 玉川 ta.ma.ga.wa	13 あ わ ざ 阿波座 a.wa.za	14 にしながほり 西長堀 ni.shi.na.ga.ho.ri
15 さくらがわ 桜川 sa.ku.ra.ga.wa	16 なんば na.n.ba	17 にっぽんばし 日本橋 ni.p.po.n.ba.shi	18 たにまちきゅうちょう め 谷町九丁目 ta.ni.ma.chi.kyu.u.cho.o.me
19 つるはし 鶴橋 tsu.ru.ha.shi	20 いまざと 今里 i.ma.za.to	21 しんふか え 新深江 shi.n.fu.ka.e	22 しょう じ 小路 sho.o.ji
23 きたたつみ 北巽 ki.ta.ta.tsu.mi	24 みなみたつみ 南巽 mi.na.mi.ta.tsu.mi		

とびら し ちゅう い くだ
扉が閉まります、ご注意下さい。
to.bi.ra.ga.shi.ma.ri.ma.su、go.chu.u.i.ku.da.sa.i
請注意車門即將關閉。

100

K さかいすじせん 堺筋線 sa.ka.i.su.ji.se.n

てんじんばしすじろくちょう め 天神橋筋六丁目 te.n.ji.n.ba.shi.su.ji.ro.ku.cho.o.me ↔ にっぽんばし 日本橋 ni.p.po.n.ba.shi ↔ てん が ちゃ や 天下茶屋 te.n.ga.cha.ya

大阪地下鐵

基本 交通 生活 文化 觀光 購物 美食 電車路線 電車地圖

11 てんじんばしすじろくちょうめ 天神橋筋六丁目 te.n.ji.n.ba.shi.su.ji.ro.ku.cho.o.me
12 おおぎまち 扇町 o.o.gi.ma.chi
13 みなみもりまち 南森町 mi.na.mi.mo.ri.ma.chi
14 きたはま 北浜 ki.ta.ha.ma
15 さかいすじほんまち 堺筋本町 sa.ka.i.su.ji.ho.n.ma.chi
16 ながほりばし 長堀橋 na.ga.ho.ri.ba.shi
17 にっぽんばし 日本橋 ni.p.po.n.ba.shi
18 えびすちょう 恵美須町 e.bi.su.cho.o
19 どうぶつえんまえ 動物園前 do.o.bu.tsu.e.n.ma.e
20 てんがちゃや 天下茶屋 te.n.ga.cha.ya

N ながほりつるみりょくちせん 長堀鶴見緑地線 na.ga.ho.ri.tsu.ru.mi.ryo.ku.chi.se.n

たいしょう 大正 ta.i.sho.o ↔ きょうばし 京橋 kyo.o.ba.shi ↔ かどまみなみ 門真南 ma.do.ma.mi.na.mi

11 たいしょう 大正 ta.i.sho.o
12 dome まえちよざき ドーム前千代崎 do.o.mu.ma.e.chi.yo.za.ki
13 にしながほり 西長堀 ni.shi.na.ga.ho.ri
14 にしおおはし 西大橋 ni.shi.o.o.ha.shi
15 しんさいばし 心斎橋 shi.n.sa.i.ba.shi
16 ながほりばし 長堀橋 na.ga.ho.ri.ba.shi
17 まつやまち 松屋町 ma.tsu.ya.ma.chi
18 たにまちろくちょうめ 谷町六丁目 ta.ni.ma.chi.ro.ku.cho.o.me
19 たまつくり 玉造 ta.ma.tsu.ku.ri
20 もりのみや 森ノ宮 mo.ri.no.mi.ya
21 おおさか Business Park 大阪ビジネスパーク o.o.sa.ka.bi.ji.ne.su.pa.a.ku
22 きょうばし 京橋 kyo.o.ba.shi
23 がもうよんちょうめ 蒲生四丁目 ga.mo.o.yo.n.cho.o.me
24 いまふくつるみ 今福鶴見 i.ma.fu.ku.tsu.ru.mi
25 よこづつみ 横堤 yo.ko.zu.tsu.mi
26 つるみりょくち 鶴見緑地 tsu.ru.mi.ryo.ku.chi
27 かどまみなみ 門真南 ka.do.ma.mi.na.mi

I いまざとすじせん 今里筋線 i.ma.za.to.su.ji.se.n

いたかの 井高野 i.ta.ka.no ↔ ずいこうよんちょうめ 瑞光四丁目 zu.i.ko.o.yo.n.cho.o.me ↔ いまざと 今里 i.ma.za.to

今里筋線

11 い たか の 井高野 i.ta.ka.no	12 ずいこうよんちょう め 瑞光四丁目 zu.i.ko.o.yo.n.cho.o.me	13 とよさと だいどう豊里 da.i.do.o.to.yo.sa.to

14 たい し ばしいまいち 太子橋今市 ta.i.shi.ba.shi.i.ma.i.chi	15 しみ ず 清水 shi.mi.zu	16 しんもりふるいち 新森古市 shi.n.mo.ri.fu.ru.i.chi	17 せき め せいいく 関目成育 se.ki.me.se.i.i.ku
18 が もうよんちょう め 蒲生四丁目 ga.mo.o.yo.n.cho.o.me	19 しぎ の 鴫野 shi.gi.no	20 みどりばし 緑橋 mi.do.ri.ba.shi	21 いまざと 今里 i.ma.za.to

P なんこう Port Town せん 南港ポートタウン線 na.n.ko.o.po.o.to.ta.u.n.se.n

コスモスクエア ko.su.mo.su.ku.e.a ↔ なんこうぐち 南港口 na.n.ko.o.gu.chi ↔ すみ の え こうえん 住之江公園 su.mi.no.e.ko.o.e.n

9 コスモスクエア ko.su.mo.su.ku.e.a	10 Trade Center まえ トレードセンター前 to.re.e.do.se.n.ta.a.ma.e	11 なか とう 中ふ頭 na.ka.fu.to.o
12 Port Town にし ポートタウン西 po.o.to.ta.u.n.ni.shi	13 Port Town ひがし ポートタウン東 po.o.to.ta.u.n.hi.ga.shi	14 Ferry Terminal フェリーターミナル fe.ri.i.ta.a.mi.na.ru

15 なんこうひがし 南港東 na.n.ko.o.hi.ga.shi	16 なんこうぐち 南港口 na.n.ko.o.gu.chi	17 ひらばやし 平林 hi.ra.ba.ya.shi	18 すみ の え こうえん 住之江公園 su.mi.no.e.ko.o.e.n

京都地下鐵

101

きょうと ち か てつ 京都地下鉄 kyo.o.to.chi.ka.te.tsu

K からすません 烏丸線 ka.ra.su.ma.se.n

こくさいかいかん 国際会館 ko.ku.sa.i.ka.i.ka.n ↔ きょう と 京都 kyo.o.to ↔ たけ だ 竹田 ta.ke.da

01 こくさいかいかん 国際会館 ko.ku.sa.i.ka.i.ka.n

02 まつ が さき 松ヶ崎 ma.tsu.ga.sa.ki

03 きたやま 北山 ki.ta.ya.ma

04 きたおお じ 北大路 ki.ta.o.o.ji

05 くら ま ぐち 鞍馬口 ku.ra.ma.gu.chi

06 いま で がわ 今出川 i.ma.de.ga.wa

07 まる た まち 丸太町 ma.ru.ta.ma.chi

08 からすま お いけ 烏丸御池 ka.ra.su.ma.o.i.ke

09 し じょう 四 条 shi.jo.o

10 ご じょう 五 条 go.jo.o

11 きょう と 京 都 kyo.o.to

12 く じょう 九 条 ku.jo.o

13 じゅうじょう 十 条 ju.u.jo.o

14 ばし くいな橋 ku.i.na.ba.shi

15 たけ だ 竹田 ta.ke.da

T とうざいせん 東西線 to.o.za.i.se.n

ろく じ ぞう 六地蔵 ro.ku.ji.zo.o ⟷ に じょう 二 条 ni.jo.o ⟷ うずまさてんじんがわ 太秦天神川 u.zu.ma.sa.te.n.ji.n.ga.wa

01 ろく じ ぞう 六地蔵 ro.ku.ji.zo.o

02 いし だ 石田 i.shi.da

03 だいご 醍醐 da.i.go

04 おの 小野 o.no

05 なぎつじ 椥辻 na.gi.tsu.ji

06 ひがし の 東 野 hi.ga.shi.no

07 やましな 山科 ya.ma.shi.na

08 みささぎ 御陵 mi.sa.sa.gi

09 けあげ 蹴上 ke.a.ge

10 ひがしやま 東 山 hi.ga.shi.ya.ma

11 さんじょうけいはん 三 条 京阪 sa.n.jo.o.ke.i.ha.n

12 きょう と し やくしょまえ 京 都市役所前 kyo.o.to.shi.ya.ku.sho.ma.e

13 からすまおいけ 烏丸御池 ka.ra.su.ma.o.i.ke

14 に じょうじょうまえ 二条 城 前 ni.jo.o.jo.o.ma.e

15 に じょう 二 条 ni.jo.o

16 にしおお じ お いけ 西大路御池 ni.shi.o.o.ji.o.i.ke

17 うずまさてんじんがわ 太秦天神川 u.zu.ma.sa.te.n.ji.n.ga.wa

京都市・清水寺

神戶地下鐵

102

こうべちかてつ
神戸地下鉄 ko.o.be.chi.ka.te.tsu

Ⓢ せいしん・やまてせん
西神・山手線
se.i.shi.n・ya.ma.te.se.n

しんこうべ 新神戸 shi.n.ko.o.be ↔ いたやど 板宿 i.ta.ya.do ↔ せいしんちゅうおう 西神中央 se.i.shi.n.chu.u.o.o

02 しんこうべ 新神戸 shi.n.ko.o.be
03 さんのみや 三宮 sa.n.no.mi.ya
04 けんちょうまえ 県庁前 ke.n.cho.o.ma.e
05 おおくらやま 大倉山 o.o.ku.ra.ya.ma
06 みなとがわこうえん 湊川公園 mi.na.to.ga.wa.ko.o.e.n
07 かみさわ 上沢 ka.mi.sa.wa
08 ながた 長田 na.ga.ta
09 しんながた 新長田 shi.n.na.ga.ta
10 いたやど 板宿 i.ta.ya.do
11 みょうほうじ 妙法寺 myo.o.ho.o.ji
12 みょうだに 名谷 myo.o.da.ni
13 そうごううんどうこうえん 総合運動公園 so.o.go.o.u.n.do.o.ko.o.e.n
14 がくえんとし 学園都市 ga.ku.e.n.to.shi
15 いかわだに 伊川谷 i.ka.wa.da.ni
16 せいしんみなみ 西神南 se.i.shi.n.mi.na.mi
17 せいしんちゅうおう 西神中央 se.i.shi.n.chu.u.o.o

Ⓚ かいがんせん
海岸線
ka.i.ga.n.se.n

さんのみや・はなどけいまえ 三宮・花時計前 sa.n.no.mi.ya・ha.na.do.ke.i.ma.e ↔ わだみさき 和田岬 wa.da.mi.sa.ki ↔ しんながた 新長田 shi.n.na.ga.ta

01 さんのみや・はなどけいまえ 三宮・花時計前 sa.n.no.mi.ya・ha.na.do.ke.i.ma.e
02 きゅうきょりゅうちだいまるまえ 旧居留地大丸前 kyu.u.kyo.ryu.u.chi.da.i.ma.ru.ma.e
03 もとまち みなと元町 mi.na.to.mo.to.ma.chi
04 harbor land ハーバーランド ha.a.ba.a.ra.n.do
05 ちゅうおういちばまえ 中央市場前 chu.u.o.o.i.chi.ba.ma.e

06 わだみさき 和田岬 wa.da.mi.sa.ki
07 みさきこうえん 御崎公園 mi.sa.ki.ko.o.e.n
08 かるも 苅藻 ka.ru.mo
09 こまがばやし 駒ヶ林 ko.ma.ga.ba.ya.shi
10 しんながた 新長田 shi.n.na.ga.ta

橫濱地下鐵

よこはまちかてつ 横浜地下鉄 yo.ko.ha.ma.chi.ka.te.tsu

103

B blue line ブルーライン bu.ru.u.ra.i.n

しょうなんだい 湘南台 sho.o.na.n.da.i ↔ よこはま 横浜 yo.ko.ha.ma ↔ あざみの あざみ野 a.za.mi.no

01 しょうなんだい 湘南台 sho.o.na.n.da.i
02 しもいいだ 下飯田 shi.mo.i.i.da
03 たてば 立場 ta.te.ba
04 なかだ 中田 na.ka.da
05 おどりば 踊場 o.do.ri.ba
06 とつか 戸塚 to.tsu.ka
07 まいおか 舞岡 ma.i.o.ka
08 しもながや 下永谷 shi.mo.na.ga.ya
09 かみながや 上永谷 ka.mi.na.ga.ya
10 こうなんちゅうおう 港南中央 ko.o.na.n.chu.u.o.o
11 かみおおおか 上大岡 ka.mi.o.o.o.ka
12 ぐみょうじ 弘明寺 gu.myo.o.ji
13 まいた 蒔田 ma.i.ta
14 よしのちょう 吉野町 yo.shi.no.cho.o
15 ばんどうばし 阪東橋 ba.n.do.o.ba.shi
16 いせざきちょうじゃまち 伊勢佐木長者町 i.se.za.ki.cho.o.ja.ma.chi
17 かんない 関内 ka.n.na.i
18 さくらぎちょう 桜木町 sa.ku.ra.gi.cho.o
19 たかしまちょう 高島町 ta.ka.shi.ma.cho.o
20 よこはま 横浜 yo.ko.ha.ma
21 みつざわしもちょう 三ツ沢下町 mi.tsu.za.wa.shi.mo.cho.o

ブルーライン

22 三ツ沢上町（みざわかみちょう）mi.tsu.za.wa.ka.mi.cho.o
23 岸根公園（きしねこうえん）ki.shi.ne.ko.o.e.n
24 新横浜（しんよこはま）shi.n.yo.ko.ha.ma
25 北新横浜（きたしんよこはま）ki.ta.shi.n.yo.ko.ha.ma
26 新羽（にっぱ）ni.p.pa
27 片倉町（かたくらちょう）ka.ta.ku.ra.cho.o
28 仲町台（なかまちだい）na.ka.ma.chi.da.i
29 センター南（Center みなみ）se.n.ta.a.mi.na.mi
30 センター北（Center きた）se.n.ta.a.ki.ta
31 中川（なかがわ）na.ka.ga.wa
32 あざみ野（の）a.za.mi.no

G グリーンライン（green line）gu.ri.i.n.ra.i.n

中山（なかやま）na.ka.ya.ma ↔ センター南（Center みなみ）se.n.ta.a.mi.na.mi ↔ 日吉（ひよし）hi.yo.shi

01 中山（なかやま）na.ka.ya.ma
02 川和町（かわわちょう）ka.wa.wa.cho.o
03 都筑ふれあいの丘（つづき おか）tsu.zu.ki.fu.re.a.i.no.o.ka
04 センター南（Center みなみ）se.n.ta.a.mi.na.mi
05 センター北（Center きた）se.n.ta.a.ki.ta
06 北山田（きたやまた）ki.ta.ya.ma.ta
07 東山田（ひがしやまた）hi.ga.shi.ya.ma.ta
08 高田（たかた）ta.ka.ta
09 日吉本町（ひよしほんちょう）hi.yo.shi.ho.n.cho.o
10 日吉（ひよし）hi.yo.shi

みなとみらい線（せん）mi.na.to.mi.ra.i.se.n

横浜（よこはま）yo.ko.ha.ma ↔ みなとみらい mi.na.to.mi.ra.i ↔ 元町・中華街（もとまち・ちゅうかがい）mo.to.ma.chi・chu.u.ka.ga.i

横浜（よこはま）yo.ko.ha.ma
新高島（しんたかしま）shi.n.ta.ka.shi.ma
みなとみらい mi.na.to.mi.ra.i
馬車道（ばしゃみち）ba.sha.mi.chi
日本大通り（にほんおおどおり）ni.ho.n.o.o.do.o.ri
元町・中華街（もとまち・ちゅうかがい）mo.to.ma.chi・chu.u.ka.ga.i

名古屋地下鐵

104

名古屋地下鉄（なごやちかてつ） na.go.ya.chi.ka.te.tsu

H 東山線（ひがしやません） hi.ga.shi.ya.ma.se.n

高畑（たかばた） ta.ka.ba.ta ⟷ 名古屋（なごや） na.go.ya ⟷ 藤が丘（ふじがおか） fu.ji.ga.o.ka

01 高畑（たかばた） ta.ka.ba.ta

02 八田（はった） ha.t.ta

03 岩塚（いわつか） i.wa.tsu.ka

04 中村公園（なかむらこうえん） na.ka.mu.ra.ko.o.e.n

05 中村日赤（なかむらにっせき） na.ka.mu.ra.ni.s.se.ki

06 本陣（ほんじん） ho.n.ji.n

07 亀島（かめじま） ka.me.ji.ma

08 名古屋（なごや） na.go.ya

09 伏見（ふしみ） fu.shi.mi

10 栄（さかえ） sa.ka.e

11 新栄町（しんさかえまち） shi.n.sa.ka.e.ma.chi

12 千種（ちくさ） chi.ku.sa

13 今池（いまいけ） i.ma.i.ke

14 池下（いけした） i.ke.shi.ta

15 覚王山（かくおうざん） ka.ku.o.o.za.n

16 本山（もとやま） mo.to.ya.ma

17 東山公園（ひがしやまこうえん） hi.ga.shi.ya.ma.ko.o.e.n

18 星ヶ丘（ほしがおか） ho.shi.ga.o.ka

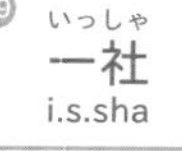

19 一社（いっしゃ） i.s.sha

20 上社（かみやしろ） ka.mi.ya.shi.ro

21 本郷（ほんごう） ho.n.go.o

22 藤が丘（ふじがおか） fu.ji.ga.o.ka

M 名城線（めいじょうせん） me.i.jo.o.se.n

金山（かなやま） ka.na.ya.ma ⟷ 大曽根（おおぞね） o.o.zo.ne ⟷ 西高蔵（にしたかくら） ni.shi.ta.ka.ku.ra

01 金山（かなやま） ka.na.ya.ma

02 東別院（ひがしべついん） hi.ga.shi.be.tsu.i.n

03 上前津（かみまえず） ka.mi.ma.e.zu

04 矢場町（やばちょう） ya.ba.cho.o

名城線

05 さかえ 栄 sa.ka.e
06 ひさやおおどおり 久屋大通 hi.sa.ya.o.o.do.o.ri
07 しやくしょ 市役所 shi.ya.ku.sho
08 めいじょうこうえん 名城公園 me.i.jo.o.ko.o.e.n
09 くろかわ 黒川 ku.ro.ka.wa
10 しがほんどおり 志賀本通 shi.ga.ho.n.do.o.ri
11 へいあんどおり 平安通 he.i.a.n.do.o.ri
12 おおぞね 大曽根 o.o.zo.ne
13 Dome まえやだ ナゴヤドーム前矢田 na.go.ya.do.o.mu.ma.e.ya.da
14 すなだばし 砂田橋 su.na.da.ba.shi
15 ちゃやさか 茶屋ヶ坂 cha.ya.ga.sa.ka
16 じゆうおか 自由ヶ丘 ji.yu.u.ga.o.ka
17 もとやま 本山 mo.to.ya.ma
18 なごやだいがく 名古屋大学 na.go.ya.da.i.ga.ku
19 やごとにっせき 八事日赤 ya.go.to.ni.s.se.ki
20 やごと 八事 ya.go.to
21 そうごう Center 総合リハビリセンター so.o.go.o.ri.ha.bi.ri.se.n.ta.a
22 みずほうんどうじょうひがし 瑞穂運動場東 mi.zu.ho.u.n.do.o.jo.o.hi.ga.shi
23 あらたまばし 新瑞橋 a.ra.ta.ma.ba.shi
24 みょうおんどおり 妙音通 myo.o.o.n.do.o.ri
25 ほりた 堀田 ho.ri.ta
26 でんまちょう 伝馬町 de.n.ma.cho.o
27 じんぐうにし 神宮西 ji.n.gu.u.ni.shi
28 にしたかくら 西高蔵 ni.shi.ta.ka.ku.ra

E めいこうせん 名港線 me.i.ko.o.se.n

かなやま 金山 ka.na.ya.ma ←→ ひびの 日比野 hi.bi.no ←→ なごやこう 名古屋港 na.go.ya.ko.o

01 かなやま 金山 ka.na.ya.ma
02 ひびの 日比野 hi.bi.no
03 ろくばんちょう 六番町 ro.ku.ba.n.cho.o
04 とうかいどおり 東海通 to.o.ka.i.do.o.ri
05 みなとくやくしょ 港区役所 mi.na.to.ku.ya.ku.sho
06 つきじぐち 築地口 tsu.ki.ji.gu.chi
07 なごやこう 名古屋港 na.go.ya.ko.o

105

T つるまいせん 鶴舞線 tsu.ru.ma.i.se.n

01 かみおたい 上小田井 ka.mi.o.ta.i
02 しょうないりょくちこうえん 庄内緑地公園 sho.o.na.i.ryo.ku.chi.ko.o.e.n
03 しょうないどおり 庄内通 sho.o.na.i.do.o.ri
04 じょうしん 浄心 jo.o.shi.n
05 せんげんちょう 浅間町 se.n.ge.n.cho.o
06 まるのうち 丸の内 ma.ru.no.u.chi
07 ふしみ 伏見 fu.shi.mi
08 おおすかんのん 大須観音 o.o.su.ka.n.no.n
09 かみまえず 上前津 ka.mi.ma.e.zu
10 つるまい 鶴舞 tsu.ru.ma.i
11 あらはた 荒畑 a.ra.ha.ta
12 ごきそ 御器所 go.ki.so
13 かわな 川名 ka.wa.na
14 いりなか i.ri.na.ka
15 やごと 八事 ya.go.to
16 しおがまぐち 塩釜口 shi.o.ga.ma.gu.chi
17 うえだ 植田 u.e.da
18 はら 原 ha.ra
19 ひらばり 平針 hi.ra.ba.ri
20 あかいけ 赤池 a.ka.i.ke

S さくらどおりせん 桜通線 sa.ku.ra.do.o.ri.se.n

01 なかむらくやくしょ 中村区役所 na.ka.mu.ra.ku.ya.ku.sho
02 なごや 名古屋 na.go.ya
03 こくさい Center 国際センター ko.ku.sa.i.se.n.ta.a
04 まるのうち 丸の内 ma.ru.no.u.chi
05 ひさやおおどおり 久屋大通 hi.sa.ya.o.o.do.o.ri
06 たかおか 高岳 ta.ka.o.ka
07 くるまみち 車道 ku.ru.ma.mi.chi
08 いまいけ 今池 i.ma.i.ke
09 ふきあげ 吹上 fu.ki.a.ge

櫻通線

10 ごきそ 御器所 go.ki.so

11 さくらやま 桜山 sa.ku.ra.ya.ma

12 みずほくやくしょ 瑞穂区役所 mi.zu.ho.ku.ya.ku.sho

13 みずほうんどうじょうにし 瑞穂運動場西 mi.zu.ho.u.n.do.o.jo.o.ni.shi

14 あらたまばし 新瑞橋 a.ra.ta.ma.ba.shi

15 さくらほんまち 桜本町 sa.ku.ra.ho.n.ma.chi

16 つるさと 鶴里 tsu.ru.sa.to

17 のなみ 野並 no.na.mi

18 なるこきた 鳴子北 na.ru.ko.ki.ta

19 あいおいやま 相生山 a.i.o.i.ya.ma

20 かみさわ 神沢 ka.mi.sa.wa

21 とくしげ 徳重 to.ku.shi.ge

K かみいいだせん 上飯田線 ka.mi.i.i.da.se.n

かみいいだ 上飯田 ka.mi.i.i.da ⟷ へいあんどおり 平安通 he.i.a.n.do.o.ri

01 かみいいだ 上飯田 ka.mi.i.i.da

02 へいあんどおり 平安通 he.i.a.n.do.o.ri

札幌地下鐵

さっぽろちかてつ 札幌地下鉄 sa.p.po.ro.chi.ka.te.tsu

106

H とうほうせん 東豊線 to.o.ho.o.se.n

さかえまち 栄町 sa.ka.e.ma.chi ⟷ さっぽろ sa.p.po.ro ⟷ ふくずみ 福往 fu.ku.zu.mi

01 さかえまち 栄町 sa.ka.e.ma.chi

02 しんどうひがし 新道東 shi.n.do.o.hi.ga.shi

03 もとまち 元町 mo.to.ma.chi

04 かんじょうどおりひがし 環状通東 ka.n.jo.o.do.o.ri.hi.ga.shi

05 ひがしくやくしょまえ 東区役所前 hi.ga.shi.ku.ya.ku.sho.ma.e

06 きたじょうひがし 北13条東 ki.ta.ju.u.sa.n.jo.o.hi.ga.shi

07 さっぽろ sa.p.po.ro

08	09	10	11
おおどおり 大通 o.o.do.o.ri	ほうすい 豊水すすきの ho.o.su.i.su.su.ki.no	がくえんまえ 学園前 ga.ku.e.n.ma.e	とよひらこうえん 豊平公園 to.yo.hi.ra.ko.o.e.n

12	13	14
みその 美園 mi.so.no	つきさむちゅうおう 月寒中央 tsu.ki.sa.mu.chu.u.o.o	ふくずみ 福住 fu.ku.zu.mi

N なんぼくせん 南北線 na.n.bo.ku.se.n

あさぶ 麻生 a.sa.bu ↔ おおどおり 大通 o.o.do.o.ri ↔ まこまない 真駒内 ma.ko.ma.na.i

01	02	03	04
あさぶ 麻生 a.sa.bu	きた じょう 北34条 ki.ta.sa.n.ju.u.yo.jo.o	きた じょう 北24条 ki.ta.ni.ju.u.yo.jo.o	きた じょう 北18条 ki.ta.ju.u.ha.chi.jo.o

05	06	07	08
きた じょう 北12条 ki.ta.ju.u.ni.jo.o	さっぽろ sa.p.po.ro	おおどおり 大通 o.o.do.o.ri	すすきの su.su.ki.no

09	10	11	12
なかじまこうえん 中島公園 na.ka.ji.ma.ko.o.e.n	ほろひらばし 幌平橋 ho.ro.hi.ra.ba.shi	なか しま 中の島 na.ka.no.shi.ma	ひらぎし 平岸 hi.ra.gi.shi

13	14	15	16
みなみひらぎし 南平岸 mi.na.mi.hi.ra.gi.shi	すみかわ 澄川 su.mi.ka.wa	じえいたいまえ 自衛隊前 ji.e.i.ta.i.ma.e	まこまない 真駒内 ma.ko.ma.na.i

T とうざいせん 東西線 to.o.za.i.se.n

みや さわ 宮の沢 mi.ya.no.sa.wa ↔ ひがしさっぽろ 東札幌 hi.ga.shi.sa.p.po.ro ↔ しん 新さっぽろ shi.n.sa.p.po.ro

01	02	03	04
みや さわ 宮の沢 mi.ya.no.sa.wa	はっさむみなみ 発寒南 ha.s.sa.mu.mi.na.mi	ことに 琴似 ko.to.ni	にじゅうよんけん 二十四軒 ni.ju.u.yo.n.ke.n

05	06	07
にし ちょうめ 西28丁目 ni.shi.ni.ju.u.ha.c.cho.o.me	まるやまこうえん 円山公園 ma.ru.ya.ma.ko.o.e.n	にし ちょうめ 西18丁目 ni.shi.ju.u.ha.c.cho.o.me →

東西線

08 にし ちょう め
西11丁目
ni.shi.ju.u.i.c.cho.o.me

09 おおどおり
大通
o.o.do.o.ri

10 bus Center まえ
バスセンター前
ba.su.se.n.ta.a.ma.e

11 きくすい
菊水
ki.ku.su.i

12 ひがしさっぽろ
東札幌
hi.ga.shi.sa.p.po.ro

13 しろいし
白石
shi.ro.i.shi

14 なんごう ちょう め
南郷7丁目
na.n.go.o.na.na.cho.o.me

15 なんごう ちょう め
南郷13丁目
na.n.go.o.ju.u.sa.n.cho.o.me

16 なんごう ちょう め
南郷18丁目
na.n.go.o.ju.u.ha.c.cho.o.me

17 おおやち
大谷地
o.o.ya.chi

18 おか
ひばりが丘
hi.ba.ri.ga.o.ka

19 しん
新さっぽろ
shi.n.sa.p.po.ro

仙台地下鐵

107

せんだいちかてつ
仙台地下鉄 se.n.da.i.chi.ka.te.tsu

なんぼくせん
南北線
na.n.bo.ku.se.n

とみざわ 富沢 to.mi.za.wa ↔ せんだい 仙台 se.n.da.i ↔ いずみちゅうおう 泉中央 i.zu.mi.chu.u.o.o

とみざわ
富沢
to.mi.za.wa

ながまちみなみ
長町南
na.ga.ma.chi.mi.na.mi

ながまち
長町
na.ga.ma.chi

ながまちいっちょう め
長町一丁目
na.ga.ma.chi.i.c.cho.o.me

かわらまち
河原町
ka.wa.ra.ma.chi

あたごばし
愛宕橋
a.ta.go.ba.shi

いつつばし
五橋
i.tsu.tsu.ba.shi

せんだい
仙台
se.n.da.i

ひろせどおり
広瀬通
hi.ro.se.do.o.ri

こうとうだいこうえん
勾当台公園
ko.o.to.o.da.i.ko.o.e.n

きたよばんちょう
北四番丁
ki.ta.yo.ba.n.cho.o

きたせんだい
北仙台
ki.ta.se.n.da.i

だいのはら
台原
da.i.no.ha.ra

あさひ おか 旭ヶ丘 a.sa.hi.ga.o.ka	くろまつ 黒松 ku.ro.ma.tsu	や おとめ 八乙女 ya.o.to.me	いずみちゅうおう 泉中央 i.zu.mi.chu.u.o.o

福岡地下鐵

108

ふくおか ち か てつ
福岡地下鉄 fu.ku.o.ka.chi.ka.te.tsu

H はこざきせん 箱崎線 ha.ko.za.ki.se.n

なか す かわばた 中洲川端 na.ka.su.ka.wa.ba.ta ⟷ ご ふくまち 呉服町 go.fu.ku.ma.chi ⟷ かいづか 貝塚 ka.i.zu.ka

01 なか す かわばた 中洲川端 na.ka.su.ka.wa.ba.ta	02 ご ふくまち 呉服町 go.fu.ku.ma.chi	03 ち よ けんちょうぐち 千代県庁口 chi.yo.ke.n.cho.o.gu.chi

04 まいだしきゅうだいびょういんまえ 馬出九大病院前 ma.i.da.shi.kyu.u.da.i.byo.o.i.n.ma.e	05 はこざきみやまえ 箱崎宮前 ha.ko.za.ki.mi.ya.ma.e

06 はこざききゅうだいまえ 箱崎九大前 ha.ko.za.ki.kyu.u.da.i.ma.e	07 かいづか 貝塚 ka.i.zu.ka

福岡市・福岡塔

K くうこうせん 空港線 ku.u.ko.o.se.n

めいのはま 姪浜 me.i.no.ha.ma ⟷ はか た 博多 ha.ka.ta ⟷ ふくおかくうこう 福岡空港 fu.ku.o.ka.ku.u.ko.o

01 めいのはま 姪浜 me.i.no.ha.ma	02 むろ み 室見 mu.ro.mi	03 ふじさき 藤崎 fu.ji.sa.ki	04 にしじん 西新 ni.shi.ji.n	05 とうじんまち 唐人町 to.o.ji.n.ma.chi

06 おおほりこうえん 大濠公園 o.o.ho.ri.ko.o.e.n	07 あかさか 赤坂 a.ka.sa.ka	08 てんじん 天神 te.n.ji.n	09 なか す かわばた 中洲川端 na.ka.su.ka.wa.ba.ta →

空港線

10 ぎおん 祇園 gi.o.n

11 はかた 博多 ha.ka.ta

12 ひがしひえ 東比恵 hi.ga.shi.hi.e

13 ふくおかくうこう 福岡空港 fu.ku.o.ka.ku.u.ko.o

N ななくません 七隈線 na.na.ku.ma.se.n

はしもと 橋本 ha.shi.mo.to ←→ かなやま 金山 ka.na.ya.ma ←→ てんじんみなみ 天神南 te.n.ji.n.mi.na.mi

01 はしもと 橋本 ha.shi.mo.to

02 じろうまる 次郎丸 ji.ro.o.ma.ru

03 かも 賀茂 ka.mo

04 のけ 野芥 no.ke

05 うめばやし 梅林 u.me.ba.ya.shi

06 ふくだいまえ 福大前 fu.ku.da.i.ma.e

07 ななくま 七隈 na.na.ku.ma

08 かなやま 金山 ka.na.ya.ma

09 ちゃやま 茶山 cha.ya.ma

10 べっぷ 別府 be.p.pu

11 ろっぽんまつ 六本松 ro.p.po.n.ma.tsu

12 さくらざか 桜坂 sa.ku.ra.za.ka

13 やくいんおおどおり 薬院大通 ya.ku.i.n.o.o.do.o.ri

14 やくいん 薬院 ya.ku.i.n

15 わたなべどおり 渡辺通 wa.ta.na.be.do.o.ri

16 てんじんみなみ 天神南 te.n.ji.n.mi.na.mi

本日(ほんじつ)は、ご乗車(じょうしゃ)ありがとうございます。
ho.n.ji.tsu.wa、go.jo.o.sha.a.ri.ga.to.o.go.za.i.ma.su
感謝您今日搭乘本列車。

memo

JAPANESE SUBWAY MAP

東京

本書地鐵路線圖僅供參考，最新資訊請以各路線官網資料為主。
https://www.tokyometro.jp/tcn/subwaymap/index.html

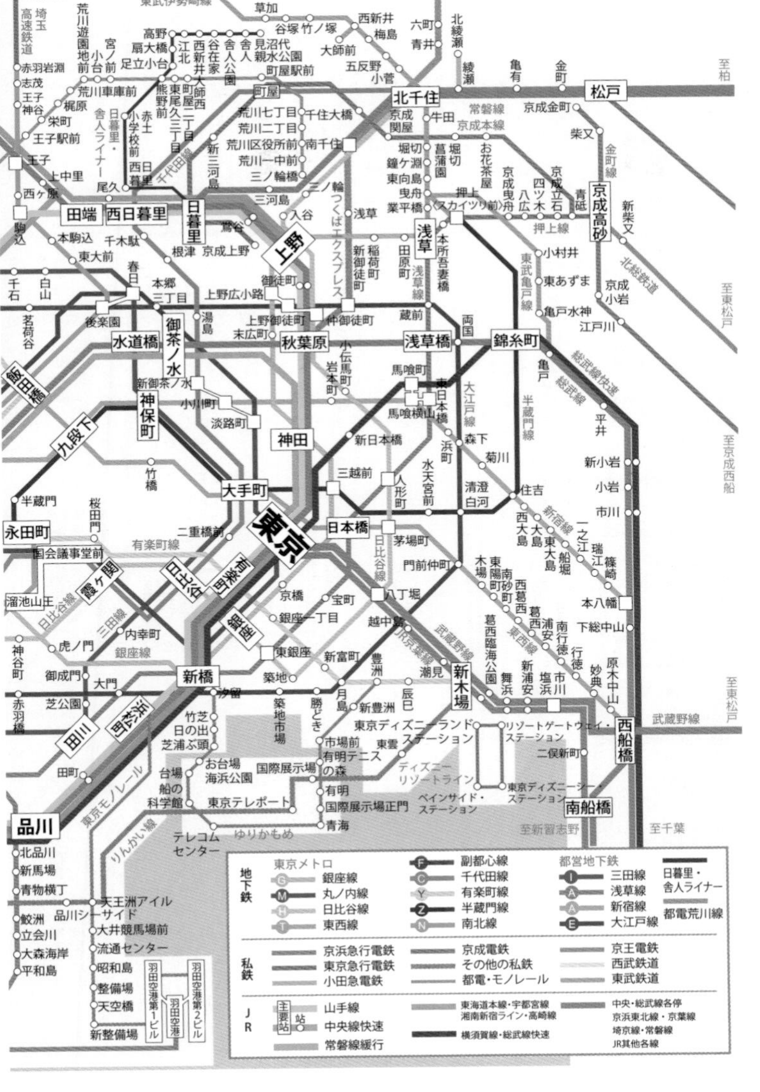

東京地下鐵路線：P309～318

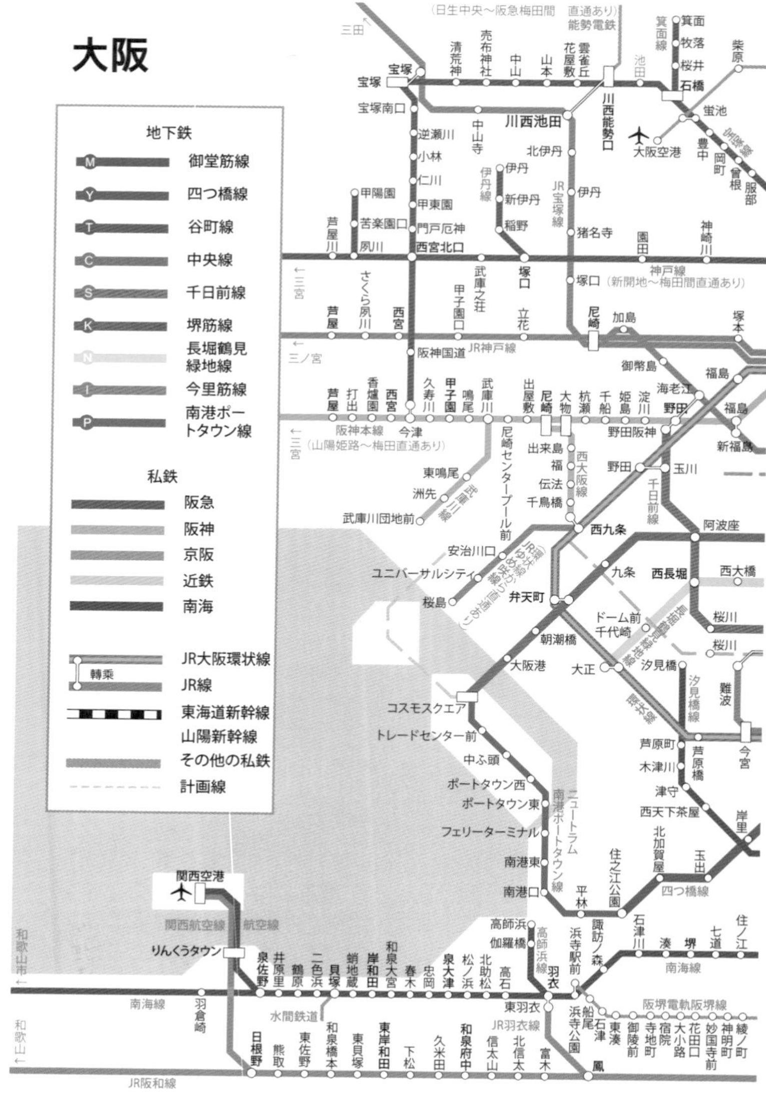

本書地鐵路線圖僅供參考，最新資訊請以各路線官網資料為主。
https://subway.osakametro.co.jp/guide/routemap.php

川原町・桂・嵐山↗
彩都線
豐川
阪大病院前
彩都西
公園東口
高槻
島本
京都・野洲・長浜・近江舞子→
少路
千里中央
大阪モノレール
北千里
山田
南千里
千里山
関大前
豊津
吹田
千里線（北千里～天下茶屋間直通あり）
北大阪急行（千里中央～なかもず間直通）
桃山台
緑地公園
江坂
東三国
万博記念公園
宇野辺
摂津富田
茨木
高槻市
（天下茶屋～高槻市、河原町直通あり）
富田
総持寺
京都線
千里丘
茨木市
南茨木
沢良宜
摂津
南摂津
大日
東淀川
吹田
岸辺
JR京都線
庄内
三国
新大阪
下新庄
上新庄
相川
正雀
井高野
瑞光四丁目
だいどう豊里
太子橋今市
千林大宮
関目高殿
関目成育
守口
西中島南方
南方
十三
中津
中津
淡路
崇禅寺
柴島
天神橋筋六丁目
中崎町
都島
野江内代
谷町線
梅田
大阪
梅田
東梅田
天満
扇町
堺筋線
桜ノ宮
大阪城北詰
南森町
西梅田
北新地
JR東西線
大阪天満宮
京橋
大阪ビジネスパーク
大阪城公園
鴫野
放出
四つ橋線
肥後橋
御堂筋線
淀屋橋
北浜
天満橋
中央線
本町
堺筋本町
谷町四丁目
森ノ宮
緑橋
深江橋
高井田
高井田中央
松屋町
玉造
今里筋線
心斎橋
長堀橋
谷町六丁目
四ツ橋
なんば
日本橋
千日前線
谷町九丁目
今里
新深江
難波線
近鉄難波
南海難波
近鉄日本橋
鶴橋
小路
北巽
南巽
上本町
四天王子前夕陽ヶ丘
桃谷
恵美須町
大国町
今宮戎
寺田町
東部市場前
新今宮
南霞町
動物園前
天王寺
大阪阿部野橋（あべの橋）
河堀口
北田辺
萩ノ茶屋
天王寺駅前
阿倍野
阿倍野
今池
今船
松田町
北天下茶屋
天下茶屋
岸里玉出
松虫
東天下茶屋
谷町線
文の里
田辺
美章園
今川
駒川中野
針中野
矢田
河内天美
布忍
高見ノ里
聖天坂
天神ノ森
帝塚山
北畠
姫松
帝塚山三丁目
帝塚山四丁目
昭和町
西田辺
南田辺
鶴ヶ丘
長居
長居
我孫子町
杉本町
あびこ
北花田
新金岡
御堂筋線
浅香
堺市
三国ヶ丘
百舌鳥八幡
中百舌鳥
花園町
粉浜
住吉大社
東玉出
塚西
東粉浜
住吉
住吉鳥居前
神ノ木
沢ノ町
我孫子前
浅香山
堺東
住吉公園
細井川
安立町
高須神社
大和川
我孫子道
津久野
上野芝
百舌鳥
JR阪和線
泉北高速道路（南海難波まで直通あり）
和泉中央↓
高野線（りんかんサンライン）
白鷺
初芝
萩原天神
北野田
狭山
大阪狭山市
金剛
↓河内長野・橋本
枚方公園
光善寺
香里園
寝屋川市
萱島
大和田
古川橋
門真市
西三荘
守口市
土居
滝井
千林
清水
森小路
新森古市
関目
野江
京阪本線
枚方市
御殿山
牧野
樟葉
→出町柳・三条
宮之阪
星ヶ丘
村野
郡津
交野市
交野線
河内森
私市
長尾・同志社前
門真南
鶴見緑地
横堤
長堀鶴見緑地線
今福鶴見
蒲生四丁目
東寝屋川
星田
忍ヶ丘
四条畷
片町線（学研都市線）
（JR東西線・宝塚線・東海道本線直通）
徳庵
鴻池新田
住道
野崎
けいはんな線
（コスモスクエア～学研奈良登美ヶ丘直通）
生駒→
長田
荒本
吉田
新石切
→近鉄奈良・生駒
石切
額田
枚岡
JR河内永和
布施
河内永和
河内小阪
八戸ノ里
若江岩田
河内花園
東花園
瓢箪山
奈良線
JR俊徳道
俊徳道
JRおおさか東線
JR長瀬
長瀬
弥刀
久宝寺口
近鉄八尾
河内山本
大阪線
高安
恩智
法善寺
堅下
安堂
河内国分
奈良・王寺→
新加美
平野
加美
久宝寺
八尾
志紀
JR大和路線
平野
喜連瓜破
出戸
長原
八尾南
柏原
道明寺線
柏原南口
大阪教育大前
→五位堂・大和八木
南大阪線
河内松原
恵我ノ荘
高鷲
藤井寺
土師ノ里
道明寺
古市
長野線
喜志
富田林
↓河内長野
→橿原神宮前・高田市

大阪地下鐵路線：P318～323

京都

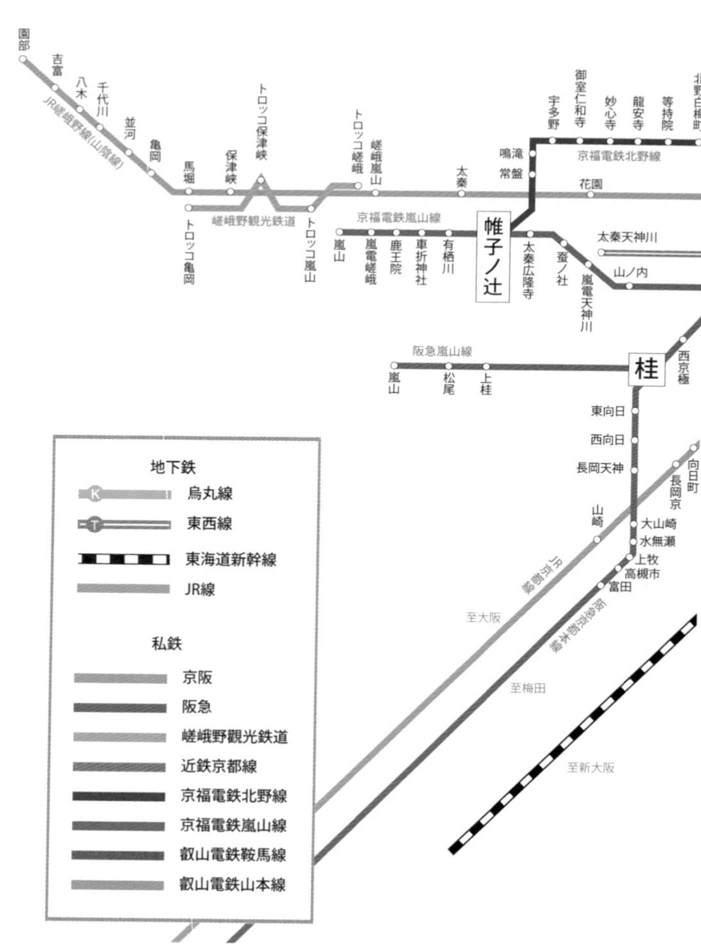

本書地鐵路線圖僅供參考，最新資訊請以各路線官網資料為主。
https://www.city.kyoto.lg.jp/kotsu/page/0000008995.html

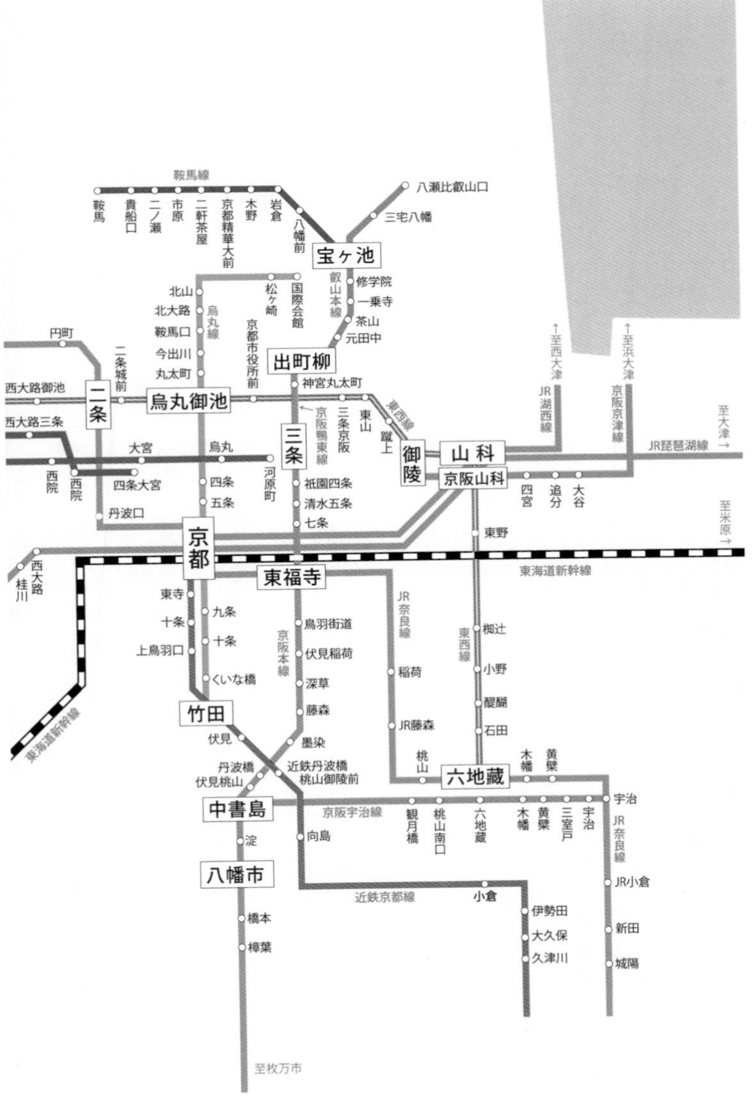

京都地下鐵路線：P323～324

神戶

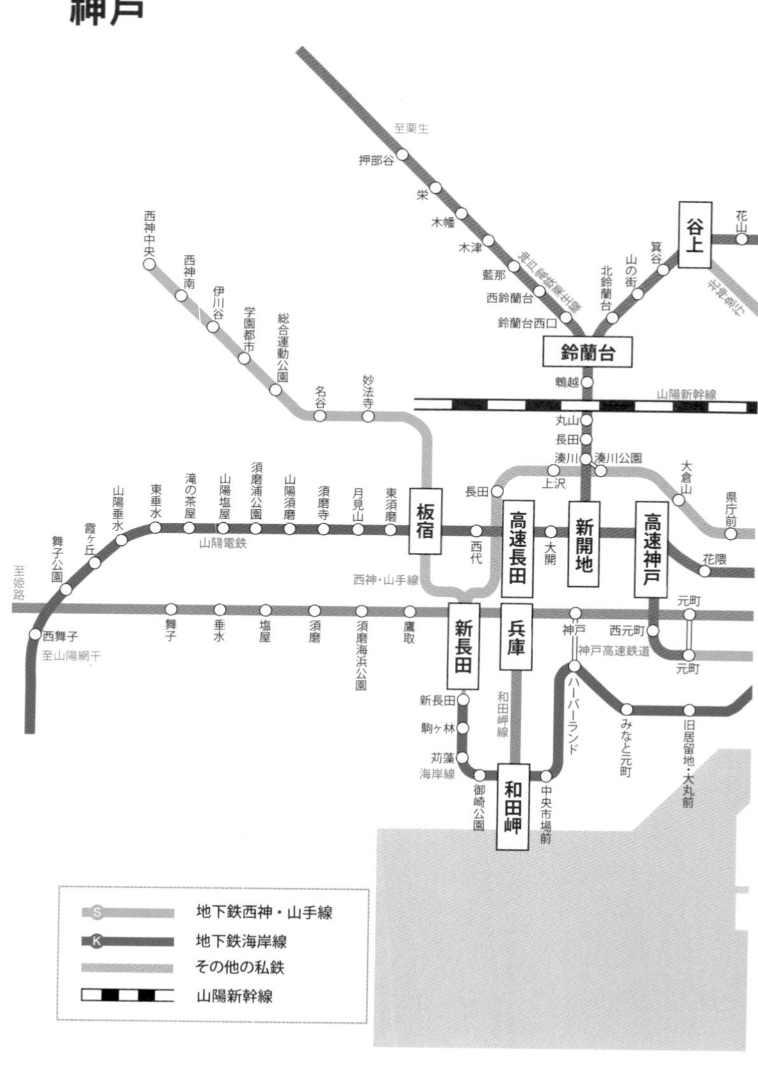

本書地鐵路線圖僅供參考，最新資訊請以各路線官網資料為主。
http://www.city.kobe.lg.jp/life/access/transport/subway/rosen_02.html

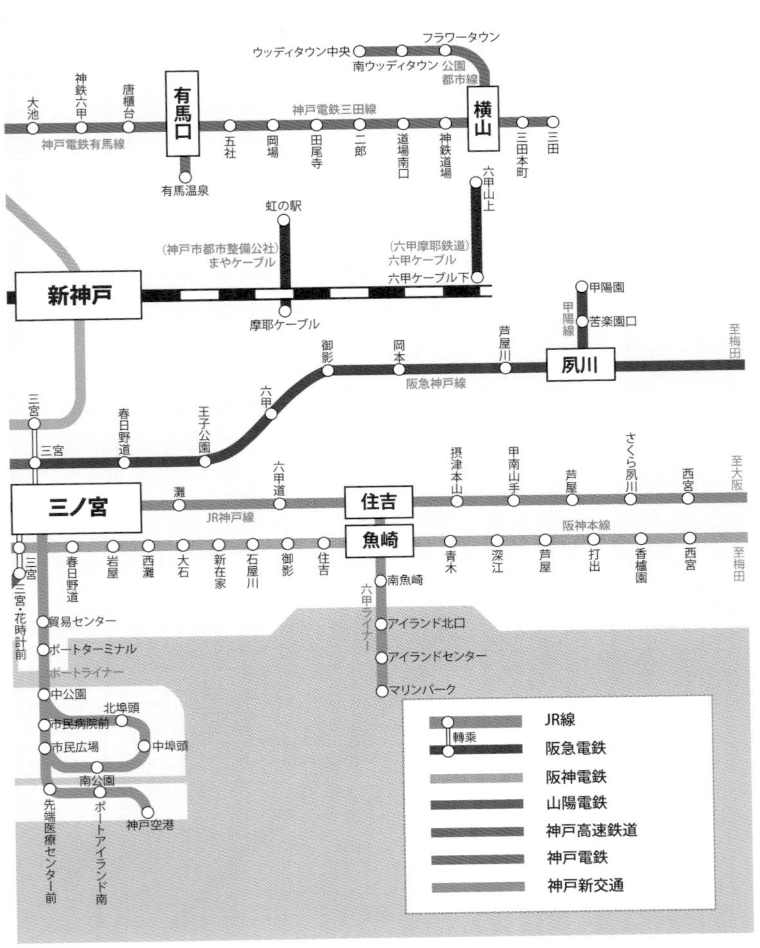
ウッディタウン中央
フラワータウン
南ウッディタウン
公園都市線
大池
神鉄六甲
唐櫃台
有馬口
五社
岡場
田尾寺
二郎
道場南口
神鉄道場
横山
三田本町
三田
神戸電鉄三田線
神戸電鉄有馬線
有馬温泉
六甲山上
虹の駅
(神戸市都市整備公社)
まやケーブル
(六甲摩耶鉄道)
六甲ケーブル
六甲ケーブル下
新神戸
摩耶ケーブル
甲陽園
甲陽線
苦楽園口
至梅田
御影
岡本
芦屋川
夙川
阪急神戸線
三宮
六甲
王子公園
春日野道
三宮
六甲道
摂津本山
甲南山手
芦屋
さくら夙川
西宮
至大阪
灘
三ノ宮
住吉
JR神戸線
魚崎
阪神本線
三宮
春日野道
岩屋
西灘
大石
新在家
石屋川
御影
住吉
青木
深江
芦屋
打出
香櫨園
西宮
至梅田
三宮・花時計前
南魚崎
六甲ライナー
貿易センター
アイランド北口
ポートターミナル
アイランドセンター
ポートライナー
中公園
マリンパーク
北埠頭
市民病院前
中埠頭
市民広場
南公園
先端医療センター前
ポートアイランド南
神戸空港
JR線
轉乘
阪急電鉄
阪神電鉄
山陽電鉄
神戸高速鉄道
神戸電鉄
神戸新交通

神戸地下鐵路線：P325～326

橫濱

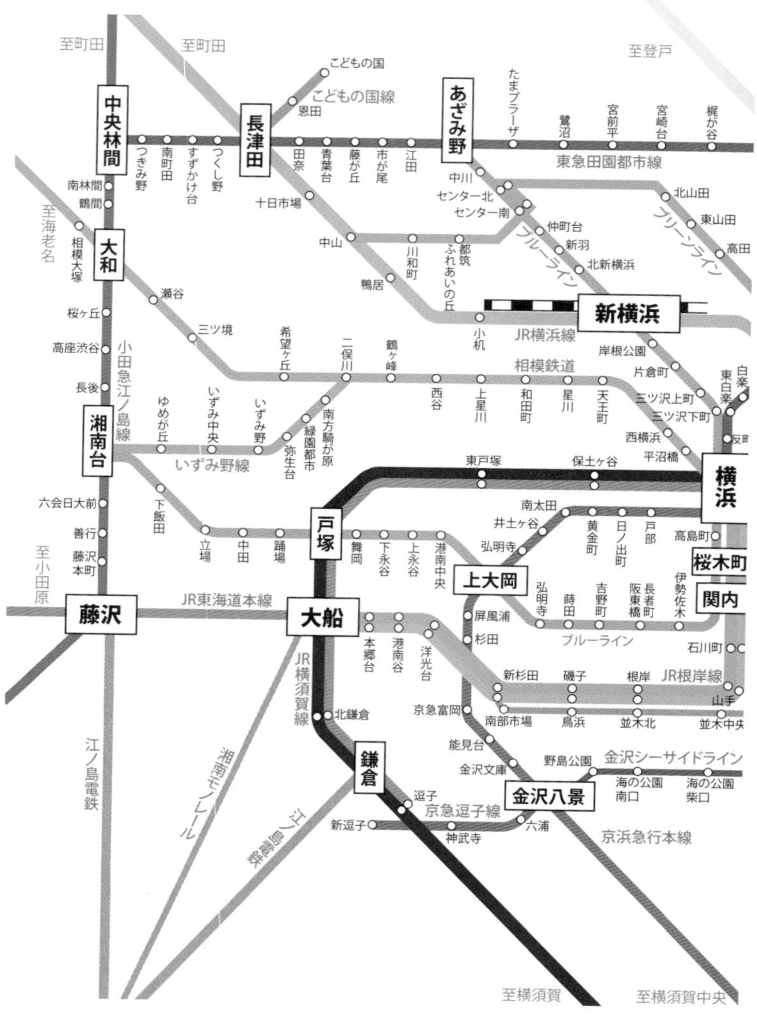

本書地鐵路線圖僅供參考，最新資訊請以各路線官網資料為主。
https://www.city.yokohama.lg.jp/kotsu/sub/sub.html

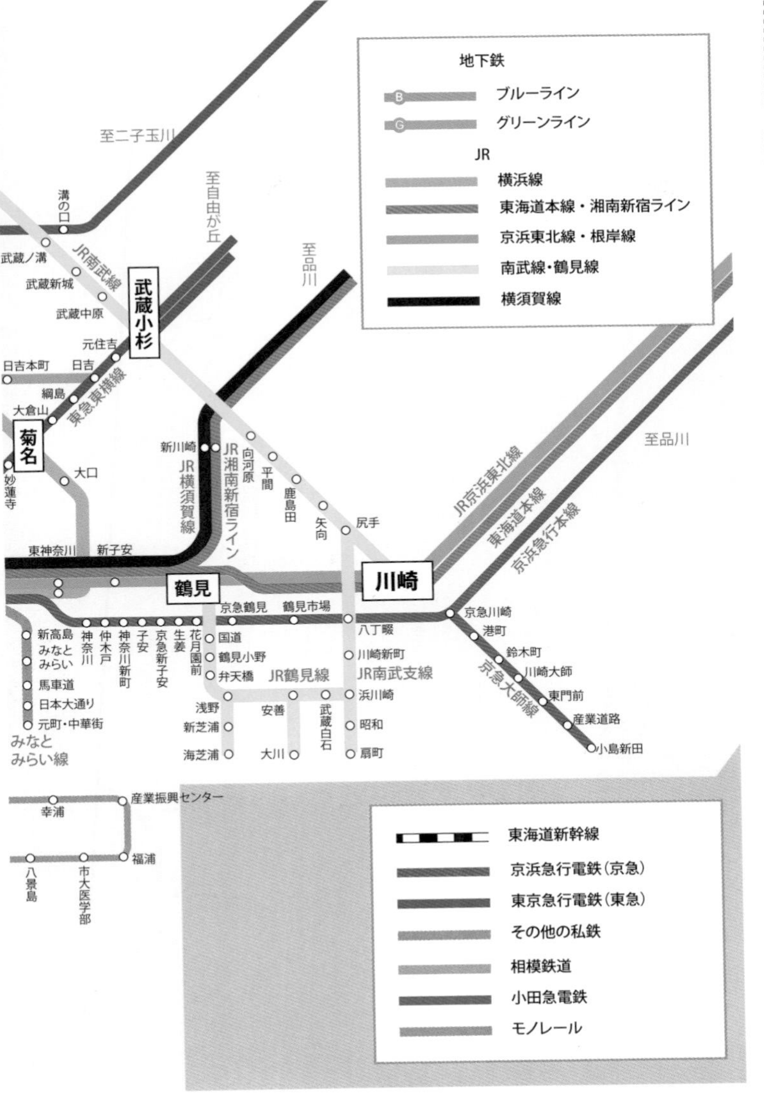
地下鉄
ブルーライン
グリーンライン
JR
横浜線
東海道本線・湘南新宿ライン
京浜東北線・根岸線
南武線・鶴見線
横須賀線
至二子玉川
至自由が丘
至品川
溝の口
武蔵ノ溝
武蔵新城
武蔵中原
JR南武線
武蔵小杉
元住吉
日吉本町
日吉
綱島
東急東横線
大倉山
菊名
妙蓮寺
大口
新川崎
JR横須賀線
JR湘南新宿ライン
向河原
平間
鹿島田
矢向
尻手
東神奈川
新子安
鶴見
川崎
JR京浜東北線
東海道本線
京浜急行本線
至品川
京急鶴見
鶴見市場
八丁畷
京急川崎
港町
鈴木町
川崎大師
東門前
産業道路
小島新田
京急大師線
新高島
みなとみらい
馬車道
日本大通り
元町・中華街
みなとみらい線
神奈川
仲木戸
神奈川新町
子安
京急新子安
生麦
花月園前
国道
鶴見小野
弁天橋
JR鶴見線
浅野
新芝浦
海芝浦
安善
大川
武蔵白石
川崎新町
JR南武支線
浜川崎
昭和
扇町
幸浦
産業振興センター
福浦
八景島
市大医学部
東海道新幹線
京浜急行電鉄（京急）
東京急行電鉄（東急）
その他の私鉄
相模鉄道
小田急電鉄
モノレール

橫濱地下鐵路線：P326～327

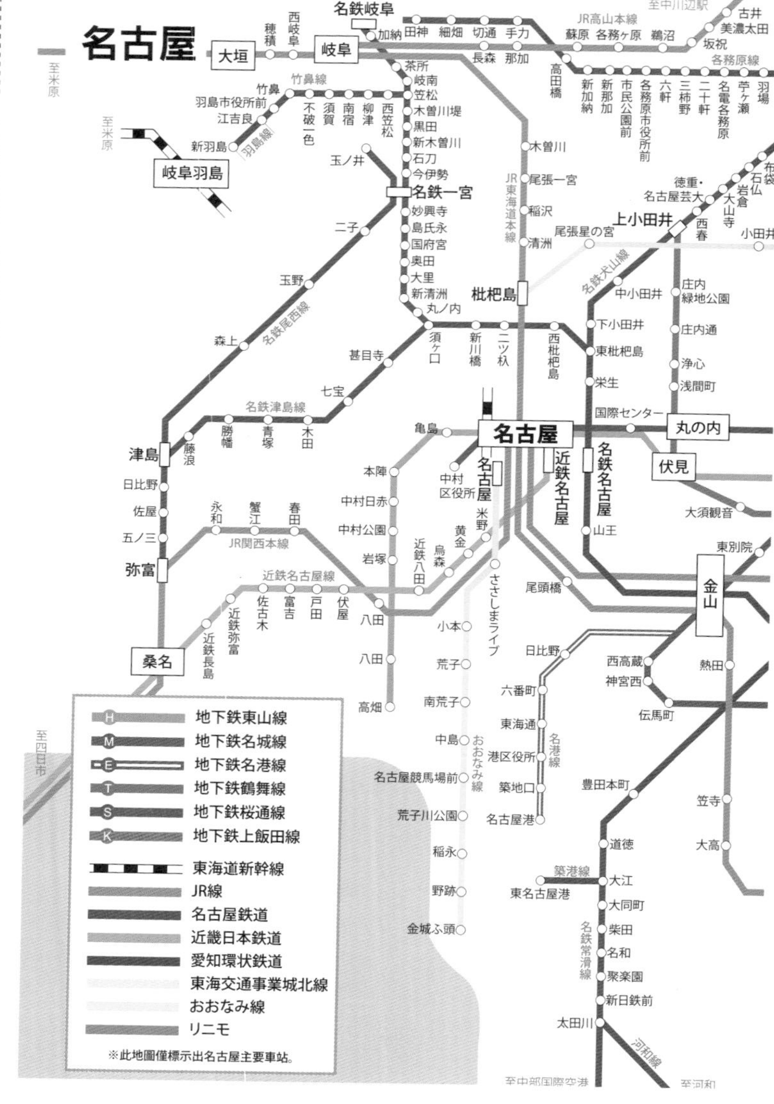

本書地鐵路線圖僅供參考，最新資訊請以各路線官網資料為主。
https://www.kotsu.city.nagoya.jp/jp/pc/subway/routemap.html

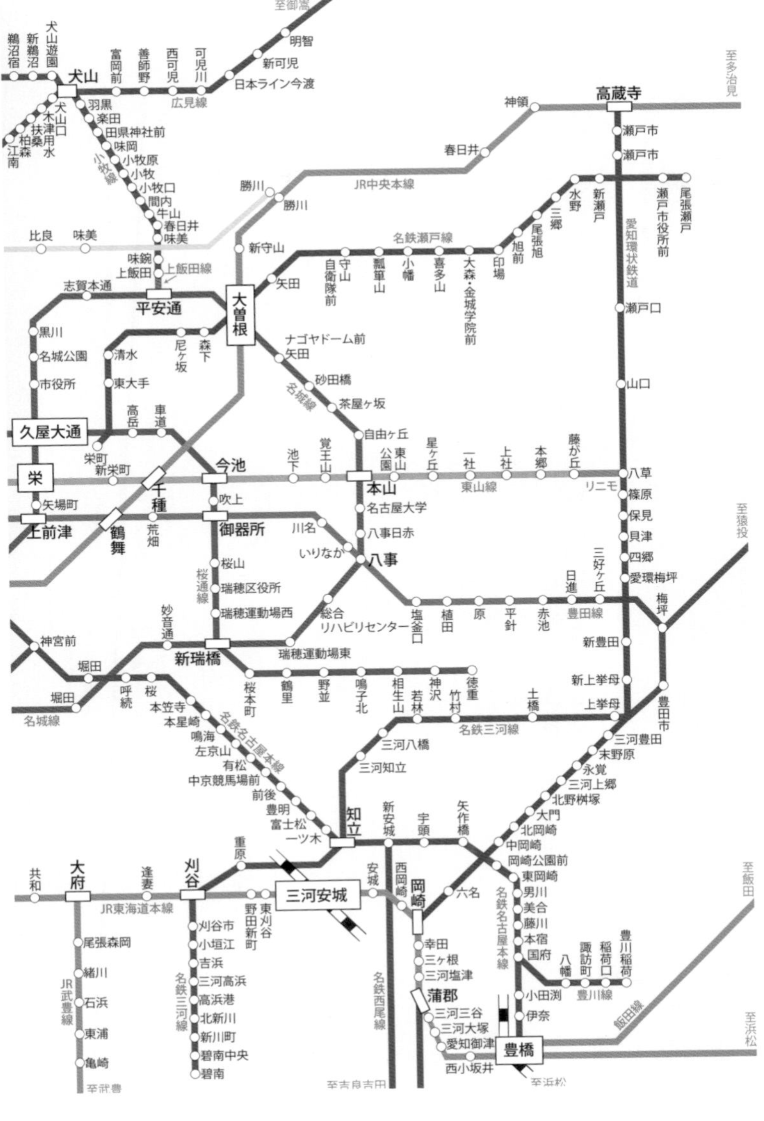

名古屋地下鐵路線：P328～331

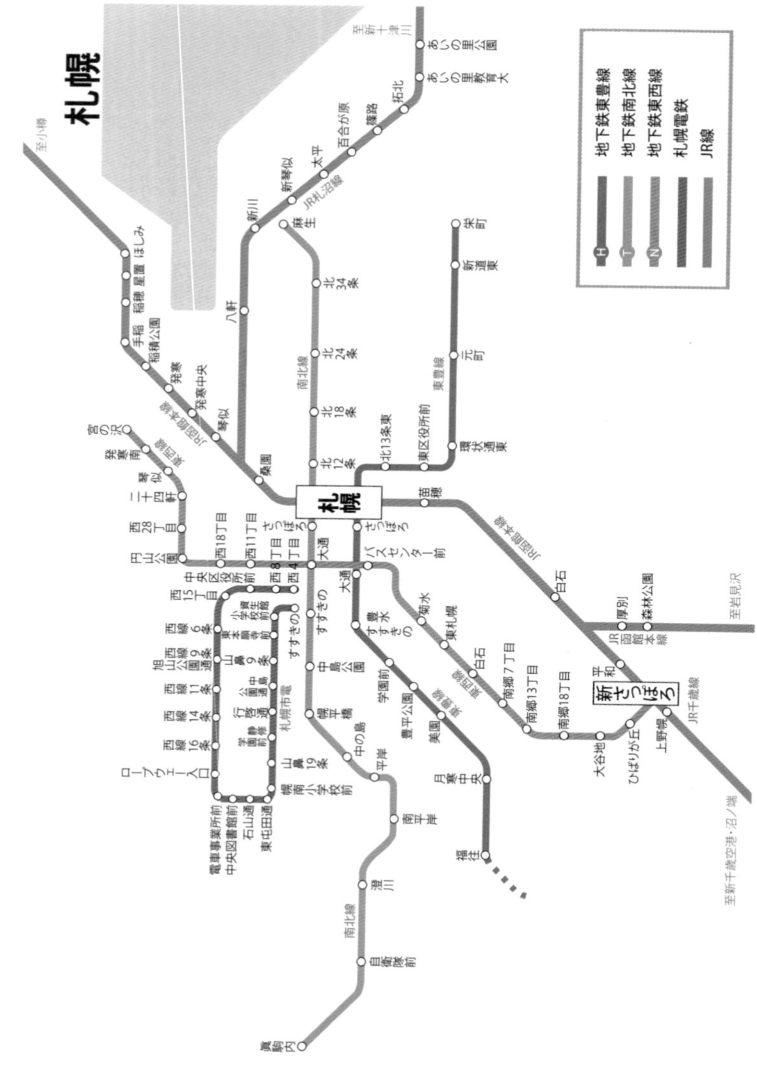

札幌地下鐵路線：P331～333

本書地鐵路線圖僅供參考，最新資訊請以各路線官網資料為主。
https://www.city.sapporo.jp/st/route_konaizu/index.html

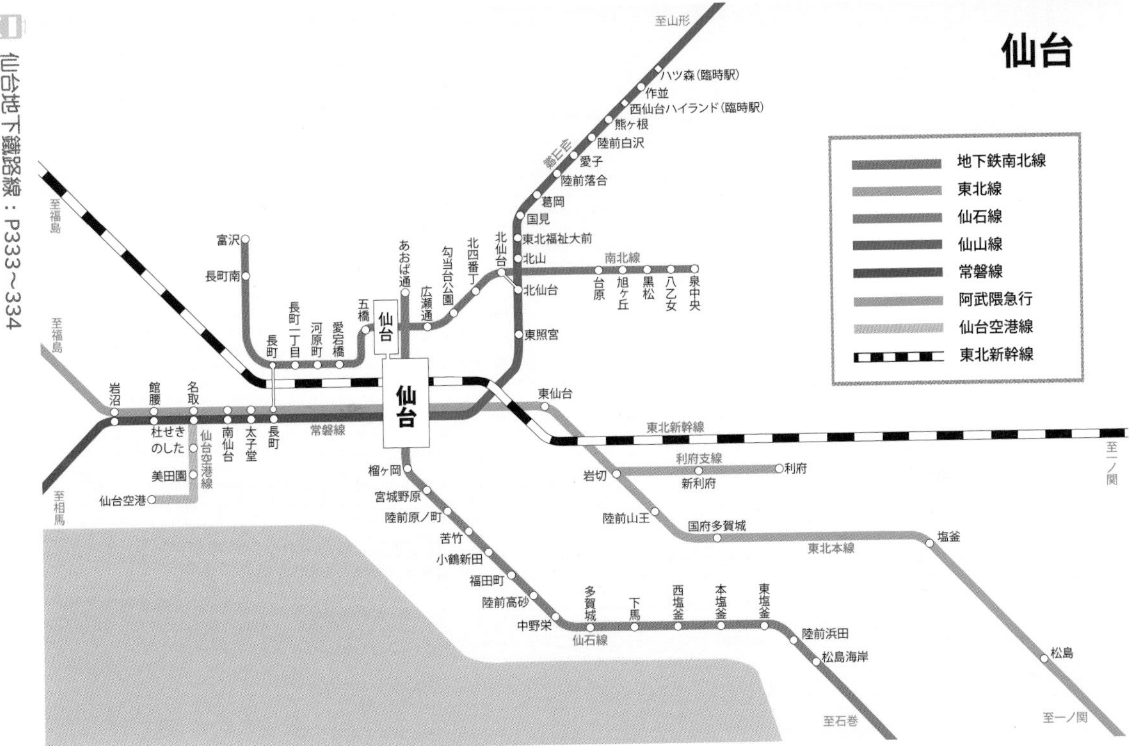

仙台地下鐵路線：P333～334

本書地鐵路線圖僅供參考，最新資訊請以各路線官網資料為主。
https://www.kotsu.city.sendai.jp/subway/station/station.html

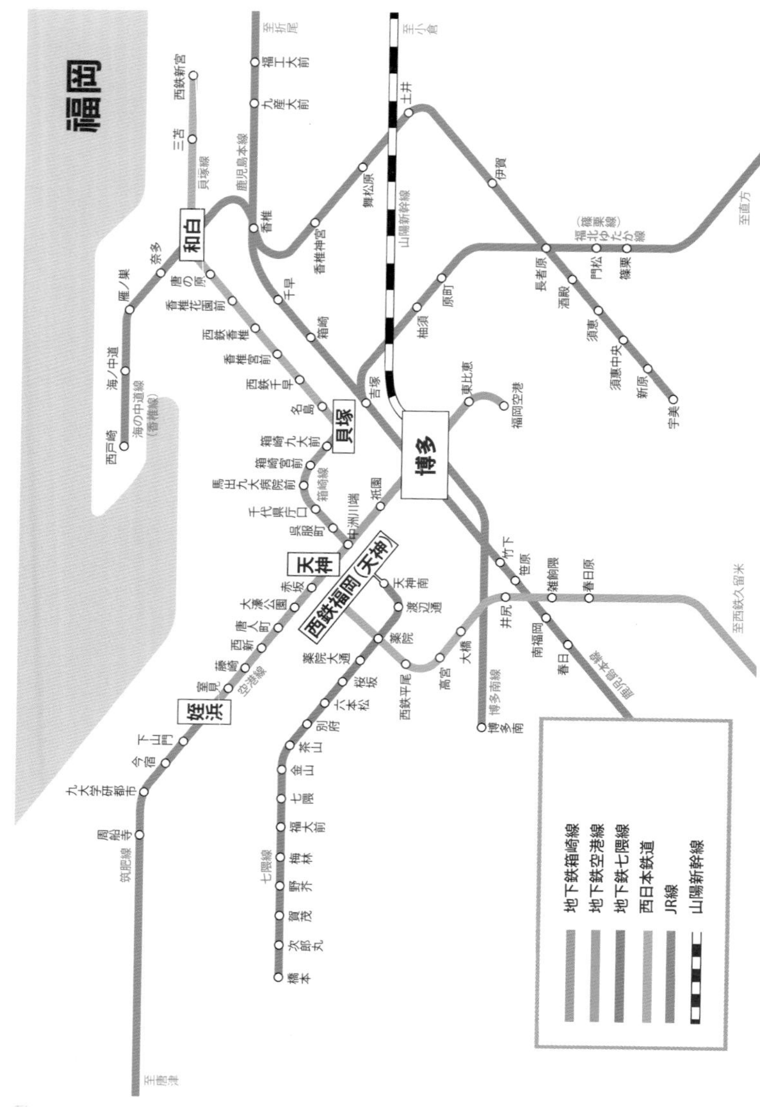

福岡地下鐵路線：P334～335

本書地鐵路線圖僅供參考，最新資訊請以各路線官網資料為主。
https://subway.city.fukuoka.lg.jp/eki/route/

memo

特別篇—奧林匹克運動會

109

オリンピック競技大会（きょうぎたいかい） o.ri.n.pi.k.ku.kyo.o.gi.ta.i.ka.i

奧林匹克運動會是四年一次的大盛事，2020 年夏季將在日本東京舉行，讓我們先從單字開始熱身一下吧！

相關單字

01 トライアスロン to.ra.i.a.su.ro.n 鐵人三項

02 近代五種（きんだいごしゅ） ki.n.da.i.go.shu 現代五項

03 スタート（start） su.ta.a.to 起點

04 フィニッシュ（finish） fi.ni.s.shu 終點

競技項目

05 水泳（すいえい） su.i.e.i 游泳

06 アーチェリー a.a.che.ri.i 射箭

07 スケートボード su.ke.e.to.bo.o.do 滑板

08 野球（やきゅう）・ソフトボール ya.kyu.u・so.fu.to.bo.o.ru 棒球・壘球

09 ゴルフ go.ru.fu 高爾夫球

10 体操（たいそう） ta.i.so.o 體操

11 長距離走（ちょうきょりそう） cho.o.kyo.ri.so.o 短程馬拉松

12 陸上競技（りくじょうきょうぎ） ri.ku.jo.o.kyo.o.gi 田徑

13 バドミントン ba.do.mi.n.to.n 羽毛球

14 バスケットボール ba.su.ke.t.to.bo.o.ru 籃球

15 ボクシング bo.ku.shi.n.gu 拳擊

16 カヌー ka.nu.u 輕艇

17 じてんしゃきょうぎ
自転車競技
ji.te.n.sha.kyo.o.gi
自行車競技

18 ばじゅつ
馬術
ba.ju.tsu
馬術

19
フェンシング
fe.n.shi.n.gu
擊劍

20
サッカー
sa.k.ka.a
足球

21
ハンドボール
ha.n.do.bo.o.ru
手球

22
ホッケー
ho.k.ke.e
曲棍球

23 じゅうどう
柔道
ju.u.do.o
柔道

24 からて
空手
ka.ra.te
空手道

25
ボード
bo.o.do
賽艇

26
ラグビー
ra.gu.bi.i
橄欖球

27
セーリング
se.e.ri.n.gu
帆船

28 しゃげき
射撃
sha.ge.ki
射擊

29
レスリング
re.su.ri.n.gu
摔跤

30
サーフィン
sa.a.fi.n
衝浪

31 たっきゅう
卓球
ta.k.kyu.u
乒乓球

32
テコンドー
te.ko.n.do.o
跆拳道

33
テニス
te.ni.su
網球

34
バレーボール
ba.re.e.bo.o.ru
排球

35 じてんしゃ
自転車ロードレース
ji.te.n.sha.ro.o.do.re.e.su
公路自行車

36
スポーツクライミング
su.po.o.tsu.ku.ra.i.mi.n.gu
攀岩

37
ウエイトリフティング
u.e.i.to.ri.fu.ti.n.gu
舉重

旅行小補充

日本節日

元旦
通常自12/29至1/3

成人節
每年一月第二個星期一

建國紀念日
2月11日

春分
每年都依時節而有所不同

昭和之日
4月29日

黃金週
每年的4/29到5/6左右

憲法紀念日
5月3日

綠之日
5月4日

兒童節
5月5日

海之日
每年七月第三個星期一

敬老節
每年九月第三個星期一

秋分
天皇秋季祭祖日
每年依時節有所不同

體育節
每年十月第二個星期一

文化節
11月3日

勤勞感謝日
11月23日

天皇誕辰
12月23日

大晦日
12月31日

台北駐日經濟文化代表處

台北駐日經濟文化代表處是中華民國（台灣）在日本的外交窗口機關，雖是民間機構，但卻負有實質大使館及領事館的任務。在日本旅途中若發生意外事故等狀況時，請配合警務，並尋求台北駐日經濟文化代表處的協助。

台北駐日經濟文化代表處（東京）

［東京都港区白金台五丁目二十番二號］

◎JR「目黑站」徒步10分鐘
◎地下鐵南北線、三田線「白金台站」1號出口徒步5分鐘

通行簽證（渡航查証）：03（3280）7800、03（3280）7801

護照、書面證明（旅券、文書証明）：03（3280）7803

受理時間：星期一～星期五（月曜～金曜）／9時～17時

橫濱分處
神奈川県横浜市
中区日本大通り 60 番地
朝日生命横浜ビル２階
電話／045（641）7736
045（641）7737
045（641）7738

大阪分處
大阪府大阪市
西区土佐堀１－４－８
日栄ビル４階
電話／06（6443）8481
06（6443）8482
06（6443）8483

福岡分處
福岡県福岡市
中央区桜坂
３－12－42
電話／092（734）2810
092（734）2811
092（734）2812

那霸分處
沖縄県那覇市久茂地
３－15－９
アルテビル那覇６階
電話／098（862）7708

札幌分處
北海道札幌市中央区
北４条西４丁目１番地
伊藤ビル５階
電話／011（222）2930

行前清單

證件、資料

- ☐ 機票 ☐ 護照（有效期限超過六個月）
- ☐ 身份證 ☐ 二張2吋大頭照
- ☐ 旅行行程表 ☐ 旅遊指南、地圖
- ☐ 住宿地點電話：
- ☐ 住宿地點地址：
- ☐ 海外旅行保險（單）
- ☐ 行李箱鑰匙、密碼
- ☐ 日幣：＿＿＿＿＿日圓；台幣：＿＿＿＿＿元
- ☐ 信用卡(有提款功能)

衣物（請依季節調整所需的保暖衣物）

- ☐ 上衣：＿＿件 ☐ 長褲：＿＿條
- ☐ 短褲、短裙：＿＿件 ☐ 鞋子：＿＿雙
- ☐ 拖鞋 ☐ 帽子
- ☐ 外套 ☐ 厚外套
- ☐ 衛生衣 ☐ 毛衣
- ☐ 圍巾、手套、雪帽、耳罩、口罩
- ☐ 暖暖包
- ☐ 內衣：＿＿件
- ☐ 內褲、免洗內褲：＿＿件
- ☐ 襪子、免洗襪：＿＿雙
- ☐ 睡衣
- ☐ 泳衣、泳褲、泳帽、蛙鏡
- ☐ 雨具（雨傘、雨衣）
- ☐ 其他：

常備藥品

- ☐ 習慣性用藥：
- ☐ 其他：暈車／暈機藥、止痛藥、退燒藥、綠油精、安眠藥、萬金油、胃腸藥、OK絆、護唇膏、乳液

其他

- ☐ 閱讀書籍、雜誌
- ☐ 日語單字便利通
- ☐ 文具用品（筆記本、筆）
- ☐ 採購清單

個人護理

- ☐ ※盥洗用具（沐浴乳(肥皂)、洗髮乳、護髮乳）
- ☐ 洗面乳、卸妝油（乳）
- ☐ ※保養品（保養用具）
- ☐ 化妝品（化妝用具）
- ☐ 牙刷、牙膏
- ☐ 生理用品（衛生棉、護墊）
- ☐ 刮鬍刀、※刮鬍泡
- ☐ 梳子
- ☐ ※美髮用品
- ☐ 毛巾
- ☐ 隱形眼鏡、※隱形眼鏡清潔液
- ☐ 眼藥水
- ☐ 手帕、衛生紙、（濕）紙巾
- ☐ ※指甲刀
- ☐ 塑膠袋、夾鏈袋
- ☐ 安全別針
- ☐ ※防曬油（乳）
- ☐ 購物袋
- ☐ 橡皮筋、髮帶、髮圈

電器（搭乘飛機時請將所有電器關機。）

- ☐ 手機（電池、充電器）
- ☐ 相機、攝影機（電池、充電器、其他）
- ☐ 記憶卡（底片）
- ☐ 筆記型電腦（隨身碟、充電器）
- ☐ 隨身聽、MP3（耳機、電池）

回程

- ☐ 機票、護照
- ☐ 回程交通、時間
- ☐ 採購物品（紀念品、伴手禮、免稅商品）
- ☐ 住家、汽車、行李箱鑰匙
- ☐ 新台幣、零錢
- ☐ 檢查行李箱、隨身行李
- ☐ 檢查是否有物品遺漏在旅館
- ☐ 提早辦理退房手續
- ☐ 剩餘外幣（用完、換回、留作紀念）

※《不能帶上飛機，需要托運》
銳利物品（指甲刀、剪刀），超過100ml以上的液體（洗面乳、乳液都算）

※《只能隨身攜帶，不可托運》行動電源、鋰電池、貴重物品等。

行前小提醒：建議大家提早約兩個小時抵達機場，以避免有突發狀況發生！
出發前記得留下旅行社或緊急聯絡人電話喔！

2020 年 2 月 14 日　　二版第 2 刷　　定價 390 元

日語單字便利通：楽楽玩遍日本實境遊 / DT 企劃著 .
-- 二版 . -- 臺北市：笛藤 , 2019.11
面；　公分
ISBN 978-957-710-768-8(平裝附光碟片)
1. 日語 2. 旅遊 3. 詞彙
803.12　　108015617

著　　者	DT 企劃
企劃總監	鍾東明
總 編 輯	賴巧凌
編　　輯	林雅莉・羅巧儀・徐一巧・陳亭安
編輯協力	菅原朋子・平松晋之介・尾身佳永・川瀨隆士・林姿君
插　　圖	徐一巧・川瀨隆士・陳芳芳・吳書嫻・許棠鈞
封面設計	王舒玗
版型設計	徐一巧・川瀨隆士・王舒玗
發 行 所	笛藤出版圖書有限公司
發 行 人	林建仲
地　　址	台北市中山區長安東路二段 171 號 3 樓 3 室
電　　話	(02)2777-3682
傳　　眞	(02)2777-3672
總 經 銷	聯合發行股份有限公司
地　　址	新北市新店區寶橋路 235 巷 6 弄 6 號 2 樓
電　　話	(02)2917-8022・(02)2917-8042
製 版 廠	造極彩色印刷製版股份有限公司
地　　址	新北市中和區中山路 2 段 340 巷 36 號
電　　話	(02)2240-0333・(02)2248-3904
印 刷 廠	皇甫彩藝印刷股份有限公司
地　　址	新北市中和區中正路 988 巷 10 號
電　　話	(02) 3234-5871
郵撥帳戶	八方出版股份有限公司
郵撥帳號	19809050